面向21世纪课程教材
Textbook Series for 21st Century



# 中国文学史

Zhongguo Wenxueshi

（第三版）

第一卷

袁行霈　主编

聂石樵　李炳海　本卷主编

高等教育出版社·北京

**内容简介**

本书是教育部"高等教育面向21世纪教学内容和课程体系改革计划"的成果，既是高校教材，又是学术研究著作。全书的编写倡导文学本位，并将文学置于广阔的文化背景之中，翔实地描述中国古代文学的发展历程，做了一些具有创新性的考证和论述。各章均有详细的附注，以介绍各家观点；各卷之后又有研修书目，为读者进一步的学习和研究提供线索。全书具有鲜明的开放性和前瞻性，以及较大的信息量，在出版后曾经获得国家图书奖、北京市哲学社会科学优秀成果特等奖、全国普通高等学校优秀教材一等奖。

本书在2005年修订过一次。此次修订，是在2005年第二版的基础之上，在保留原书篇幅及编写宗旨、指导思想、体例、框架等特色的前提之下，对原书进行的一个中等规模的修订。主要是对第二版的一些缺失之处予以修正，并审慎地加入了新的研究资料和学术成果，保持本书的内容前沿性。

本书适合作为高校中文专业的通用教材，亦可以供古代文学爱好者、研究者参考。

**图书在版编目（CIP）数据**

中国文学史．第1卷／袁行霈主编．--3版．--北京：高等教育出版社，2014.5（2020.12重印）
ISBN 978-7-04-039157-2

Ⅰ.①中… Ⅱ.①袁… Ⅲ.①中国文学-文学史-高等学校-教材 Ⅳ.①I209

中国版本图书馆CIP数据核字(2013)第303337号

策划编辑 刘纯鹏　责任编辑 刘纯鹏　封面设计 杨立新　版式设计 王 莹
责任校对 窦丽娜　责任印制 刁 毅

出版发行 高等教育出版社
社 址 北京市西城区德外大街4号
邮政编码 100120
印 刷 肥城新华印刷有限公司
开 本 787mm×960mm 1/16
印 张 17.5
字 数 310千字
购书热线 010-58581118
咨询电话 400-810-0598
网 址 http://www.hep.edu.cn
http://www.hep.com.cn
网上订购 http://www.landraco.com
http://www.landraco.com.cn
版 次 1999年8月第1版
2014年5月第3版
印 次 2020年12月第18次印刷
定 价 36.00元


物 料 号 39157-00

## 本书编委会

**本卷执笔人（以所撰写之章节先后为序）**


袁行霈（北京大学）

聂石樵（北京师范大学）

过常宝（北京师范大学）

锺　涛（中国传媒大学）

李炳海（中国人民大学）

赵敏俐（首都师范大学）

许志刚（辽宁大学）

# 总 目 录

## 第一卷


总绪论

第一编　先秦文学

绪　论
第一章　上古神话
第二章　《诗经》
第三章　《左传》等先秦叙事散文
第四章　《孟子》《庄子》等先秦说理散文
第五章　屈原与楚辞

第二编　秦汉文学

绪　论
第一章　秦及西汉散文
第二章　司马相如与西汉辞赋
第三章　司马迁与《史记》
第四章　两汉乐府诗
第五章　东汉辞赋
第六章　《汉书》及东汉散文
第七章　东汉文人诗

# 第二卷

第三编　魏晋南北朝文学

绪　论
第一章　从建安风骨到正始之音
第二章　两晋诗坛
第三章　陶渊明
第四章　南北朝民歌
第五章　谢灵运、鲍照与诗风的转变
第六章　永明体与齐梁诗坛
第七章　庾信与南朝文风的北渐
第八章　魏晋南北朝的辞赋、骈文与散文
第九章　魏晋南北朝小说

第四编　隋唐五代文学

绪　论
第一章　南北文学的合流与初唐诗坛
第二章　盛唐的诗人群体
第三章　李白
第四章　杜甫
第五章　大历诗风
第六章　韩孟诗派与刘禹锡、柳宗元等诗人
第七章　白居易与元白诗派
第八章　散文的文体文风改革
第九章　唐传奇与俗讲变文
第十章　晚唐诗歌
第十一章　李商隐
第十二章　词的初创及晚唐五代词

# 第三卷

## 第五编 宋代文学

绪 论
第一章 宋初文学
第二章 柳永与北宋前期词人的探索
第三章 欧阳修及其影响下的诗文创作
第四章 苏轼
第五章 江西诗派与两宋之际的诗歌
第六章 周邦彦和北宋后期词人的创造
第七章 李清照与南渡词风的新变
第八章 陆游等中兴四大诗人
第九章 辛弃疾和南宋中期词人的拓展
第十章 姜夔、吴文英及南宋后期词人的深化
第十一章 南宋的古文和四六
第十二章 南宋后期和辽金的诗歌

## 第六编 元代文学

绪 论
第一章 话本小说与说唱文学
第二章 关汉卿
第三章 王实甫的《西厢记》
第四章 白朴和马致远
第五章 北方戏剧圈的杂剧创作
第六章 南方戏剧圈的杂剧创作
第七章 南戏的兴起与《琵琶记》
第八章 元代散曲
第九章 元代诗文

# 第四卷


## 第七编　明代文学

绪　论
第一章　《三国志演义》与历史演义的繁荣
第二章　《水浒传》与英雄传奇的演化
第三章　明代前期诗文
第四章　明代中期的文学复古
第五章　明代杂剧的流变
第六章　明代传奇的发展与繁荣
第七章　汤显祖
第八章　《西游记》与其他神怪小说
第九章　《金瓶梅》与世情小说的勃兴
第十章　“三言”“二拍”与明代的短篇小说
第十一章　晚明诗文
第十二章　明代的散曲与民歌

## 第八编　清代文学

绪　论
第一章　清初诗文的繁荣与词学的复兴
第二章　清初戏曲与《长生殿》《桃花扇》
第三章　清初白话小说
第四章　《聊斋志异》
第五章　《儒林外史》
第六章　《红楼梦》
第七章　清中叶诗文词多元发展的局面
第八章　清中叶的小说戏曲与讲唱文学

## 第九编　近代文学

绪　论
第一章　龚自珍与近代前期诗文词
第二章　近代前期的小说与戏曲

第三章　黄遵宪、梁启超与近代后期诗文词
第四章　近代后期的小说与戏曲

后　记

第二版后记

第三版后记

# 目　录

**总绪论** …………………………………………………………… 1

第一节　文学本位、史学思维与文化学视角 ………………………… 3

文学史与文学史学　文学本位　史学思维　文化学视角　文学史著作的当代性　文学史史料学

第二节　中国文学的演进 …………………………………………… 7

文学演进的外部因素与内部因素　文学发展的不平衡　俗与雅　各种文体的渗透与交融　复古与革新　文与道

第三节　中国文学史的分期 ………………………………………… 11

三古、七段　文学发展变化的九个方面　上古期　中古期　近古期　双视角

**第一编　先秦文学** ………………………………………………… 19

**绪　论** ……………………………………………………………… 21

第一节　中国文学的源头 …………………………………………… 21

传说时期的文学　早期文字与书面文学的产生　诗乐舞紧密结合

第二节　先秦文学的作者和形态 …………………………………… 23

由巫到史　贵族文学的兴起　士阶层的出现及其文学活动　文献的综合性特征　成熟的文学作品的出现　作者和时代难以确定

第三节　先秦文化与先秦文学发展的轨迹 ………………………… 26

原始文化与夏商文学　礼乐文化与西周春秋文学　百家争鸣与战国文学　楚地文化与楚辞

第四节　先秦时期的文学思想 ……………………………………… 30

文学的目的和功用　尚质的文学倾向　“兴观群怨”的文学主张　自然朴素的文学追求

第一章　上古神话 …… 36

第一节　中国神话的产生和记录 …… 36
神话的概念、产生和功能　出土资料和文献资料　《山海经》的神话学价值

第二节　中国神话的主题和意义 …… 38
创世神话　始祖神话　洪水神话　战争神话　发明创造神话　忧患意识　厚生爱民意识　反抗精神

第三节　上古神话的思维特征 …… 44
以己观物、以己感物　具体、形象的思维　情感体验　隐喻和象征

第四节　上古神话的流变与影响 …… 47
神话历史化　神话发展为仙话　神话作为文学的素材　神话原型对后世文学的影响

第二章　《诗经》 …… 54

第一节　《诗经》的编定和体制 …… 54
《诗经》的编定　风、雅、颂　用诗和传诗

第二节　《诗经》的内容 …… 56
祭祖颂歌和周族史诗　农事　燕飨　怨刺　战争徭役　婚姻爱情　《诗经》的现实精神

第三节　《诗经》的艺术特点 …… 64
赋、比、兴的手法　句式和章法　风、雅、颂不同的语言风格

第四节　《诗经》在文学史上的地位和影响 …… 68
抒情诗传统　风雅与文学革新　比兴的垂范

第三章　《左传》等先秦叙事散文 …… 77

第一节　从甲骨卜辞到《春秋》 …… 77
散文的萌芽：甲骨卜辞和铜器铭文　记言叙事文之祖：《尚书》《春秋》

第二节　《左传》的叙事和记言 …… 79

《左传》的成书　《左传》的叙事特征　《左传》的记言文
第三节　《国语》的文学成就 …… 84
成书及体制　记言为主记事为辅
第四节　《战国策》的文学成就 …… 86
成书过程　纵横家思想　鲜明生动的人物形象　辩丽横肆的语言艺术
第五节　先秦叙事散文对后世文学的影响 …… 88
为史传文学直接祖述　散文创作的楷模　奠定了小说的叙事传统

第四章　《孟子》《庄子》等先秦说理散文 …… 95

第一节　先秦说理文体制的逐步成熟 …… 95
语录体和韵散结合体　对话体和寓言体　独立成篇的专题论文
第二节　《孟子》散文的艺术成就 …… 97
孟子和《孟子》一书　缜密纯熟的论辩技巧　气势浩然的文风
第三节　《庄子》哲学思想的诗意表现 …… 100
庄子和《庄子》一书　寓言为主的创作方法　意出尘外、怪生笔端的想象和虚构　形象恢诡的论辩　富有诗意的语言
第四节　《荀子》和《韩非子》的议论文 …… 103
严谨详密的论证　犀利峭刻的议论　植根现实的寓言
第五节　先秦说理散文的历史回响 …… 106
确立了说理文的体制和形象化的说理方式　影响后世的创作风格　提供了丰富的文学语言范式

第五章　屈原与楚辞 …… 113

第一节　楚辞产生的文化政治背景 …… 113
多种文化的交融　楚文化的美学特点　楚国的政治形势
第二节　屈原的生平及创作 …… 114
屈原的生平和思想　“楚辞”的含义　楚辞的编纂和屈原作品的真伪
第三节　《离骚》 …… 116
《离骚》解题　忠君与爱国　美政理想与身世之感　高

洁坚贞的人格形象　香草美人：象征和意境　形式和语言

第四节　《九歌》《九章》及其他作品 …………………… 120

《九歌》的巫祭文化背景　缠绵哀婉的风格　对唱的形式与戏曲的因素　《九章》的记事、抒情与写景　《天问》和《招魂》

第五节　楚辞的流变与屈原的影响 …………………… 125

宋玉等楚辞作家　屈原人格力量的垂范　楚辞艺术形式的影响

## 第二编　秦汉文学 …………………… 133

### 绪　论 …………………… 135

第一节　汉代作家群体的生成 …………………… 135

校理、解读文学典籍的时尚　献纳辞赋的风气　乐府、东观、鸿都门学的设立　游学游宦的兴盛

第二节　汉代文学的基本态势 …………………… 138

苞括宇宙、总揽天人、贯通古今的艺术追求　立功扬名的价值取向和圣主贤臣理想　对机遇和命运的感慨　批判与赞颂的更迭　文人的独立和依附　从浪漫到现实　民间创作和文人创作的相互促进

第三节　汉代文学与经学的双向互动 …………………… 141

作家群体中的经师儒士　铺张扬厉的文风和繁琐的解经习气　文学的重摹拟和经学的固守师法、家法　文学和经学的从繁到简　经学典故、章句与文学创作　经学著述的文学性

第四节　汉代文学样式的嬗革及分期 …………………… 143

赋的多源性　辞赋的分工与合流　从《史记》到《吴越春秋》　四言诗的衰落　五、七言诗的孕育　汉代文学的分期

### 第一章　秦及西汉散文 …………………… 148

第一节　《吕氏春秋》 …………………… 148

成书过程及体例　平实畅达的文风　丰富多彩的寓言

第二节　李斯的散文 …………………… 149

辞采繁富的《谏逐客书》　体制独特的刻石文

第三节　贾谊的政论文 …………………………………………………… 151
从陆贾到贾谊　《过秦论》的战国策士遗风　从贾谊到晁错
第四节　《淮南子》及其他散文 ………………………………………… 153
《淮南子》的铺张扬厉和浪漫风格　董仲舒、刘向的策对叙录
西汉的专题叙事散文集

第二章　司马相如与西汉辞赋 ………………………………………… 159

第一节　骚体赋及“九体” ……………………………………………… 159
贾谊与汉初骚体赋　大赋与骚体赋的相辅相成　依傍屈原的系列九体之作　《招隐士》和《长门赋》
第二节　枚乘和“七体” ………………………………………………… 161
梁园文人群体　枚乘独步　《七发》奠定汉大赋体制
“七体”作品的陆续出现
第三节　司马相如的天子游猎赋 ………………………………………… 164
文学中心由地方向中央的转移　《子虚赋》《上林赋》的创作
帝国形象、一统观念和时代精神　浪漫的巨丽之美
第四节　扬雄四赋 ………………………………………………………… 168
扬雄四赋的创作　理性精神和人文意蕴　讽谏意图与实际效果的疏离　景物描写的主体趋靠和多维铺陈　骚体功能的扩展
第五节　西汉其他赋家的创作 …………………………………………… 169
设辞类作品的出现及流脉　宣帝朝有关辞赋价值的讨论
《洞箫赋》的生命感应观念　以悲为美的风尚

第三章　司马迁与《史记》 …………………………………………… 174

第一节　司马迁与《史记》的成书 ……………………………………… 174
家乡景观与童年生活　家学渊源与转益多师　博览群书与漫游交往　从立言不朽到发愤著书
第二节　《史记》的叙事艺术 …………………………………………… 177
沟连天人、贯通古今的结构框架　历史和逻辑相统一的叙事脉络　因果关系的探索展示　对复杂事件和宏大场面的驾驭
第三节　《史记》的人物刻画 …………………………………………… 180
闾巷之人的入传　人物个性与共性的展现　复杂人格的多维透视和旁见侧出笔法

第四节 《史记》的风格特征 …………………………………………… 184

宏廓画面和深邃意蕴　浓郁的悲剧气氛　强烈的传奇色彩

第五节 《史记》的地位和影响 ………………………………………… 187

传记文学的开端　先秦文学传统的继承融会　人文精神的弘扬　后代散文、小说、戏剧与《史记》的渊源关系

第四章　两汉乐府诗 ……………………………………………………… 192

第一节　乐府和乐府诗 ………………………………………………… 192

乐府与太乐　乐府的兴废　乐府诗的搜集和分类

第二节　丰富多彩的人生画面 ………………………………………… 193

苦与乐的深刻揭示　爱与恨的坦率表白　乐生恶死愿望的充分展现

第三节　娴熟巧妙的叙事手法 ………………………………………… 197

生活镜头的选取　故事情节完整曲折　人物形象各具特色　叙事详略得当　寓言诗的创作

第四节　异曲新声与诗体演变 ………………………………………… 200

楚声与三言、七言体　北狄、西域乐与杂言体　从四言到五言

第五章　东汉辞赋 ………………………………………………………… 205

第一节　班固、张衡的京都赋 ………………………………………… 206

京都赋的缘起　《两都赋》提出的一系列问题　劝百讽一结构模式的突破　空间方位调遣的别具匠心　《二京赋》与《两都赋》的同异　瑰颖独标的《鲁灵光殿赋》

第二节　述行赋和抒情小赋 …………………………………………… 211

抒发历史沧桑感的述行赋　衰世、乱世和治世之叹　空间位移、时间顺序和感情脉络的契合　抒情小赋的出现　汉末小赋的批判精神和感伤情调

第六章 《汉书》及东汉散文 …………………………………………… 218

第一节《汉书》 ………………………………………………………… 218

西汉士人宦海沉浮的艺术再现　家族兴衰史的展示　李陵、苏武的悲剧人物形象　精密的笔法　对起始事件的交代　篇末的轶闻逸事

第二节 《吴越春秋》 ………………………………………………… 222
曲折多变的故事情节 荒幻离奇的浪漫色彩 性格刻画和外貌描写 《吴越春秋》和《越绝书》的异同及其与吴越文化的关系
第三节 《新论》《论衡》和《潜夫论》 …………………………………… 224
桓谭对历史现实的考量评论 《新论》的对比和比喻 《论衡》的选材 王充的论辩方式 《潜夫论》的批判精神和文风特征 东汉碑文和游记

**第七章 东汉文人诗** ………………………………………………………… 230

第一节 班固、张衡、秦嘉的诗 ………………………………………… 230
班固诗与张衡诗：质朴和典丽 秦嘉诗：文人五言诗的成熟
第二节 郦炎、赵壹、蔡邕的五言诗 ……………………………………… 232
诗坛新风的出现 怀才不遇的感慨 对比鲜明的批判 全身远害的忧患意识 衰世文学
第三节 《古诗十九首》 ………………………………………………… 234
游子思妇的万般情怀 人生哲理的揭示 痛苦的体验和独特的感受 起兴发端艺术 审美境界和语言技巧

**文学史年表** ……………………………………………………………… 242

**研修书目** ………………………………………………………………… 257

# 总绪论

## 第一节　文学本位、史学思维与文化学视角

文学史与文学史学　　文学本位　　史学思维　　文化学视角　　文学史著作的当代性　　文学史史料学

中国古代的史学家和文学家早已注意到文学的发展与变迁，并作了许多论述。这些论述散见于史书、目录学著作、诗文评、文学总集或选集的作家小传中，在一些序跋、题记及其他文章中也有所涉及[1]。

就现在所能看到的资料而言，史家的记述是比较早的。（西汉）司马迁的《史记·屈原贾生列传》不但为屈原、贾谊这两位文学家立传，而且笔墨涉及宋玉、唐勒、景差等屈原之后贾谊之前的辞赋家，已经算是有了对文学发展过程的初步描述。此后，（东汉）班固在《汉书·司马迁传赞》中对司马迁《史记》以前史官之文的发展过程有简单的追述；（齐梁）时的沈约在《宋书·谢灵运传论》中，回顾了南朝宋以前诗歌的发展历程，可以看成是关于诗歌史的比较详细的论述。（南朝宋）范晔撰《后汉书》，始创《文苑传》，将22位文学上有成就的人的传记合在一起，按时代先后排列，提供了文学发展的线索。此后，正史中的《文苑传》或《文艺传》，大都沿袭《后汉书》的体例。在目录学著作方面，班固在刘歆《七略》的基础上撰成《汉书·艺文志》，其中的《诗赋略论》对诗和赋的发展有初步的描述。此后，一些目录学著作，如《隋书·经籍志》《旧唐书·经籍志》《新唐书·艺文志》大都继承《汉书·艺文志》的传统，在著录书目的同时考辨源流。（清）纪昀《四库全书总目提要》可算是这类书中的集大成者。在诗文评方面，（梁）刘勰《文心雕龙》中《明诗》以下20篇论及许多文体的形成过程，《时序》等篇也有关于文学发展的精彩论述。（梁）锺嵘的《诗品序》，对文学的发展作了相当详细的论述。此后，在一些诗话、词话，以及诗纪事、词纪事之类的书中，也有关于诗词发展的论述[2]。

此外，（东汉）郑玄《诗谱序》追述诗歌的起源，历数周文王、周武王、周成王以至懿王、夷王、厉王、幽王时政治的变迁与诗歌的关系，从政治的角度对诗歌的发展作了较细致的描述。（西晋）挚虞的《文章流别论》从文体流变这个新的角度，论述了文学的发展。（唐）白居易的《与元九书》对《诗》《骚》以来诗歌发展的历程作了总结。（宋）李清照的《词论》追述了词的发展概况。（元）辛文房的《唐才子传》为398位唐代诗人作传，间有评论，从中可以看出唐诗发展的因革流变。（明）张溥所辑《汉魏六朝百三名家集》的

题辞，已经勾勒出汉魏六朝文学发展的脉络。（清）钱谦益的《列朝诗集小传》，对明代诗人1 600余家作了评述。清代所修《全唐诗》，为唐代诗人作了简介，从中可以看到唐代诗歌的发展线索。

毫无疑问，上述种种著述都是我们今天撰写文学史应当借鉴的。然而，这些还不能算是对文学发展过程的系统、完整的论述，因而还不是专门的文学史著作，更不能说已经建立了独立的文学史学科。中国学者所写的文学史著作，是20世纪初受了外国的影响才出现的，一般认为，林传甲在京师大学堂编写的讲义《中国文学史》为具有代表性的滥觞之作[3]。谢无量的《中国大文学史》[4]、胡适的《白话文学史》上卷[5]、郑振铎的《插图本中国文学史》[6]、刘大杰的《中国文学发展史》[7]、中国科学院文学研究所的《中国文学史》[8]、游国恩等主编的《中国文学史》[9]，分别代表了20世纪20年代、30年代、四五十年代、60年代文学史著作所能达到的成就。王国维的《宋元戏曲史》[10]、鲁迅的《中国小说史略》[11]，在分体文学史中是最早的、最有影响的著作。

由此可以说，进入20世纪以后，特别是二三十年代以后，文学史才成为一门独立的学科。然而，各家对这门学科的理解并不相同，因此文学史的写法也有很大差异。只要是严肃的学术研究，因不同的理解与不同的写法而形成各自的特色，都可以从不同的方面丰富和完善文学史这门学科。即使现在或将来，也不可能只有一种理解、一种模式、一种写法，而只能是百家争鸣、百花齐放。

那么，我们对文学史是怎样理解的呢？我们认为：文学史是人类文化成果之一的文学的历史。

这是一个最朴实无华的、直截了当的回答，意在强调：文学史是文学的历史，文学史著作要在广阔的文化背景上描述文学本身演进的历程。它包括以下几方面的意思。

第一，把文学当成文学来研究，文学史著作应立足于文学本位，重视文学之所以成为文学并具有艺术感染力的特点及其审美价值。当然，文学的价值在很大程度上取决于其内容的深度与广度，这是没有问题的，但必须借助语言这个工具以唤起接受者的美感。一些文学作品反映现实的深度与广度未必超过史书的记载，如果以有“诗史”之称的杜甫诗和两《唐书》、《资治通鉴》相比，以白居易的《卖炭翁》与《顺宗实录》里类似的记载相比[12]，对此就不难理解了。但后者不可能代替前者，因为前者是文学，具有审美的价值，更能感染读者。当然也可以以诗证史，将古代文学作品当成研究古代社会的资料，从而得出很有价值的成果，但这并不是文学史研究，文学史著作必须注意文学自身的特性。

第二，紧紧围绕文学创作来阐述文学的发展历程。文学史研究有几个层面，最外围是文学创作的社会政治、经济背景。背景研究很重要，这是深入阐释文学创作所不可少的。但社会政治、经济背景的研究显然不能成为文学史著作的核心内容，不能将文学史写成社会发展史的图解。第二个层面是文学创作的主体即作家，包括作家的生平、思想、心态等。应当充分重视作家研究，但作家研究也不是文学史著作的核心内容，不能将文学史写成作家评传的集成。正史里的《文苑传》《文艺传》不是现代意义上的文学史。第三个层面是文学作品，这才是文学史的核心内容。因为文学创作最终体现为文学作品，没有作品就没有文学，更没有文学史。换句话说，文学史著作的核心内容就是阐释文学作品的演变历程，而前两个层面都是围绕着这个核心的。

第三，与文学创作密切相关的是文学理论、文学批评和文学鉴赏。文学理论是指导文学创作的，文学批评和文学鉴赏是文学创作完成以后在读者中的反应。文学的发展史是文学创作和文学理论、文学批评、文学鉴赏共同推进的历史。这并不是说要在文学史著作里加进许多文学理论、文学批评和文学鉴赏的内容，在文学理论史和批评史已经成为一门独立学科的今天，撰写文学史更没有必要这样做了。我们只是强调撰写文学史应当关注文学思潮的发展演变，并用文学思潮来解释文学创作，并注意文学的接受，引导读者合理、恰当地鉴赏文学作品。

第四，与文学创作密切相关的还有文学传媒。古代的文学媒体远没有今天多，只有口头流传、书写传抄、印刷出版、说唱演出等几种，但已足以引起我们的注意。文学作品靠了媒体才能在读者中起作用，不同的媒体对文学创作有不同的要求，创作不得不适应甚至迁就这些要求，在一定程度上可以说文学创作的状况是取决于传媒的。从口头流传到书写传抄，再到印刷出版，由传媒的变化引起的创作的变化很值得注意。先秦两汉文学作品之简练跟书写的繁难不能说没有关系。唐宋词的演唱方式对创作的影响显而易见。印刷术发明以后大量文献得以广泛而长久地流传，这对宋代作家的学者化，进而对宋诗以才学为诗这个特点的形成有重要的影响。宋元说话艺术对小说创作的影响，宋元戏曲的演出方式对剧本创作的影响，更不容忽视。传媒对创作的影响以及传媒给创作所带来的变化，应当包括在文学史的内容之中。

总之，文学创作是文学史的主体，文学理论、文学批评、文学鉴赏是文学史的一翼，文学传媒是文学史的另一翼。所谓文学本位就是强调文学创作这个主体及其两翼。

从某种意义上说，文学史属于史学的范畴，撰写文学史应当具有史学的思维方式。文学史著作既然是“史”，就要突破过去那种按照时代顺序将一个个作家作品论简单地排列在一起的模式，应当注意“史”的脉络，清晰地描述出承传流变的过程。文学史著作既然是“史”，就要靠描述，要将过去惯用的评价式的语言，换成描述式的语言。评价式的语言重在定性，描述式的语言重在说明情况、现象、倾向、风格、流派、特点，并予以解释，说明创作的得失及其原因，说明文学发展变化的前因后果。描述和评价不仅是两种不同的语言习惯，而且是两种不同的思维方式。描述并不排斥评价，在描述中自然包含着评价。文学史著作既然是“史”，就要寻绎“史”的规律，而不满足于事实的罗列。但规律存在于文学事实的联系之中，是自然而然的结论，而不是从外面贴上去的标签。

我们不但不排斥反而十分注意文学史与其他相关学科的交叉研究，从广阔的文化学的角度考察文学。文学的演进本来就和整个文化的演进息息相关，古代的文学家往往兼而为史学家、哲学家、书家、画家，他们的作品里往往渗透着深刻的文化内涵。因此，借助哲学、考古学、社会学、宗教学、艺术学、心理学等邻近学科的成果，参考它们的方法，会给文学史研究带来新的面貌，在学科的交叉点上，取得突破性的进展。例如，先秦诗歌与原始巫术、歌舞密不可分；两汉文学与儒术独尊的地位有很大关系；研究魏晋南北朝文学不能不关注玄学、佛学；研究唐诗不能不关注唐朝的音乐和绘画；研究宋诗不能不关注理学和禅学；保存在山西的反映金元戏曲演出实况的戏台、戏俑、雕砖、壁画是研究金元文学的重要资料[13]；明代中叶社会经济的变化所带来的新的社会环境和文化气氛，是研究那时文学的发展决不可忽视的。凡此种种，都说明广阔的文化学视角对于文学史的研究是多么重要！有了文化学的视角，文学史的研究才有可能深入。

文学史的存在是客观的，描述文学史应当力求接近文学史的实际。但文学史著作能在多大程度上做到这一点呢？这实在是一个很大的问题。由于文学史的资料在当时记录的过程中已经有了记录者主观的色彩，在流传过程中又有佚失，现在写文学史的人不可能完全看到；再加上撰写者选用资料的角度不同，观点、方法和表述的语言都带有个性色彩，纯客观地描述文学史几乎是不可能的，总会多少带有一些主观性。如果这主观性是指学者的个性，这个性又是治学严谨而富有创新精神的，这样的主观性正是我们所需要的。如果这主观性是指一个时代大体相近的观点、方法，以及因掌握资料的多少有所不同而具有的某种时代性，那也没有什么不好。我们当代人写文学史，既是当代人写的，又是为当代人写的，必定具有当代性。这当代性表现为：当代的价值判断、当代的审美趣味以及对当代文学创作的关注。研究古代的文学史，如果眼光不局限于古代，而能够鉴古揆今，注意当代的文学创作，就会多一种研究的角度，这样写出的文学史也就对当代的文学创作多了一些借鉴意义。具有当代性的文学史著作，更有可能因为反映了当代人的思想观念而格外被后人注意。但是无论如何，决不能把主观性当作任意性、随意性的同义语。

撰写《中国文学史》应该借鉴外国的文学理论，但必须从中国文学的实际出发，不能将外国时髦的理论当成公式生搬硬套地用于解释中国文学。有志气的中国文学史研究者，应当融会中国的和外国的、传统的和现代的文学理论，从中国文学的实际出发，具体问题具体分析，以实事求是的态度阐述中国文学的历史，而不应先设定某种框架，然后往里填装与这框架相适应的资料。

文学史史料学是撰写文学史的基础性工作[14]。所谓文学史史料学，包括与文学有关的目录学、版本学、校勘学，作家生平的考订，作品的辨伪，史料的检索，等等，是以资料的鉴定和整理为目的的资料考证学。这是撰写文学史必不可少的基础性工作，没有这个基础，文学史所依据的资料的可靠性就差多了。但严格地说，文学史史料学并不完全等于文学史学。着眼于学科的分工，为了促进学科的发展，应当在文学史学之外另立一个分支学科即文学史史料学；然而就学者而言，史的论述和史料的考证这两方面不但应该而且也可以兼顾，完全不懂得史料学是很难做好文学史研究的。

## 第二节　中国文学的演进

文学演进的外部因素与内部因素　　文学发展的不平衡
俗与雅　　各种文体的渗透与交融　　复古与革新
文与道

推动中国文学演进的因素，既有外部的，也有内部的。所谓外部因素是指社会经济、政治、文化的影响，民族矛盾的影响，以及地理环境的影响，等等。例如，春秋战国之际社会经济政治的大变革带来文化上的百家争鸣，与之相适应，文学也出现了繁荣局面。汉代大一统的政治背景以及汉武帝“罢黜百家，独尊儒术”的政策，对汉赋的出现和汉代散文的特点有直接的影响。汉末的黄巾起义及军阀混战，影响了建安时期一代人的思想观念，造就了建安文学的新局面。南北朝的对峙造成南北文风的不同，隋唐的统一以及唐代广泛的对外文化交流又推动了唐代文学的繁荣。宋代理学的兴起，士人入仕机会的增多，以及印刷术的发展，对宋代文学产生了重要的影响。元代士人地位低下，他们走向市井，直接推动了元杂剧的发展。明代中叶以后，商业经济繁荣，市民壮大，反映和适应这种新的社会状况，文学发生了划时代的变化。清朝初年民族矛盾突出，在文学创作上也有反映。1840 年鸦片战争之后，中国沦为半殖民地半封建社会，更引起文学的重大变化。凡此种种，都是很容易理解的。

关于中国文学演进的内部因素，是一个很复杂的问题。

首先要考虑到文学发展的不平衡。由于中国历史悠久、幅员广阔，所以中国文学发展的不平衡性特别突出。这表现在以下几个方面：

一、文体发展的不平衡。各种文体都有一个从萌生到形成再到成熟的过程，所谓文体发展不平衡，包含这样两方面的意思：一方面，各种文体形成和成熟的时代不同，有先有后。诗歌和散文是最早形成的两种文体，早在商周时代就有了用文字记载的诗文。在中国文学的各种文体中，诗和文是基础。到了魏晋南北朝有了初具规模的小说，唐代中期才有了成熟的小说。而到了宋金两代，出现了宋杂剧和金院本，标志着中国戏曲的形成。以上所说是文体的大概轮廓，如果细分，骈文是魏晋以后形成的，词到唐代中叶才形成，白话短篇小说到宋代形成，白话长篇小说到宋元之际才形成，散曲到元代才形成。中国文学的各种体裁形成的时间相差数百年甚至一两千年，可见不平衡的状况多么突出。另一方面，各种文体从萌生到形成再到成熟，其过程的长短也不同。例如小说，从远古神话到唐传奇，历经了极其漫长的时间；而赋的形成过程就短得多了。

二、朝代的不平衡。各个朝代文学的总体成就是不一样的，有的朝代相对繁荣些，有的朝代相对平庸些，这很容易理解。而且各个朝代各有其相对发达的文体，例如：汉代的赋、唐代的诗、宋代的词、元代的曲、明清两代的小说。这并不是说这些朝代的其他文体不值得注意，例如宋诗、清诗、清词也都很重要，但作为代表性文体还是上面所举的那些。其实在一个朝代之内文学的发展也是不平衡的，有些年代较长的朝代如汉、唐、宋、明，其初期的文学比较平庸，经过两代或三代人的努力，才达到高潮。有些小朝廷倒有可能在某种文体上异军突起，如梁、陈两代的诗，南唐和西蜀的词。

三、地域的不平衡[15]。所谓地域的不平衡包含两方面的意思：一是在不同的朝代，各地文学的发展有盛衰的变化，呈现此盛彼衰、此衰彼盛的状况。例如，建安文学集中于邺都；梁陈文学集中于金陵；河南、山西两地在唐朝涌现的诗人比较多，而明清两朝则比较少；江西在宋朝涌现的诗人特别多，此前和此后都比较少；江苏、浙江两地在明清两朝文风最盛，作家最多；岭南文学在近代特别值得注意。二是不同的地域有不同的文体孕育生长，从而使一些文体带有不同的地方特色，至少在形成后相当长的一段时间内是如此。例如：《楚辞》带有明显的楚地特色，五代词带有鲜明的江南特色，杂剧带有强烈的北方特色，南戏带有突出的南方特色。中国文学发展中所表现出来的地域性，说明中国文学的发源地不止一个。

中国文学发展不平衡的状况是应该充分重视的，当说明文学的演进时，应当在突出主线的同时进行立体交叉式的描述。

其次，在中国文学的演进过程中，有一些相反相成的因素，它们的互动作用值得注意。

例如，俗与雅之间相互的影响、转变和推动。《诗经》中的“国风”本是民歌，经过孔子整理，到汉代被儒家奉为经典并加以解释之后，就变雅了。南朝民歌产生于长江中下游的市井之间，本是俗而又俗的文学，却引起梁陈宫廷文人的兴趣，从一个方面促成了梁陈宫体诗的产生[16]。词在唐代本是民间通俗的曲子词，在发展过程中逐渐变得雅了起来。宋元时期当戏曲在市井的勾栏瓦舍中演唱时，本是适应市民口味的俗文学，后来的文人接过这种通俗的文学形式并加以提高，遂有了《牡丹亭》《长生殿》《桃花扇》这类精致高雅的作品。在俗与雅之间，主要是俗对雅的影响和推动，以及由俗到雅的转变。由雅变俗的例子也是有的，宋代有些诗人有意地以俗为美，表面上是化俗为雅，实际上是将本来高雅的诗变俗，在俗中求得新的趣味。

俗雅之间的互动，使文学的长河陆续得到新鲜活水的补充和激荡，从而保持着它的长清。

再如，各种文体的相互渗透与融合。各种文体都有其独特的体制与功能，这构成了文体之间的界限。曹丕早在《典论·论文》里就说：“奏议宜雅，书论宜理，铭诔尚实，诗赋欲丽。”后来新的文体越来越多，分类越来越细，对不同文体的体制和功能的认识也越来越精确。文体辨析是一个值得注意的问题，但文体之间的融合更是一个关系到文学发展的大问题。例如诗和赋的区别本来是很明显的：诗者缘情，赋者体物；诗不忌简，赋不厌繁；诗之妙在内敛，赋之妙在铺陈；诗之用在寄兴，赋之用在炫博。但魏晋以后赋吸取了诗的特点，抒情小赋兴盛起来，这是赋的诗化；而在初唐，诗又反过来吸取赋的特点，出现了诗的赋化现象[17]，例如卢照邻的《长安古意》等。再如，词和诗不但体制不同，早期的词和诗的功能、风格也不相同。“词之为体，要眇宜修。能言诗之所不能言，而不能尽言诗之所能言。诗之境阔，词之言长。”[18]词本是配合音乐以演唱娱人的，是十七八岁女孩儿在绮筵之上浅斟低唱、佐欢侑酒的娱乐品。有关政治教化、出处穷达的大题目自有诗去表达。词不过是发泄诗里不能也不便容纳的感情，诗和词的界限本是清楚的。可是从苏轼开始，以诗为词，赋予词以诗的功能，诗和词的界限就在相当大的程度上模糊了。周邦彦吸取赋的写法，以赋为词，在词所限定的篇幅内极尽铺张之能事，词和赋的疆域又在一定程度上被突破了[19]。而辛弃疾以文为词，词和文的距离也在一定程度上缩小了。宋人之所以能在唐诗之后另辟蹊径，打开一个新的局面，与他们以文为诗不无关系。又如，中国的小说吸取诗词的地方很多，唐人传奇中的佳作如《莺莺传》《李娃传》《长恨歌传》等，无不带有浓厚的诗意。宋元以后的白话小说，也和诗词有密切的关系。宋代说话一般都是有说有唱，那些唱词就是诗，有的小说就叫“诗话”“词话”。在中国戏曲的各种因素中，唱词占了十分重要的地位，而唱词也是一种诗。

一种文体与其他文体相互渗透与交融，吸取其他文体的艺术特点以求得新变，这是中国文学演进的一条重要途径。

又如，复古与革新之间的交替与碰撞。这是文学体裁内部的运动，主要表现在诗文的领域里。魏晋以后文学走上了自觉的道路，文学创作不断自觉或半自觉地进行着革新。在这种情况下，刘勰在《文心雕龙·通变》中专门就文学的通与变，也就是因与革、继承与创新的问题进行了论述，这已经涉及复古与革新的问题。齐梁以来诗歌过分追求声色，出现一些弊病，（梁）裴子野的《雕虫论》对此予以激烈的批评。初唐的诗人陈子昂又大声疾呼恢复汉魏风骨，成为中国文学史上第一次有影响的复古呼声。陈子昂的复古实际上是革新，促成了声色与性情的统一，是推动盛唐诗歌达到高峰的因素之一。到了唐代中叶，韩愈和柳宗元又在文的领域内举起复古的旗帜，反对六朝以来盛行的骈文，提倡三代两汉的古文。韩、柳的复古实际上也是革新，是在三代两汉古文的基础上建立一种与“道”合一的新的文学语言和文体。韩、柳之后古文一度衰落，骈文重新兴起，直到宋代欧阳修、苏轼等人再度提倡和写作古文，才确立了古文的不可动摇的地位。

可见，复古与革新两者的互动也是中国文学演进的一条途径。

又如，文与道的离合。这主要是指文学与儒家伦理道德、儒家政治理想的关系。自从汉代确立了儒家思想的统治地位以后，文学和儒家思想的关系一直制约着文学本身的演进。文学或与道离，或与道合，离与合又有程度的不同。此外，道家思想、佛学思想以及反映市民要求的思想又先后不同程度地渗透进来，对文学施以不同方向的外力，影响着文学的发展。文学适合儒家思想，出现过许多优秀的作家，如杜甫、韩愈、白居易、陆游等。文学部分离开儒家思想，也出现过许多优秀作家，如陶渊明、李白、苏轼、曹雪芹等。唐代以后围绕着文以“明道”“贯道”“载道”有不少论述[20]，“明道”“贯道”“载道”之类的说法，与强调独抒性灵、审美娱乐的要求，相互碰撞、相互补充。当市民阶层兴起之后，反抗封建伦理道德的思想抬头，在情与理的对立中发出一种新的呼声，从戏曲、小说里很容易听到。这些不同的因素及其互动推进了中国文学的发展。

在文与道或离或合的过程中，中国文学得以演进。

## 第三节　中国文学史的分期

三古、七段　　文学发展变化的九个方面　　上古期　　中古期　　近古期　　双视角

如果将中国文学史比作一条长河，我们从下游向上追溯，它的源头是一片浑茫的云天，不可详辨。我们找不到一个起源的标志，也不能确定起源的年代。那口传时代的文学，应当是十分久远的，后来的文字记载不过是对那段美丽梦幻的追忆而已。最保守的说法，从公元前 11 世纪，也就是《诗经》中的一些诗篇出现的时候起，这条长河的轮廓就已经明朗起来了，后来逐渐汇纳支流，变得越来越宽广。这中间有高潮也有低潮，但始终没有中断过。若论文学的悠久，只有古希腊文学、古印度文学可以与中国文学相比；若论文学传统的绵延不断，任何别的国家和民族的文学都是不能与中国文学相比的。

河流有上游、中游、下游，中国文学史也可以分成上游、中游、下游，这就是上古期、中古期、近古期。[21]三古之分，是中国文学史大的时代断限。在三古之内，又可以细分为七段。

三古、七段的具体划分如下：

上古期：先秦两汉（公元 3 世纪以前）

　　第一段：先秦

　　第二段：秦汉

中古期：魏晋至明中叶（公元 3 世纪至 16 世纪）

　　第三段：魏晋至唐中叶（天宝末）

　　第四段：唐中叶至南宋末

　　第五段：元初至明中叶（正德末）

近古期：明中叶至五四运动（公元 16 世纪至 20 世纪初期）

　　第六段：明嘉靖初至鸦片战争（1840）

　　第七段：鸦片战争至五四运动（1919）

三古、七段说试图打破按朝代分期的框架，主要着眼于文学本身的发展变化，体现文学本身的发展变化所呈现的阶段性，而将其他的条件如社会制度的变化、王朝的更替等视为文学发展变化的背景；将文学本身的发展变化视为断限的根据，而将其他的条件视为断限的参照。一种根据，多种参照，也许最适

合于描述整个中国文学的历史过程。文学发展变化的阶段性可以和社会制度的变化以及王朝的更替相重合，但社会制度的变化或王朝的更替，只是导致文学变化的重要原因，而不是这变化的事实本身。

所谓文学本身的发展变化，可以分解为以下九个方面：（一）创作主体的发展变化；（二）作品思想内容的发展变化；（三）文学体裁的发展变化；（四）文学语言的发展变化；（五）艺术表现的发展变化；（六）文学流派的发展变化；（七）文学思潮的发展变化；（八）文学传媒的发展变化；（九）接受对象的发展变化。三古七段就是综合考察了文学本身这九个方面的因素，并参照社会条件，而作出的划分。以往研究文学史，对文学传媒和接受对象这两方面很少注意，尚不足以对文学的发展变化作出全面的考察。文学传媒和接受对象深刻地影响着文学的创作，实在是不容忽视的。

一、上古期

上古期包括先秦、秦汉。

我们首先注意到中国文学的各种体裁几乎都孕育于这个时期。散文可以追溯到甲骨卜辞；诗歌可以追溯到《诗经》《楚辞》和汉乐府；小说可以追溯到神话传说、《左传》、《史记》等历史散文，以及诸子散文中的寓言故事；辞赋可以追溯到《楚辞》，骈文中对偶的修辞手法，在这个时期也已出现；就连戏曲的因素在《九歌》中也已有了萌芽。其次，中国文学的思想基础也是孕育于上古期的。特别是儒道两家的思想影响着此后几千年作家的世界观、人生观和价值观。第三，中国的文学思潮以儒道两家为主，儒家注重文学的社会功能，道家注重文学的审美价值，这在上古期也已经形成了。影响着整个中国文学的一些观念，如“诗言志”“法自然”“思无邪”“温柔敦厚”等，都是在这个时期提出来的。第四，从文学的创作、传播、接受来看，士大夫作为创作的主体和接受对象，文字作为传播的主要媒介，中国文学的这个基本格局也是在上古期奠定的。直到宋代出现了市民文学，才使这个格局发生了变化。

上古期的第一段是先秦文学。在这个阶段，文学的创作主体经历了由群体到个体的演变，《诗经》里的诗歌大都是群体的歌唱，从那时到中国文学史上第一位诗人屈原出现，经过了数百年之久。上古巫史不分，史从巫中分化出来专门从事人事的记录，这是一大进步。而士的兴起与活跃，对文学的发展又起了关键性的作用。先秦文学的形态，一方面是文史哲不分，另一方面是诗乐舞结合，这种混沌的状态成为先秦的一大景观。所谓文史哲不分，是就散文这个领域而言，在讲先秦散文时无法排除《尚书》《左传》《国语》《战国策》等历史著作，也无法排除《周易》《老子》《论语》《孟子》《庄子》等哲学著作，那时还没有纯文学的散文。至于诗歌，最初是和音乐、舞蹈结合在一起的，《吕氏春秋》里记载的葛天氏之乐[22]，以及《尚书·尧典》里记载的“击石拊石，百兽率舞”[23]，都是例证。《诗经》《楚辞》中的许多诗歌也和乐舞有很大关系。风、雅、颂的重要区别就是音乐的不同，据《史记·孔子世家》，《诗》三百零五篇都可以和乐歌唱。《楚辞》中的《九歌》是用于祭祀的与乐舞配合的歌曲。

秦汉文学属于上古期的第二段，秦汉文学出现了不同于先秦文学的一些新的特点。首先是创作主体的处境有了变化，战国时代游说于列国之间的士，聚集到统一帝国的皇帝或诸侯王周围，形成若干作家群体，他们以歌功颂德或讽喻谲谏为己任。如武帝时的司马相如、东方朔，吴王刘濞门下的枚乘、邹阳。这些“言语侍从之臣”正好成为大赋这种汉代新兴文体的作者。与汉代大一统的政治局面相适应，汉代文学以大为美，铺张扬厉成为风尚。与“罢黜百家，独尊儒术”的政策相适应，汉代文学失去了先秦文学的生动活泼与多姿多彩，而形成格式化的、凝重板滞的风格。然而，对于中国诗歌来说，汉代是一个极其重要的朝代。《诗经》那种四言的躯壳到汉代已经僵化了，楚辞的形式转化为赋，汉代乐府民歌却以一种新的姿态、新的活力，先是在民间继而在文人中显示了不可抗拒的力量，并由此酝酿出中国诗歌的新节奏、新形式，这就是历久不衰的五七言体。此外，汉人对先秦典籍包括文学作品的整理与编辑成书，对后世文学发展影响巨大。

二、中古期

中古期从魏晋开始，经过南北朝、隋唐五代、宋元，到明朝中叶为止。

为什么将魏晋作为一个新时期的开端，并将魏晋到明中叶这样长的时间划为一个中古期呢？这是考虑到以下事实：第一，这时开始了中国文学的自觉时代，并在南北朝完成了这个自觉的进程。第二，文学语言发生了划时代的变化，由古奥转向浅近。第三，这是诗、词、曲三种重要文学体裁的鼎盛期，它们分别在中古期内的唐、宋、元三朝达到了高峰。第四，文言小说在魏晋南北朝已初具规模，在唐代臻于成熟。白话短篇小说在宋元两代已经相当繁荣，白话长篇小说在元末明初也已出现了《三国志演义》《水浒传》等作品。第五，文学传媒出现了印刷出版、讲唱、舞台表演等各种新的形式。第六，文学创作的主体和对象，包括了宫廷、士林、乡村、市井等各个方面。总之，中国文学所有的因素都在这个时期具备了，而且成熟了。

中古期的第一段从魏晋到唐中叶。这是五七言古体诗繁荣发展并达到鼎盛的阶段，也是五七言近体诗兴起、定型并达到鼎盛的阶段。诗，占据着文坛的主导地位。文向诗靠拢，出现了诗化的骈文；赋向诗靠拢，出现了骈赋。从“三曹”“七子”，经过陶渊明、谢灵运、庾信、“四杰”、陈子昂，到孟浩然、王维、高适、岑参、李白、杜甫，诗歌的流程清楚而又完整。杜甫既是这个阶段最后的一位诗人，又是开启下一阶段的最早的一位诗人，像一个里程碑矗立在文学史上。“建安风骨”和“盛唐气象”这两个诗歌的范式，先后在这个阶段的头尾确立起来，作为一种优秀的传统，成为后代诗人追慕的极致。这又是一个文学创作趋于个性化的阶段，作家独特的人格与风格得以充分展现。陶渊明、李白、杜甫，他们的成就都带着鲜明的个性。此外，这个阶段的文学创作，宫廷起着核心的作用，以宫廷为中心形成若干文学集团，文学集团内部成员之间相互切磋，提高了文学的技巧。以曹操为首的邺下文人集团在发展五言古诗方面的作用，齐梁和初唐的宫廷诗人在建立近体诗格律方面的作用，都是有力的证据。在这个阶段，玄学和佛学渗入文学，使文学呈现多姿多彩的新面貌。在儒家提倡文学的政治教化作用之外，玄学家提倡的真和自然，已成为作家的美学追求；佛教关于真与空的观念、关于心性的观念、关于境界的观念，也促进了文学观念的多样化。

中古期的第二段从唐中叶开始，具体地说就是以天宝末年“安史之乱”爆发为起点，到南宋灭亡为止。唐中叶以后文学发生了一些值得注意的变化：韩、柳所提倡的古文引起文学语言和文体的革新，宋代的欧阳修等人继续韩、柳的道路，完成了这次革新。由唐宋八大家共同实现的革新，确定了此后的文学语言和散文模式，一直到“五四”才打破。诗歌经过盛唐的高潮之后面临着盛极难继的局面，诗人们纷纷另辟蹊径，经过白居易、韩愈、李贺、李商隐等中晚唐诗人的努力，到了宋代终于寻到了另一条道路。就宋诗与唐中叶以后诗歌的延续性而言，有这样两点值得注意：由中晚唐诗人开始，注重日常生活的描写，与日常生活相关的人文意象明显增多，到了宋代已成为一种普遍的风气；由杜甫、白居易开创的反映民生疾苦、积极参与政治的传统，以及深沉的忧患意识，在晚唐一度减弱，到了宋代又普遍得到加强。就宋代出现的新趋势而言，诗人与学者身份合一，议论成分增加，以及化俗为雅的美学追求，也很值得注意。作为宋诗的代表人物，黄庭坚与江西诗派具有比较明确的创作主张与艺术特色。苏轼、杨万里、范成大、陆游等也各以其自身的特点，与江西诗派共同构成有别于唐音的宋调。唐中叶以后曲子词迅速兴盛起来，经过晚唐、五代词人温庭筠、李煜等人之手，到了宋代遂蔚为大观，并成为宋代文学的代表。柳永、苏轼、周邦彦、李清照、辛弃疾、姜夔等人的名字也就永远镌刻在词史上了。唐中叶以后传奇的兴盛，标志着中国小说进入成熟的阶段；而在城市文化背景下，唐代“市人小说”的兴起，宋代“说话”的兴盛，则是这个阶段内文学的新发展。

中古期的第三段从元代开始，延续到明代中叶。从元代开始叙事文学占据了文坛的主导地位，这是具有重大意义的。从此，文学的对象更多地从案头的读者转向勾栏瓦舍里的听众和观众。文学的传媒不仅是写在纸上或刻印在纸上的读物，还包括了说唱、扮演等艺术形式。儒生社会地位降低，走向社会下层从事通俗文学的创作，先是适应群众喜闻乐见的文学形式，继而提高这些文学形式，出现了关汉卿、王实甫、马致远、高明等一大批不同于正统文人的作家。元代的文学以戏曲和散曲为代表，以大都为中心的杂剧与以温州为中心的南戏，共同创造了元代文学的辉煌，而明代流行的传奇又是对元曲的继承与发展。元末明初出现了《三国志演义》和《水浒传》这两部长篇白话小说，成为这个阶段的另一标志，它们的出现预示着一个长篇小说的时代到来了。

三、近古期

明嘉靖以后文学发生了划时代的变化。这一变化主要表现在以下方面：（一）随着商业经济的繁荣、市民阶层的壮大、印刷术的普及，文人的市民化和文学创作的商品化成为一种新的趋势；适应市民这一新的接受群体的需要，文学作品的内容、题材、趣味，发生了一系列的变化。同时，在表现正统思想的士大夫文学之外，反映市民生活和思想趣味的文学占据了重要的地位。《金瓶梅》的出现就是这种种现象的综合反映。（二）在王学左派的影响下，创作主体的个性高扬，并在作品中以更加强烈的色彩表现出来；在文学作品中对人的情欲有了更多肯定的描述；对理学禁欲主义进行了强烈的冲击，从而为禁锢的人生打开了一扇窗户。汤显祖的《牡丹亭》所写的那种“生者可以死，死可以生”的爱情，便是一种新的呼声。晚明诗文中所表现出来的重视个人性情、追求生活趣味、模仿市井俗调的倾向，也透露出一种新的气息。（三）诗文等传统的文体虽然仍有发展，但已翻不出多少新的花样。而通俗的文体显得生机勃勃，其中又以小说最富于生命力。这些通俗文学借助日益廉价的印刷出版这个媒体，渗入社会的各个阶层，并产生了广泛的影响。从以上各方面看来，明代中叶的确是一个文学新时代的开端。

从明嘉靖初到鸦片战争是近古期的第一段。明清易代是一个巨大的变化，特别是对那些汉族士人的震动极其强烈，但清代初期和中期的文学创作基本上沿袭着明代中叶以来的趋势，并没有发生巨大变化。在近古期第一段，文学集团和派别的大量涌现以及它们之间的论争，是一种值得注意的现象。在诗文方面有公安派、竟陵派、神韵派、格调派、性灵派、桐城派的主张和创作实践，在词的方面有阳羡词派、浙西词派、常州词派的主张和创作实践，甚至在戏曲方面也有以临川派和吴江派为主的两大群体的论争。在不同流派的相互激荡中，涌现出一些杰出的作家，清诗、清词取得不可忽视的成就。值得特别注意的还是戏曲、小说方面的收获。汤显祖的《牡丹亭》、洪昇的《长生殿》、孔尚任的《桃花扇》，共同达到传奇的顶峰。近古期的第一段是白话长篇小说的丰收期，吴承恩的《西游记》、兰陵笑笑生的《金瓶梅》、吴敬梓的《儒林外史》、曹雪芹的《红楼梦》，是这个阶段的巅峰之作。蒲松龄的《聊斋志异》是中国文言小说的一座高峰。

近古期的第二段是从鸦片战争开始的。与明清易代相比，鸦片战争的炮声是更大的一次震动。鸦片战争带来千古未有之变局，从此中国由封建社会沦为半殖民地半封建社会。西方文化开始涌入中国这片古老的土地，而中国许多有识之士在向西方寻求新的富国强兵之路的同时，也寻求到新的文学灵感，成为一代新的作家，龚自珍、黄遵宪、梁启超便是这批新人的代表。与社会的变化相适应，文学创作也发生了变化。救亡图存的意识和求新变于异邦的观念，成为文学的基调。文学观念也发生了变化，文学被视为社会改良的工具，在国民中最易产生影响的小说的地位得到充分肯定。随着外国翻译作品的逐渐增多，文学的叙事技巧更新了。报刊这种新的媒体出现了，一批新的报人兼而具有作家的身份，他们以报刊传播其作品，写作方法也因适应报刊这种形式的需要而有所变化。在散文的领域内出现了通俗化的报刊文体，在诗歌领域里提出了“我手写我口”这样的口号。

近古期的终结，也就是中国古代文学的终结，我们仍然划定在五四运动爆发的1919年。这是因为“五四”作为一次新文化运动，不仅在社会史上开启了一个新的时期，也在文学史上开启了一个新的时期。在五四运动之前虽然出现了一些带有新思想与新风格的作家，但那仍然属于古典文学的范畴。五四运动中涌现出来的那批作家才有了质的变化。我们既注意19世纪末以来文坛发生的渐变，更注重“五四”这个大的开阖。“五四”阖上了中国数千年古典文学的门，同时打开了文学的一片崭新天地。

最后要说明的是，三古七段说虽然打破了朝代分期，但我们仍然认为，朝代分期在目前的文学史教学和研究中符合长期以来的习惯，更便于操作。而且，朝代的更换有时也确实给文学带来了兴衰变化，汉之盛在赋，唐之盛在诗，宋之盛在词，元之盛在曲，上文已经涉及。再以唐、宋两代诗文的创作而论，随着本朝之内时间的推移，都有一个从渐盛到极盛再到渐衰的发展过程。其中似乎存在着与朝代兴衰有关的某种原因，值得我们注意。因此，朝代分期自有其不可完全替代的理由。三古七段是我们处理中国文学史分期问题的一种新的视角，我们仍然愿意保留朝代分期（如本书四卷、九编的划分），作为另一种视角，并将二者结合起来，使之互相补充，相得益彰。这就是说，我们主张用双视角来处理中国文学史的分期问题。因此，三古七段说更全面的表述是：三古七段双视角。

## 注 释

〔1〕黄霖《近代文学批评史》第九章《中国文学史学》将中国古代“具有文学史性质的作品”按体例分为六类：题辞体、传记体、时序体、品评体、派别体、选录体。此外，“还有一类侧重在论述文学史有关原理的论著，如《文心雕龙》中的《通变》及叶燮的《原诗》等”。(《近代文学批评史》，上海古籍出版社 1993 年版，第 754~755 页)

〔2〕如（宋）严羽《沧浪诗话》、（宋）计有功《唐诗纪事》、（明）胡应麟《诗薮》、（清）叶燮《原诗》、（清）厉鹗《宋诗纪事》、（清）张宗橚《词林纪事》等。

〔3〕本书是林传甲于光绪三十年（1904）在京师大学堂师范馆任国文教员时所编的讲义，有宣统二年（1910）武林谋新室排印本，书名前冠以“京师大学堂讲义”。全书分为 16 篇，其内容不限于文学，还包括文字学、音韵学、训诂学、修辞学、群经文体、诸史文体、诸子文体等。

〔4〕谢无量《中国大文学史》，上海中华书局 1918 年初版。

〔5〕胡适《白话文学史》只有上卷，上海新月书店 1928 年初版。

〔6〕郑振铎《插图本中国文学史》，北平朴社出版部 1932 年初版。

〔7〕刘大杰《中国文学发展史》，中华书局于 1941 年出版上卷，1949 年出版下卷。全书由古典文学出版社于 1957 年重版。1963 年中华书局上海编辑所出版新 1 版。

〔8〕中国科学院文学研究所中国文学史编写组的《中国文学史》，是供高等学校文科有关专业使用的教材，人民文学出版社 1962 年初版。

〔9〕游国恩、王起、萧涤非、季镇淮、费振刚主编的《中国文学史》，是高等学校文科教材，人民文学出版社 1963 年初版。

〔10〕王国维《宋元戏曲史》，上海商务印书馆 1915 年初版。

〔11〕鲁迅《中国小说史略》，是作者 1920 年至 1924 年在北京大学讲授中国小说史课程时的讲义，由北京新潮社于 1923 年印行上卷，1924 年印行下卷。北京北新书局于 1925 年印行合订本。

〔12〕韩愈《顺宗实录》卷二：“旧事：宫中有要，市外物，令官吏主之，与人为市，随给其直。贞元末，以宦者为使，抑买人物，稍不如本估。末年不复行文书，置‘白望’数百人于两市并要闹坊，阅人所卖物，但称‘宫市’，即敛手付与，真伪不复可辨……名为‘宫市’，而实夺之。尝有农夫以驴负柴至城卖，遇宦者称‘宫市’，取之，才与绢数尺。又就索‘门户’，仍邀以驴送至内。农夫涕泣，以所得绢付之，不肯受。”(《昌黎先生外集》卷七，清同治己巳江苏书局重刊东雅堂本)

〔13〕如山西省侯马市金代董氏墓中后壁上端砖砌戏台与戏俑、山西省稷山县马村段氏金代墓葬群中的杂剧砖雕、山西省洪洞县明应王殿元代戏曲壁画、山西省新绛县吴岭庄元墓杂剧砖雕。

〔14〕近年来已有中国文学史史料学的著作出版，例如，潘树广主编《中国文学史料学》，

黄山书社 1992 年版；徐有富主编、程千帆校阅《中国古典文学史料学》，南京大学出版社 1992 年版；傅璇琮主编《中国古典文学史料研究丛书》，其中穆克宏《魏晋南北朝文学史料述略》已由中华书局于 1997 年出版。

〔15〕参看袁行霈《中国文学概论》总论第三章《中国文学的地域性与文学家的地理分布》，高等教育出版社 1990 年版，第 33~47 页。

〔16〕参看商伟《论宫体诗》，《北京大学学报》1984 年第 4 期。

〔17〕关于诗赋之间的关系，林庚在《略谈唐诗高潮中的一些标志》中已经提出，见《社会科学战线》1982 年第 4 期，后收入其《唐诗综论》一书，人民文学出版社 1987 年版，第 51~55 页。

〔18〕王国维《人间词话删稿》，见徐调孚注、王幼安校订《人间词话》（与《蕙风词话》合订），人民文学出版社 1960 年版，第 226 页。

〔19〕参看袁行霈《以赋为词——清真词的艺术特色》，《北京大学学报》1985 年第 5 期，后收入其《中国诗歌艺术研究》一书，北京大学出版社 1987 年版，第 354~367 页。

〔20〕唐柳宗元《答韦中立论师道书》："文者以明道。"唐李汉《昌黎先生集序》："文者，贯道之器也。"宋周敦颐《通书·文辞》："文所以载道也。"

〔21〕郑振铎《插图本中国文学史》也将中国文学分为三期：古代文学、中世文学、近代文学。其所谓中世文学"开始于晋的南渡，而终止于明正德的时代，其时间凡一千二百馀年（317—1521）"。其所谓近代文学"开始于明世宗嘉靖元年（1522），而终止于五四运动之前（1918）。共历时三百八十馀年"。

〔22〕《吕氏春秋·古乐》："昔葛天氏之乐，三人操牛尾投足以歌八阕：一曰载民，二曰玄鸟，三曰遂草木，四曰奋五谷，五曰敬天常，六曰达帝功，七曰依地德，八曰总万物之极。"（《吕氏春秋》，陈奇猷校释本，学林出版社 1984 年版，第 284 页）

〔23〕《尚书·尧典》："帝曰：'夔！命汝典乐，教胄子。……诗言志，歌永言，声依永，律和声，八音克谐，无相夺伦，神人以和。'夔曰：'於！予击石拊石，百兽率舞。'"（见皮锡瑞《今文尚书考证》，中华书局 1989 年版，第 82~85 页）

# 第一编　先秦文学

# 绪　论

先秦是中国文化奠基的时期，是中国文学上古期的第一段。这一历史阶段所确立的文化形态和文化品质对后世具有极其深远的影响。先秦文学尚未从当时混沌一体的文化形态中分离出来，先秦文学的特征与当时特殊的文化形态有着密切的关系。先秦文学以其独有的魅力，昭示着中国文学强大的生命力。

## 第一节　中国文学的源头

传说时期的文学　早期文字与书面文学的产生　诗乐舞紧密结合

中国文学的产生可以一直上溯到文字产生以前的远古时期。原始的神话传说和歌谣，在人们口头代代流传，经过漫长的时间，才用文字记下一鳞半爪。由于时代久远，口耳相传导致变异，后世见诸文字记载的原始文学很难说是其原貌。这些远古歌谣和神话，我们称之为传说时期的文学。

远古时期的歌谣和神话传说，在古籍中时有记载。据说是神农时代出现的《蜡辞》云："土反其宅，水归其壑，昆虫毋作，草木归其泽！"（《礼记·郊特牲》）这大约是一首农事祭歌。《吴越春秋》卷九所载的《弹歌》："断竹，续竹，飞土，逐宍（宍，古肉字）。"反映的是原始人制造弹弓和狩猎的过程，语言古朴，但已经具有韵律，显然是一首十分古老的歌谣。《吕氏春秋·音初》所载禹时涂山氏之女所歌的"候人兮猗"，虽只有一句，却是今天所能见到的比较可信的夏代歌谣的遗文。至于传说为尧舜时期的《击壤歌》《康衢谣》《卿云歌》《尧戒》《赓歌》《南风歌》等，从其思想内容和语词来看，显然都是后人的伪托。远古时期的神话传说，反映了在生产力水平很低的情况下，先民对自然和社会的认识。后来的文字记录大多是片断零散的，有些已经被后人改造，中国神话的原始形态没能够很好地保存下来。

文字的出现，是社会文明的标志之一。甲骨文字和部分青铜器上的铭文，是我国现在所知最古的文字[1]。以甲骨文为代表的商代晚期文字，已经发展为相当成熟的文字系统。甲骨卜辞文句简朴，形式单一，有少量的记事文字；商代中期的青铜器铭文也只有两三字，直到商代晚期，铭文仍很简单。然而甲骨文和金文的产生却具有重大的文化意义，为口耳相传的文学发展成为书面文学提供了条件，标志着中国书面文学的萌芽。西周末年至春秋时期，出现了一些篇幅较长的钟鼎铭文[2]，这表明具有文学因素的文本出现了。从此，文学的各种形式在语言文字不断成熟的过程中得到快速发展。

诗歌是最古老的文学形式之一。中国最初的诗歌是和音乐、舞蹈结合在一起的，这在我国古籍中有明确的记载。《吕氏春秋·古乐》云："昔葛天氏之乐，三人操牛尾投足以歌八阕：一曰载民，二曰玄鸟，三曰遂草木，四曰奋五谷，五曰敬天常，六曰达帝功，七曰依地德，八曰总万物之极。""葛天氏"应是传说时期的一个部落酋长。这八阕可能是现在所知的最古的一套乐曲，有歌有舞，歌辞已经无可稽考，舞容极其简单，仅三人手持牛尾，边舞边唱[3]。从八阕乐曲的题目来推测，"载民"是歌唱始祖；"玄鸟"即燕子，可能是歌唱部落的图腾；"遂草木"歌唱草木茂盛；"奋五谷"歌唱五谷生长；"敬天常"即遵循自然法则；"达帝功"以下反映了原始人祈求在神灵的庇护下达到万物和畅的理想。这套乐曲表现了上古时代诗、乐、舞一体的原始形态。《尚书·益稷》记载帝舜时的乐曲《大韶》云："夔曰：戛击鸣球，搏拊琴瑟，以咏。祖考来格，虞宾在位，群后德让。下管鼗鼓，合止柷敔，笙镛以间，鸟兽跄跄。《箫韶》九成，凤凰来仪。夔曰：於！予击石拊石，百兽率舞，庶尹允谐。"《箫韶》即《大韶》，九成即九章，是帝舜时乐官夔所作。这套乐曲也是诗、乐、舞三位一体的。演奏时，有钟、磬、琴、瑟、管、笙、箫、鼗、鼓、柷、敔等乐器，有人唱歌辞，有人化装为各种鸟兽和凤凰起舞。《左传·襄公二十九年》记载吴公子季札对其内容和意义的评论，认为此曲"德至矣哉，大矣！如天之无不帱也，如地之无不载也。虽甚盛德，其蔑以加于此矣，观止矣"。据《论语·八佾》记载，孔子也曾称赞说："《韶》，尽美矣，又尽善也。"孔颖达疏云："乐之为乐，有歌有舞，歌以咏其辞，而声以播之，舞则动其容，而以曲随之。"这段话具体论述了《大韶》诗、乐、舞三者一体的盛大场面。《礼记·乐记》云："诗，言其志也；歌，咏其声也；舞，动其容也。"诗、乐、舞三者紧密结合，是中国诗歌发生时期的一个重要特征。

诗歌和音乐、舞蹈相互结合的形式，在文字已经成熟并广泛用于文献记录以后，还存在了相当长的一段时期。如《诗经》中的作品都是乐歌，而其中的颂诗，是祭祀时用的歌舞曲。约在春秋以后，诗歌从乐舞中逐步分化独立出来，向文学意义和节奏韵律方向发展。

## 第二节　先秦文学的作者和形态

由巫到史　贵族文学的兴起　士阶层的出现及其文学活动　文献的综合性特征　成熟的文学作品的出现　作者和时代难以确定

先秦经历了一个由原始文化向理性文化嬗变的过程。在这一过程中，文化主要承担者的身份、地位发生了明显的变化，文学作者也因之而不断变化。

夏商时代和西周初期，以原始宗教文化为主，文化的主要承担者是巫觋。巫觋在商代具有重要的地位，远比在周代地位高[4]。他们理所当然地也是文学的创造者。《礼记·表记》云："殷人尊神，率民以事神，先鬼而后礼。"前所列举传为神农时的《蜡辞》，就是上古流传下来的驱祸祈福的咒语歌谣。此外，今存甲骨卜辞、《易》卦爻辞，也是因占卜等巫术行为而作，不过，它们应该出自宫廷或有身份的巫觋之手。其中有些作品，句法简单整齐，偶尔协韵，是早期诗歌创作的萌芽[5]。巫觋都善于歌舞音乐[6]，但巫觋祭祀降神的歌谣大多亡佚。可以想见，在夏商或周初，出于巫术祭祀目的而创制的韵文或歌谣是当时主要的文学作品。春秋以后，巫觋的地位或职业有所变化，巫术祭祀歌谣逐渐失去其原有的重要地位，但它并没有绝灭。《诗经》中一些祭祖的诗歌，如《大雅·生民》等，都是宫廷巫师的作品。总的说来，巫觋作为文学的作者，随着时代发展而逐渐衰亡。

上古巫史不分，史的职务起初也是宗教性的。《左传·昭公二十年》云："祝史祭祀，陈信不愧。"一般说来，史官除了从事宗教活动外，还从事有关锡命、册命、载录氏族谱系等政治活动[7]。随着商周之际鬼神地位的下降，人事受到重视，史官发展了人事方面的职能，并从原始宗教中脱离出来，成为新兴文化的代表[8]。史长于记人事、观天象、悉旧典。《商书》中的《盘庚》《高宗肜日》《西伯戡黎》《微子》诸篇，是史家最早的散文创作。史官世代传业，儒家所传的经书，多为他们旧藏的典籍。这些经书的文辞可分质朴与文采两类。史官所记录的，如《周书》中的《大诰》《康诰》《酒诰》都是朝廷的诰誓，直录周公口语，辞风质朴，不加文饰。史官自作的，如《周书》中的《洪范》《顾命》等篇，都显示出条理比较细密、文思比较清晰的特点。春秋时期，史官的文化活动达到了一个高潮，各国都有自己的史书，其中鲁国的《春秋》留存至今。鲁国史官左丘明采集各诸侯国的史记，作《春秋左氏传》，文质并胜，把史家散文推上了一个高峰，成为后世散文创作的典范。

西周时期，学在官府，只有贵族才有受教育的权利，文化为贵族所垄断。当时官学的内容，据《周礼·地官》记载有六艺："一曰五礼，二曰六乐，三曰五射，四曰五驭，五曰六书，六曰九数。"这类官学，其后逐渐演变为私人传授，即父子代代相传。贵族掌握了知识文化，才能进行文学创作，所以召公云："为民者宣之使言，故天子听政，使公卿至于列士献诗，瞽献曲，史献书，师箴，瞍赋，矇诵。"（《国语·周语》）其中的公卿、列士都是贵族。他们所献、所箴、所赋、所诵之诗，即《诗经》中的三颂、大雅和小雅的一部分，用以美刺王政。贵族成了西周、春秋时文学的主要创作者。周朝同时也有许多民间歌谣，这些歌谣的作者大都是平民。据说这些诗歌经过专人采集后[9]，由掌管音律的乐官、太师修正、加工，再演奏给天子听，以观风俗，知得失，这就是《诗经》中的十五国风。所谓"男女有所怨恨，相从而歌。饥者歌其食，劳者歌其事"（《春秋公羊传·宣公十五年》何休注），文学价值很高。

春秋战国之际，分封制度的解体，导致上层贵族地位的下降和下层庶民地位的上升。于是，在贵族和庶人之间兴起了一个士阶层，士的人数迅速增加，他们的社会作用也日益重要[10]。随着贵族阶级的衰落，官学或私家传授出现了危机，于是民间聚众讲学之风应运而起，文化知识也由贵族转移到士的手里[11]。春秋末年，孔子在鲁国讲学，"弟子盖三千焉，身通六艺者七十有二人"（《史记·孔子世家》），并发展成为儒家学派。春秋战国之际，墨家聚众讲学，并形成了有组织的集团，当时称为墨者，后世称墨家。到战国时期，讲学成为时尚，士阶层迅速扩大。士由于掌握了文化知识，而为统治者所重视，一时"礼贤下士"之风大盛。统治者招徕并敬重贤士，以谋富国强兵。各国有权势的大臣也多养士为食客，这些食客或为主人出谋划策，奔走游说；或代主人著书立说，如信陵君之编《魏公子兵法》，吕不韦之编《吕氏春秋》等。士的地位空前提高，推动了学术文化的发展。当时诸子并起，代表不同阶级、集团的利益，他们议论时政，阐述哲理，形成了"百家争鸣"的盛况。

先秦文学作者的身份随着社会发展而不断变化，由巫到史，到贵族，再到士，其演变过程，与文学繁荣的趋势是一致的。作者身份的多样性，使文学在体裁、题材、风格等方面显出了异彩纷呈的特性。

先秦时期的文化特征决定了文献呈现为综合的形态。从商代到春秋时期，文献大多产生或用于各类仪式之中，或是巫史的其他职业性行为。甲骨卜辞、钟鼎铭文、《尚书》中的部分篇章、《春秋》等，这些作品都是巫史职业性作品，由于它们记言记事，所以被看做是史学文献，但也同样具有文学意义。早期哲学著作也是如此。殷周之际，中国文化经历了革命性的变化，萌芽于商代的“德”的观念，在周代得以发展，形成了敬德保民的思想，并在《尚书》《周易》等多种文献中表现出来。此外，《尚书·洪范》记载了商代已形成的“五行”思想体系，《周易》卦爻辞中表现了“阴阳”的观念和辩证思想，等等。战国时期，文化学术思想空前活跃，形成了诸子百家争鸣的局面。于是，探索宇宙人生、进行哲学思辨和关注社会政治、讨论治国之道的诸子说理散文成熟了。先秦文献往往体现出文史哲综合一体的特征。《左传》《国语》《战国策》等历史散文内容丰富多彩，写作中运用了多种文学手法，具有较突出的叙事文学的特点，奠定了我国叙事文学的传统。大多数说理散文也不是抽象地进行哲学思辨或枯燥地讨论政治、人生问题，而是在文章中表现出鲜明的个性，带着浓郁的情感，具有丰富的形象，文学价值很高。

先秦诗歌经历了一个明显的发展过程，由宗教颂赞祷祝诗演进到政治叙事诗，再演进到言志抒情诗。宗教颂赞祷祝诗如甲骨卜辞中的韵文、《易》卦爻辞、钟鼎铭文中的韵语等；政治叙事诗如《大雅》的大部分、《小雅》的小部分以及《颂》等；言志抒情诗如《小雅》的大部分和《国风》的全部。这些诗歌或追念先祖，或美刺时政，或吟咏性情，奠定了中国诗歌的发展方向。

和中原地区不同，南方楚国的青铜器出现较晚，而铁器的出现却先于中原[12]。铁器是当时最先进的生产力要素之一，它间接地促进了楚文化的发展。从现在所能见到的漆器上的图饰，丝织品上刺绣的花纹以及帛画看来[13]，其精美的制作工艺和艺术造型，都达到了相当高超的水平。正是这种文化孕育了“楚辞”。屈原说：“惜诵以致愍兮，发愤以抒情。”（《楚辞·九章·惜诵》）“道思作颂，聊以自救兮。”（《楚辞·九章·抽思》）在楚地民风、民俗及民间曲调基础上，屈原“依《诗》取兴，引类譬喻”（王逸《离骚经序》），借鉴了《诗经》的艺术精神和手法，创作出奇伟瑰丽的诗篇，与《诗经》一起，奠定了以风、骚为基础的传统诗歌的创作规范。

先秦有些文学作品，并非一时一人所作，它们或由集体创作，或经过后人加工修改，原始作者和创作年代都难以指实。《诗经》中只有少数作品可以知道作者的姓名，多数只能推测是由公卿列士所献或采自民间，有些作品可能经过乐官的整理加工。散文的情况更为复杂：《左传》《国语》的作者及创作时代历来众说纷纭；《尚书》《战国策》实为后人所编；诸子散文虽然都标明了作者，但有许多并不是个人的著作，如《论语》就是孔门弟子所记，《墨子》《孟子》《庄子》等书中也有很多篇幅出自他们的后学之手。此外，先秦文学作品在传承过程中可能也有所损益。这包括两方面的情况，首先是这一时期的作品的写定，往往要经历一段很长的时间，师说和后学之说，可能混杂在一起，师徒间代代传授，难免有增删的情况。其次，先秦典籍经秦火以后，大多为汉人重新编定，这就难免有讹误。汉代传授先秦经典的学派除了有古文、今文的分别外，师承也很多，因此，产生了很多异说。这些都模糊了先秦文学的本来面貌，使之存在许多可争议之处，这也是先秦文学作品不同于后代作品之处。

## 第三节 先秦文化与先秦文学发展的轨迹

原始文化与夏商文学　礼乐文化与西周春秋文学　百家争鸣与战国文学　楚地文化与楚辞

先秦文学伴随着历史的发展，在不同的阶段表现出不同的特点，大致可分为夏商、西周春秋、战国三个时期。

王国维《殷周制度论》说："夏商二代文化略同。《洪范》九畴，帝所以锡禹者，而箕子传之矣。夏之季世，若胤甲，若孔甲，若履癸，始以日为名，而殷人承之矣。"（《观堂集林》卷十）贯通夏商文化的不仅是某些相同的制度，最主要的是贯穿于这些制度背后的宗教意识形态。夏商文学与此时的宗教文化形态紧密相关。

传说南音起于涂山氏所咏《候人歌》，东音起于夏孔甲的《破斧歌》[14]。可以相信，夏商时代已有较为完整的歌谣出现。如《楚辞》中一再提及的夏启时的《九歌》，当是夏代流传下来的歌谣。据《山海经·大荒西经》记载，《九歌》是夏启得自于"天"的，可以想见，古《九歌》与夏时的祭天活动有关，它应该是祭祀歌谣[15]。商代的诗歌如《诗经·商颂》五篇，是自商流传至周的[16]，这些诗歌颂咏祖先，歌舞娱神，都是用于祭祀的。它们在述功和颂圣方面，有较高的表现技巧。商代韵文还包括《周易》中某些卦爻辞，这些卦爻辞多采用谣谚的形式，若舍去其中的"占断辞"，便是简短古朴的诗歌。诗歌内容或怨上刺世、申诉痛苦，或抒发爱情、歌咏劳动，运用象征、比兴、白描、叠咏等手法，用韵参差错落，灵活多样，显示了我国古代诗歌萌芽状态的特点。

巫史文化的昌盛，同时也促进了散文的发展。《尚书》所录《禹贡》和《甘誓》两篇，据说是夏代的遗文。《禹贡》列有九州，这种地理观念夏人不可能有，可以推断是周人补充进去的。《甘誓》记载夏启伐有扈氏，文字朴质，文义简单，亦是后人所追记。商代出现了完整的散文作品，其代表为《商书》。其中《盘庚》是可信的殷人作品，记录盘庚迁都于殷时发表的训辞，文字古奥。《商书》中另外四篇经过后人的润饰，已不是本来面貌。这些文献说明，巫史在政治、历史等领域的作用很大。

随着周初分封制的推行，中国历史进入了一个新的阶段。自周公“制礼作乐”到孔子“克己复礼”，旧的巫术宗教文化逐渐被取代，礼乐文化成了主流。也就是说，自西周开始中国进入了以礼乐为标志的新文明阶段。“礼乐”的精神实质是对社会秩序自觉地认同，而这些“礼乐”概念或制度又是从前代原始巫祭文化，尤其是巫祭仪式中发展出来的，比如丧祭之礼、乡饮酒之礼等等。推行礼乐的目的在于维护等级制度，它的核心是“德”“仁”等一些政治伦理观念。周代的文化改革家们正是通过这一“神道设教”的方法，巧妙地完成了理性文化对原始文化的突破。正如王国维所说：“殷周间之大变革，自其表言之，不过一姓一家之兴亡与都邑之移转。自其里言之，则旧制度废而新制度兴，旧文化废而新文化兴。”（《观堂集林》卷十《殷周制度论》）

周代敬礼重德的理性精神，使人类社会和人本身的地位得到了提高，各种神灵都受到了不同程度的怀疑，殷商时期那种浓厚的巫术宗教色彩减少了。周代文学更加关注历史、关注社会、关注人生。对历史的关注源于对现实的关注，当神灵不再作为人们行为的根据，不再给人们指示方向的时候，历史的意义就显现出来了。尤其是在社会变革时代，人们更需要从历史经验中寻找价值和行为的方式。因此，周代的历史意识空前发展起来，史官原来的宗教职责迅速淡化，他们以自己的历史知识和职业信念自觉地肩负着对现实的责任，所谓“史官文化”也因此而成熟。《周书》中的“诰”“誓”以文献的形式，记录了西周初年征服商人的历史，反映了周初的社会关系和周人的政治理想。春秋时期各国都有史书〔17〕，而以鲁国之《春秋》为代表。现存鲁之《春秋》是经孔子修订的，它的基本精神是“道名分”（《庄子·天下》），即讲社会伦理秩序，并通过对历史事实的选择以寓褒贬，寄托自己的社会理想〔18〕。显然，孔子是通过修史来表达对现实的关注。在春秋末年，还出现了《左传》和《国语》〔19〕，此二书继承并发扬了《春秋》的现实精神和表现手法，倡导儒家敬德崇礼、尊王攘夷、固本保民等思想。《左传》是先秦史传散文的顶峰之作，它记述史实，刻画形象，以极为高超的表现技巧把中国叙事文推向成熟，开《战国策》《史记》等史传散文之先河。《国语》以记言为主，其言辞典雅、精练，并通过人物语言再现情节和描绘形象，文学成就虽略逊于《左传》，也为后世所推崇。

除了历史著作外，春秋时期一些杰出的文化巨匠还将目光直接投向现实社会和人生，构建出种种不同的社会理想。说理散文因此得到长足的发展，出现了《论语》《墨子》和韵散结合的《老子》。《论语》是孔子门人对孔子言行的记录，是先秦礼乐德治思想最集中的体现，表达了孔子对现实热切的关怀，它所昭示的儒家思想成为中国传统文化的基石。《论语》文约旨博，言简意赅，极有韵味。《墨子》站在手工业者的立场，倡导一种平等、简朴、和平、宗教型的社会生活方式。《墨子》发展了文章的逻辑性，文风朴实无华。《老子》一书有鉴于社会的混乱无序，提出了“无为而治”的社会政治理想，表达对现实的反省和批判，直接导致了道家学派的成立，在中国文化史上有着十分巨大的影响。该书散韵相间，自然变化，不拘一格。

周代文学在精神和风格上都体现为一种和谐、典雅的特质，一种婉而多讽的特征，这一特点表现在各种文体之中，如《春秋》《左传》等历史文献中的“书法”，即体现了作者的良苦用心。《诗经》以“比兴”为主要的艺术手段，再加以复沓叠唱的结构形式，造成一种含而不露、回环往复的效果。刘勰概括道：“《诗》主言志，诂训同《书》，摛风裁兴，藻辞谲喻，温柔在诵，故最附深衷矣。”（《文心雕龙·宗经》）这就是说《诗经》采用了比兴手法，文辞优美，比喻曲折，最能切合人们的内心情怀。这种美学倾向为后代其他文体所崇尚，所谓“赋、颂、歌、赞，则《诗》立其本”（《文心雕龙·宗经》）。

战国是我国历史上又一个重大的变革时代[20]。随着周天子的衰微，西周、春秋时代的礼乐制度颓然崩溃，各个学派的代表人物，出于对社会的责任感和对人生的关怀，著书立说，批评时弊，阐述政见，互相论辩，形成了“百家争鸣”的局面。西汉初，司马谈曾把“诸子百家”总括为阴阳、儒、墨、名、法、道德六家；西汉末，刘歆于六家之外，又增加了农、纵横、杂、小说四家[21]。这些学派虽然立场不同，但对自然、社会、人生、政治、学理等各方面的问题都有较为深入的探讨，推动了思想与学术的进步。就其各方面的影响而言，以道家的庄周、儒家的孟轲与荀卿、法家的韩非以及纵横家最为重要，他们虽主张各异，但都秉有战国时代特有的文化气质。

首先，他们立足于现实，着眼于现实，很少提及春秋时流行的“天命”“鬼神”等思想。庄子的思想虽然较为玄虚，却是建立在对现实的清醒认识的基础上的；功利色彩较为浓厚的法家和纵横家所看重的是政治形势和政治手段。儒家思想在战国时代也有所发展，孔子“敬鬼神”“畏天命”的思想在孟子那里就很淡薄了，《孟子》谈论更多的是现实问题，是“保民”，他为社会设计出一幅理想的蓝图。正因为诸子具有更加清醒的现实意识，诸子散文所表现出来的对社会现实深刻的认识与尖锐的批判，都是前所未有的。

其次，士人的文化和政治地位空前提高，他们不再盲目认同某种既定的秩序，自主意识和自觉创作精神大为增强。虽然他们所努力的方向不同，但都突破了春秋时温文尔雅的风尚，表现出强烈的个性和激情。其中最有代表性的是孟子和庄子。孟子自称“我善养吾浩然之气”（《孟子·公孙丑上》），以仁义蔑视君王的富贵，并以帝王师自居，因此行文极有气势，锋芒毕露，富有激情。《庄子》文章如行云流水，嬉笑怒骂，极尽渲染夸张之能事，无论是讽刺还是批判无不入木三分。纵横家也都各具个性，有争强好胜的苏秦，也有狡诈善辩的张仪，还有洁身自好、却强济弱的鲁仲连，等等。

就文学风格而言，此时是百花齐放。诸子的生活经历不同，文化教养不同，所处的环境不同，政治观点不同，文学观念也不尽相同，因此文章便表现出不同的风貌。如庄子为了表达对社会现实的嘲讽，表达玄妙精微的思想，创造性地运用了"寓言""重言""卮言"等文学手法，使其文章充满了奇思异想。他正是以"不言之言""不言之辩"，让人们"得意忘言"，自觉运用一种言在此而意在彼，心神交汇的表现手法，从而达到"求之于言意之表，而入乎无言与无意之域"（《庄子·秋水》郭象注）的境界。孟子深切地关怀社会现实，救世心切，道义感和使命感使他具有强大的人格力量，因此为人为文都极具气势。《孟子》之文纵横捭阖，凌厉逼人，再加上生动形象的比喻，使得文风至大至刚，而又饶有韵味。《荀子》文风与《孟子》相近，有辩才，而述理更密，善于譬喻，长于铺排，其总体风格，郭沫若以"浑厚"二字概括之[22]。纵横家是战国时代最活跃的政治力量，他们中的大多数人"务于合纵连衡，以攻伐为贤"（《史记·孟子荀卿列传》），积极参加诸侯国的政治、军事和外交活动，因此语言的力量对他们显得无比的重要。他们充分运用了夸张、排比、寓言、用韵等各种文学手法，务使其语言具有煽动性。《战国策》一书由此显得奇谲恣肆、雄隽华赡、姿态万方。韩非子蔑视传统的礼乐德治思想，并对现实政治有深刻的认识，所论"势""法""术"，显示了赤裸裸的功利主义倾向。他的文章无所顾忌，峻峭犀利，入木三分，淋漓酣畅。战国时期除诸子之外，楚国屈原别开一朵奇葩，照灼古今，大放异彩。屈原是我国文学史上最伟大的文学家之一，他处在宗国倾覆的前夕，又身遭贬谪，报国无门，满腔愤懑，无可告诉，发为诗赋。屈赋以参差错落的句式，奇伟瑰丽的词藻，丰富奔放的想象，表现了屈原美好的政治理想和高尚的人格情操，是《诗经》之后的又一个诗歌高峰。

总而言之，战国时期思想文化领域十分活跃，百家争鸣的局面促进了文学的繁荣，产生了不同于前代而又风格各异的散文和诗赋。清人章学诚说："盖至战国而文章之变尽，至战国而著述之事专，至战国而后世之文体备。故论文于战国，而升降盛衰之故可知也。"（《文史通义》内篇《诗教上》）

## 第四节 先秦时期的文学思想

文学的目的和功用　尚质的文学倾向　“兴观群怨”的文学主张　自然朴素的文学追求

先秦文学的成就，不仅体现在璀璨的诗文作品上，也体现在那些散见于作品中的文学观念和思想上。这些文学观念和思想虽然没有形成一个逻辑谨严、结构完整的理论体系，但同样能展现出对文学的深刻体察和思考，对后世的文学活动产生了深远的影响。

文学的目的和功用问题，是文学的基本问题。《尚书·尧典》提出了“诗言志”说，认为诗歌可以表达诗人的思想和情感。当人们内心有所触动，喜怒哀乐之情充盈胸怀时，就通过创作或吟唱诗歌的方式抒发情志或表达态度。先秦时期的文学实践也印证了这一主张，《诗经·魏风·园有桃》云：“心之忧矣，我歌且谣。”《小雅·四月》云：“君子作歌，维以告哀。”《小雅·节南山》云：“家父作诵，以究王讻。式讹尔心，以畜万邦。”内心的情感和价值的表达需要，是文学创作的主要动力之源。可以说，春秋以前的诗人们已经有了借文学以抒情的思想，有了较为明确的创作动机。

春秋战国时期，诸子蜂起。各家学派在提出了自己社会政治主张和人生理想的同时，也提出了各自的艺术思想和审美观，并对如何表达情感和思想有着各自不同的主张。墨家、儒家和道家等，都有着自己的文学观念和思想，其中以儒、道两家对后世影响最大。

墨家尚质。不仅在生活层面主张简朴，在文学上也极力推崇简约、实用的表达方式。《韩非子·外储说》载有一段对墨子文学主张的论述：“今世之谈也，皆道辩说文辞之言，人主览其文而忘其用。墨子之说，传先王之道，论圣人之言，以宣告人；若辩其辞，则恐人怀其文，忘其直，以文害用也。此与楚人鬻珠、秦伯嫁女同类。故其言多不辩。”墨子之所以反对华丽的言辞，是担心在游说过程中君主只陶醉于文辞，而忽略了游说者的真实意图，以致不能达到游说的目的。这一观点对于后世文学尚质之风产生了一定的影响。

墨子还谈到了文章的“三表法”，《墨子·非命上》云：“子墨子言曰：言必立仪，言而毋仪，譬犹运钧之上而立朝夕者也，是非利害之辨，不可得而明知也。故言必有三表。何谓三表？子墨子言曰：有本之者，有原之者，有用之者。于何本之？上本之于古者圣王之事。于何原之？下原察百姓耳目之实。于何用之？废以为刑政，观其中国家百姓人民之利。此所谓言有三表也。”“三表法”关乎论述的可信性和有效性。传统的可信性来自于巫史或其他形式的神圣文化背景，因此论述者只能通过对古书或古语的“征引”来获得某种权威性。“征引”法在西周和春秋时期常被运用，较为成熟，这就是所谓“信而有征”。墨子“三表法”首次对“征引”进行了理论探讨。除此之外，墨子还对逻辑学有较为深入的研究，要求在较为严谨的概念基础上，进行有效的推论，这些观点对后世论说文的发展、演变有着深远的影响。

儒家原是由西周末年的祝宗卜史等王官散落在民间后形成的一种靠教书相礼为生的阶层。春秋后期，一部分儒者希图以所掌握的礼乐制度治理国家，并以礼乐制度为根据创建了一整套的哲学、社会政治理论，这就形成了儒家学派。孔子是这一学派的奠基者。孔子以“仁”作为人的道德生活、内在修养的准则，以“礼”作为社会秩序和社会行为的规范，构成了一整套的社会思想体系。

孔子将文艺看作是一种道德实践。他说：“兴于诗，立于礼，成于乐。”（《论语·泰伯》）认为诗、乐和礼一样，都可以成全个人品德，也就是说，文艺可以节制和疏导人的情性，也就是文艺可以感化人。因此，孔子认为一个人要“文之以礼乐”，才“可以成人”（《论语·宪问》）。

孔子特别强调文学的政治道德功能，他提出“兴、观、群、怨”说，较为详细地阐述了实现这一文学主张的具体途径。所谓“兴”，指的是通过文学形象唤起或传达一种社会性的情感，使读者领会某种普遍的真理，最终达到感化教育的目的。所谓“观”，郑玄注为“观风俗之盛衰”。儒家认定，诗歌一方面可以提供对现实生活，主要是对政治实践的认识；另一方面可以提供对诗人的主观态度，即对诗人（或诗歌产生地域的人群）伦理修养的认识。“群”，是使人达到一种社会认同感。《荀子·乐论》说：“乐在宗庙之中，君臣上下同听之，则莫不和敬；闺门之内，父子兄弟同听之，则莫不和亲；乡里族长之中，长少同听之，则莫不和顺。”也就是说，诗歌和音乐一样，应该成为一个文化共同体的精神凝聚点，应该反映共同体的情感。“怨”为“刺上政也”（孔安国注）。诗歌可以表达诗人的怨恨之情，这种感情往往特指对不良政治的揭露和批判，以及维护理想政治信念的勇气。“兴观群怨”的文学主张，可以看做是儒家的文学纲领，它虽然也注意到文学在满足社会个体情感等方面的作用，但它显然更加强调文学的感悟功用、认识功用、教育功用和批判功用。

儒家认为，文学的内容和形式应当并重，要求文艺作品做到“尽善尽美”。但相较而言，善的思想倾向在儒家看来似乎更为重要，如孔子在论述《诗经》时说：“诗三百，一言以蔽之，曰思无邪。”（《论语·为政》）认为

《诗经》最有价值之处在于它符合儒家政治理想的思想情感倾向。这一思想制约了唯美观念的发展，促成了中国文学言之有物、积极向善的优良传统。在文学风格上，儒家提倡“温柔敦厚”，不赞成过分地放纵自己的情感，而是强调“乐而不淫，哀而不伤”（《论语·八佾》）。因此，儒家推崇温润和谐、端庄朴素的文风，尤其是在讽谏时，常常自觉采用一种委婉俯顺的文学手法，或是借用典故来表达对现实的态度。这就是所谓的“中和之美”。

孟子特别强调人格与文格之间的紧密关系，认为解读作品之前首先应该“知人论世”。他说：“颂其诗，读其书，不知其人，可乎？是以论其世也。”（《孟子·万章下》）即读一个人的作品之前首先应了解作者本人的身世经历、性情气质及其所在的时代环境，否则便不能深透地了解作品的真正含义。为了正确地推求作者本意，孟子还提出了“以意逆志”说。他说：“说诗者，不以文害辞，不以辞害志。以意逆志，是为得之。”（《孟子·万章上》）认为读者应通过对作品本身的准确解读，推求作者在创作时的真正意图。孟子“知人论世”和“以意逆志”的著名论断，均对后世的文学鉴赏理论产生了深远的影响。

道家是中国思想史上另一个十分重要的学派。该学派的创始人是春秋末期的老子，而战国时期的庄子则是道家最有代表性的人物。道家思想内在地为现实人生寻求着一种美学的超越，因此，道家精神在很大程度上决定了中国古典文学的审美倾向。

在道家看来，“天地有大美而不言，四时有明法而不议，万物有成理而不说。圣人者，原天地之美而达万物之理，是故至人无为，大圣不作，观于天地之谓也”（《庄子·知北游》）。认为天地自然不但隐含着至上的真理，同时也显现了“大美”。通过自然的“大美”以获取“万物之理”，是人类精神活动的主要意义所在。文学的目的就应该是通过对自然的领悟和回归以达成对现实人生的超越，充分享受生命的快乐。道家推崇人的自然性情，认为只有真性情才有价值。《庄子·渔父》云：“真者，精诚之至也。不精不诚，不能动人。……真者，所以受于天也，自然不可易也。故圣人法天贵真。”在这一思想的影响下，肯定人的自然性情，反对矫饰、做作成了中国古代文学的一个优良传统。

道家将“平淡”看作是自然性情的极致。人的喜怒哀乐都有其天然的合理性，但道家并不主张放纵自己的意志和感情，而是主张泯灭自己的感情。《老子》云：“道之出口，淡乎其无味。”《庄子·刻意》云：“淡然无极而众美从之。”因为宇宙自然也就是以其无目的性来成就整个世界的，所以，只有平平淡淡，才能接近“道”的本体——“无”。淡然无为、顺其自然的人生态度，能够使人从生死得失的悲哀中超脱出来，能够使人将短暂而多挫折的个体生命融入无限的宇宙自然之中，从而体验永恒的意义。自然的另一层含义是老子所谓的“大巧若拙”，认为艺术创造的极致是要在外在形式上达到不露人工的痕迹，要显出天然朴素的风格，“朴素而天下莫能与之争美”（《庄子·天道》）。因此，淡泊宁静的情思要求着平淡的形式，朴素自然的文学风格才能和自然无为的精神相协调。文学形式的平淡实际上是以语言的平易为特征的。老子说：“道可道，非常道；名可名，非常名。”（《老子》第一章）语言不能传达出道的精微。庄子认为语言是文学的手段，不是文学的目的：“言者所以在意，得意而忘言。”（《庄子·外物》）为了克服语言对传情达意的负面影响，就应该尽量淡化语言在文学创作中的显现程度。用最平淡最自然的语言来进行创作，则能容纳更为丰富的意蕴。

儒家和道家的美学思想分别从不同的角度影响了古代文学的思想内容和艺术特征。一般说来，儒家鼓励文学走向社会人生，强调文学的政治、教化功能，文学成了中国传统文人实现自己人生价值的重要手段。在形式上推崇端庄雅正、温柔敦厚的风格，讲求规矩法度。道家则主张文学从现实生活中超脱出来，在宇宙自然中寻求个体精神的自由，其内容主要表达由领悟自然而得到的欣喜。在形式上，道家文学既能表现为冲淡清幽的意境，又能表现为恣意放达的兴味。正是在儒、道思想的共同影响下，中国文学才显得意蕴丰厚，摇曳多姿。

## 注 释

〔1〕比甲骨文年代更早的与文字起源有关的考古材料是陶器上的符号。西安半坡、青海柳湾等地发现的仰韶文化的陶器符号，郭沫若等认为是具有文字性质的符号。一部分学者认为是夏文化的二里头文化，其中陶器上的符号，形体已很像甲骨文。一般公认甲骨文为现在所知最早的成熟的文字。1954 年在山西洪洞县坊堆村发现西周甲骨文，以后在别处也有发现，其中以在扶风、岐山两县间周原遗址发现的数量为最多。已发现的单字超过四千五百个（参见于省吾《关于古文字研究的若干问题》，载《文物》1973 年第 2 期），这还不是当时所使用的全部的文字。

〔2〕成王时的“令彝”187 字，康王时“小盂鼎”390 字。最长的铭文是西周宣王时“毛公鼎”，共 33 行，497 字。

〔3〕王襄在《簠室殷墟征文考释》中，解释甲骨文“”字说：“象两人执犛牛尾而舞之形，为舞之初字。”说明这个象形字，即沿袭原始时代的舞容而来。可见执牛尾而舞在上古常有之。

〔4〕陈梦家说，商代，“由巫而史，而为王者的行政官吏；王者自己虽为政治领袖，同时

仍为群巫之长"（《商代的神话与巫术》，载《燕京学报》第20期）。张光直亦云："巫的本事和巫在社会上的地位，在商代似乎远较周代为高。"（《商代的巫与巫术》，辑入《中国青铜时代》二集，生活·读书·新知三联书店1990年版，第44页）

〔5〕甲骨文如"其自西来雨？其自东来雨？其自北来雨？其自南来雨？"（郭沫若《卜辞通纂》第375片，科学出版社1983年版，第369页）在句式上就很有民歌风味。《易》作为一部古老的占卜书，其卦爻辞，据《易》卷八《系辞下传》当作于殷末周初。进一步考察，如卦爻辞中之"丧羊于易"（《大壮》六五）、"丧牛于易"（《旅》上九），即记殷祖先王亥被有易氏夺取牛羊之事；"帝乙归妹"（《泰》六五），则记殷末帝乙嫁妹于文王父王季之事；"高宗伐鬼方"（《既济》九三），乃记武乙对外用兵之事。此皆足以说明卦爻辞为殷商时之作。至于《易》之编定成书，则在西周初年。

〔6〕夏商时代巫觋作为一种社会职业并不明显，春秋时楚观射父曰："及少皞之衰也，九黎乱德，民神杂糅，不可方物。夫人作享，家为巫史，无有要质。"（《国语·楚语下》）似乎说在民间曾有过一个人人可以为巫的时期。至于宫廷之中，如陈梦家所说："王者自己虽为政治领袖，同时仍为群巫之长。"一般说来，随着社会分工的细化，会有一个巫觋职业阶层逐渐独立出来的。如《周礼》中的春官集团，似乎主要就是职掌巫事的。此外，另有些巫觋在宫廷或官府之中领有行政职务。这些都模糊了巫觋的职业性。

〔7〕关于巫史职掌的论述，详见徐复观所著《两汉思想史》卷三之《原史——由宗教通向人文的史学的成立》（台北学生书局1979年版）。

〔8〕如江泉所说："迄于后世，知识日增，知鬼神之事眇漠无凭，不如人事之为重，于是史盛而巫衰，一切官职均以史为之。"（《读子卮言》卷一之《论诸子之渊源》）

〔9〕据《汉书·食货志》上记载："孟春之月，群居者将散。行人振木铎徇于路，以采诗，献之大师，比其音律，以闻于天子。"《春秋公羊传·宣公十五年》何休注亦有到民间采诗之说。

〔10〕有关先秦士阶层的兴起，今人论述甚多，以余英时所著《古代知识阶层的兴起和发展》最为详备（载《士与中国文化》，上海人民出版社1987年版）。

〔11〕据《左传·昭公十五年》记载周天子对籍谈说："且昔而高祖孙伯黡司晋之典籍，以为大政，故曰籍氏。及辛有之二子董之，晋于是乎有董史。女，司典之后也，何故忘之？"籍谈不能对。宾出，王曰："籍父其无后乎！数典而忘其祖。"周天子责备籍谈不能像其先人那样继承籍氏的"大政"之学，遂使籍氏的家学失传。这一事实颇能说明贵族家传之学在春秋时渐至于衰落。

〔12〕根据先秦诸子的记载，春秋时铁器已普遍使用了。但这一时期铁器的出土却不多，就已发掘的铁器制品看，多属吴、楚之器。其中引人注意者是春秋晚期楚国所制的含碳量0.5%左右的优质钢剑。说明楚国铁器的制作当时是领先的。（参见《长沙新发现春秋晚期的钢剑和铁器》，《文物》1978年第10期。又李学勤《东周与秦代文明》，文物出版社1991年版，第262页）

〔13〕目前出土的战国帛画有两幅：一幅是1949年长沙陈家大山楚墓出土的人物龙凤帛

画，“画面中部偏右下方绘一侧身伫立的妇女，其身着缀绣卷云纹的宽袖长袍，袍裾曳地状如花瓣，发髻下垂，顶有冠饰。在她的头部前方即画的中上部，有一硕大的凤鸟引颈张喙，双足一前一后，作腾踏迈进状，翅膀伸展，尾羽上翘至头部，动态似飞。画面左边自下而上绘一只张举双足、体态扭曲向上升腾的龙”。另一幅是 1973 年重新整理的 40 年代出土于长沙子弹库楚墓中的人物御龙帛画，“画面正中绘一侧身执缰的男子，头戴高冠，身穿长袍，腰佩长剑，正驾御着一条状似舟形的长龙。龙身高昂，龙尾上翘，龙身平伏供男子伫立，龙尾上部站着一只长颈仰天的鹤，龙首下部有一向左游动的鲤鱼，人物上方正中画一华盖”（《中国大百科全书·美术》，中国大百科全书出版社 1990 年版，第 114~115 页）。

〔14〕详见《吕氏春秋·音初》。

〔15〕《山海经·大荒西经》说“夏后启上三嫔于天”而得此《九歌》。郭璞注曰：“嫔，妇也，言献美妇于天帝。”所以“上三嫔于天”应指用人牲这一事实，启之所为实是一起祭祀事件，古《九歌》应为祭歌。

〔16〕关于《商颂》五篇，亦有人认为是周时宋国人所作，本书赞同古文经学家的说法，认为出自商人之手。

〔17〕《墨子·明鬼》提到“周之《春秋》”“宋之《春秋》”“齐之《春秋》”“百国《春秋》”，《孟子·离娄下》云“晋之《乘》、楚之《梼杌》、鲁之《春秋》”，可见，当时各国皆有史书。

〔18〕“春秋笔法”由于受到后世儒家尤其是公羊家的过分渲染、穿凿附会，它在现代受到了怀疑或否定。但我们认为，《春秋》中的确寄寓了编修者的社会政治理想。

〔19〕韦昭《国语解·叙》以《左传》为《春秋》内传，《国语》为《春秋》外传，虽未必切实，但说明了《左传》《国语》二书与《春秋》的承继关系。

〔20〕王夫之《读通鉴论·叙论》云：“战国者，古今一大变革之会也。”顾炎武作《日知录·周末风俗》从七个方面论述了战国社会制度与春秋之不同，断言“此皆变于一百三十三年之间，史之阙文而后人可以意推者也”。当代许多历史学家都认为战国是我国由奴隶社会进入封建社会的转折时期。

〔21〕详见《史记·太史公自序》及《汉书·艺文志》。

〔22〕见其所著《十批判书·荀子的批判》（东方出版社 1996 年版）第 219 页。

# 第一章 上古神话

神话是原始先民在社会实践中创造出来的，表达了先民对自身及所处环境的理解。神话的内容涉及自然环境、人生际遇和社会生活的各个方面，它通过各种神奇的想象，努力向人们展示“自然与人类命运的富有教育意义的意象”[1]。在远离了蒙昧的岁月之后，神话仍然具有文学魅力，同时也启发了后世的文学创作。

## 第一节 中国神话的产生和记录

神话的概念、产生和功能　　出土资料和文献资料　　《山海经》的神话学价值

神话以故事或形象的方式表现了远古人民对宇宙自然、人类自身及诸种文化现象的起源以及当时世间秩序的理解，神话的主人公包括神祇、始祖、文化英雄、神圣动物等，神话故事一般具有变化、神力和法术等因素。神话的意义通常显示为对某种自然或社会现象的解释，有的表达了先民征服自然、变革社会的愿望。只有在原始思维的背景下，并且当人类可以凭借语言来表达自己的感情，表达对自然和社会的领悟的时候，神话才有可能产生[2]。原始社会生产力水平十分低下，面对难以捉摸和控制的自然界，人们不由自主地会产生一种神秘和敬畏的感情，而一些特殊的灾害性的自然现象，如地震、洪水，还有人类自身的生老病死，等等，尤其能引起惊奇和恐慌。人们由此幻想出世界上存在着种种超自然的神灵和魔力，自然和社会的秩序体现了神灵的意志，或者是各种神力的平衡，而灾难现象则是恶神或人类自身过错引致神灵惩罚的结果。神话也就由此产生。神话对于原始人来说是非常重要的。首先，人们讲述神话，为的是保持社会习俗及社会制度的意义和合理性[3]。神话在维系人们的社会性上具有重大的意义。其次，由于生产力低下，尤其是面临着神秘莫测的自然界，个人必须把自己融入氏族之中才能生存。神话是把个人和集体联系

为一体的一条强有力的精神纽带。再次，先民们在神秘而悲喜莫测的日常劳动和生活中，积聚了相当丰富而强烈的情绪体验，神话故事可以使难以理解的现实呈现出种种戏剧性的属性，人们在对世界假想性的把握中宣泄了种种令人不安的情绪[4]。

中国在远古时代曾有过丰富的神话传说。在已出土的远古资料中，留下了大量的神形刻绘，如辽宁牛河梁红山文化“女神庙”遗址中的彩绘女神头像[5]；阴山岩画中“有巫师祈祷娱神的形象，也有拜日的形象”；在连云港市将军崖岩画中，“天神表现为各式各样的人面画……包括太阳神、月神、星神等”。又如随县擂鼓墩1号墓内棺上“有一些手执双戈戟守卫的神像，有的长须有角，有的背生羽翼，富于神话色彩”，长沙子弹库出土的楚帛书上的十二月神形象，“或三首，或珥蛇，或鸟身，不一而足，有的骤视不可名状”[6]。此外，出土的大部分动物形的刻绘也与神话有关[7]。由此可知，中国上古时代的神话相当发达，已经产生众多的神灵和相应的传说故事。由于时代的久远，再加上后世文化整理者对神话采取排斥态度，致使上古神话在文献古籍中载录甚少[8]，资料零散不全，不像古希腊神话那样被完整而有系统地保留下来。中国古代文献中，除了《山海经》等书记载神话比较集中之外，其余则散见于经、史、子、集等各类书中。这些材料往往只是片段，有完整故事情节的不多。

《诗经》《楚辞》是上古时代两部诗歌总集，其中多有取材于神话的诗篇，如《诗经》中的《商颂·玄鸟》和《大雅·生民》就记录了商部族始祖契和周部族始祖后稷诞生的神奇经历。《楚辞》中保留的神话材料较多，尤其是《天问》这一篇，作者运用了大量的神话作为素材，比如鲧禹治水、羿射十日、共工触山、昆仑悬圃、月中蟾蜍等，其中有些材料较他书所载更接近于神话的原始面貌，因此很有价值。但由于作者采用了问句的形式，提及某个神话时往往只是只言片语，过于零碎，难以理解。还有一些神话保留在一些史书之中，比如《左传》《国语》《逸周书》等，这些史书中的神话大多数经过史家的改造，借以说明古代的史实，但仍能从中看出原始神话的蛛丝马迹来。如《左传》中一段文字谈到高辛氏的两个儿子因为不能和睦相处，被高辛氏迁往两处，分别掌管商星和参星[9]。这实际上是初民对商星和参星永不见面的自然现象所作的神话解释。《穆天子传》中关于穆天子见西王母的故事，神话色彩最为浓厚。由于神话本身具有深刻而简明的寓意，它也受到先秦诸子的重视。《庄子》援引神话最多。《庄子》自称“寓言十九”，其中有些寓言即是神话，另一些则往往是对古神话的改造，如鲲鹏之变、黄帝失玄珠、倏忽凿浑沌等。《孟子》《墨子》《韩非子》等书中也保留了一些神话材料。《吕氏春秋》和《淮南子》分别成书于秦汉两代，由众人编纂而成，两书中都保存了不少民间流传的神话。尤其是《淮南子》一书，对神话的搜罗相当宏富，如《地形训》就有关于海外三十六国、昆仑山、禹以及九州八极等神话。中国古代著名的四大神话：女娲补天、共工触山、后羿射日和嫦娥奔月，就是保留在《淮南子》中的。西汉及此后的其他文献中仍不断有新的神话出现，或是对旧有神话进行补充。

在所有的古代文献中，以《山海经》最有神话学价值。《山海经》约成书于战国初年到汉代初年之间，应是由巫师、方士根据各地的自然神灵传说及祭祀状况汇编而成[10]。《山海经》是我国古代保存神话资料最多的著作。全书共分山经五卷、海外经四卷、海内经五卷、大荒经四卷，内容极其驳杂，除神话传说、宗教祭仪外，还包括我国古代地理、历史、民族、生物、矿产、医药等方面的资料。

《山海经》中有大量的对山神形貌的描述，它们往往是奇形怪状的动物，或兼有人和动物的形体特征，如龙首鸟身或人面马身等，这里或许含有自然崇拜或图腾崇拜的意识，反映了人类早期的思维特征。海经、大荒经的神话色彩是全书中最浓的，记录了一些异国人的奇异相貌、习性和风俗，如贯胸国、羽民国、长臂国、不死国、大人国、小人国，等等。其中有不少想象奇特的神话，如鲧禹治水、刑天舞干戚等，都深入人心，流传广远。《山海经》中的神话大多是片断的，如《大荒西经》载："有神十人，名曰女娲之肠，化为神，处栗广之野，横道而处。"这些神灵有何神通，为何要"横道而处"，都不得其解。但也有不少记载已具有清晰的情节，有的经过缀合，甚至可以得到相当完整的故事和形象，如夸父逐日，大禹、帝俊和西王母的传说，以及圣地昆仑山的神奇景象等。总之，《山海经》可以说是我国古代神话的一座宝库，对我国神话的传播和研究有着极其重要的意义。

另外，中国少数民族也流传着不少神话故事，这些神话故事或具有神话色彩的史诗虽然被记录或整理得较为晚近，但有一些颇为历史悠久、意蕴丰厚。它们和文献中所保存下来的神话一道，共同构筑起了中国神话的大厦。

## 第二节 中国神话的主题和意义

创世神话　始祖神话　洪水神话　战争神话　发明创造神话　忧患意识　厚生爱民意识　反抗精神

神话的内容丰富而复杂，按照主题的不同可简要分类如下[11]：

一、创世神话

所谓创世神话，也就是关于解释世界起源的神话。中国古代的创世神话，以盘古故事最为著名：

> 天地混沌如鸡子，盘古生其中，万八千岁，天地开辟，阳清为天，阴浊为地。盘古在其中，一日九变，神于天，圣于地。天日高一丈，地日厚一丈，盘古日长一丈，如此万八千岁。天数极高，地数极深，盘古极长。后乃有三皇。(《艺文类聚》卷一引徐整《三五历纪》)

这则神话认为，宇宙是从一个卵中诞生出来的，这种看法在世界各地的原始初民中普遍存在。卵生是一种普遍的生命现象，先民们由此设想宇宙也是破壳而生的。宇宙卵生神话对中国的阴阳太极观念有极重要的影响。同时，宇宙生成的人格化、意志化过程也反映了先民对人类自身力量的肯定。

盘古不仅分开了天和地，同时也是天地之间万事万物的缔造者。另一则神话说他死后，呼吸变为风云，声音变为雷霆，两眼变为日月，肢体变为山岳，血液变为江河，发髭变为星辰，皮毛变为草木……[12]这种“垂死化身”的宇宙观，不但解释了宇宙的形成和形态，还暗喻了人和自然的相互对应关系。中国古代关于宇宙万物的神话较为丰富，如《山海经》中的《大荒南经》和《大荒西经》记录了帝俊的妻子羲和与常羲分别生育了十个太阳和十二个月亮等。《山海经》中还记录了烛龙（又名烛阴）之神，他“视为昼，瞑为夜，吹为冬，呼有夏，不饮，不食，不息，息为风”（《山海经·海外经》）。这些都显示了先民对宇宙等自然现象积极探索的精神。

二、始祖神话

就像关心宇宙的起源一样，先民对人类自身的起源也有极大的兴趣。而有关人类起源的神话，则首推女娲的故事。女娲补天，显示出她作为宇宙大神的重要地位。《淮南子·览冥训》载：

> 往古之时，四极废，九州裂。天不兼覆，地不周载。火爁炎而不灭，水浩洋而不息，猛兽食颛民，鸷鸟攫老弱。于是女娲炼五色石以补苍天，断鳌足以立四极，杀黑龙以济冀州，积芦灰以止淫水。

女娲经过辛勤的劳动和奋力的拼搏，重整宇宙，为人类的生存创造了必要的自然条件。女娲不仅有开辟之功，她也是人类的创造者。《太平御览》卷七十八引《风俗通》云：

俗说天地开辟，未有人民，女娲抟黄土作人，剧务，力不暇供，乃引绳絙于泥中，举以为人。故富贵者，黄土人也；贫贱凡庸者，絙人也。

这则神话不但虚构了人类的产生，也试图阐释人类为什么会有社会地位的差别。

有关女娲的神话主要应是产生于母系氏族社会，女娲补天和造人的不朽功绩，既反映了人们对女性延续种族作用的肯定，同时也是对女性社会地位的认可。以上神话塑造了一个有着奇异神通而又辛勤劳作的妇女形象，她所做的一切，都充满了对人类的慈爱之情。

除了人类共同的始祖外，各部族又有自己的始祖神话。商民族始祖契是简狄吞食燕卵而生[13]，周民族始祖后稷的诞生和经历更具传奇色彩。后稷神话记录在《诗经·大雅·生民》中：姜嫄因踩到了天帝的足拇指印而受孕，顺利地产下稷，姜嫄觉得不祥，便把他丢弃在窄巷、树林、寒冰等处，但稷分别得到牛羊、樵夫、鸟的奇迹般的救助，存活下来，并迅速表现出种植农作物的天赋，最终成为周人的始祖。这类神话几乎各部族皆有，而且不少在情节或结构上有相似之处[14]。它们反映了部族成员对自己祖先的追念，表现出民族自豪感和认同。

三、洪水神话

以洪水为主题或背景的神话，在世界各地普遍存在。学术界对洪水神话的成因也提出了种种解释[15]。曾经有过的洪水灾害是如此的惨烈，在人类心灵中留下不可磨灭的印记，成为一种集体记忆，伴随着神话一代一代地流传下来，提醒人们对自然灾害保持戒惧的态度。

国外的洪水神话，大多是表现这样一个主题，即天帝对人类堕落的失望，洪水是对人类的惩罚，而洪水之后人类的再造，反映了对人性的反省和批判。而保留在中国汉民族古代文献中的洪水神话，则主要把洪水看作是一种自然灾害，所揭示的是与洪水抗争、拯救生民的积极意义，看重人的智慧及抗争精神。在这些洪水神话中最杰出的英雄当数鲧禹父子。

《山海经·海内经》载：

洪水滔天。鲧窃帝之息壤以堙洪水，不待帝命。帝令祝融杀鲧于羽郊。鲧复（腹）生禹，帝乃命禹卒布土以定九州。

鲧为了止住人间水灾，而不惜盗窃天帝的息壤[16]，引起了天帝的震怒而被杀。他的悲惨遭遇也赢得了后人深切的同情和尊敬，如屈原作《离骚》就为他鸣不平："鲧婞直以亡身兮，终然殀乎羽之野。"鲧由于志向未竟，死不瞑目，终于破腹以生禹，新一代的治水英雄由此诞生了。

禹继承了鲧的遗志，开始也是采取"堙"（堵）的方法[17]，但仍难以遏止汹涌的洪水，于是改用疏导的方法。为疏通水路，禹不辞辛劳到处探察河道、地形，据《吕氏春秋》载，他向东走到海边，向南走到羽人裸民之乡，向西走到三危之国，向北走到犬戎国。在治水过程中，"禹八年于外，三过其门而不入"（《孟子·滕文公上》），"疏河决江，十年未阙其家"（《尸子》孙星衍辑本卷上），"股无胈，胫无毛，手足胼胝，面目黎黑，遂以死于外"（《史记·李斯列传》），可谓历尽千辛万苦。除此之外，他还要和诸多恶神展开艰苦的斗争，如诛杀相柳（《山海经·海外北经》）、擒服水怪无支祁（《太平广记》卷四六七"李汤"条）等。他的精神也感动了诸多的神灵，传说河伯献出河图（《尸子》孙星衍辑本卷下），伏羲帮助他丈量土地，还有一条神龙和一只灵龟帮助他从事劳动（《拾遗记》卷二，《楚辞·天问》）。总之，弥漫天下、祸害人间的洪水终于被大禹制伏了，而一个不辞辛劳、为民除害而又充满智慧的英雄形象在中国文化史上树立起来。洪水神话集中反映了先民在同大自然作斗争中所积累的经验和表现出的智慧。

四、战争神话

黄帝和炎帝是活跃在中原的两个大部族的首领，分别兴起于相距不远的姬水和姜水，他们在向东发展的过程之中发生了严重的冲突。《史记·五帝本纪》载：

> 炎帝欲侵陵诸侯，诸侯咸归轩辕。轩辕乃修德振兵，治五气，艺五种，抚万民，度四方。教熊、罴、貔、貅、貙、虎，以与炎帝战于阪泉之野，三战然后得其志。

这一则神话中所言"诸侯""修德"等，很明显是出于后世儒者的附会。但黄帝和炎帝在阪泉之野确实发生过一次残酷的战争，《新书·益壤》称当时的战场是"流血漂杵"。而黄帝居然能驱使熊、罴等猛兽参加战斗，为这次战争增添了神奇的色彩。这些猛兽可能是某些部落的图腾，它们分别代表不同的部落跟随着黄帝参加战斗。阪泉之战以黄帝的胜利而告终，它导致了炎黄两大部族的融合，华夏民族由此而正式形成，并发展成为中华民族的主要成分。这则神话实际是对一次历史事件的记录和解释。

炎黄汇合后，另一次著名的大战是发生在黄帝和蚩尤之间：

蚩尤作兵伐黄帝，黄帝乃令应龙攻之冀州之野。应龙畜水。蚩尤请风伯、雨师纵大风雨。黄帝乃下天女曰魃，雨止，遂杀蚩尤。（《山海经·大荒北经》）

黄帝与蚩尤战于涿鹿之野。蚩尤作大雾弥三日，军人皆惑，黄帝乃令风后法斗机作指南车，以别四方，遂擒蚩尤。（《太平御览》卷十五引《志林》）

蚩尤属于南方的苗蛮部族[18]，他有81个铜头铁额的兄弟，这可能是暗示他们的军队已经装备了金属盔甲，一些文献上提及蚩尤冶炼金属作兵器，这与当时冶金术的发展程度是相适应的。这场战斗十分激烈，涉及风伯、雨师等天神，而风、雨、旱、雾等气象也成了相互进攻的利器。这两则神话不仅涉及古代的祈雨、止雨巫术，还涉及一些具有重要文化意义的发明，内涵较为丰富。

黄帝正是在对内兼并和对外抗御的两场战争之中，大显神威，确立了他作为中华民族始祖的形象。出于对中华民族始祖的爱戴，后世又把许多文化史上的发明创造，如车、陶器、井、鼎、音乐、铜镜、鼓等，归功于黄帝，或黄帝的臣子。黄帝在神话中又成了一个善于发明创造的文化英雄[19]。

五、发明创造神话

人类社会的活动方式构成了文化。文化是人类创造的，它的存在超越了自然和个体，同时具有象征性、整合性、民族性、可发展性等特征。[20]中国古代关于文化事项起源的神话很多。人们把自身发展过程中所积累的各类重大发明，以及对各种自然、社会障碍的克服，都加在一个个神话人物身上，并把他们看做是本部族理想的象征。自然神从而被人类自己的神代替。历史上相继出现了大量有关文化英雄的神话，这些神话的主人公通常是人的形象，他们都有着神异的经历或本领，他们的业绩在于创造和征服，如燧人氏、有巢氏、神农氏、仓颉、后稷等等。

后羿是神话传说中弓箭的发明者[21]，也是一个神射手。弓箭的发明是初民生活中的大事，因此人们把无上的勇力和荣誉都赋予了这个弓箭的发明者。而后羿正是凭着自己发明的弓箭和神技，为民除害，造福人类。死于羿的弓箭之下的害人妖孽有凿齿、九婴、大风、猰貐、修蛇、封豨等[22]。不过，羿最为辉煌的业绩，还要数射落九个太阳。据《山海经·大荒南经》和《大荒东经》载：“羲和者，帝俊之妻，生十日。”这十个太阳住在树上，轮流出现，“一日方至，一日方出”。《楚辞·天问》王逸注引《淮南子》云：“尧时十日并出，草木焦枯。”于是羿弯弓搭箭，“仰射十日，中其九日，日中九乌皆死，堕其羽翼，故留其一日也”。人间的秩序又得到了恢复。十个太阳都是天帝的儿子，羿要射落九日，不仅需要神技，还要有超人的胆略。

除了以上这些类型的神话外，还有一些神话显示了人类英雄突出的个性、勇气，显示了人类对自身不可动摇的信念，如：

夸父与日逐走，入日。渴欲得饮，饮于河渭，河渭不足，北饮大泽。未至，道渴而死。弃其杖，化为邓林。(《山海经·海外北经》)

夸父为何要与日逐走，已不得而知了，但他那强烈的自信心，那奋力拼搏的勇气，以及他那融入太阳光芒之中的高大形象，构成了一幅气势磅礴的画面，反映了古代先民壮丽的理想。而他渴死道中的结局，又为整个故事涂上了一层浓厚的悲剧色彩。

另一则与自然抗争的悲剧神话，发生在一个纤弱的女子身上：

有鸟焉，其状如乌，文首、白喙、赤足，名曰精卫，其鸣自詨(叫)。是炎帝之少女，名曰女娃，女娃游于东海，溺而不返，故为精卫，常衔西山之木石，以堙于东海。(《山海经·北山经》)

女娃被东海淹死，化而为鸟，坚持以弱小的生命、菲薄的力量，向浩瀚的大海复仇，这是何等的悲壮！正是这种明知徒劳仍要抗争的精神，支持初民走过那险恶而艰难的年代。夸父和女娃的神话，讴歌了人类顽强的生命力。

中国古代丰富多彩的神话，是远古历史的回音，它真实地记录了中华民族在它童年时代的瑰丽的幻想、顽强的抗争以及步履蹒跚的足印。同样，它作为中华民族的文化源头，在很大程度上影响了民族精神的形成及其特征。

首先，中国古代神话体现了深重的忧患意识。中华民族发源于以黄河流域为中心的广阔地域。而在 3 000 年前，黄河流域除了不断出现洪水和旱灾以外，还分布着很多密林、灌木丛和沼泽地，其中繁衍着各种毒蛇猛兽，从《山海经》中对那些能带来灾异甚至能食人的奇异动物的描述中，能看到先民对生存环境的警惧。为了顺利地生存和发展，先民们在满怀希望中必须切实地体验现实的艰难，并作不懈的努力。比如在女娲、羿和禹的神话中，无不以相当的分量描绘了人类的恶劣处境，神性主人公们都能正视现实的灾难，并通过锲而不舍的辛勤劳作和斗争，战胜自然灾难。神话特别强调诸神不辞辛劳的现实精神，反映了先民对现实的苦难有着深刻的体验。这与奥林匹斯诸神的享乐精神形成鲜明的对比。

其次，中国古代神话具有明确的敬重生命、爱护人民的意识[23]。对百姓民众生命的爱护和尊重，是中国文化的一贯精神，所谓“天地之大德曰生”

（《易·系辞下》），就反映了这种思想，这与以希腊神话为代表的西方神话有显著的不同[24]。中国古代神话在展示人类恶劣的生存境遇的同时，还为人类塑造了一些保护神，如前所说之女娲、后羿等。此外，还有一些神话形象如龙、凤等，“见则天下安宁”（《山海经·南山经》），它们的出现给人带来了祥瑞和安慰。不少神话反映了对个体生命的珍惜和对生命延续的渴望。《太平御览》卷七九引《管子》曰：“黄帝钻燧生火，以熟荤臊，民食之无肠胃之病。”再如南方之神炎帝，《淮南子·修务训》记他采药为民治病，“一日而遇七十毒”。黄帝、炎帝对人类的生命可谓关怀备至，甚至不惜以身试毒。此外，《山海经》中“不死之国”“不死民”“不死之药”的传说，也说明了中国神话对人类生命的珍视。古代神话还表现了自然和人之间的亲和关系，这实际上也是一种厚生意识。如主日月之神羲和，不但要职掌日月的出入，“以为晦明”（郭璞注《山海经·大荒南经》引《归藏·启筮》语），调和阴阳风雨，还要“敬授人时”（《尚书·尧典》），以利人类的生产和生活。再如春神句芒的到来，“生气方盛，阳气发泄，句者毕出，萌者尽达”（《礼记·月令》），给人类带来了美好的希望。这些都体现了人们与自然和谐相处的愿望，在本质上是对保护和发展生命的希冀[25]。

再次，中国古代神话体现了先民们的抗争精神。生存环境的艰苦，激发了先民不屈的奋斗精神，这种奋斗精神本身就意味着对于命运的抗争，由此而孕育出一大批反抗自然、反抗天帝的神话英雄。前者如精卫以顽强的生命力，面对着难以征服的自然，作顽强的拼搏；后者如《山海经·海外西经》中所载的刑天：

> 刑天与帝至此争神，帝断其首，葬之常羊之山。乃以乳为目，以脐为口，操干戚以舞。

即使断首以死，也要对着天帝大舞干戚，这种顽强的抗争精神是何等的壮烈！他所象征的知其不可为而为之的悲剧性格，成为中华民族生生不息的精神长河中的巨浪。

## 第三节 上古神话的思维特征

以己观物、以己感物　　具体、形象的思维　　情感体验　　隐喻和象征

神话的产生与原始先民的心智能力紧密相关。原始先民的心智发展水平还

处在一个比较初级的阶段，难以明确区别出事物的客观属性，认为在人和外界存在着一种互渗关系[26]。在原始先民眼里，自然万物就和自己一样，拥有活泼的灵魂、意志和情感，能够和人进行神秘的交往。因此，原始先民眼中的世界是一个充满奇异色彩和生命活力的世界。这种感受、理解世界的方法，是神话诞生的土壤，并且在很大程度上制约着上古神话的特点。

首先，由于原始先民在思维中尚未将自身同自然界截然分开，因此，他们在感知自然时，往往将自身属性不自觉地移到自然之上，形成以己观物、以己感物的神话思维特征。这在解释自然现象时表现得更为特出。如《山海经·海外北经》：

> 锺山之神，名曰烛阴，视为昼，瞑为夜，吹为冬，呼为夏，不饮，不食，不息，息为风。身长千里，在无𦞠之东。其为物，人面蛇身赤色，居锺山下。

这则神话即以人的一些常见的生理行为来解释昼夜、四季以及风的形成。再如盘古化生万物的神话，则是以人体的各部分推论天地间的诸物形成。原始先民习惯将自己所熟悉的人体本身作为参照，以诠释自然万物，为此，他们必须设想出一些巨大的、初始的神灵，从而也就创造了一些十分壮丽的开辟神话。以此为基础，从人体稍稍扩大到人的性情、行为、人所熟悉的环境，则神话的领域进一步扩大。比如在解释星系为何多偏移西北、中国地理形势为何西北高东南低时，一则神话说道：

> 昔者共工与颛顼争为帝，怒而触不周之山，天柱折，地维绝，天倾西北，故日月星辰移焉，地不满东南，故水潦尘埃归焉。（《淮南子·天文训》）

以自我来观照万物的思维特征几乎渗透在所有的神话中，它的表现形式也是多样的。人们正是从自身的生命形态中，感受到外在事物的神秘属性，感受到精灵的存在，这才有了神话。可以说，这种思维方式是先民理解神秘世界的一个最主要的方法。

其次，神话思维是一种具体、形象的思维。由于原始先民的抽象思维能力尚处在最初的发展阶段，因此，思维还不能脱离具体的物象，不能脱离那些具体的感性材料。比如，原始先民为了把握一日之中时间的变化，就利用太阳在空间的位置变动来加以说明，并因此创造了种种关于太阳的神话，诸如“日出于旸谷"，此后历经咸池、扶桑、曲阿、曾泉、桑野、衡阳、昆吾、鸟次、悲谷、女纪、渊虞、连石、悲泉、虞渊、蒙谷等地（详见《淮南子·天文训》）。以一连串具体的情节表示一日中时间的流逝，在神话中成了一连串具体可感的情节。同样，在神话中，四方也并不表现为纯粹的空间，它必然和某些特定的内容甚至特定的情感体验紧紧联系在一起。比如东方被表现为春神句芒、春天、青色、木等，而北方则与冬神颛顼、冬天、黑夜、黑色、水等不能分开[27]。一定的时间、空间往往和一定的神明相对应，时间、位置等观念是无法从具体内容中抽象出来的。

在神话思维中也有对事物的综合，通过一定程度的概括，使某些神话形象脱离了具体事物。比如龙这个神话形象，就是经过长时间的综合而形成的。但是，神话的综合仍然离不开具体形象，还不能达到真正的抽象。龙的前身可能是一个以蛇为图腾的部落标志，由于"接受了兽类的四脚，马的毛，鬣的尾，鹿的脚，狗的爪，鱼的鳞和须"，才最终形成这一威武雄壮的神话形象[28]。显然，这一形象不是纯粹想象的产物，它只不过是对具体物象的再组合，仍然带有具体、形象的特点。

再次，神话思维伴随着浓烈的情感体验。神秘莫测的大自然在先民心中引起恐惧、敬畏或惊喜等情感，先民认为这些情感也是外物本身所固有的属性，因而，在先民看来，自然万物或是神秘的，或是恐怖的，或是有魔力的。这些具有意志、情感的自然万物，它们之间以及它们和人类的交往，不正是构成神话故事的根本原因吗？同样，在神话的传播、复述的过程中，也是充满了情感体验的。比如在楚辞《九歌》仪式中，无论是表演者还是观看者，都会随着那一个个神话形象的登场，而感受到澎湃的激情。再比如，《山海经》中每当出现龙凤神话形象时，总是伴有歌舞音乐，显示了祥和安乐的情感体验[29]。神话中所蕴含的情感，是神话之所以感人的魅力所在，不过，随着时间的流逝，现代人往往难以理解神话中所附属的情感体验。

由以上的特点可以看出，神话思维实际上是一种象征性或隐喻性的思维。所谓象征、隐喻，就是某种具体的物象和某种特定意义之间的联系[30]。原始思维的特点决定了原始人还不能利用抽象观念进行独立的思考，但随着文化的发展，追溯历史、交换思想、总结经验、表达信仰等，往往会涉及一些较为抽象的观念。因此，他们必须借用某些具体的物象来暗示某些特征上相似或相联系的观念，比如把葫芦和禽卵跟母体崇拜、生殖崇拜相联系，就是一个典型的象征例子。可以说，原始神话就是由这些不同类型的象征性、隐喻性的意象符号系统构成的，有一些意象的寓意相当复杂、丰厚，如龙这个意象，它不但是部落的符号，同时还包含着特定的民族精神和深厚的民族感情，成为全民族凝聚力的象征。

神话是原始先民的一种认知和表达方式，还不能说是自觉的文学创作。但神话又确实在文学宝库中占有一个非常重要的位置，这是因为神话思维中的一些特征也同样出现在文学创作和文学欣赏活动中。相比较而言，文学创作中的象征和情感表达更加主观化、个性化，抒发的是作者的主观情怀，而神话的情感和象征植根于集体意识之中，并带有更多的神秘意味。

## 第四节　上古神话的流变与影响

神话历史化　　神话发展为仙话　　神话作为文学的素材
神话原型对后世文学的影响

中国古代神话的原始状态是十分丰富多彩的，但经过历史潮水的冲刷，如今呈现在我们面前的，大多只是一些零碎的片段。这是一件非常令人遗憾的事。

中国的历史意识发展很早，很多古老的神话传说，往往被当做历史事实而被载录下来，神灵被理解为人类祖先编入历史谱系之中，从而丧失了神话的本来面目。这被称为神话的历史化。这种例子，在传统典籍中比比皆是，从《尚书》《左传》《国语》，一直到《史记》《吴越春秋》《越绝书》，都是如此，宋代罗泌所作《路史》是其集大成之作。其结果是使神话大量消亡，历史向前延伸，各氏族的谱系更加严密。比如《左传·昭公十七年》载：

> 我高祖少皞挚之立也，凤鸟适至，故纪于鸟，为鸟师而鸟名：凤鸟氏，历正也；玄鸟氏，司分者也；伯赵氏，司至者也；青鸟氏，司启者也；丹鸟氏，司闭者也。祝鸠氏，司徒也；雎鸠氏，司马也；鸤鸠氏，司空也；爽鸠氏，司寇也；鹘鸠氏，司事也。五鸠，鸠民者也。五雉为五工正，利器用、正量度，夷民者也。

我国东方部族中很多是以鸟作为图腾的，其中也必然流行着不少有关鸟的神话。而在这里，这些有关图腾鸟的神话则被改造为一系列的官名，于是，神灵的世界也就被改造成为人类社会，成为历史的一部分。这些鸟族的神话也就无从寻找了。

又据《尸子》（孙星衍辑本）卷下载，当子贡向孔子提及黄帝有四张面孔的神话时，孔子说："黄帝取合己者四人，使治四方，此谓之四面也。"四张面孔被解释为四个人面朝四个方向，“黄帝四面”的神话就变成了一件有关黄帝治理天下的史实。另一则有关夔的神话，在孔子那里也遭到了同样的命运[31]。这是典型的神话历史化过程。这一文化现象在世界其他民族的文化史中或多或少都出现过[32]。

儒家思想是中国传统文化的主流，孔子“不语怪力乱神”，站在理性的立场而否定神话的价值，这对后世神话的载录和流传有着重大的影响。

一般认为，古代神话形象经历了从动物形、半人半兽形到人形这么一个发展过程。在正统的史家或儒家的典籍中，那种半人半兽形的神性形象被抹杀殆尽了，因为这种形象很难被纳入历史谱系之中，而且也违背了理性化的原则。此外，还有其他一些触犯了理性化原则的神话，也都遭到删削。如司马迁所说：“其文不雅驯，缙绅先生难言之。”（《史记·五帝本纪》）相当一部分神话因此得不到史家的认可，因而没有进入载籍。这些，我们已无从考察了。有些有幸被文人笔录，但在此后的流传过程中，又被无情地删削。如《列女传》古本所录舜的神话中，有二女教舜服鸟工龙裳而从井廪之难中逃脱的情节，今本《列女传》中就荡然无存了。再如《淮南子》古本载嫦娥奔月神话时说嫦娥“托身于月，是为蟾蜍，而为月精”，今本《淮南子》亦不存[33]。其原因可能都是“不雅驯”。

中国古代神话发展变化的另一条道路，是被道教改造，成为仙话的一个来源[34]。仙话一般讲述的是通过修炼或仙人导引，使人长生不老或幻化成仙的故事。在仙话中，我们能发现不少古代神话人物，其中最突出的是黄帝和西王母。《史记·封禅书》记有黄帝在荆山脚下铸鼎，鼎成，有龙垂胡髯在鼎上，迎他骑龙升天一事。这则故事有着明显的仙话的痕迹。而黄帝战胜蚩尤，在仙话中则被归功于“九天玄女”，说她“授（黄）帝以三官五意阴阳之略……灵宝五符五胜之文，遂克蚩尤于中冀”（《广博物志》卷九引《玄女法》）。同样，窃药奔月的嫦娥、操不死之药的西王母，也是仙话中的重要人物。神话转变为仙话是有限的，它一般集中在特定的几个人物身上，且有类似于修炼、服药、升天不死的情节。在仙话中，那些神话人物所蕴含的民族精神、审美品质，都被严重地削弱了。

古代神话对后世作家的文学创作有很大的影响，正如马克思所说“希腊神话不只是希腊艺术的武库，而且是它的土壤”[35]。在文学中，我们能看到神话精神的延续、光大。神话对文学的影响主要表现在两个方面，一是作为文学创作的素材，一是直接影响文学创作的思维方式、表现手法、欣赏效果等。

中国神话以其广博精深的意蕴，生动活泼的表现力，为后世文学奠定了基础。神话本身因其隐喻性和形象性而具有鲜明的文学性，它的形象、母题、情节等，常为后世各类文学作品所借鉴。在先秦散文中，《庄子》一书以“意出尘外，怪生笔端”“缥缈奇变”（《艺概·文概》）著称，《庄子》说理的精妙和文风的恣肆，在很大程度上得益于神话。如《逍遥游》之鲲鹏变化，《应帝王》之“凿破混沌”，这两则神话为全文抹上了变幻奇诡的浪漫色彩。至于曹植采用洛水女神宓妃的形象，创作了脍炙人口的《洛神赋》，是利用神话素材进行的一次成功的创作。上古神话常有以诗歌形式传播下来的，如《诗经·大雅·生民》描述了后稷的种种神迹，楚辞《离骚》《天问》《九歌》中记载了多个神灵。此后的诗人，尤其是浪漫主义诗人常常以神话入诗，如陶渊明《读山海经》诗云：“精卫衔微木，将以填沧海。刑天舞干戚，猛志固常在。同物既无虑，化去不复悔。徒设在昔心，良辰讵可待。”李商隐《瑶池》诗云：“瑶池阿母绮窗开，《黄竹》歌声动地哀，八骏日行三万里，穆王何事不重来。”都以神话形象或情节作为诗歌的素材。小说、戏曲对神话素材也多有汲取，主要是借助于神话奇特的想象，利用神话形象或神话情节进行再创作。如唐代李朝威的小说《柳毅传》，创造了一个优美的爱情神话。明清神魔小说对神话的采用和重塑，达到了此类文学的最高点，其代表作为《西游记》，孙悟空、猪八戒以及他们的腾云驾雾、七十二般变化成了中国文学中最有影响的故事之一。从孙悟空身上，不难看到“石中生人”的夏启、“铜头铁额”的蚩尤、“与帝争位”的刑天以及淮涡水怪无支祁的影响。此外，《聊斋志异》《镜花缘》《封神演义》《红楼梦》中也有不少发人深省的神话情节。可以说，古代神话作为素材，遍布在中国古典文学的每一个角落，它经文学家的发掘、改造，在新的作品中重新散发出光芒，使文学作品具有独特的艺术魅力。

神话作为原始先民意识形态的集中体现，凝结着先民对自身和外界的思考和感受，包含着浓郁的情感因素。这些神话意象在历史中固定下来，通过文化积淀，在一代代人的心底默默传承着，并总是不失时机地通过各种形式，在后代文学作品中表现出来[36]。也就是说，神话对于文学的意义，不仅仅在于它是文学家的素材，更为重要的是，那些自觉或不自觉地运用了神话原型的作品，都可以把作者或读者领入先民曾经有过的那种深厚的情感体验之中，从而缓释现实的压力，超越平凡的世俗。神话作为原型的意义要比它作为素材的意义更为重要。当屈原在现实世界中屡遭打击而悲苦无依的时候，他就毅然地转向古老的神话：龙凤结驷，巡游天界，四方求女。是神话世界巨大的力量，使他从现实中超越出来，支持他的人格，抚慰他心灵的创伤。同时，由《离骚》所抽象概括的某些意象，由于它深沉的神话背景和屈原创造性的提炼，而成为一种稳固的神话原型，在中国文学史上，在一代代作家的笔下传递。而蒲松龄的《聊斋志异》则不仅是将神话看作素材，更是将其当成全部的精神寄托，是对当时不公平的世界的厌弃和对神话感情、神话世界的皈依〔37〕。正如荣格所说的那样："一个用原始意象说话的人，是在同时用千万个人的声音说话。……他把我们个人的命运转变为人类的命运，他在我们身上唤醒所有那些仁慈的力量，正是这些力量，保证了人类能够随时摆脱危难，度过漫漫的长夜。"〔38〕可以说，屈原、蒲松龄等人的作品都体现了神话原型的精髓和力量。

## 注　释

〔1〕语见韦勒克、沃伦著《文学理论》中译本，生活·读书·新知三联书店 1984 年版，第 206 页。

〔2〕学术界普遍认为神话产生于野蛮期的初级阶段，到了野蛮期的中级阶段，神话进入了繁荣的时期。我国学者杨堃和袁珂等人认为神话的起源应早到蒙昧期的高级阶段，即旧石器时代晚期，或者比这个时期更早。分别参见《论神话的起源和发展》（载《民间文学论坛》1985 年第 1 期）和《中国神话通论》（巴蜀书社 1993 年版）。

〔3〕马林诺夫斯基在《原始心理的神话》中说："当仪式、庆典或社会、道德准则要求获得证据，证明它们是自古以来一脉相承的，是现实和神圣的，这时神话便发挥了作用。"（转引自约翰·维克雷编《神话与文学》中译本，上海文艺出版社 1995 年版，第 17 页）

〔4〕以上部分论点参照了理查德·蔡斯所著《神话研究概说》、斯坦利·爱德加·海曼所著《神话的仪式观》（原文皆收入约翰·维克雷编《神话与文学》）。

〔5〕参见《文物》1987 年第 8 期：《辽宁牛河梁红山文化"女神庙"与积石冢群发掘简报》及《牛河梁红山文化女神头像的发现与研究》。

〔6〕参见盖山林著《中国岩画学》，书目文献出版社 1995 年版，第 37、76 页；李学勤著《东周与秦代文明》，文物出版社 1991 年版，第 284、354 页。

〔7〕张光直认为，商代早期的刻绘图形中，"其中之动物的确有一种令人生畏的感觉，显然具有由神话中得来的大力量"（《商周神话与美术中所见人与动物关系之演变》，载《中国青铜时代》，生活·读书·新知三联书店 1983 年版，第 292 页），并断定，"商周青铜器上的动物纹样也扮演了沟通人神世界的使者的角色"（《美术、神话与祭祀》，辽宁教育出版社 1988 年版，第 52 页）。现在可见的各种青铜彝器上的动物图形甚多，尤其是一些假想的动物图形，如饕餮、夔、龙、虬、凤、肥遗等，都应该是具有神性的动物。

〔8〕李学勤认为，文献中所记录的神话远不足以说明中国上古神话的全貌："楚帛书上的十二月神形象，文献全无描述，看来我们对东周到秦这一历史时期的神话，实际上还没有很多具体知识。《楚辞》《山海经》等书所述，不过是广大的神话世界的一小部分。"（《东周与秦代文明》，文物出版社 1991 年版，第 355 页）

〔9〕见《左传·昭公元年》："昔高辛氏有二子，伯曰阏伯，季曰实沉，居于旷林，不相能

也，日寻干戈，以相征讨。后帝不臧，迁阏伯于商丘，主辰，商人是因，故辰为商星；迁实沉于大夏，主参，唐人是因，以服事夏商。”

〔10〕关于《山海经》的性质、成书年代及作者，异说颇多。袁行霈认为，《山经》是巫觋之书，成于战国初、中期；《海经》是秦汉间的方士之书（《〈山海经〉初探》，载《中华文史论丛》1979年第3期）。袁珂认为，“《山海经》确可以说是一部巫书，是古代巫师们传留下来、经战国初年至汉代初年楚国或楚地的人们（包括巫师）加以整理编写而成的”（《中国神话史》，上海文艺出版社1988年版，第18页）。本书主要采纳袁行霈的观点。

〔11〕神话分类是神话学的一个重要课题，我国神话研究者如茅盾、林惠祥、谷德明、陶阳、钟秀、刘淮城等，都从不同的角度提出了多种分类方法。详见潜明兹著《中国神话学》（宁夏人民出版社1994年版）第二章《多维视角的神话学》。本书分类吸取了以上学者的成果，并作了适当的调整。

〔12〕见《绎史》卷一引《五运历年记》。

〔13〕较为详细的原文见《史记·殷本纪》：“殷契，母曰简狄，有娀氏之女，为帝喾次妃。三人行浴，见玄鸟堕其卵，简狄取吞之，因孕生契。”

〔14〕如《魏书》高句丽传中记载了高句丽始祖朱蒙诞生的故事：“朱蒙母河伯女，为夫余王闭于室中，为日所照，引身避之，日影又逐。既而有孕，生一卵，大如五升。夫余王弃之与犬，犬不食；弃之与豕，豕又不食；弃之于路，牛马避之；后弃之野，群鸟以毛茹之。夫余王割剖之，不能破，遂还其母。其母以物裹之，置之暖处，有一男破壳而出。及其长也，字之曰朱蒙。”此外，我国南方苗、瑶、佬、畲、壮、侗、黎等民族也有类似的始祖神话。

〔15〕外国著名的洪水神话见于巴比伦史诗《吉尔伽美什》、基督教《圣经》等。可以说，世界上很多地方都普遍流传着有关洪水的神话，中国少数民族中流行的洪水神话也相当丰富。可参看陈建宪著《神祇与英雄——中国古代神话的母题》（生活·读书·新知三联书店1994年版）第五章《严酷的自然》及谢选骏著《中国神话》（浙江教育出版社1995年版）第四章《洪水主题》。

〔16〕息壤，能够自生自长的土壤。郭璞注《山海经·海内经》云：“息壤者，言土自长息无限，故可以塞洪水也。”高诱注《淮南子·地形训》云：“息土不耗减，掘之益多，故以填洪水。”

〔17〕《淮南子·地形训》云：“禹乃以息土填洪水，以为名山。”《汉书·沟洫志》引《夏书》云：“禹堙洪水十三年。”

〔18〕有关蚩尤的族属问题，异说颇多。此处据徐旭生《中国古史的传说时代》（文物出版社1985年版）认为蚩尤为南方部族。

〔19〕在神话学中，文化英雄指这样一些神话人物，他们发现或发明了种种文化成果，如火、劳动工具、植物栽培，甚至社会秩序、风俗习俗等，并把这些文化成果传授给人类，有的文化英雄还要为保护文化成果与恶势力作斗争。

〔20〕参见陈国强主编《简明文化人类学词典》，浙江人民出版社1990年版，第70页。

〔21〕《墨子·非儒下》云："古者羿作弓。"《吕氏春秋·勿躬篇》云："夷羿作弓。"

〔22〕以上详见《山海经·海外南经》《淮南子·氾论训》等。

〔23〕"厚生"，即保障人民的生命安全，并使其生活充裕。语出《尚书·大禹谟》："正德，利用，厚生，惟和。"

〔24〕古希腊神话主要是描写神或英雄之间的故事，一般不看重普通百姓民众的生存或幸福。戴维·利明和埃德温·贝尔德在其《神话学》中说："希腊人对神的态度类似于乡民对待富绅：他们当神的面，赞美和奉承神；但在神的背后，却编造不计其数的故事把神描绘成掠夺成性、好争吵、吝啬、嫉妒，对其奴仆——人类的福乐极少关心，等等。"（《神话学》中译本，上海人民出版社 1990 年版，第66~67 页）由此可知，希腊神话远离甚至无视世俗百姓的愿望。

〔25〕此处内容参照了胡晓明所著《灵根与情种》（百花洲文艺出版社 1994 年版）上篇第二节《重生的精神》。

〔26〕参见列维-布留尔《原始思维》第二章《互渗律》："在原始人的思维的集体表象中客体、存在物、现象能够以我们不可思议的方式同时是它们自身，又是其他什么东西。它们也以差不多同样不可思议的方式发出和接受那些在它们之外被感觉的、继续留在它们里面的神秘的力量、能力、性质、作用。"（商务印书馆 1981 年版，第69~70 页）

〔27〕如《淮南子·天文训》载："东方木也，其帝太皞，其佐句芒，执规而治春。……南方火也，其帝炎帝，其佐朱明，执衡而治夏。……中央土也，其帝黄帝，其佐后土，执绳而制四方。……西方金也，其帝少昊，其佐蓐收，执矩而治秋。……北方水也，其帝颛顼，其佐玄冥，执权而治冬。"此外还见于《礼记·月令》《尔雅》等。这一思维方法与中国传统的阴阳五行观念联系十分紧密。可详参英人李约瑟所著《中国古代科学思想史》（江西人民出版社 1990 年版）第六章《中国科学之基本观念》。

〔28〕以上观点见闻一多所著《伏羲考》（收入《闻一多全集》第一卷，生活·读书·新知三联书店 1982 年版）。

〔29〕《山海经·海内经》云："帝俊生晏龙，晏龙是为琴瑟"，"帝俊有子八人，是始为歌舞。"《山海经·大荒西经》云："祝融生太子长琴，是处榣山，始作乐风。有五彩鸟三名：一曰皇鸟，一曰鸾鸟，一曰凤鸟。"又云："有弇州之山，五彩之鸟仰天，名曰鸣鸟。爰有百乐歌舞之风。"

〔30〕黑格尔把"艺术前的艺术"称为"象征型艺术"，认为象征包含两个因素："第一是意义，其次是这意义的表现。意义就是一种观念或对象，不管它的内容是什么，表现是一种感性存在或一种形象。"（《美学》第二卷，商务印书馆 1979 年版，第 10 页）

〔31〕原文见《韩非子·外储说左下》。

〔32〕神话历史化，一方面是因为很多神话就是以历史为依据的，这些有关历史的神话、半历史或准历史的神话，很容易被解释为历史；另一方面，神话历史化又可以说是文化发展的必然，因为从原始文化向理性文化的发展，并不是跨过一个鸿沟一蹴而

成的，而是一个继承发展的过程，神话历史化正是这一继承发展过程的具体体现。

〔33〕原文见《楚辞·天问》洪兴祖补注引古本《列女传》，《初学记》卷一引古本《淮南子》。

〔34〕袁珂把仙话也看做是神话的一部分（见其所著《中国神话通论》）。但本书认为仙话出于某些人或集团的有意识的创造或改编，是与道教特定的意识形态相联系的，有着明显的目的性，与原始神话在发生、意蕴、价值等方面都相去甚远，故不将其算作是神话的一部分。

〔35〕《马克思恩格斯文集》第八卷，人民出版社 2009 年版，第 35 页。

〔36〕以上所述，主要采用了现代文学批评中原型理论。参见荣格所著《论分析心理学与诗歌的关系》《心理学与文学》二文（皆收入《心理学与文学》，生活·读书·新知三联书店 1987 年版）。

〔37〕蒲松龄《聊斋自志》云："披萝带荔，三闾氏感而为《骚》；牛鬼蛇神，长爪郎吟而成癖。……集腋为裘，妄续《幽冥》之录；浮白载笔，仅成孤愤之书。寄托如此，亦足悲矣！嗟乎！……知我者，其在青林黑塞间乎！"反映了对神话精神的自觉继承和对神话超越现实的情感力量的认同。

〔38〕荣格《心理学与文学》中译本，生活·读书·新知三联书店 1987 年版，第 122 页。

# 第二章 《诗经》

早在文字产生以前，就有原始歌谣在口头流传。甲骨卜辞和《周易》卦爻辞中的韵语，是有文字记载的古代诗歌的萌芽。《诗经》中的作品，反映了各方面的生活，具有深厚丰富的文化积淀，显示了我国古代诗歌最初的伟大成就。

## 第一节 《诗经》的编定和体制

《诗经》的编定　风、雅、颂　用诗和传诗

《诗经》是我国第一部诗歌总集，原名《诗》，或称“诗三百”[1]，共有305篇，另有6篇笙诗，有目无词[2]。全书主要收集了周初至春秋中叶五百多年间的作品[3]。最后编定成书，大约在公元前6世纪。产生的地域，约相当于今陕西、山西、河南、河北、山东及湖北北部一带。作者包括了从贵族到平民的社会各个阶层人士，绝大部分已不可考[4]。时代如此之长，地域如此之广，作者如此复杂，显然是经过有目的的搜集整理才成书的。《诗经》的编集，在先秦古籍中没有明确记载。历史上有广泛影响的“献诗”“采诗”“删诗”之说，透露了《诗经》作品来源和编定的一些信息。周代公卿列士献诗、陈诗，以颂美或讽谏，是有史籍可考的[5]。《诗经》中当不乏这类作品。汉代人认为周代设采诗之官到民间采诗，献于朝廷以了解民情。这种说法是否确切，颇有争论[6]。公卿列士所献之诗，既有自己的创作，也未必没有采集来的作品。周王朝是否实行过采诗制度，虽不能确定，但如无周王朝和各诸侯国乐官的参与，民间之诗很难汇集于王廷。因此，可以说，《诗经》包括了公卿列士所献之诗，采集于各地的民间之诗，以及周王朝乐官保存下来的宗教和宴飨中的乐歌等。这些作品的编集成书，汉人认为经过孔子的删定[7]。事实上，早在孔子的时代，已有与今本《诗经》相近的“诗三百篇”的存在。孔子对“诗”做过“正乐”的工作，甚至也可能对“诗”的内容和文字有些加工整理。但说《诗经》由他删选而成，则是不可信的[8]。整理编定《诗经》的人和具体情形，今天已无从得知，可能周王朝的乐官在《诗经》的编集和成书过程中，起了相当重要的作用。大约公卿列士所献之诗，以及采集来的民间之诗，最后都集中到王朝乐官手中，乐官掌管的诗一定很多，整理编选其中的一部分为演唱和教诗的底本，是完全可能的[9]。

《诗经》按风、雅、颂分为三类[10]，“诗”最初都是乐歌，只是由于古乐失传，后人已无法了解风、雅、颂各自在音乐上的特色了[11]。风即音乐曲调，国风即各地区的乐调[12]。国是地区、方域之意。十五国风160篇包括周南、召南、邶风、鄘风、卫风、王风、郑风、齐风、魏风、唐风、秦风、陈风、桧风、曹风、豳风。周南、召南、豳都是地名，王是指东周王畿洛阳，其余是诸侯国名，十五国风即这些地区的地方土乐。国风中，豳风全部是西周作品[13]，其他除少数产生于西周外，大部分是东周作品。“雅”即正，指朝廷正乐[14]，西周王畿的乐调。雅分为大雅和小雅[15]。大雅31篇是西周的作品，大部分作于西周初期，小部分作于西周末期。小雅共74篇，除少数篇目可能是东周作品外，其余都是西周晚期的作品。大雅的作者，主要是上层贵族；小雅的作者，既有上层贵族，也有下层贵族和地位低微者。颂是宗庙祭祀之乐，许多都是舞曲，音乐可能比较舒缓[16]。周颂31篇，是西周初期的诗。周颂不同于其他诗的体例，不是由数章构成，每篇只有一章。鲁颂4篇，产生于春秋中叶鲁僖公时，都是颂美鲁僖公之作，《泮水》《閟宫》体裁近乎雅诗，《有駜》《駉》则近于国风，可见颂诗演变之迹。商颂5篇，大约是殷商中后期的作品。从内容上可分为两类：《那》《烈祖》《玄鸟》明显是祭歌，主要是写歌舞娱神和对祖先的赞颂。《长发》和《殷武》的祭祀意味不浓，可能是一种祝颂诗，主要写商部族的历史传说和神话。前三篇不分章，后二篇分章，风格近于“雅”，可能比前三篇晚出。

《诗经》中的作品，最初主要用于典礼、讽谏和娱乐，是周代礼乐文化的重要组成部分，是实行教化的重要工具。编辑成书后，广泛流行于诸侯各国，运用于祭祀、朝聘、宴饮等各种场合，在当时的政治、外交活动中，发挥了重要作用。《左传》中大量记载了诸侯君臣赋诗言志的事例，他们以“诗”来酬酢应答，出使专对，以赋诗来表情达意。称引“诗”句，来讽谏劝诫，评论抒情，在上层的人际交往中，是十分普遍的现象，而诸子百家在著述中引诗，也很常见。他们所引用的“诗”句，往往是断章取义。“诗”在社会现实生活中具有实用价值，受到人们的普遍重视。孔子就很重视《诗经》，曾以“诗”教授弟子，并对学“诗”的重要意义和社会功用有多方面的阐述。秦火以后，《诗经》以其口耳相传、易于记诵的特点，得以保存，在汉代流传甚广，出现了今文的鲁、齐、韩三家诗。三家诗在西汉被立为博士，成为官学。鲁诗出自鲁人申培，齐诗出自齐人辕固，韩诗出自燕人韩婴，三家诗兴盛一时。鲁人毛亨和赵人毛苌的古文“毛诗”晚出，在西汉虽未被立为学官，但在民间广泛传授，并最终压倒了三家诗，盛行于世。后来三家诗先后亡佚，今本《诗经》，就是“毛诗”[17]。汉儒传《诗》，使《诗》经典化，固然有对《诗经》的曲解、附会，但汉代形成的诗教传统和说诗体系，不仅对《诗经》的研究，而且对整个中国古代文学的发展，都产生了深远的影响。

## 第二节 《诗经》的内容

祭祖颂歌和周族史诗　农事　燕飨　怨刺　战争徭役　婚姻爱情　《诗经》的现实精神

《诗经》中的作品，内容十分广泛，深刻反映了殷周时期，尤其是西周初至春秋中叶社会生活的各个方面。《诗经》可以说是一轴巨幅画卷，当时的政治、经济、军事、文化以及世态人情、民俗风习等等，在其中都有形象的表现。

上古祭祀活动盛行，许多民族都产生了赞颂神灵、祖先，以及祈福禳灾的祭歌。我国古代也特别重视祭祀，认为“国之大事，在祀与戎”（《左传·成公十三年》）。保存在大雅和三颂中的祭祀诗，大多是以祭祀、歌颂祖先为主，或叙述部族发生、发展的历史，或赞颂先公先王的德业，总之是歌功颂德之作。但这些作品也有其历史和文学价值。如被认为是周族史诗的《生民》《公刘》《绵》《皇矣》《大明》五篇作品[18]，赞颂了后稷、公刘、太王、王季、文王、武王的业绩，反映了西周开国的历史。《生民》写始祖后稷的神异诞生和他对农业的贡献。《公刘》写公刘率领周人由邰（今陕西武功）迁徙到豳（今陕西彬县、旬邑一带），开始了定居生活，在周部族发展史上有重大意义。《绵》写古公亶父率周部族再次由豳迁至岐（今陕西岐山县）之周原，划定土地疆界，开沟筑垄，设置官司、宗庙，建立城郭，创业立国，并叙及文王的事迹。《皇矣》先写太王、王季的德业，然后写文王伐崇、伐密胜利的经过。《大明》先叙王季娶太任生文王，文王娶大姒生武王，然后写武王在牧野大战。从《生民》到《大明》，周人由产生到逐步强大，最后灭商，建立统一王朝的历史过程，得到了完整的表现。五篇史诗，反映了周人征服大自然的伟大业绩，社会制度由原始公社向奴隶制国家的转化，以及推翻商人统治的斗争，是他们壮大发展的历史写照[19]。因此，它们与后世的庙堂文学有明显的区别。如《生民》前三章这样写后稷出生时的神奇经历：

> 厥初生民，时维姜嫄。生民如何？克禋克祀，以弗无子。履帝武敏歆，攸介攸止。载震载夙，载生载育，时维后稷。
>
> 诞弥厥月，先生如达，不坼不副，无菑无害，以赫厥灵。上帝不宁，不康禋祀，居然生子。
>
> 诞寘之隘巷，牛羊腓字之；诞寘之平林，会伐平林；诞寘之寒冰，鸟覆翼之。鸟乃去矣，后稷呱矣。实覃实讦，厥声载路。

履帝迹生子的神话，实际上是只知有母而不知有父的母系社会的折射[20]。姜嫄弃子的原因歧说很多[21]。这种描写，使后稷的诞生充满神话色彩和人类童年的纯真气质。他是感天而生，一出世就经受了种种磨难。后五章写后稷懂得耕作，栽培五谷，在农业上取得很大成就，又创立了祀典。全诗不仅生动地写出了周人始祖后稷一生的事迹，而且反映了由母系社会进入父系社会的历史背景。其他祭祖颂歌，也从不同的侧面反映了殷周时期的历史图景，以及人们敬天祭祖的宗教观念，是特定历史背景、哲学思想、伦理道德、美学观念的产物。

我国农业有悠久的历史，很早就开始了农业种植活动，新石器晚期的仰韶文化和龙山文化，标志着农业的初步发展。周人将自己的始祖与发明农业联系在一起，可见农业在周人社会和经济生活中的地位。《诗经》时代，农业生产已占有重要地位。《诗经》中的作品，不仅在道德观念和审美情趣上打上了农业文明的烙印，而且产生了一些直接描写农业生产生活和相关的政治、宗教活动的农事诗。

周初的统治者极为重视农业生产，一年的农事活动开始时，要举行隆重的祈谷、藉田典礼，祈求上帝赐丰收，天子亲率诸侯、公卿大夫、农官到周天子的藉田中象征性犁地。秋天丰收后，还要举行隆重的报祭礼，答谢神灵的恩赐。《诗经》中的《臣工》《噫嘻》《丰年》《载芟》《良耜》等作品，就是耕种藉田，春夏祈谷、秋冬报祭时的祭祀乐歌。如《周颂·丰年》是秋收后祭祀祖先时所唱的乐歌，诗中这样描写周初农业大丰收的情景："丰年多黍多稌，亦有高廪，万亿及秭。"《载芟》《噫嘻》中则写了"千耦其耘""十千维耦"的盛大劳动场面。《诗经》中的这类作品，真实地记录了与周人农业生产相关的宗教活动和风俗礼制，反映了周初的生产方式、生产规模，周初农业经济的繁荣，以及生产力发展的水平。而像《七月》这样直接反映周人农业生产生活的作品，无论在内容上还是在艺术上，都是《诗经》农事诗中最优秀的作品[22]。此诗是风诗中最长的一篇，共 8 章 88 句，380 字。叙述了农夫一年间的艰苦劳动过程和他们的生活情况。他们种田、养蚕、纺织、染缯、酿酒、打猎、凿冰、修筑宫室，而劳动成果大部分为贵族所占有，自己无衣无褐，吃苦菜，烧恶木，住陋室；严冬时节，填地洞，熏老鼠，塞窗隙，涂门缝，以御寒风。全诗以时令为序，顺应农事活动的季节性，把风俗景物和农夫生活结合起来，全面深刻、生动逼真地反映了西周农人的生活状况。诗中客观反映出农夫生活和贵族生活的悬殊，在对当时农业生产、农夫生活的平铺直叙中抒发了哀怨和不满，千百年后的读者，不仅能了解到当时的农业生产和农夫的生活状况，而且能真切感受到他们的不幸和痛苦。

《诗经》中还有以君臣、亲朋欢聚宴享为主要内容的燕飨诗，更多地反映了上层社会的欢乐、和谐。如《小雅·鹿鸣》就是天子宴群臣嘉宾之诗，后来也被用于贵族宴会宾客。其第一章云：

> 呦呦鹿鸣，食野之苹。我有嘉宾，鼓瑟吹笙。吹笙鼓簧，承筐是将。人之好我，示我周行。

这样的欢聚宴饮，热闹祥和。群臣赞美周王，并进谏有益的治国方策。周代上层社会，很多场合都有宴饮，燕飨诗正是这种社会生活的真实反映。周代是农业宗法制社会，宗族间相亲相爱的关系是维系社会的重要纽带。周之国君、诸侯、群臣大都是同姓子弟或姻亲，周统治者十分重视血缘亲族关系，利用这种宗法关系来加强统治。燕飨不是单纯为了享乐，而有政治目的。在这些宴饮中，发挥的是亲亲之道、宗法之义。《诗经》中许多其他题材的作品也都表现出浓厚的宗法观念和亲族间的脉脉温情。

宴饮中的仪式，体现了礼的规则和人的内在道德风范。燕飨诗赞美守礼有序、宾主融洽的关系，而对不能循礼自制、纵酒失德的宴饮，则是否定的。礼乐文化是周代文化的重要组成部分，《诗经》在很大程度上是周代礼乐文化的载体。燕飨诗以文学的形式，表现了周代礼乐文化的一些侧面。不仅祭祀、燕飨等诗中直接反映了周代礼乐之盛，而且在其他诗作中也洋溢着礼乐文化的精神。如《诗经》一些作品赞美贵族阶层的才德容仪，颂扬温文尔雅、谦恭有德的彬彬君子，抨击失德违礼之辈不如禽兽："相鼠有体，人而无礼。人而无礼，胡不遄死？"（《鄘风·相鼠》）

产生于西周初期的燕飨诗[23]，是周初社会繁荣、和谐、融洽的反映。西周中叶以后，特别是西周末期，周室衰微，朝纲废弛，社会动荡，政治黑暗，大量反映丧乱、针砭时政的怨刺诗出现了。怨刺诗主要保存在"二雅"和国风中，如大雅中的《民劳》《板》《荡》《桑柔》《瞻卬》，小雅中的《节南山》《正月》《十月之交》《雨无正》《小旻》《巧言》《巷伯》等，反映了厉王、幽王时赋税苛重，政治黑暗腐朽，社会弊端丛生，民不聊生的现实。国风中的《魏风·伐檀》《魏风·硕鼠》《邶风·新台》《鄘风·墙有茨》《鄘风·相鼠》《齐风·南山》《陈风·株林》，或讽刺不劳而获、贪得无厌者，或揭露统治者的无耻与丑恶，辛辣的讽刺中寓有强烈的怨愤和不平。这些被后人称为“变风”“变雅”的作品，是政治腐朽和社会黑暗的产物。在周室衰微，礼崩乐坏，政教缺失，人伦废绝，刑政苛酷的时代背景下，公卿列士、贵族大夫及社会各阶层人士，悯时丧乱，忧世忧生，以诗来针砭时政和社会弊端，感叹身世遭遇。大雅中的怨刺诗，大多出自身份和社会地位较高的作者，如《民劳》《荡》，旧说是召穆公谏厉王之诗，《板》旧说是凡伯刺厉王之诗，《桑柔》则是厉王时大夫芮良夫所作。作者深怀对社会现实和周王朝命运的忧虑，以诗向统治者进言，以期起到规谏箴戒的作用。如《荡》第一章直接谴责厉王，其他七章都是托文王指斥殷纣王的口吻讽刺厉王，借古讽今，指责厉王强横暴虐，聚敛剥削，高爵厚禄，滥用威权，政令无常；并告诫厉王：殷鉴在夏，夏桀之亡国是殷纣王的一面镜子，表明周鉴亦在殷，殷纣之亡国又是厉王的一面镜子。大雅中的怨刺诗，针砭朝政，情绪愤激，但讽刺有一定的节制，带有更多的规谏之意，诗人面对国家前途黯淡的现实，试图力挽狂澜，但对积弊已深、颓势已定的局面，又充满无可奈何的悲哀。

小雅中怨刺诗的作者没有大雅作者身份地位高，他们虽然也是统治阶级中的一员，在等级社会中却处于较低的甚或受压抑的地位。因此，小雅中的怨刺诗，不仅指斥政治的黑暗，悲悼周王朝国运已尽，忧国哀民，而且感叹自身遭遇。如《节南山》是家父所作，讽刺周王用太师尹氏，以致天下大乱。太师尹执掌国柄，却为政不善，做事不公，不亲临国事，而委之于姻亚，欺君罔民，无所忌惮，以致天怒人怨，祸乱迭起，民怨沸腾，而他却仍不鉴察和警戒。诗歌的内容是专咎尹氏，但末章说“家父作诵，以究王讻。式讹尔心，以畜万邦”。其规讽所向，又在幽王。诗人是把太师尹之乱政与幽王之昏聩联系起来了。《正月》是失意官吏所作，揭露当时政治的腐朽，统治者的残暴，怨恨上天昏聩，对小人充斥朝廷、人民处于危难绝境熟视无睹，悲悼周王朝的沦亡。《十月之交》是日食和大地震后，王朝官吏叙事抒情之作，讽刺贵族统治阶级扰乱朝政，以致灾异迭起，民不聊生，国运将尽，并慨叹自己无辜遭受迫害、谗毁，处于孤立无援的境地。《雨无正》是侍御官所作，讽刺幽王昏聩，倒行逆施，群臣皆不尽职，但求保身。如第二、第四章写正值天灾人祸之际，三司、诸侯并不尽力王事，群臣百官亦皆畏罪不肯进谏，而自己辛勤王事，却受到谗毁。因此，诗人十分愤慨，深切悲叹。小雅中还有一些诗，直接倾泻对谗佞小人的怨恨诅咒，如《巷伯》就是寺人孟子遭人谗毁后抒发愤懑之作。诗人愤怒地写道：“取彼谮人，投畀豺虎。豺虎不食，投畀有北。有北不受，投畀有昊。”有的由于遭受迫害，生活处境艰难，因此，在诗中感怀身世，诉说人间的不平，如《北山》是一位士子所作，抒发其被繁重差役压迫的不平和愤慨。第四、五、六章连用十二个“或”字起头的对比句，揭露大夫分配差役不均，以及士在当时的处境和地位。小雅中的这些诗，针砭时政与大雅有些诗相同，但更多的是将笔锋集中在奸臣佞倖者身上，言辞更为激烈，情绪也更为怨愤。

国风中也有一些与“二雅”性质相同的作品，但与“二雅”中对宗周倾覆，朝政日非，世衰人乱充满哀怨悲愤的情感不同，而是辛辣犀利地对统治者加以揭露和嘲讽。如《魏风·伐檀》对不劳而获无功受禄者甚为愤慨，提出质问：“不稼不穑，胡取禾三百廛兮？不狩不猎，胡瞻尔庭有悬貆兮？”揭露了剥削者的寄生本质。而《魏风·硕鼠》则把统治者比作大老鼠，他们的贪婪，使人民陷入绝境，为了摆脱这种绝境，人民不得不逃往他方[24]。国风中一些针对具体人、具体事而发的讽刺诗，直接揭露了统治者的无耻丑行。如《陈风·株林》讽刺了陈灵公与陈国大夫夏御叔之妻夏姬淫乱私通。诗中并未从正面写此事，只是说陈灵公到夏姬之子夏徵舒封邑株林游玩，他驾车停歇于株林，在株林吃早饭，说他本意不是找夏徵舒。言在此而意在彼，讽刺了陈灵公的可耻丑行。

《诗经》中有些战争诗，从正面描写了天子、诸侯的武功，表现了强烈的自豪感，充满乐观精神，大雅中的《江汉》《常武》，小雅中的《出车》《六月》《采芑》等等，大都反映了宣王时期的武功。《江汉》是写宣王命召虎领兵讨伐淮夷，召虎很快平定了淮夷，班师回朝。宣王册命召虎，赏赐他土地、圭瓒、秬鬯等，召虎乃作召公簋，铭记其事。《常武》写宣王命大将南仲征伐徐国，集中歌颂了王师的威力。如第五章写王师行进迅猛异常，势不可挡，用一连串的比喻，将王师的声威、气概形象具体地表现了出来。又如《小雅·六月》写尹吉甫奉宣王之命，北伐猃狁并取得胜利的事迹。另外，秦风中的《小戎》《无衣》等，也是表现同仇敌忾、共御外侮、斗志昂扬、情绪乐观的战争诗。《诗经》中这类完全从正面歌颂角度所写的战争诗，不注重直接具体描写战斗场面，而是集中表现军威声势，如《小雅·采芑》写大臣方叔伐荆蛮之事，突出写方叔所率队伍车马之威，军容之盛，号令严明，赏罚有信。他雄才大略，指挥若定，曾北伐猃狁扬威，荆蛮因此闻风丧胆，皆来请服。《诗经》战争诗中强调道德感化和军事力量的震慑，不具体写战场的厮杀、格斗，是我国古代崇德尚义，注重文德教化，使敌人不战而服的政治理想的体现，表现出与世界其他民族古代战争诗不同的风格[25]。

周族创造的是农业文明，周人热爱和平稳定的农业生活环境。因此，更多的战争诗表现出对战争的厌倦和对和平的向往，充满忧伤的情绪。如《小雅·采薇》是出征猃狁的士兵在归途中所赋。北方猃狁侵犯周朝，士兵为保家卫国而出征。作者疾呼“靡室靡家，猃狁之故”，说明其所怨恨者是猃狁而非周天子。诗人对侵犯者充满了愤怒，诗篇中洋溢着战胜侵犯者的激越情感，但同时又对久戍不归、久战不休充满厌倦，对自身遭际无限哀伤。如末章云：

> 昔我往矣，杨柳依依。今我来思，雨雪霏霏。行道迟迟，载渴载饥。我心伤悲，莫知我哀。

昔日离家时的依依惜别之情，今日归来的悲凄之感，表现得淋漓尽致。如果说《采薇》还是对敌人痛恨之情和思乡自伤之情的矛盾体，《豳风·东山》反映的完全就是士卒的厌战情绪了。出征三年后的士兵，在归家的途中悲喜交加，想象着家乡的景况和回家后的心情。“我”久征不归，现在终于脱下戎装，穿上平民的衣服，再不要行军打仗了。归家途中，触目所见，是战后萧索破败的景象，田园荒芜，土鳖、蜘蛛满屋盘旋，麋鹿游荡，萤火虫闪烁飞动，但这样的景象并不可怕，更令人感到痛苦的，是家中的妻子独守空房，盼望着“我”的归来。遥想当年新婚时，喜气洋洋、热闹美好的情景，久别后的重逢，也许比新婚更加美好？这里既有对归家后与亲人团聚的幸福憧憬，也有对前途未卜的担忧。整首诗把现实和诗人的想象、回忆结合在一起，极为细腻地抒写了“我”的兴奋、伤感、欢欣、忧虑等心理活动。诗人对战争的厌倦，对和平生活的向往，得到了充分的体现。

如果说在战争诗中，除了厌战思乡之情外，还有少数激奋昂扬之作的话，《诗经》中的徭役诗，则完全是对繁重徭役的愤慨厌倦了。无论是大夫为天子、诸侯服役，还是下层人民为国君服役，都表现出服役者的强烈不满。《唐风·鸨羽》第一章：

> 肃肃鸨羽，集于苞栩。王事靡盬，不能艺稷黍，父母何怙？悠悠苍天，曷其有所？

由于“王事靡盬”，致使田园荒芜，人民不得耕作以奉养父母，怨恨之极而呼苍天，揭示出了繁重徭役给人民带来的苦难。

《诗经》中的战争徭役诗，不仅写战争和徭役的承担者征夫士卒的痛苦，还有以战争、徭役为背景，写夫妻离散的思妇哀歌。如《卫风·伯兮》，即写一位妇女由于思念远戍的丈夫而痛苦不堪，其第二章云：

自伯之东，首如飞蓬。岂无膏沐，谁适为容？

女为悦己者容，所爱的人不在面前，梳妆打扮还有什么意义呢？率真质朴地写出了思妇内心的相思哀痛。《王风·君子于役》也以思妇的口吻抒发了对役政的不满。黄昏时候，牛羊等禽畜都按时回家，而自己的丈夫却不能回来，即景生情，因情寓意，在田园牧歌式的农村小景中，渗透了思妇的无尽相思和悲哀。

《诗经》战争徭役诗有丰富复杂的内容和情感取向，无论是颂记战功，叙写军威，还是表达征夫厌战，思妇闺怨，在后代诗歌史上都不乏回响。

反映婚姻爱情生活的诗作，在《诗经》中占有很大比重，不仅数量多，而且内容十分丰富，既有反映男女相慕相恋、相思相爱的情歌，也有反映婚嫁场面、家庭生活等的婚姻家庭诗，还有表现不幸婚姻给妇女带来痛苦的弃妇诗。这些作品主要集中在“国风”之中，是《诗经》的重要组成部分，也是最精彩动人的篇章。

《诗经》中的情诗，广泛反映了那个时代男女爱情生活的幸福欢乐和挫折痛苦，充满坦诚、真挚的情感。《周南·关雎》就是写男子对女子的爱慕之情，前三章表现了一个贵族青年对淑女的追求，和他“求之不得”的痛苦心情。末二章，想象若能和她在一起，将要“琴瑟友之”“钟鼓乐之”。这种表现男女相互爱慕的诗，《诗经》中还有不少。这种爱慕发展为两情相悦，便有了幽期密约，如《邶风·静女》描写男女幽会：

静女其姝，俟我于城隅。爱而不见，搔首踟蹰。
静女其娈，贻我彤管。彤管有炜，说怿女美。
自牧归荑，洵美且异。匪女之为美，美人之贻。

一个男子在城之一隅等待情人，心情竟至急躁而搔首徘徊。情人既来，并以彤管、茅荑相赠，他珍惜玩摩，爱不释手，并不是这礼物有什么特别，而是因为美人所赠。主人公的感情表现得细腻真挚。《郑风·子衿》则写女子对男子的思念[26]，这个女子在城阙等待情人，终未见来，便独自踟蹰徘徊，“一日不见，如三月兮”的咏叹，把相思之苦表现得如怨如诉，深挚缠绵。这种对爱情的执著专一，在《郑风·出其东门》中，则由男子直接说出。其第一章云：

出其东门，有女如云。虽则如云，匪我思存。缟衣綦巾，聊乐我员。

尽管在东门之外，有众多的美女，诗人却并不动心，想到的仍是自己所爱的那个素衣女子。

正是由于《诗经》中抒情主人公对爱情如此热烈执著，因而一旦爱情遇到挫折，就感到特别痛苦。在《诗经》时代，男女爱情虽还不像后世那样深受封建礼教的压制束缚，但已是“取妻如之何，必告父母”“取妻如之何，匪媒不得”（《齐风·南山》）了。有时对婚姻自由的追求，也会受到父母的干涉。如《鄘风·柏舟》即是写一个女子要求婚姻自主遭到父母干涉时所发出的誓辞：“髧彼两髦，实维我仪。之死矢靡它。母也天只，不谅人只。”这个女子如此顽强地追求婚姻爱情自由，宁肯以死殉情，呼母喊天的激烈情感，表现出她在爱情受到阻挠时的极端痛苦和要求自主婚姻的强烈愿望。

《诗经》中反映结婚和夫妻家庭生活的诗，虽不如情诗丰富，但也很有特色，如《周南·桃夭》，诗人由柔嫩的桃枝、鲜艳耀眼的桃花，联想到新娘的年轻美貌，并祝愿她出嫁后善于处理与家人的关系。而《郑风·女曰鸡鸣》则写了一对夫妻之间美好和乐的生活。诗以温情脉脉的对话，写出这对夫妻互相警戒，互相尊重，互相体贴的感情，并相期以白头偕老的愿望。

但并不是所有的夫妻都这样温情缱绻。在男女不平等的夫权社会，婚姻的幸福对妇女来说，常常只是一个美好的愿望而已。《诗经》表现婚姻不幸的哀歌，为数不少。《邶风·绿衣》中那位“心之忧矣，曷维其已”的妇女，因妾得宠而失位，无可告诉，只能在痛苦中煎熬。这类诗反映的是还维持着婚姻的形式和夫妻的名义，处于失宠、幽闭状态的不幸妇女的命运。另一类则表现婚姻破裂后妇女被夫家休弃的悲惨结局，抒发弃妇的愤懑不平。《邶风·谷风》和《卫风·氓》，充满了对负心人的控诉、怨恨和责难，是《诗经》弃妇诗的代表作。《谷风》中那位妇女初来夫家时，家境贫困，经过辛勤劳作，逐渐富裕起来，而其丈夫却变了心，另有所娶，竟将其赶走。《氓》以一个普通妇女的口吻叙述自己从恋爱、结婚到被弃的过程。全篇叙事和抒情相结合，巧妙地将事件过程和弃妇的思想情感融为一体，在女主人公悔恨地叙述自己恋爱、结婚和婚后被虐、被弃的遭遇中，表现出刚强自爱、果断坚决的性格。

《诗经》305篇作品包括的内容远不止于此，如《王风·黍离》描写故国之思，《鄘风·载驰》抒发爱国之情，都是传诵千古的名篇。总而言之，《诗经》的内容十分广泛丰富。它立足于社会现实生活，没有虚妄与怪诞，极少超自然的神话[27]，所叙写的祭祀、宴饮、农事是周代社会经济和礼乐文化的产物，其他诗对时政世风、战争徭役、婚姻爱情的叙写，展开了当时政治状况、社会生活、风俗民情的形象画卷。《诗经》不仅描述了周代丰富多彩的社会生活、特殊的文化形态，而且揭示了周人的精神风貌和情感世界。可以说，《诗经》是我国最早的富于现实精神的诗歌，奠定了我国诗歌面向现实的传统。《诗经》的现实精神，在国风和“二雅”中，表现尤其突出。大雅中的周族史诗，真实地再现了周民族的发生发展史，而在周道既衰的社会背景下产生的大小雅中的怨刺诗，表现出诗人对现实的强烈关注，充满忧患意识和干预政治的热情。箴戒国君大臣，抨击政治弊端，讽刺背德违礼，斥责宵小谗佞，身处乱世的诗人真实地记录下了当时腐朽、黑暗、世衰人怨的社会现实，而其中表现出的忧国忧民的情怀，进一步强化了这些作品反映现实的深度。国风中的作品，更多针对战争徭役、婚姻恋爱等生活抒发诗人的真实感受，在对这些生活侧面的具体描述中，表现了诗人真挚的情感，鲜明的个性和积极的生活态度。

## 第三节 《诗经》的艺术特点

赋、比、兴的手法　句式和章法　风、雅、颂不同的语言风格

《诗经》关注现实，抒发现实生活触发的真情实感，这种创作态度，使其具有强烈深厚的艺术魅力。无论是在形式体裁、语言技巧，还是在艺术形象和表现手法上，都显示出我国最早的诗歌作品在艺术上的巨大成就。

赋、比、兴的运用，既是《诗经》艺术特征的重要标志，也开启了我国古代诗歌创作的基本手法。关于赋、比、兴的意义，历来说法众多[28]。简言之，赋就是铺陈直叙，即诗人把思想感情及其有关的事物平铺直叙地表达出来。比就是比方，以彼物比此物，诗人有本事或情感，借一个事物来做比喻。兴则是触物兴词，客观事物触发了诗人的情感，引起诗人歌唱，所以大多在诗歌的发端。赋、比、兴三种手法，在诗歌创作中，往往交相使用，共同创造了诗歌的艺术形象，抒发了诗人的情感。赋运用得十分广泛普遍，能够很好地叙述事物，抒写感情。如《七月》叙述农夫在一年十二个月中的生活，就是用赋法。赋是一种基本的表现手法，赋中用比，或者起兴后再用赋，在《诗经》中是很常见的。赋可以叙事描写，也可以议论抒情，比兴都是为表达本事和抒发情感服务的，在赋、比、兴三者中，赋是基础。

《诗经》中比的运用也很广泛，比较好理解。其中整首都以拟物手法表达感情的比体诗，如《豳风·鸱鸮》《魏风·硕鼠》《小雅·鹤鸣》，独具特色；而一首诗中部分运用比的手法，更是丰富多彩。《卫风·硕人》描绘庄姜之美，用了一连串的比："手如柔荑，肤如凝脂，领如蝤蛴，齿如瓠犀，螓首蛾眉。"分别以柔嫩的白茅芽、冻结的油脂、白色长身的蝤蛴、白而整齐的瓠子、宽额的螓虫、蚕蛾的触须来比喻美人的手指、肌肤、脖颈、牙齿、额头、眉毛，形象细致。"巧笑倩兮，美目盼兮"，两句动态描写，又把这幅美人图变得生动鲜活。《召南·野有死麕》则不从局部比喻，而以"有女如玉"作比，使人由少女的美貌温柔联想到美玉的洁白、温润。以具体的动作和事物来比拟难言的情感和独具特征的事物，在《诗经》中也很常见。"中心如醉""中心如噎"（《王风·黍离》），以"醉""噎"比喻难以形容的忧思；"巧言如簧"（《小雅·巧言》）、"其甘如荠"（《邶风·谷风》），将"巧言""甘"这些不易描摹的情态，表现为形象具体的"簧""荠"。总之，《诗经》中大量用比，表明诗人具有丰富的联想和想象，能够以具体形象的诗歌语言来表达思想感情，再现异彩纷呈的物象。

《诗经》中"兴"的运用情况比较复杂，有的只是在开头起调节韵律、唤起情绪的作用，兴句与下文在内容上的联系并不明显。如《小雅·鸳鸯》第二章："鸳鸯在梁，戢其左翼，君子万年，宜其遐福。"兴句和后面两句的祝福语，并无意义上的联系。《小雅·白华》第七章以同样的句子起兴，抒发的却是怨刺之情："鸳鸯在梁，戢其左翼。之子无良，二三其德。"这种与本意无关，只在诗歌开头协调音韵，引起下文的起兴，是《诗经》兴句中较简单的一种。《诗经》中更多的兴句，与下文有着委婉隐约的内在联系。或烘托渲染环境气氛，或比附象征中心题旨，构成诗歌艺术境界不可或缺的部分。《郑风·野有蔓草》第一章写情人在郊野"邂逅相遇"：

野有蔓草，零露漙兮。有美一人，清扬婉兮。邂逅相遇，适我愿兮。

清秀妩媚的少女，就像滴着点点露珠的绿草一样清新可爱。而绿意浓浓、生趣盎然的景色，和诗人邂逅相遇的喜悦心情，正好交相辉映。再如《周南·桃夭》以"桃之夭夭，灼灼其华"起兴，茂盛的桃枝、艳丽的桃花，和新娘的青春美貌、婚礼的热闹喜庆互相映衬。而桃树开花（"灼灼其华"）、结实（"有蕡其实"）、枝繁叶茂（"其叶蓁蓁"），也可以理解为对新娘出嫁后多子多孙、家庭幸福昌盛的良好祝愿。诗人触物起兴，兴句与所咏之词通过艺术联想前后相承，是一种象征暗示的关系。《诗经》中的兴，很多都是这种含有喻义、引起联想的画面。比和兴都是以间接的形象表达感情的方式，后世往往比兴合称，用来指《诗经》中通过联想、想象寄寓思想感情于形象之中的创作手法。

《诗经》中有些作品已达到了情景交融、物我相谐的艺术境界，对后世诗歌意境的创造，有直接的启发。如《秦风·蒹葭》：

> 蒹葭苍苍，白露为霜。所谓伊人，在水一方。溯洄从之，道阻且长。溯游从之，宛在水中央。
>
> 蒹葭凄凄，白露未晞。所谓伊人，在水之湄。溯洄从之，道阻且跻。溯游从之，宛在水中坻。
>
> 蒹葭采采，白露未已。所谓伊人，在水之涘。溯洄从之，道阻且右。溯游从之，宛在水中沚。

“毛传”认为是兴，朱熹《诗集传》则认为是赋，实际二者并不矛盾，是起兴后再以赋法叙写。河滨芦苇的露水凝结为霜，触动了诗人思念“伊人”之情，而三章兴句写景物的细微变化，不仅点出了诗人追求“伊人”的时间地点，渲染出三幅深秋清晨河滨的图景，而且烘托了诗人由于时间的推移，越来越迫切地怀想“伊人”的心情。在铺叙中，诗人反复咏叹由于河水的阻隔，意中人可望而不可即、可求而不可得的凄凉伤感心情，凄清的秋景与感伤的情绪浑然一体，构成了凄迷恍惚、耐人寻味的艺术境界。

《诗经》的句式，以四言为主，四句独立成章，其间杂有二言至八言不等。二节拍的四言句带有很强的节奏感，是构成《诗经》整齐韵律的基本单位。四字句节奏鲜明而略显短促，重章叠句和双声叠韵读来又显得回环往复，节奏舒卷徐缓。《诗经》重章叠句的复沓结构，不仅便于围绕同一旋律反复咏唱，而且在意义表达和修辞上也具有很好的效果。

《诗经》中的重章，许多都是整篇中同一诗章重叠，只变换少数几个词，来表现动作的进程或情感的变化。如《周南·芣苢》：

> 采采芣苢，薄言采之。采采芣苢，薄言有之。
> 采采芣苢，薄言掇之。采采芣苢，薄言捋之。
> 采采芣苢，薄言袺之。采采芣苢，薄言襭之。

三章里只换了六个动词，就描述了采芣苢的整个过程。复沓回环的结构，灵活多样的用词，把采芣苢的不同环节分置于三章中，三章互为补充，在意义上形成了一个整体，一唱三叹，曼妙非常。方玉润《诗经原始》卷一云："读者试平心静气，涵泳此诗，恍听田家妇女，三三五五，于平原绣野、风和日丽中，群歌互答，馀音袅袅，若远若近，若断若续，不知其情之何以移而神之何以旷。则此诗可不必细绎而自得其妙焉。"

除同一诗章重叠外，《诗经》中也有一篇之中有两种叠章，如《郑风·丰》共四章，由两种叠章组成，前两章为一叠章，后两章为一叠章；或是一篇之中，既有重章，也有非重章，如《周南·卷耳》四章，首章不叠，后三章是重章。

《诗经》的叠句，有的在不同诗章里叠用相同的诗句，如《豳风·东山》四章都用"我徂东山，慆慆不归。我来自东，零雨其濛"开头，《周南·汉广》三章都以"汉之广矣，不可泳思。江之永矣，不可方思"结尾。有的是在同一诗章中，叠用相同或相近的诗句，如《召南·江有汜》，既是重章，又是叠句。三章在倒数第二、三句分别叠用"不我以""不我与""不我过"。

《诗经》中的叠字，又称为重言。"伐木丁丁，鸟鸣嘤嘤"（《小雅·伐木》），以"丁丁""嘤嘤"摹伐木、鸟鸣之声。"昔我往矣，杨柳依依。今我来思，雨雪霏霏。"以"依依""霏霏"，状柳、雪之态。这类例子，不胜枚举。和重言一样，双声叠韵也使诗歌在演唱或吟咏时，音节舒缓悠扬，语言具有音乐美。《诗经》中双声叠韵运用很多，双声如"参差""踊跃""黾勉""栗烈"等，叠韵如"委蛇""差池""绸缪""栖迟"等，还有些双声叠韵用在诗句的第一字第三字或第二字第四字上。如"婉兮娈兮"（《齐风·甫田》）、"炮之燔之"（《小雅·瓠叶》）、"如切如磋"（《卫风·淇奥》）、"爰居爰处"（《邶风·击鼓》）等等。

《诗经》的押韵方式多种多样，常见的是一章之中只用一个韵部，隔句押韵，韵脚在偶句上，这是我国后世诗歌最常见的押韵方式。还有后世诗歌中不常见的句句用韵。《诗经》中也有不是一韵到底的，也有一诗之中换用两韵以上的，甚至还有极少数无韵之作。

《诗经》的语言不仅具有音乐美，而且在表意和修辞上也具有很好的效果。《诗经》时代，汉语已有丰富的词汇和修辞手段，为诗人创作提供了很好的条件。《诗经》中数量丰富的名词，显示出诗人对客观事物有充分的认识。《诗经》对动作描绘的具体准确，表明诗人具体细致的观察力和驾驭语言的能力[29]。如《芣苢》，将采芣苢的动作分解开来，以六个动词分别加以表示："采，始求之也。有，既得之也。""掇，拾也。捋，取其子也。""袺，以衣贮之而执其衽也。襭，以衣贮之而扱其衽于带间也。"（朱熹《诗集传》卷一）六个动词，鲜明生动地描绘出采芣苢不同动作的图景。后世常用的修辞手段在

《诗经》中几乎都能找到：夸张如“谁谓河广，曾不容刀”（《卫风·河广》），对比如“女也不爽，士贰其行”（《卫风·氓》），对偶如“穀则异室，死则同穴”（《王风·大车》）等，不一而足。

总之，《诗经》的语言形式形象生动，丰富多彩，往往能“以少总多”，“情貌无遗”（《文心雕龙·物色》）。但雅、颂与国风在语言风格上有所不同。雅、颂多数篇章运用严整的四言句，极少杂言，国风中杂言比较多。小雅和国风中，重章叠句运用得比较多，在大雅和颂中则比较少见。国风中用了很多语气词，如“兮”“之”“止”“思”“乎”“而”“矣”“也”等，这些语气词在雅、颂中也出现过，但不如国风中数量众多，富于变化。国风中对语气词的驱遣妙用，增强了诗歌的形象性和生动性，达到了传神的境地。雅、颂与国风在语言上这种不同的特点，反映了时代社会的变化，也反映出创作主体身份的差异。雅、颂多为西周时期的作品，出自贵族之手，体现了“雅乐”的威仪典重，国风多为春秋时期的作品，有许多采自民间，更多地体现了新声的自由奔放，比较接近当时口语。

## 第四节　《诗经》在文学史上的地位和影响

抒情诗传统　　风雅与文学革新　　比兴的垂范

《诗经》在中国文学史上具有崇高的地位和深远的影响，奠定了我国诗歌的优良传统，哺育了一代又一代诗人，我国诗歌艺术的民族特色由此肇端而形成。

《诗经》虽有少数叙事的史诗，但主要是抒情言志之作。《卫风·氓》这类偏于叙述的诗篇，其叙事也是为抒情服务的，而不能简单地称为叙事诗。《诗经》可以说主要是一部抒情诗集，在二千五百多年前产生了如此众多、水平如此之高的抒情诗篇，是世界各国文学中罕见的。从《诗经》开始，就显示出我国抒情诗特别发达的民族文学特色。从此以后，我国诗歌沿着《诗经》开辟的抒情言志的道路前进，抒情诗成为我国诗歌的主要形式。

《诗经》表现出的关注现实的热情、强烈的政治和道德意识、真诚积极的人生态度，被后人概括为“风雅”精神，直接影响了后世诗人的创作。

《诗经》中以个人为主体的抒情发愤之作，为屈原所继承。“国风好色而不淫，小雅怨诽而不乱，若《离骚》者可谓兼之矣！”（《史记·屈原贾生列传》）《离骚》及《九章》中忧愤深广的作品，兼具了国风、“二雅”的传统。汉乐府诗缘事而发的特点，建安诗人的慷慨之音，都是这种精神的直接继承。后世诗人往往倡导“风雅”精神，来进行文学革新。陈子昂感叹齐梁间“风雅不作”（《与东方左史虬修竹篇序》），他的诗歌革新主张，就是要以“风雅”广泛深刻的现实性和严肃崇高的思想性，以及质朴自然、刚健明朗的创作风格，来矫正诗坛长期流行的颓靡风气。不仅陈子昂，唐代的许多优秀诗人，都继承了“风雅”的优良传统。李白慨叹“大雅久不作，吾衰竟谁陈”（《古风》其一）；杜甫更是“别裁伪体亲风雅”（《戏为六绝句》其六），杜诗以其题材的广泛和反映社会现实的深刻而被称为“诗史”；白居易称张籍“风雅比兴外，未尝著空文”（《读张籍古乐府》），实际上白居易和新乐府诸家，所表现出的注重现实生活、干预政治的旨趣和关心人民疾苦的倾向，都是“风雅”精神的体现。而且这种精神在唐以后的诗歌创作中，从宋陆游到清末黄遵宪，也代不乏人。

如果说，“风雅”在思想内容上被后世诗人立为准的，比兴则在艺术表现手法上为后代作家提供了学习的典范。《诗经》所创立的比兴手法，经过后世发展，成了我国古代诗歌独有的民族文化传统。《诗经》中仅作为诗歌起头协调音韵、唤起情绪的兴，在后代诗歌中仍有表现。而大量存在的兼有比义的兴，更为后代诗人所广泛继承，比兴就成了一个固定的词，用来指诗歌的形象思维，或有所寄托的艺术表现形式。《诗经》中触物动情、运用形象思维的比兴，塑造鲜明的艺术形象，构成情景交融的艺术境界，对我国诗歌的发展具有重大的意义。后代的民歌和模仿民歌的文人作品中，以兴句起头的很多。汉乐府民歌、古诗十九首，以及魏晋时期许多文人的创作中，都不乏其例，这明显是对《诗经》起兴手法的继承。

《诗经》于比兴时有寄托，屈原在《楚辞》中，极大地发展了《诗经》比兴寄托的表现手法。同时，《诗经》中不一定有寄托的比兴，在《诗经》被经典化后，往往被加以穿凿附会，作为政治说教的工具。因此，有时“比兴”和“风雅”一样，被用来作为提倡诗歌现实性、思想性的标的。而许多诗人，也紧承屈原香草美人的比兴手法，写了许多寓有兴寄的作品。比兴的运用，形成了我国古代诗歌含蓄蕴藉、韵味无穷的艺术特点。

《诗经》对我国后世诗歌体裁结构、语言艺术等方面，也有深广的影响。曹操、嵇康、陶渊明等人的四言诗创作直接继承《诗经》的四言句式。后世箴、铭、诵、赞等文体的四言句和辞赋、骈文以四六句为基本句式，也可以追溯到《诗经》。

## 注　释

〔1〕《诗经》被称为经，始见于《庄子·天运》。但《庄子》所谓经，只是书籍之意。汉代提倡儒术，将据说经过孔子整理的书都称为“经”，作为常法，尊为经典。于是《诗》与《书》《礼》《易》《春秋》并称“五经”。

〔2〕6篇笙诗是小雅中的《南陔》《白华》《华黍》《由庚》《崇丘》《由仪》。这六篇诗有目无词的原因，有人认为本来有词，在战国至秦之世亡佚了（郑玄《笺》据《毛诗序》说，见《毛诗正义》卷九，《十三经注疏》，中华书局1980年版，第418页），有人认为本来就是有声无词：“《南陔》以下，今无以考其名篇之义，然曰‘笙’曰‘乐’曰‘奏’而不言歌，则有声而无词明矣。”（《诗集传》卷九，上海古籍出版社1980年版，第109页）较为通行的说法，笙诗是有声无词的笙曲。

〔3〕《诗经》作品的上限，因对商颂创作年代的不同看法，而有不同理解。若按古文经学家商颂为商人所作的观点，则商颂为《诗经》中最早的作品，《诗经》的上限也就可上推到殷商时代；若按今文经学家商颂为春秋时宋人所作的观点，则《诗经》最早的作品产生于周初。

关于商颂的写作年代，最早的记载见于《国语·鲁语下》：“昔正考父校商之名颂十二篇于周太师，以《那》为首。”（上海古籍出版社1978年版，第216页）古文经学家认为，正考父校理的是商亡后所散佚的商代颂歌（《毛诗·商颂序》，郑玄《商颂谱》，见《毛诗正义》卷二十，《十三经注疏》，中华书局1980年版，第620页），今文学家则认为是正考父创作，为赞美宋襄公。（《史记·宋微子世家》，裴骃《史记集解》说《韩诗商颂章句》持此说，中华书局1959年版，第1633页）此后，学者对商颂的写作年代聚讼不已。近人王国维《说商颂》，认为宋人作商颂（见《观堂集林》卷二，中华书局1959年版，第113、115页），今人多从之。但王说仍无法解决宋戴公时代的正考父活到宋襄公时代年岁太长的疑难。近年来，随着古史研究的深入和地下文物的发掘，商颂为商诗之说，又渐为人们所接受。但商颂在《诗经》中所占的比例很小，《诗经》仍主要是一部周诗集。

《诗经》中作品的下限为春秋中叶是肯定的。最晚的作品大多认为是《陈风·株林》，大约创作于公元前599年（鲁宣公十年）前。也有人认为是《曹风·下泉》。（陆侃如、冯沅君认为此诗作于公元前510年前。见其所著《中国诗史》，齐鲁书社1996年版，第51页）

〔4〕《诗经》中只有少数作品可知具体的作者，如《左传·闵公二年》明确记载许穆夫人赋《载驰》，又如《诗经》中提到“家父作诵”（《小雅·节南山》），“吉甫作诵”（《大雅·崧高》），“寺人孟子，作为此诗”（《小雅·巷伯》），“奚斯所作”（《鲁颂·閟宫》）。《诗经》作品绝大多数都不知作者。《毛诗序》往往说某篇作品出于某位具体的王、公、大夫或夫人，后人多认为是附会之辞。

〔5〕《国语·周语上》：“故天子听政，使公卿至于列士献诗。”（上海古籍出版社1978年

版，第9页）《晋语》六说："于是乎使工诵谏于朝，在列者献诗。"（同上第410页）《左传·襄公十四年》云："史为书，瞽为诗，工诵箴谏，大夫规诲。"（《十三经注疏》，中华书局1980年版，第1958页）《左传·昭公十二年》又说周穆王时"祭公谋父作《祈招》之诗，以止王心"（《十三经注疏》第2064页）。《礼记·王制》也云：天子"命大师陈诗，以观民风"（《礼记正义》卷十一，见《十三经注疏》第1328页）。《诗经》中也提到"王欲玉汝，是用大谏"（《大雅·民劳》），"家父作诵，以究王讻"（《小雅·节南山》）等。

〔6〕汉人有关采诗之说：刘歆《与扬雄书》："诏问三代、周、秦轩车使者，遒人使者，以岁八月巡路，求代语、童谣、歌戏。"（钱绎《方言笺疏》，上海古籍出版社1984年版，第820页）《汉书·艺文志》："故古有采诗之官，王者所以观风俗，知得失，自考正也。"（《汉书》卷三十，中华书局1962年版，第1708页）《汉书·食货志》："孟春之月，群居者将散，行人振木铎徇于路，以采诗，献之大师，比其音律，以闻于天子。故曰：王者不窥牖户而知天下。"（同上卷二十四，第1123页）《春秋公羊传注疏》卷十六"宣王十五年"何休注云："男女有所怨恨，相从而歌，饥者歌其食，劳者歌其事。男年六十，女年五十无子者，官衣食之，使之民间求诗。乡移于邑，邑移于国，国以闻于天子。故王者不出牖户，尽知天下所苦；不下堂，而知四方。"（《十三经注疏》，中华书局1980年版，第2287页）后代否定汉人说的也颇多。如崔述《读风偶识》卷二《通论十三国风》："旧说'周太史掌采列国之风，今自邶、鄘以下十二国风，皆周太师巡行之所采也'。余按：克商以后，下逮陈灵近五百年，何以前三百年所采殊少，后二百年所采甚多？周之诸侯千八百国，何以独此九国有风可采，而其余皆无之？……且十二国风中，东迁以后之诗居其大半，而《春秋》之策，王人至鲁虽微贱无不书者，何以绝不见有采风之使？乃至《左传》之广搜博采而亦无之，则此言出于后人臆度无疑也。"（《崔东壁遗书》，上海古籍出版社1983年版，第543页）

〔7〕《论语·子罕》："吾自卫反鲁，然后乐正，雅、颂各得其所。"《史记·孔子世家》："古者《诗》三千余篇，及至孔子，去其重，取可施于礼义，上采契、后稷，中述殷、周之盛，至幽、厉之缺。始于衽席，故曰：'《关雎》之乱以为风始，《鹿鸣》为小雅始，《文王》为大雅始，《清庙》为颂始。'三百五篇孔子皆弦歌之，以求合《韶》《武》雅颂之音。礼乐自此可得而述，以备王道，成'六艺'。"（《史记》卷四十七，中华书局1959年版，第1936页）

〔8〕唐人开始怀疑孔子删诗说。孔颖达说："书传所引之诗，见在者多，亡逸者少，则孔子所录不容十分去九。马迁言古诗三千余篇，未可信也。"（《毛诗正义》卷首《诗谱序》疏，《十三经注疏》，中华书局1980年版，第263页）清人崔述说："子曰：'诵《诗》三百……'子曰：'《诗》三百……'玩其词意，乃当孔子之时已止此数，非自孔子删之而后为三百也。《春秋传》云：'吴公子札来聘，请观于周乐。'所歌之'风'，无在今十五国外者。……况以《论》《孟》《左传》《戴记》诸书考之，所引之诗，逸者不及十一。则是颖达之言左券甚明，而宋儒顾非之，甚可怪也。由此论

之，孔子原无删诗之事。”（崔述《洙泗考信录》卷三“辨删诗之说”，见《崔东壁遗书》，上海古籍出版社 1983 年版，第 309 页）方玉润说：“夫子反鲁在周敬王三十六年，鲁哀公十一年，丁巳，时年已六十有九。若云删诗，当在此时。乃何以前此言《诗》，皆曰‘三百’，不闻有‘三千’说耶?”（《诗经原始》卷首下《诗旨》，上海泰东书局 1924 年石印本）但无论孔子是否删诗，孔子和《诗》有着密切关系则无疑。近年由上海博物馆所藏战国楚简中整理出一篇孔子论《诗》的记述，也说明了这一点。

〔9〕《周礼·春官》详细列举了周朝乐官的职掌：“大师掌六律六同，以合阴阳之声。……教六诗，曰风，曰赋，曰比，曰兴，曰雅，曰颂……小师掌教鼓、鼗、柷、敔、埙、箫、管、弦、歌……瞽矇掌播鼗、柷、敔、埙、箫、管、弦、歌，讽诵诗，世奠系，鼓琴瑟。掌九德六诗之歌，以役大师……”（《周礼注疏》卷二十三，《十三经注疏》，中华书局 1980 年版，第 795~797 页）

〔10〕《诗经》分为风、雅、颂三类，最早见于《荀子·儒效》，这是古今最被认可的分类方法。此外，还有人主张《诗》分为南、风、雅、颂四部分。还有诗分为六类之说，认为《周礼·春官》所说的“六诗”，风、雅、颂外，赋、比、兴也是诗体。近人章太炎力主之（《检论》卷二《六诗说》，见《章氏丛书》第八册，上海古书流通处据浙江图书馆影印本），但不为大多数学者所接受。

风、雅、颂分类的依据，主要有音别和义别两说。① 从音乐角度划分。郑樵“风土之音曰风，朝廷之音曰雅，宗庙之音曰颂”（《通志·总序》，中华书局 1987 年版，第 2 页）；王国维《说周颂》：“窃谓风雅颂之别，当于声求之。”（《观堂集林》卷二，中华书局 1959 年版，第 111 页）② 从内容体裁角度划分。《毛诗序》云：“是以一国之事，系一人之本，谓之风。言天下之事，形四方之风，谓之雅。雅者，正也，言王政之所由废兴也。政有小大，故有小雅焉，有大雅焉。颂者，美盛德之形容，以其成功告于神明者也。”（《毛诗正义》卷一，《十三经注疏》，中华书局 1980 年版，第 272 页）孔颖达云：“夫天下有道则庶人不议，治平累世则美刺不兴。……故初变恶俗则民歌之，风雅正经是也。始得太平则民颂之，周颂诸篇是也。……成王太平之后，其美不异于前，故颂声止也。陈灵公淫乱之后，其恶不复可言，故变风息也。”（《毛诗正义》卷一，同上书，第 271 页）上海博物馆藏战国楚简孔子论《诗》，大体上也与《毛诗序》的说法一致（梁韦弦《楚竹书〈孔子诗论〉与〈诗经〉研究有关的几个问题》，《吉林师范大学学报》人文社会科学版，2006 年第 2 期，第 19 页）。③ 从作者身份地位角度划分。如朱熹说：“凡《诗》之所谓风者，多出于里巷歌谣之作，所谓男女相与咏歌，各言其情者也。……若夫雅颂之篇，则皆成周之世朝廷郊庙乐歌之辞……其作者往往圣人之徒。”（朱熹《诗集传·序》，上海古籍出版社 1980 年版，第 2 页）本书采用风雅颂分类依据是音乐之说。但音乐特点的形成，与其用途和地域的特点也密切相关，而不同特点的音乐，应用场合也不同。风、雅、颂最初只是一种音乐分类，在流传中，也有了内容上的区别。

〔11〕《诗》最初都是乐歌，关于诗入乐的记载，历代典籍层出不穷。如《左传·襄公二十

九年》记吴公子季札观乐，乐工为之歌风诗和大小雅、颂。《墨子·公孟》亦有诵《诗》三百，弦《诗》三百，歌《诗》三百，舞《诗》三百的记载。《史记·孔子世家》也说孔子曾三百五篇皆弦歌之。

〔12〕《毛诗序》："风，风也，教也。风以动之，教以化之。"又云："上以风化下，下以风刺上，主文而谲谏，言之者无罪，闻之者足以戒，故曰风。"（《毛诗正义》卷一，《十三经注疏》，中华书局 1980 年版，第 269、271 页）朱熹："风者，民俗歌谣之诗也。谓之风者，以其被上之化以有言，而其言又足以感人。"（见《诗集传》卷一，上海古籍出版社 1980 年版，第 1 页）是从美刺教化角度解释风的，本书未采此说。

〔13〕传统认为豳风是西周作品。今人徐中舒认为，豳风应是鲁诗，是春秋时代诗。（见其《豳风说》，《历史语言研究所集刊》第六本第四分册第 431 页。《论豳风应为鲁诗——兼论〈七月〉诗中所见的生产关系》，《历史教学》1980 年第 4 期，第 14 页）我们认为，还应以传统之说为是。

〔14〕《毛诗序》："雅者，正也，言王政之所由废兴也。"（《毛诗正义》卷一，《十三经注疏》，中华书局 1980 年版，第 272 页）《白虎通》卷一"礼乐"："乐尚雅，雅者，古正也。"（《百子全书》第六册，浙江人民出版社 1984 年影印扫叶山房本）王畿为政治文化中心，其言为正声，即"雅言"，其乐为正乐，即雅乐。雅又与夏通，"大夏即大雅也，雅夏古字通。《荀子·荣辱篇》曰：'越人安越，楚人安楚，君子安雅。'《儒效篇》曰：'居楚而楚，居越而越，居夏而夏。'是'夏'与'雅'通也。"（孙诒让《墨子閒诂》卷七《天志下》下注引俞樾语。《诸子集成》第四册，中华书局 1954 年版，第 137 页）。周王畿一带是夏人旧地，周人自称夏人。西周王畿之乐便称为"夏"，即"雅"。

〔15〕雅分大小的原因，依《毛诗序》的说法，是"政有小大，故有小雅焉，有大雅焉"。孔颖达疏则云："诗人歌其大事，制为大体；述其小事，制为小体，体有大小，故分为二焉。……诗体既殊，乐音亦殊。"（《毛诗正义》卷一，《十三经注疏》，中华书局 1980 年版，第 272 页）孔氏已注意到大小雅与音乐的区别，后人发挥此说，认为"大、小二雅，当以音乐别之，不以政之小大论也"（惠周惕《诗说》卷上，清道光九年《皇清经解》本，广东学海堂刊，咸丰十年补刊本）。又有人认为朝廷纪功之作是大雅，草野歌颂之章是小雅（参阅方玉润《诗经原始》卷九）。此外还有其他各种说法。

〔16〕颂为宗庙祭祀乐歌，前人都持此看法。《毛诗序》："颂者，美盛德之形容，以其成功告于神明者也。"（《毛诗正义》卷一，《十三经注疏》，中华书局 1980 年版，第 272 页）"宗庙之音曰颂"（《通志·总序》，中华书局 1987 年版，第 2 页）颂有舞容也为人们所同意，但对是否都为舞诗则有不同看法。阮元："颂字即容字也……所谓商颂、周颂、鲁颂者，若曰商之样子，周之样子，鲁之样子而已，无深义也。何以三颂有样，而风雅无样也？风雅但弦歌笙间，宾主及歌者皆不必因此为舞容。惟三颂各章皆是舞容，故称为颂。"（阮元《揅经室集》卷一《释颂》，《皇清经解》本）王国维《说周颂》："阮文达《释颂》一篇，其释颂之本义至确，然谓三颂各章皆是舞

容，则恐不然。周颂三十一篇，惟《维清》为象舞之诗，《昊天有成命》《武》《酌》《桓》《赉》《般》为武舞之诗，其余二十四篇为舞诗与否，均无确证。至《清庙》为升歌之诗，《时迈》为金奏之诗，尤可证其非舞曲。”颂诗的音乐特点是：“则颂之声较风雅为缓也。”（《观堂集林》卷二，中华书局1959年版，第111页）

〔17〕近几十年的出土文献，使学术界对先秦文学有了许多新的认识。其中，1977年在安徽阜阳双古堆一号汉墓出土的汉简，1993年在湖北荆门郭店一号楚墓出土的竹简，1993年至1994年间上海博物馆自香港购回的战国楚简，都与《诗经》研究关系密切。参见胡平生、韩自强著《阜阳汉简诗经研究》（上海古籍出版社1988年版），荆门市博物馆《郭店楚墓竹简》（文物出版社1998年版），《上海博物馆藏战国楚竹书（1）》（上海古籍出版社2001年版）等。

〔18〕黑格尔认为中国人没有民族史诗（《美学》第三卷下册，商务印书馆1981年版，第170页），当然，这是就汉族文学而论，中国少数民族有长篇史诗，这是无可争议的。这五篇作品是否属于史诗，学者多有争论。郑振铎《插图本中国文学史》（人民文学出版社1957年版，第46页）、余冠英《诗经选》（人民文学出版社1956年版，第8页）等称这五篇作品为叙事诗，而陆侃如、冯沅君《中国诗史》（作家出版社1957年版，第41页），高亨《诗经今注》（上海古籍出版社1980年版，第373、377、387、400、413页），陈子展《诗经直解》（复旦大学出版社1983年版，第917页）等，都主张这五篇作品是史诗。《诗经》中这五篇作品是史诗的观点，已愈来愈为人们所接受。除此五篇外，有些学者认为，《诗经》中还有一些史诗。如陆侃如、冯沅君认为大雅中的《崧高》《烝民》《韩奕》《江汉》《常武》也是周的史诗（《中国诗史》第41页）。高亨认为《商颂·玄鸟》也是史诗（《诗经今注》第527页）。陈子展认为《大雅·文王》与商颂五篇也是史诗（《诗经直解》第868、1210页）。

〔19〕关于这五篇作品的历史背景，可参阅刘家和《说〈诗·大雅·公刘〉及其反映的史事》（《北京师范大学学报》1982年第5期，第60页），夏传才《周人的五篇史诗问题》（《河北师范学院学报》1982年第4期）等论文。

〔20〕履迹生子的神话反映母系社会背景之说，最早由郭沫若提出。（《中国古代社会研究》，《郭沫若全集》历史编第一卷，人民出版社1982年版，第106页）另外，闻一多提出，履帝迹生子乃是践神尸之迹而舞，舞毕相止息而受孕。（《闻一多全集》第一册《神话与诗》“姜嫄履大人迹考”，生活·读书·新知三联书店1982年版）于省吾则提出图腾受孕说，认为姜嫄所履迹是周人远祖的图腾，因而受孕生子是原始图腾宗教观念的反映。（《诗“履帝武敏歆”解》，见《泽螺居诗经新证》，中华书局1982年版，第202页）

〔21〕姜嫄弃子的原因，或认为履迹生子，疑为不祥（余冠英《诗经选》，人民文学出版社1956年版，第151页），或认为生活困难和宗教禁忌（上引于省吾《诗“履帝武敏歆”解》）等等。

〔22〕《七月》的作者和题旨，古人多从《毛诗序》之说：“《七月》，陈王业也。周公遭变，故陈后稷先公风化之所由，致王业之艰难也。”（《毛诗正义》卷八，《十三经注

疏》，中华书局1980年版，第388页）今人大多不同意周公作《七月》之说，但对作者和题旨，仍没有一个统一的看法。比较流行的一种看法是，《七月》诗歌主体是被剥削阶级，表现被剥削阶级（奴隶或农奴）的痛苦生活。也有人认为诗歌主体是剥削者，反映剥削者（卿、大夫、小奴隶主或封建统治阶级）生活。还有人认为，《七月》的作者不是一个人或同一类人，而是经人将多年来流传在社会上的农谣、民谣、小诗等汇集、编纂的最后集合品，其中既有劳动者的歌声，也有剥削者的吟哦（蒋见元《也谈〈诗经·七月〉的作者》，《南京师范学院学报》1981年第1期，第54页）。与此相类似的看法，认为《七月》是周王朝乐官在豳地农奴所作歌谣的基础上进行再创作的代言体诗（《先秦大文学史》，吉林大学出版社1993年版，第207页）。在缺乏直接史料，只能凭推测的情况下，《七月》非一人一时所作，而是最后经过整理而成的说法，似乎更符合作品本文反映出的复杂情况。

〔23〕燕飨诗产生于周初，是传统的看法。郑玄认为是文、武、周公、成王时（《大小雅谱》，见《毛诗正义》卷九，《十三经注疏》，中华书局1980年版，第401页），朱熹认为是周公时（《诗集传》卷九，上海古籍出版社1980年版，第99页），都不出周初的范围。今人孙作云主张成于宣王之时（《诗经与周代社会研究·论二雅》，中华书局1966年版，第375页）。我们认为，还应以传统说法为是。

〔24〕关于《伐檀》的题旨，《毛诗序》认为是“刺贪也，在位贪鄙，无功而受禄，君子不得进仕尔”。《硕鼠》的题旨，《毛诗序》认为是“刺重敛也，国人刺其君重敛，蚕食于民，不修其政，贪而畏人，若大鼠也”（《毛诗正义》卷五，《十三经注疏》，中华书局1980年版，第358~359页），应该说是正确理解了诗意。今人流行的看法认为是讽刺不劳而获，反抗剥削压迫，是从《诗序》中引申而来的，是对《诗序》“刺贪”“刺重敛”的一种现代诠释。

〔25〕赵沛霖《〈诗经〉战争诗表现的上古政治军事思想》有较充分的论述，并比较了《诗经》和其他民族有关诗歌的不同，如希腊史诗《伊利亚特》，印度史诗《玛哈帕腊达》等，对战争场面浓墨重彩的描绘。《诗经》则一般不直接描写战争场面，不突出厮杀格斗，而多写军威声势和渲染气氛，多写道德感化和军事力量的震慑（见《诗经研究反思》，天津教育出版社1989年版，第139~144页）。

〔26〕《毛诗序》：“子衿，刺学校废也。乱世则学校不修焉。”（《毛诗正义》卷四，《十三经注疏》，中华书局1980年版，第345页）朱熹则认为是“淫奔之诗”（《诗集传》卷四，上海古籍出版社1980年版，第54页），也就是说是情诗。涵泳诗意，情诗之说为当。

〔27〕比较突出的只有《商颂·玄鸟》《大雅·生民》，写商周先祖降生，涉及神话因素。

〔28〕赋比兴的解释，历代层出不穷，重要的有如下几种。郑玄：“赋之言铺，直铺陈今之政教善恶。比，见今之失，不敢斥言，取比类以言之。兴，见今之美，嫌于媚谀，取善事以喻劝之。”（《周礼》“大师”注）郑众：“比者，比方于物也。兴者，托事于物。”（郑玄《周礼》“大师”注引郑众语，《周礼注疏》卷二十三，《十三经注疏》，中华书局1980年版，第796页）刘勰《文心雕龙·比兴》：“《诗》文宏奥，

包韫六义，毛公述传，独标兴体，岂不以风通而赋同，比显而兴隐哉？故比者，附也；兴者，起也。附理者切类以指事，起情者依微以拟议。”（范文澜《文心雕龙注》卷八，人民文学出版社 1958 年版，第 607 页）钟嵘：“文已尽而意有余，兴也。因物喻志，比也。直书其事，寓言写物，赋也。”（《诗品序》，曹旭《诗品集注》，上海古籍出版社 1994 年版，第 39 页）孔颖达则云：“《诗》文直陈其事，不譬喻者，皆赋辞也。郑司农云‘比者，比方于物’，诸言‘如者’，皆比辞也。司农又云‘兴者，托事于物’，则兴者，起也，取譬引类，起发己心。《诗》文诸举草木鸟兽以见意者，皆兴辞也。”（《毛诗正义》卷一，《十三经注疏》，中华书局 1980 年版，第 271 页）宋朱熹之说流传最广，常为人们所采用：“兴者，先言他物以引起所咏之词也。”“赋者，敷陈其事而直言之也。”“比者，以彼物比此物也。”（《诗集传》卷一，上海古籍出版社 1980 年版，第 1、3、4 页）诸家之说，对赋无异辞，对比的认识也基本一致。只有对兴的理解最不一致。“五四”以后，顾颉刚、钟敬文、朱自清、刘大白、何容生等都对兴作了专题研究（参见《古史辨》第三册有关诸文，上海古籍出版社 1982 年版。朱自清《诗言志辨》，见《朱自清全集》第六卷，江苏教育出版社 1990 年版，第 132 页）。近年来，在总结前人研究成果的基础上，关于比兴的研究进一步深入。关于兴的起源，比兴与诗歌的形象思维，比兴揭示的诗歌创作中的物我关系等，都有探讨。赵沛霖《诗经研究反思》第二部分第五、六两章，对历年大陆研究成果有综述，裴普贤《诗经兴义的历史发展》对历代及海外学者赋比兴研究的综述也可参阅（裴文见其所著《诗经研读指导》，台湾东大图书股份有限公司 1977 年版，第 173 页）。

近年还有一些文章论述赋、比、兴的本义，认为不是艺术表现方法，而是当时赋诗言志的方法（张震泽《〈诗经〉赋比兴本义新探》，《文学遗产》1983 年第 3 期，第 1 页）。或是乐歌演奏时赋陈乐器，比次乐律，以及兴举乐仪等一整套的程序、仪节（陈元锋《〈诗〉赋比兴古义发微》，《文学遗产》1988 年第 6 期，第 20 页）。但这些论点尚未得到学术界公认，而且这些论著也都不否定赋比兴作为艺术方法对中国古代文学的深远影响。把赋比兴作为艺术表现方法理解，仍是牢不可破的。

〔29〕杨公骥认为周诗中的名词和动词都很丰富。他举例说，《诗经》中的名词“关于草本植物的有一百多种；关于木本植物的有五十四种；关于鸟类的有三十八种；关于兽类的有二十七种；关于昆虫和鱼类的有四十一种”，而表示手的不同动作的动词有五十多个（见其《中国文学》第一分册，吉林人民出版社 1980 年版，第 258 页）。

# 第三章 《左传》等先秦叙事散文

从殷商到战国时期，我国散文由萌芽而至成熟。我国古代史官文化十分发达，记载历史事件的叙事散文在散文史上首先创立。甲骨卜辞和殷商铜器铭文是我国最早的记事文字，是我国古代散文的起点。《尚书》和《春秋》提供了记言记事文的不同体例。《左传》《国语》《战国策》等历史散文具有深厚的文化精神和成熟的文本形态，开启了我国叙事文学的传统。

## 第一节 从甲骨卜辞到《春秋》

散文的萌芽：甲骨卜辞和铜器铭文　　记言叙事文之祖：《尚书》《春秋》

我国散文的最早源头，可以追溯到甲骨卜辞。殷人用龟甲、兽骨占卜，占卜后把占卜日期、占卜人、所占之事，有的还包括日后吉凶应验情况，刻在甲骨之卜兆旁，此即甲骨卜辞。甲骨文清末发现于河南安阳，是商王盘庚迁殷后至殷亡时的遗物，距今已三千多年。这些卜辞所记的内容相当丰富，包括祭祀、农业生产、田猎、风雨、战争、疾病等许多方面，真实朴素地反映了殷商时期社会生活各方面的状况。甲骨卜辞记事比较简单，不成系统，但未经后人加工，保持了商代记事文字的原貌。这些占卜之辞，短的只有几个字，长的有百余字，比较完整的如：

> 癸巳卜，献贞，旬亡囚（咎）？王固（占）曰，㞢（有）希（祟），其㞢（有）来鼓（艰）。气（迄）至五日丁酉，允㞢（有）来鼓（艰）自西。沚咸告曰：“土方征（征）于我东啚（鄙），𢦏（灾）二邑。吾方亦帰我西啚田。”（郭沫若《卜辞通纂》第五一二片）

这条卜辞，时、地、人、事齐全，叙述较为详细，略具叙事要素。这些卜辞，可看作是先秦叙事散文的萌芽。

同样未经后人加工的商周铜器铭文，反映了我国早期记事记言文字由简至繁的发展。商周时君王、公侯、臣子都可作铜器铭文，君王所作铜器被视为国之重宝。铜器铭文有长有短，广泛记述了社会生活。商代铭文记事简单，形式一律。如："丁巳，王省夔京，王易小臣俞夔贝，惟王来征夷方，唯王十祀有五，肜日。"（《殷文存》上二六·后）开头交代事件发生的时间，然后叙事，内容大多是殷王的赏赐，最后还有告于先祖的祭日。周代铭文字数增加了，内容复杂了。不仅有记事文字，还出现了与《尚书》诰命类似的记言文字。例如，以记事为主的《曶鼎》，先写了周王策命曶继承父业为王卜者；又写了曶用匹马束丝购买五个奴隶，引起纠纷，曶胜诉之事；还记载了匡季带其奴仆抢劫了曶的十秭禾，曶向东宫控告匡季而胜诉，得到了加倍赔偿的事。叙事已有一定规模了[1]。而像《毛公鼎》等侧重记言的铭文，其中的训诰，已和《尚书》没有什么区别。

《尚书》在时间跨度上与甲骨卜辞和铜器铭文相近。《尚书》是商周记言史料的汇编[2]，包括《虞书》《夏书》《商书》《周书》四部分。《虞书·尧典》等记载了尧、舜、禹等人的传说，是后人的追述，不是当时人的记录。《商书·盘庚》是可靠的殷代作品，也是我国记言文之祖。《盘庚》记录了盘庚要迁都于殷，世族百姓普遍反对，他为说服众人而发表的训辞，古朴艰涩，语言有一定的感情色彩和形象性。如："若网在纲，有条而不紊。""若火之燎于原，不可向迩，其犹可扑灭?"比喻生动贴切，至今仍活在我们的语言中。《周书》主要是诰与誓两种文体，记周公言论最多，《洛诰》《无逸》《立政》是告诫成王之言，《大诰》是对诸侯的训令，《多士》《多方》是对殷民的训诫，《康诰》教训康叔如何治理殷民，《君奭》是周公与召公的谈话。周公的这些谈话和训令，反映了周公的心态，周人的政治思想和周初的社会关系。《周书》的《金縢》和《顾命》以记事为主，《金縢》写武王克商后患病，周公向先王祷告，愿代武王死，武王病愈。后成王嗣位，周公摄政，武王之弟管叔等散布流言诽谤周公，并煽动殷遗民叛乱。周公率兵平定叛乱，成王心中对周公仍有疑忌，周公避居。于是"天大雷电以风，禾尽偃，大木斯拔，邦人大恐，王与大夫尽弁，以启《金縢》之书，乃得周公所自以为功，代武王之说"，成王大为感动，亲自迎接周公回朝。这些情节颇曲折而具传奇色彩。《顾命》写成王之死，康王之立，事件的过程和宏大的场面铺叙得很清楚。《尚书》文字古奥典雅，语言技巧超过了甲骨卜辞和铜器铭文，而且这些文诰都是单独成篇，有完整的文本结构和文体形态，对先秦历史叙事散文的成熟有直接的影响。

春秋时期经过孔子编定的《春秋》，记事系统具有自觉的记事意识和写作义例。《春秋》本是周王朝和各诸侯国历史的通称，后特指经过孔子修订的鲁国的编年史。它记载了自鲁隐公元年至鲁哀公十四年（前722—前481）的历史，对这一时期的史事作了简洁的大纲式的叙述。《春秋》按时间顺序编排历史事件，记事方式是“以事系日，以日系月，以月系时，以时系年”（杜预《春秋左传集解·序》），具备了明确的时间观念和自觉的记事意识。但其记事都很简略，长的不过四十多字，短的仅有一字。因此，其记事虽简而有法，却并非真正意义上的叙事散文。如隐公元年载：“夏，五月，郑伯克段于鄢。”时间、地点、人物、事件都有，但事件的因果、过程，人物的行为、性格，都无从知道，仿佛一则新闻标题，而不像一篇文章。

《春秋》是“礼义之大宗”（司马迁《史记·太史公自序》），维护周礼，反对僭越违礼行为，贬斥邪说暴行，是其主要的思想倾向。这种倾向在行文中不是表现于议论性文辞，而是在史事的简略记述排比中表现出来。《春秋》还以一字寓褒贬，在谨严的措辞中表现出作者的爱憎。比如杀有罪为“诛”，杀无罪为“杀”，下杀上曰“弑”等。这种在史著中灌注强烈感情色彩的作法，为后代史传文学所继承。

## 第二节 《左传》的叙事和记言

《左传》的成书　《左传》的叙事特征　《左传》的记言文

《左传》是《春秋左氏传》的简称，又名《左氏春秋》。相传《左传》为传述《春秋》而作[3]，作者是左丘明，后人对此颇多疑义[4]。《左传》记事，起于鲁隐公元年（前722），迄于鲁哀公二十七年（前468），基本与《春秋》重合，还有个别战国初年的史料[5]。今人一般认为此书大约成书于战国早期，最后编定者是一位儒家学者。与《春秋》一样，《左传》不只是对历史事件作客观的罗列，而且还表达了对历史事件的认识和理解，并站在儒家立场上总结历史的经验教训，作出对历史事件和历史人物的道德伦理评价，为人们提供历史的借鉴[6]。《左传》维护周礼，尊礼尚德，以礼之规范评判人物。同时，作者以敏锐的历史眼光，记述了周王室的衰落和诸侯的争霸，公室的卑弱和大夫兼并，表现了新旧政治势力的消长，揭示了社会变革的趋势。书中还揭露了暴虐昏庸、贪婪荒淫之辈，肯定赞扬了忠良正直之士，尤其是重民、以民为本的思想，更反映了《左传》进步的历史观。在《左传》作者看来，有德才能为天所佑；得民或失民，被有识之士当做取国或灭国的重要条件；在人与神的关系上，人的地位提高了；在君与民的关系中，民的地位提高了。

《左传》以《春秋》的记事为纲，增加了大量的历史事实和传说，叙述了丰富多彩的历史事件，描写了形形色色的历史人物。把《春秋》中的简短记事，发展成为完整的叙事散文。《左传》发展了《春秋》笔法，不再以事件的简略排比或个别字的褒贬来体现作者的思想倾向，而主要是通过对事件过程的生动叙述，人物言行举止的展开描写，来体现其道德评价。《左传》还创立了一种新形式，即在叙事中或叙事结束后直接引入议论，以“君子曰”“君子是以知”“孔子曰”等来对事件或人物作出道德伦理评价。这种形式，更鲜明地表现出作者的立场和感情，增强了叙事的感情色彩。《左传》确为先秦散文“叙事之最”[7]，标志着我国叙事散文的成熟。

作为编年史，《左传》的情节结构主要是按时间顺序交代事件发生、发展和结果。但倒叙与预叙手法的运用，也是其叙事的重要特色。倒叙就是在叙事过程中回顾事件的起因，或交代与事件有关的背景等。如“宣公三年”先记载了郑穆公兰之死，然后再回顾了他的出生和命名：其母梦见天使与之兰，怀孕而生穆公，故名之兰。《左传》中还有插叙和补叙，性质作用与倒叙类似。这些叙述，常用一个“初”字领起。预叙即预先叙出将要发生的事，或预见事件的结果，如秦晋崤之战中蹇叔在秦出师伐郑时，已预知了必然失败的结果：“吾见师之出而不见其入也。”（僖公三十二年）秦师经过周都洛阳北门，王孙满又预言：“秦师轻而无礼，必败。”（僖公三十三年）[8]《左传》以第三人称作为叙事角度，作者以旁观者的立场叙述事件，发表评论，视角广阔灵活，几乎不受任何限制。个别段落中，作者也从事件中人物的角度，来叙述正在发生的事件及场景。如写鄢陵之战“楚子登巢车以望晋师”中阵地的情况，完全是通过楚子和伯州犁的对话展示出来的（成公十六年）。

《左传》叙事，往往很注重完整地叙述事件的过程和因果关系。《左传》叙事最突出的成就在描写战争。《左传》的战争描写，全面反映了《左传》的叙事特点。《左传》一书，记录了大大小小几百次战争，城濮之战、崤之战、邲之战、鞌之战、鄢陵之战等大战的描述历来被人们赞不绝口，不计其数的小战役也写得各具特色，精彩生动。一般说来，《左传》写战争，不局限于对交战过程的记叙，而是深入揭示战争起因、酝酿过程及其后果。如“僖公二十八年”写城濮之战，对大战爆发的背景和直接起因都有交代，而在行文中，又不断展示晋胜楚败的原因：晋文公伐怨报德，整饬军纪，遵守诺言，倾听臣下意见，上下齐心协力。而楚方则是君臣意见分歧，主帅子玉恃兵而骄，一意孤行，盲目进逼晋师。城濮之战的结果也写得很全面，不仅写了晋师大胜，晋文公确立霸主地位，而且还写了战争的余波：楚子玉战败羞愧自杀，晋文公闻之大喜，回国后赏功罚罪，对这次战役进行总结，然后以君子之言，赞扬晋文公的霸业。至此，叙述圆满结束。

《左传》对事件因果关系的叙述，还常有道德化与神秘化的特点。如，作者在总结城濮之战经验时云："谓晋于是役也，能以德攻。"（僖公二十八年）不仅是城濮之战，整个《左传》叙事中，礼、义、德等道德因素，都被作者当做影响事件成败的重要原因加以叙述，而且叙述中往往还带有神秘因素。以《左传》中常出现的预兆为例，这些预兆大都有道德化倾向：符合礼义要求之事，常有吉兆；而悖于礼义之事，则常有凶兆。这些预兆有时是智者的言论，有时则是占卜、梦境、天象等的神秘暗示。如"僖公十五年"秦晋韩之战，在"僖公十年"就有已故晋太子"敝于韩"的预言；"僖公十四年"又有晋卜偃"期年将有大咎，几亡国"的预言，战前又有秦卜徒父释卦之兆，晋惠公不从占卜之失。在这些看似神秘的预兆之后，是晋惠公违礼、失义、背信之举。作者面对既成的历史事实，根据历史人物的言行得失，在叙述历史事件时，加入种种神秘化的传说故事，来预示事件的结局，解释事件的因果关系。这反映了春秋时代人们的世界观和认识水平，具有鲜明的时代特色。

《左传》是一部历史著作，但作者有时就像一个讲述故事者，把事件叙述得颇具戏剧性。大量生动的戏剧性情节，使这部作品充满故事性。不仅如此，《左传》有的叙事记言，明显不是对历史事实的真实记录，而是出于臆测或虚构。如"僖公二十四年"记载的介子推母子间的对话，不可能有第三者在旁听见或记录，当是作者根据传闻和揣想虚拟而成[9]。这种写法，可以看作后代小说家为人物虚拟对话的萌芽。《左传》中还记述了大量的占卜释梦和神异传闻。如"成公十年"记晋景公之死，情节曲折怪诞，用三个梦构成了互为关联的情节。写晋侯所梦大厉，画鬼如生，令人毛骨悚然；病入膏肓的描写，极为生动有趣；桑田巫释梦之语，小臣之梦的印证，更是充满神秘色彩，仿佛志怪小说。

人物是叙事中不可缺少的要素。《左传》中描写了各种人物，但《左传》的写人还不像纪传体历史著作在一个专章中叙述一个人物的生平事迹，也没有像后世小说那样塑造人物形象。由于它是编年史，人物的言行事迹大多分散记录在事件发生的各个年代，很少对某一人物集中描写，只有把同一人物在不同年代的事迹联系起来，才能得到一个完整的人物形象。《左传》中许多重要政治人物如郑庄公、晋文公、楚灵王、郑子产、齐晏婴等，都是通过数年行迹的积累来表现的。《左传》中还有一些人物，并不是反复出现而形成的一个完整形象，而是仅在某一时、某一事中出现，表现的仅仅是其一生中的某一片断，反映的是其性格中的某一方面。这些形象往往非常生动传神，能给读者留下极深刻的印象。如“晋灵公不君”中，钽麑、提弥明、灵辄三位武士（宣公二年），齐晋鞌之战中代君就俘的逢丑父等（成公二年）[10]。

《左传》广泛描写了各种人物，其中许多人物写得个性鲜明[11]。《左传》有些描写还展现了人物性格的丰富性和复杂性，表现了人物性格的变化。晋文公是《左传》中着力歌颂的人物（庄公二十八年至僖公三十二年）。他由一个贵公子成长为政治家，由四处流亡到成为一代霸主，人物性格有一个曲折的成熟过程。楚灵王是《左传》中被否定的国君形象（襄公二十六年至昭公十三年），他在即位前的争强好胜，野心勃勃，弑王自立，即位后的残暴、骄奢狂妄等，都显示出他确实是个昏君。但同时，作者又表现了他宽容纳谏、知过能改、不记前怨、风趣等性格特点，并写了他最后悔恨自己的残暴，刻画出一个性格复杂的人物形象。

《左传》叙事中人物的行动、对话构成了表现人物的主要手段，而绝少对人物进行外貌、心理等主观静态描写。通过人物在重大历史事件中的言行，人物性格得以展现，形象得以完成。如成公二年的齐晋鞌之战，《左传》这样描写战争场面，展现战争的全貌，表现人物个性：

> 郤克伤于矢，流血及屦，未绝鼓音，曰：“余病矣！”张侯曰：“自始合，而矢贯余手及肘，余折以御，左轮朱殷，岂敢言病？吾子忍之！”缓曰：“自始合，苟有险，余必下推车，子岂识之？然子病矣。”张侯曰：“师之耳目，在吾旗鼓，进退从之。此车一人殿之，可以集事，若之何其以病，败君之大事也？擐甲执兵，固即死也。病未及死，吾子勉之。”左并辔，右援枹而鼓，马逸不能止，师从之。齐师败绩。逐之，三周华不注。

郤克受伤，解张、郑丘缓鼓励他坚持战斗，当时战场上紧张激烈的场面，可想而知。三人同仇敌忾，视死如归的气概，在对话和行动描写中，也得到充分表现。

《左传》在战争描写中还有许多与整个战局关系不大的事，这些事只是反映了战争的一些具体情状，在战争中并不具有重要意义。《左传》还在复杂的战争过程、政治事件中，大量描写细节。作为历史著作，这些描写内容完全可以不写或略写，但《左传》却大量地描写了这些琐事细节，它们在叙事生动和人物刻画方面具有文学意义，如“宣公二年”的宋郑大棘之战，其中狂狡倒戟出郑人，华元食士忘其御羊斟，华元逃归后与羊斟的对话，城者之讴等，都非这次战争的重要事件，但如果只写宋郑战于大棘，宋师败绩，郑人获华元，华元逃归，则必然使叙事枯燥无味，毫无文学性可言。正是这些次要事件中的细节描写，才增加了叙事的生动传神。又如“宣公四年”记郑公子归生弑其君这一重大历史事件，写了公子宋食指大动，郑灵公食大夫鼋不与公子宋，公子宋怒而染指于鼎等细节，整个事变由食鼋这件小事引起，而公子宋的贪馋好怒、公子归生的迟疑懦弱、郑灵公的昏庸可笑都在生活细节的描写中表现了出来。再如“哀公十六年”记楚国白公之乱这一政治事件，最后写叶公子高平叛，没有着重写叶公的重大军政措施，而就叶公是否该戴头盔这一细节反复渲染：

> 叶公亦至，及北门，或遇之，曰：“君胡不胄？国人望君如望慈父母焉，盗贼之矢若伤君，是绝民望也，若之何不胄？”乃胄而进。又遇一人曰：“君胡胄？国人望君如望岁焉，日日以几，若见君面，是得艾也。民知不死，其亦夫有奋心，犹将旌君以徇于国，而又掩面以绝民望，不亦甚乎？”乃免胄而进。

突出国人对叶公的爱戴和叶公急于争取国人的心理。叶公平叛之所以成功，他的可贵之处，都在叶公免胄的细节中表现出来。

《左传》中的记言文字，主要是行人应答和大夫辞令，包括出使他国专对之辞和向国君谏说之辞等。这类记言文字无不“文典而美”，“语博而奥”（刘知幾《史通》卷十四《申左》），简洁精练，委曲达意，婉而有致，栩栩如生。如僖公三十年“烛之武退秦师”的说辞，秦晋联合攻郑，烛之武作为郑使出说秦伯。他着重对秦、晋、郑三国之间的利害关系作了具体的分析。先把郑国之存亡放在一边：“郑既知亡矣。”再叙述郑亡并无利于秦：“亡郑以陪邻，邻之厚，君之薄也。”然后归结到保存郑国于秦有益无害：“若舍郑以为东道主，行李之往来，共其乏困，君亦无所害。”最后还补叙昔日晋对秦之忘恩负义以加强说服力。说辞有意置郑国利害于不顾，而处处为秦国考虑，委婉而多姿，谨严而周密，因此，能打动秦穆公之心，使他不但退兵，还留秦将杞子等三人率军助郑守卫。晋人也只好退兵，郑国得以保全，充分显示了烛之武说辞的分量。《左传》中的行人辞令、大夫谏说佳作甚多，如隐公三年石碏谏宠州吁，隐公五年臧僖伯谏观鱼，桓公二年臧哀伯谏纳郜鼎，桓公六年季梁谏追楚师，僖公五年宫之奇谏假道，僖公十五年阴饴甥对秦伯，僖公二十六年展喜犒师，宣公三年王孙满对楚子，成公十三年吕相绝秦，襄公三十一年子产坏晋馆垣，等等。这些辞令，由于行人身份及对象的不同而风格各异，有的委婉谦恭，不卑不亢；有的词锋犀利，刚柔相济。这些辞令又因事因人不同而具有不同的个性特点，但都用辞典雅，渊懿美茂，生气勃勃。《左传》的辞令之美，“谅非经营草创，出自一时，琢磨润色，独成一手”（《史通》卷十四《申左》）。大约当时的外交辞令已很讲究，史家记述时又加修饰，故而文采斐然。

《左传》叙述语言简练含蕴，词约义丰。如宣公十二年晋楚邲之战中，写晋师溃败时的狼狈之状云：“中军、下军争舟，舟中之指可掬也。”为争渡船逃命，先上船者以乱刀砍争攀船舷者手，落入船中的手指竟然“可掬”。简练的一句话，写尽晋师争先恐后、仓皇逃命的紧张混乱场面。同年冬天，楚国出师灭萧，将士“多寒”，于是“（楚）王巡三军，拊而勉之，三军之士皆如挟纩”。楚王劳军的体恤之语，温暖将士之心就如披上了棉衣。以一个贴切的比喻，形象生动地写出了楚王慰勉之殷，将士愉悦之情。“言近而旨远，辞浅而义深。虽发语已殚，而含意未尽，使夫读者望表而知里，扪毛而辨骨，睹一事于句中，反三隅于字外。”（《史通》卷六《叙事》）

## 第三节　《国语》的文学成就

成书及体制　　记言为主记事为辅

《国语》是一部国别史，全书二十一卷，分别记载周、鲁、齐、晋、郑、楚、吴、越八国事，是各国史料的汇编。成书约在战国初年[12]。各国“语”在全书所占比例不一，每一国记述事迹各有侧重。《周语》对东西周的历史都有记录，侧重论政记言。《鲁语》记春秋时期鲁国之事，但不是完整的鲁国历史，很少记录重大历史事件，主要是针对一些小故事发议论。《齐语》记齐桓公称霸之事，主要记管仲和桓公的论政之语。《晋语》篇幅最长，共有九卷，对晋国历史记录较为全面、具体，叙事成分较多，特别侧重于记述晋文公的事迹。《郑语》则主要记史伯论天下兴衰的言论。《楚语》主要记楚灵王、昭王时期的事迹，也较少记重要历史事件。《吴语》独记夫差伐越和吴之灭亡，《越语》则仅记勾践灭吴之事。

《国语》中主要反映了儒家崇礼重民等观念。西周以来的敬天保民思想在书中得到了继承。虽然《国语》许多地方都强调天命，遇事求神问卜，但在神与人的关系上，已是人神并重，由对天命的崇拜，转向对人事的重视，因而重视人民的地位和作用，以民心的向背为施政的依据。如《鲁语上》鲁太史里革评晋人弑其君厉公时，认为暴君之被逐被杀是罪有应得，咎由自取，臣民的反抗行为无可厚非。又如《周语上》邵公谏厉王弭谤中，邵公主张治民应

"宣之使言"，从人民的言论中考察国家的兴衰、政治的得失，国君只有体察民情，行民之所善，去民之所恶，增加人民的财富衣食，国家才能长治久安。

《国语》以记言为主，所记多为朝聘、飨宴、讽谏、辩诘、应对之辞。《国语》记言文字在形象思维和逻辑思维方面都很缜密，又有通俗化、口语化的特点，生动活泼而富于形象性。当然，由于《国语》是各国史料的汇编，素材来源不一，编者亦未作统一润色，其记言水平参差不一，风格也颇有差异。比如《周语》旨在说教，行文委婉，多长篇大论，《鲁语》篇幅不长，语言隽永，《楚语》《吴语》《越语》则文字流畅整饬，颇有气势。《国语》中的应对辞令，有的与《左传》相同，但文字不如《左传》精彩，有的则难分高下。有些为《左传》所不载的辞令也颇有特色。如周襄王不许晋文公请遂，辞婉义严（《周语中》），越王勾践求成于吴，辞卑气低等（《吴语》），都是很有特色的辞令。而《国语》中一些议论说理文字，往往也精辟严密，层次井然。如《周语上》邵公谏厉王弭谤，《鲁语下》敬姜论劳逸，《晋语八》叔向贺贫，《楚语下》王孙圉论宝，都历来为人们所称道。

《国语》虽然记言多于记事，但《国语》没有单纯的议论文或语录，有一系列大小故事穿插其中，因此表现出叙事技巧和情节构思上的特点，有时也能写出鲜明生动的人物形象。总的说来，《国语》也有对历史事件因果关系的叙述，但不及《左传》普遍、完整。《国语》中许多事件的前因后果及经过都是一笔带过，而把重点放在大段的议论文字上。但《国语》也有情节生动曲折，极富戏剧性的叙事，如《晋语》前四卷写晋献公诸子争位的故事，献公宠妃骊姬的阴谋，太子申生的被谗冤死，公子重耳的流亡等，都写得波澜起伏，精彩纷呈。其中有虚拟的情节，如骊姬夜半而泣（《晋语一》），谗太子申生，骊姬夜泣及其谗言，非第三者能知，显然是作者援情度理的虚构，刻画出一个口蜜腹剑、阴险狠毒的人物形象。其中也有精彩的描写，如为分化朝中大臣，骊姬宠幸的优施与朝中重臣里克饮酒，以歌舞暗示里克，将杀太子申生立骊姬子奚齐，里克夜半召优施，欲中立以自保等（《晋语二》），描写细致入微，具体生动，表现出鲜明的个性特点。更有一些滑稽的小插曲，写得生动活泼，如重耳流亡到齐国后，安于寄人篱下的生活，其妻姜氏及从亡之臣子犯将其灌醉载之而行（《晋语四》），《左传》只写到重耳醒，"以戈逐子犯"，《国语》中还写了重耳子犯相骂的对话，幽默有趣，写出了重耳流亡集团的内部冲突。对晋献公诸子争位的叙述，展示了春秋时期一场复杂政治斗争的生动画卷，描绘出一系列生动的人物形象，反映了《国语》叙事的成就。

由于国别史的特点，《国语》有时在记叙某一国事件时，集中在一定篇幅写某个人的言行，如《晋语三》写惠公、《晋语四》专写晋文公、《晋语七》

专记悼公事，《吴语》主要写夫差、《越语上》主要写勾践等。这种集中篇幅写一人的方式，有向纪传体过渡的趋势。但尚未把一个人的事迹有机结合为一篇完整的传记，而仅仅是材料的汇集，是一组各自独立的小故事的组合，而不是独立的人物传记。总之，由于《国语》以记言为主，虽然叙事和刻画人物有一定特色，但文学成就比《左传》还是稍逊一筹。

## 第四节　《战国策》的文学成就

成书过程　　纵横家思想　　鲜明生动的人物形象　　辩丽横肆的语言艺术

《战国策》凡三十三卷，杂记东周、西周、秦、齐、楚、赵、魏、韩、燕、宋、卫、中山诸国军政大事。时代上接春秋，下迄秦并六国。主要记载了谋臣策士游说诸侯或进行谋议论辩时的政治主张和斗争策略。其中文章不是一人所作，作者大多是战国后期纵横家，也可能有若干篇章是秦汉间人所作。最后由西汉刘向编校整理成书，定名为《战国策》[13]。

与《春秋》《左传》《国语》主要反映儒家思想不同，《战国策》突出表现了纵横家思想，反映了纵横家的人生观。在政治上他们崇尚谋略，强调审时度势，肯定举贤任能，在人生观上则是追求功名显达，富贵利禄。不过，《战国策》的思想内容又比较复杂，所记人物也反映出不同的价值取向。既有讲权术谋诈，图个人功名利禄的朝秦暮楚之徒，也有“为人排患、释难、解纷乱而无所取”之士（《赵策三》）。《战国策》的思想价值，在于它反映了战国时代“士”阶层的崛起。“士贵耳，王者不贵”（《齐策四》）的声音，反映出士人精神的张扬。书中大量描写策士奔走于诸侯之间，纵横捭阖，令“所在国重，所去国轻”（刘向《战国策书录》）的重要作用和社会地位，可以说是一部士阶层，尤其是策士行迹的生动写照。

《战国策》的文学成就首先表现在人物形象的塑造上。全书对战国时期社会各阶层形形色色的人物都有鲜明生动的描写，尤其是一系列“士”的形象，更是写得栩栩如生，光彩照人。纵横之士如苏秦、张仪，勇毅之士如聂政、荆轲，高节之士如鲁仲连、颜斶等，都个性鲜明，具有一定的典型意义，代表了士的不同类型。由于作者对这些人物心仪不已，颇为倾慕，甚至不惜脱离史实，以虚构和想象进行文学性描写。《战国策》中，不是史实，出于虚构依托的内容颇多[14]。如书中用力极深，描写得极成功的人物苏秦，其事迹言论有不少就是虚构的[15]。至于在具体描写中，虚构的手法更为普遍，也更进一步。

如《秦策一》写苏秦夜读，引锥自刺及慨叹之语，夜室独语，有谁知道，显然是作者根据传闻虚拟而成。而《齐策一》邹忌讽齐王纳谏，写邹忌看见徐公时"孰视之，自以为不如，窥镜而自视，又弗如远甚"，不仅表现了邹忌内心的活动，而且涉及心理活动的过程，接近人物的心理描写，显系出于作者的想象。夸张虚构不合史著的要求，但使叙事更加生动完整，更有利于塑造鲜明的人物形象。

《战国策》还以波澜起伏的情节，个性化的言行，传神的形态和细节来描写人物。作者不满足于平铺直叙，有意追求行文的奇特惊人，如《燕策三》记燕太子使荆轲刺秦王，其中田光自刎以明不言，樊於期自刎献头以图报仇，易水送别，秦廷献图行刺等情节，出人意表，慷慨悲壮，于紧张激烈的矛盾冲突中，人物性格得以生动展现。人物个性化的言行在《战国策》中很突出，如《秦策一》中，苏秦落魄而归后的刺股和喟叹，荣归故里时的感慨，其家人前倨后恭的言行等，都反映了人物的内心世界和性格特征。而对苏秦归来时"羸縢履蹻，负书担橐，形容枯槁，面目犁（黧）黑，状有归（愧）色"的外貌神情描写，绵密细致，极为传神。

《战国策》在写人上，一方面继承了《国语》相对集中编排同一人物故事的方法，另一方面又有所发展，出现了一个人物的事迹有机集中在一篇的文章，为以人物为中心的纪传体的成立开创了先例。如《齐策四》冯谖客孟尝君，写冯谖弹铗而歌、焚券市义、营造三窟的事迹，冯谖一生的主要事迹尽在一篇之中，人物形象和性格得到了充分的展示。这类作品，显示了由《左传》编年体向《史记》纪传体的过渡。

《战国策》的"文辞之胜"〔16〕，在语言艺术上的空前成功，是其文学成就的重要方面。其中策士廷说诸侯之辞，臣讽君主之辞，以及不同意见的辩难，都反映出春秋时期从容不迫的行人辞令，已演化为议论纵横的游说之辞〔17〕。其文章艺术风格，前人概括为"辩丽横肆"〔18〕，铺张扬厉，气势纵横，可说是《战国策》说辞的主要特色。

战国时代，君德浅薄，多庸主暴君，游士为说服君相，说辞大都不以直接方式，往往引类譬喻，借动物、植物或人们生活中习见的其他事物为喻，循序渐进地达到辩说的目的。《楚策四》载庄辛说楚襄王，庄辛针对楚襄王淫逸侈靡、不顾国政而进谏，说明国君如此行径必遭杀身之祸。他运用四种譬喻，即蜻蜓为五尺之童所黏捕，黄雀被王孙公子射杀，黄鹄被射者捕获，蔡圣侯因放荡逸乐被楚大夫子发用绳索捆缚。四种譬喻，由小到大，逐渐过渡到楚顷襄王本身，指出其所作所为，正把自己置于危险境地。形象生动，引喻谐调，气势充沛，说理充分。再如《齐策一》邹忌讽齐王纳谏，也是从切身体验的生活趣事，来形象喻示所要阐述的道理，贴切深刻，饶有风趣，很有说服力。

《战国策》还用大量的寓言故事、佚闻掌故来增强辩辞的说服力。寓言的巧妙运用，成为《战国策》文章的一大特点[19]。如《燕策二》苏代以鹬蚌相争，说赵惠王不应伐燕，以免强秦坐收其利。这类例子《战国策》中俯拾皆是，如“画蛇添足”（《齐策二》）、“狐假虎威”（《楚策一》）、“南辕北辙”（《魏策四》）等等。这些寓言大都即事编撰，独出心裁，比附现实，以表情达意。用具体的形象概括抽象的道理，表现出极强的艺术力量。

《战国策》的铺张扬厉，气势充沛，还与行文的夸张铺陈，大量运用对偶排比有关，如《赵策三》“鲁仲连义不帝秦”，列举了周烈王之斥齐威王，殷纣王之醢鬼侯、脯鄂侯、拘文王，齐闵王之欲仆妾邹鲁等，肆意夸张铺陈，极言尊秦之害。又如《齐策一》记苏秦说齐王合纵，极力夸张渲染齐国之强，临淄之胜，排比对偶层出不穷，文辞瑰丽多姿。

与其游说之辞一样，《战国策》的叙述语言也长于铺张渲染。“苏秦始将连横”（《秦策一》）写苏秦说秦王不行时的狼狈之状，发迹后路过家乡时的踌躇满志，“荆轲刺秦王”（《燕策三》）写荆轲易水送别时的慷慨悲壮，都是典型的例子。《战国策》的描写有时相当精细。苏秦刺股（《秦策一》），触龙入朝（《赵策四》），邹忌窥镜（《齐策一》）等，写的都是琐屑细节，却展现了人物的精神面貌。尤其是荆轲刺秦王的场面，描写人物动作神情极为细致传神，荆轲的豪迈暇豫，秦王的惊慌失措，殿上殿下的混乱惊扰，这些顷刻间发生的惊险紧急场面，作者一一道来，清晰详尽，有条不紊，如同电影镜头，作者对叙述语言运用之娴熟，令人惊叹。

《战国策》辩丽横肆的文风，雄隽华赡的文采，是当时纵横捭阖时代特征的体现，标志着先秦叙事散文语言运用的新水平。

## 第五节　先秦叙事散文对后世文学的影响

为史传文学直接祖述　散文创作的楷模　奠定了小说的叙事传统

《左传》《国语》《战国策》等先秦叙事散文，对后代的文学创作产生了深远的影响[20]。它们的叙事传统和语言艺术对史传文学、散文和小说创作的滋养，尤为明显。

先秦叙事散文的体例、思想、写作艺术等对后世史传文学的创作有直接启发。《史记》体例是在先秦编年史、国别史的基础上的创新和发展，而《汉纪》《资治通鉴》等，则是《春秋》《左传》编年体史书的直接继承。先秦叙事散文记述历史事件时直书其事、褒贬鲜明的特点，《左传》《战国策》高超的写作艺术，对后世史传文学的创作，产生了深远的影响。伟大的史传文学著作《史记》就吸收了《左传》《战国策》的写作技巧，对其中的一些史实略加改动便加以运用[21]。少数特别精彩的篇目，甚至不加改动就直接录入。司马迁、班固、陈寿、范晔等继承了《左传》开创的既叙述故事，又描写人物的形象生动的写史传统，他们不仅是历史学家，同时也是文学家，其作品既是历史著作，又是文学作品。《左传》的叙事艺术，如对历史事件因果关系、发展过程的重视，对历史事件故事化的描写，历史事件的叙述条理井然而又富于变化等特点，在后代史传文学中都有充分体现。《左传》简练蕴藉的语言风格，为后代史家所继承，而《史记》的奇谲文风，显然与《战国策》的辩丽恣肆有直接的关系。总之，先秦叙事散文是我国史传文学的最初成就，其沾溉于后世，不言而喻。

先秦叙事散文在散文史上具有崇高的地位，《左传》《国语》《战国策》等，成为后世散文写作的楷模。秦汉以后，《左传》的文章一直为人们所喜爱，尤其是唐宋以来的古文家，都非常推崇《左传》，并把它作为学习对象。韩愈《进学解》说他“沉浸浓郁，含英咀华”的古代作品中，就包括《左传》。宋人把《左传》与《史记》、韩文、杜诗相提并论[22]，同作为文学范本。情韵丰富的《左传》散文，也深为清代桐城派散文家所推崇。对《国语》语言艺术的赞誉，历来甚多。柳宗元尽管曾作《非国语》批评《国语》的某些思想，但在其“序”中还是认为“其文深闳杰异”，其为文即以《国语》为法[23]。汉初散文尚有战国遗风，贾谊、邹阳等西汉前期散文家的作品中，更是可以明显看出《战国策》文风的余绪。这种影响持续不断，在苏洵、苏轼等后代作家的散文中，还可以体味到先秦叙事散文的神韵。《战国策》的文章，对汉赋的产生也起过促进作用。汉赋主客问答的形式，铺张扬厉的风格，都可以看出对《战国策》的借鉴。

先秦叙事散文的叙事艺术，对我国古代小说的产生发展及其独特的艺术个性的形成，都有不可低估的作用。首先，先秦叙事散文叙述历史事件中表现出的褒贬分明的倾向性，对我国古代小说注重教化作用有直接的影响，并且，《左传》《国语》等作品中用“君子曰”等对事件进行的评述，在文言小说如唐宋传奇、《聊斋志异》等书中被直接借鉴，就是在明清白话小说中，也有明显的痕迹。其次，先秦叙事散文奠定了我国古代小说基本的叙事结构。我国古代小说常按时间顺序安排结构，串联情节，特别重视对故事起因、过程、结果的完整描写，并以倒叙、插叙、补叙等方式追叙事件的起因，以预叙的方式暗示故事的结局。这些都是《左传》等散文就已形成的叙事传统。第三，我国古代小说写人的基本手法在先秦叙事散文中已初具规模。我国古代小说主要通过描写人物个性化的言行，通过生动的细节描写来刻画人物，表现人物性格，而较少长篇的外貌描写、心理描写，而这正是《左传》《国语》《战国策》等写人的共同特点。第四，我国古代小说和戏曲作品对历史题材的重视，也是受先秦叙事散文的启示。这不仅是指诸如《东周列国志》之类以先秦叙事散文中所涉及的有关历史事件为题材的作品，同时，古代小说大量采用历史题材，也和我国叙事文学最初成果是产生在历史著述中不无关系。

## 注　释

〔1〕曶鼎铭文，可参见严一萍编《金文总集》第二册，台湾艺文印书馆 1983 年版，第 707 页。浙江古籍出版社有影印本。毛公鼎铭文见同书第 731 页。

〔2〕《尚书》在先秦时称为《书》，汉人始称之为《尚书》，即上古之书，又被称为《书经》。《虞书》《夏书》不是虞夏时的作品，而是出于后人的追记或经后人加工。《商书》《周书》基本上是殷商、西周时的作品，但也经过后人的加工。一般认为，西周末《尚书》已成书，相传孔子曾编定过《尚书》100 篇。但近年来伴随着对郭店楚简所引《书》的研究，有学者认为先秦时代，关于《书》的文献并没有一个定本（过常宝《先秦散文研究——早期文体及话语方式的生成》，人民出版社 2009 年版，第 83 页）。秦火后，汉初伏生所传《今文尚书》只有 28 篇。汉景帝时，鲁恭王坏孔子壁时发现的《古文尚书》，比今文多出 16 篇。西晋末年，《古文尚书》失传，东晋初，豫章内史梅赜奏《古文尚书》58 篇，将《今文尚书》析成 33 篇，又多出 25 篇，流传于今。唐宋时，已有人怀疑梅赜本《尚书》，清人阎若璩《古文尚书疏证》以大量的论据，证明了梅本之伪。今本《尚书》，大约只有《今文尚书》28 篇是可信的。与《尚书》相类似的还有《逸周书》，记录了周文王到春秋后期的史事。其中《世俘解》《克殷解》《商誓解》等大约作于西周（郭沫若《中国古代社会研究》附录《追论及补遗》七《古代用牲之最高记录》，《郭沫若全集》历史编第一卷，人民出版社 1982 年版，第 299 页），大多数篇章出于春秋战国时期，甚至也可能有汉代的作品。

〔3〕司马迁、班固都认为《左传》是为传述《春秋》而作（《史记·十二诸侯年表序》，中华书局 1982 年版，第 509 页。《汉书》卷六十二《司马迁传赞》，中华书局 1962 年版，第 2737 页）。但汉儒也有认为《左传》不是传《春秋》的（刘歆《移书让太常博士》，见萧统《文选》卷四十三，中华书局 1977 年版，第 610 页）。《左传》以《春秋》记事为纲叙事，其中有说明《春秋》书法的，有用事实补充说明《春秋》经文的，也有订正《春秋》记事错误的。这些都说明《左传》与《春秋》的密切关系。与《春秋》有关的还有《公羊传》和《穀梁传》。这两部书侧重阐发《春秋》经义，叙事较少，以议论为主。《公羊传》的文章，文风淳朴简劲，语言凝练准确，《穀梁

传》亦文字简朴，议论精深。二书文学价值不能与《左传》并论，但在经学史、思想史、学术史上都有深远影响，尤其是《公羊传》，在汉代和晚清都曾为显学。《汉书·艺文志》“《公羊传》十一卷”班固自注：“公羊子，齐人。”颜师古注云“名高”。《汉书·艺文志》“《穀梁传》十一卷”班固自注：“穀梁子，鲁人。”颜师古注“名喜”。见《汉书》卷三十，第1713页。或说名赤、俶（《春秋穀梁传校勘记序》，《十三经注疏》，中华书局1980年版，第2363页）。

〔4〕关于《左传》的作者，历来异说颇多，司马迁和班固都认为是左丘明所作，并说左丘明是“鲁君子”“鲁太史”。(《史记·十二诸侯年表序》，《汉书·司马迁传赞》，《汉书·艺文志》）孔子的时代确有一位左丘明，《论语·公冶长》：“子曰：‘巧言、令色、足恭，左丘明耻之，丘亦耻之。匿怨而友其人，左丘明耻之，丘亦耻之。’”（《十三经注疏》，中华书局1980年版，第2475页）唐宋以后，常有人怀疑左丘明作《左传》之说，甚至有人认为《左传》为汉代刘歆伪造（刘逢禄《左氏春秋考证》“惠公元妃孟子”条，《皇清经解》经部总类，道光九年广东学海堂刊，咸丰十年补刊本。康有为《新学伪经考》，中华书局1956年版，第84页）。《左传》的著者不一定是与孔子同时的左丘明，但《左传》不是一部伪书，写定于战国初期，这是学术界普遍认同的。

〔5〕《左传》记事，有序的编年迄于鲁哀公二十七年（前468）。但最末一条记事，已涉及韩、赵、魏三家灭智伯事，此事发生在鲁悼公十四年（前453）。《春秋》记事迄于鲁哀公十四年（前481），《左传》记事比《春秋》多出27年（参见《春秋左传正义》卷六十，《十三经注疏》，中华书局1980年版，第2183~2184页）。

〔6〕关于《春秋》叙事中寓有褒贬，前人论之甚详。《史记·孔子世家》：“（《春秋》）据鲁，亲周，故殷，运之三代，约其文辞而指博。故吴楚之君自称王，而《春秋》贬之曰‘子’；践土之会实召周天子，而《春秋》讳之曰‘天王狩于河阳’。推此类以绳当世，贬损之义，后有王者举而开之。《春秋》之义行，则天下乱臣贼子惧焉。”（《史记》卷四十七，中华书局1982年版，第1943页）。刘勰《文心雕龙·史传》：“（《春秋》）褒见一字，贵逾轩冕；贬在片言，诛深斧钺。”（见范文澜《文心雕龙注》，人民文学出版社1958年版，第284页）也有人认为，对于《左传》的作者来说，“历史显然不仅仅是对一系列事件的罗列，它还意味着一种尝试，即把所报告的种种孤立事件联系起来，从混乱而不连贯的往事中找出某种道理和意义”（[美]王靖宇《从〈左传〉看中国古代叙事作品》，见《〈左传〉与传统小说论集》，北京大学出版社1989年版，第38页）。

〔7〕刘知幾《史通》卷八《模拟》：“盖左氏为书，叙事之最。自晋已降，景慕者多。”（《史通通释》，上海古籍出版社1978年版，第222页）

〔8〕洪顺隆把《左传》时间结构分为“直线结构”和“曲线结构”，具有一定的概括性（《〈左传〉论评选析新编》（上），台北中国文化大学出版部1982年版，第91~92页）。张高评在其《〈左传〉之文学价值》第九章《为叙事文字之轨范》中，概括前人评点《左传》之说，归纳《左传》有三十种叙法，虽稍嫌繁琐，但亦可见《左传》

叙事法之丰富（台湾文史哲出版社 1982 年版，第 150~157 页）。近年来对《左传》叙事逻辑的研究，更多关注到其中的文化蕴涵，如认为"追溯方法是《左传》中特别重要而常见的叙事方法之一，它是春秋史官构建道德观念的主要手段"（过常宝《先秦散文研究——早期文体及话语方式的生成》，人民出版社 2009 年版，第 161 页）。

〔9〕前人对《左传》《国语》等书虚拟情节，多有说解，而以钱锺书之说深得文心，最为圆通："或为密勿之谈，或乃心口相语，属垣烛隐，何所据依？如僖公二十四年介之推与母偕逃前之问答，宣公二年钼麑自杀前之慨叹，皆生无傍证，死无对证者。注家虽曲意弥缝，而读者终不厌心。……盖非记言也，乃代言也，如后世小说、剧本中之对话独白也。左氏设身处地，依傍性格身分，假之喉舌，想当然耳。"（《管锥编》第 1 册，中华书局 1979 年版，第 165 页）

〔10〕孙绿怡将《左传》中人物形象分为"累积型"和"闪现型"（见其《〈左传〉与中国古典小说》上编"《左传》的文学价值"，北京大学出版社 1992 年版，第 33 页）。

〔11〕张高评认为《左传》善于刻画人物个性，并列举了书中描写的有代表性的"善性""恶性"人物数十个（《〈左传〉之文学价值》，台湾文史哲出版社 1982 年版，第 204 页，第十二章"为描绘神貌之逸品"第二节"《左传》之描绘人情"）。但王靖宇认为，《左传》中的人物，大多是性格单一、缺少变化的"扁平""静止"式的人物（《〈左传〉与传统小说论集》，北京大学出版社 1989 年版，第 28~30 页）。

〔12〕《国语》又被称为《春秋外传》（《汉书·律历志》，中华书局 1962 年版，第 1013 页。王充《论衡·案书篇》，中华书局 1854 年版《诸子集成》第七册，第 277 页）。关于《国语》的作者，历来争论颇多。汉人认为是左丘明所作（见司马迁《史记》卷一百三十，班固《汉书》卷三十）。汉以后，一直有人主张《国语》为左丘明作，但也不乏反对者，如晋人傅玄（《春秋左传正义》卷五十九哀公十三年"乃先晋人"句下孔颖达疏引，见《十三经注疏》，中华书局 1980 年版，第 2171 页），唐人赵匡（陆淳《春秋啖赵集传纂例》卷一，《丛书集成初编》，上海商务印书馆 1936 年版），等等。还有人认为左丘明采集列国之史，取其精华，为《左传》，先采集之草稿，时人共传习之，是为《国语》（马端临《文献通考》卷一百八十三"经籍"十引巽岩李氏语，光绪二十八年贯吾斋石印本）。此外，还有各种说法，谭家健《〈国语〉成书时代和作者考辩》一文，梳理了各种观点，可参看（见《先秦散文艺术新探》，首都师范大学出版社 1995 年版，第 179 页）。近年也有学者认为，《国语》是"语"类文体的集大成者，是对采自周、鲁、齐、晋、郑、楚、吴、越八国"语"著的总结汇编（过常宝《先秦散文研究——早期文体及话语方式的生成》，人民出版社 2009 年版，第 198 页）。

〔13〕《战国策》之名始定于刘向。刘向《战国策书录》："所校中《战国策》书，中书余卷，错乱相糅莒。又有国别者八篇，少不足。臣向因国别者，略以时次之，分别不以序者以相补，除复重，得三十三篇。"又云："中书本号，或曰《国策》，或曰《国事》，或曰《短长》，或曰《事语》，或曰《长书》，或曰《修书》。臣向以为，战国时，游士辅所用之国，为之策谋，宜为《战国策》。"（见《战国策》，上海古籍出

版社 1985 年版，第 1195 页）

除通行版本《战国策》外，1973 年在长沙马王堆三号汉墓出土了类似《战国策》的帛书，未标书名，共 27 章，其中有 10 章见于《战国策》，有 8 章见于《史记》。除掉两书之重复，仅 11 章著录过，其余 16 章皆佚书，有相当重要的史料价值。

〔14〕缪文远在其《战国策考辨》（中华书局 1984 年版）和《战国策新校注》（巴蜀书社 1987 年版）的各章说明中，指出《战国策》四分之一左右为虚构、依托之作。许多著名篇目，如《秦策一》“苏秦始将连横”、《齐策一》“邹忌讽齐王纳谏”、《赵策三》“鲁仲连义不帝秦”等，都是依托之作。

〔15〕徐中舒《论〈战国策〉的编写及有关苏秦诸问题》（载《历史研究》1964 年第 1 期），唐兰《司马迁所没有见过的珍贵史料》，杨宽《马王堆帛书〈战国纵横家书〉的史料价值》（二文见马王堆汉墓帛书整理小组编《战国纵横家书》附录，文物出版社 1976 年版）等，都曾论及《战国策》中苏秦事迹记载多有错误，并非全是历史事实。

〔16〕李文叔《书〈战国策〉后》：“文辞之胜移之而已。（见四部备要本《战国策》附录）

〔17〕《左传》和《战国策》说辞，呈现出不同风格。将寅、张宏生有同题论文《〈左传〉与〈战国策〉中说辞的比较研究》。蒋文认为：（1）在陈说方式上，《左》以情理服人，《战》以声势夺人；（2）在陈说内容上，《左》持之有故，信而可征，《战》则杜撰寓言，间杂鄙俚；（3）在陈说态度上，《左》言辞恳切，彬彬有礼，《战》强词夺理，巧言令色；（4）在辞令风格上，《左》平实典重，委婉蕴藉，《战》铺张扬厉，夸饰鄙俗。张文则认为，《左传》和《战国策》辞令在表现形态上有文与野的不同，在层次逻辑上有密与疏的不同，在语言风格上有婉与恣的不同（《南京大学学报》1988 年第 1 期，第 120、128 页）。

〔18〕王觉《题〈战国策〉》：“辩丽横肆，亦文辞之最。”（见四部备要本《战国策》附录）

〔19〕据熊宪光统计，《战国策》有寓言 74 则，其中有 4 则重复（熊宪光《战国策研究和选译》，重庆出版社 1988 年版，第 81 页，该书有附录《〈战国策〉寓言故事总目》）。

〔20〕张高评《〈左传〉之文学价值》把《左传》给予后世文学的影响，推崇到了极致，如其书章题即有“为文章体裁之集林”，“为古文家法之宗师”，“为骈体文章之先河”，“为神话小说之原始”，“为通俗文学之远源”，“为传记文学之祖庭”，“为叙事文字之轨范”，“为说话艺术之指南”等。

〔21〕前人认为《史记》采用了《战国策》九十余条，不同的只有五六条（姚宏《题〈战国策〉》，姚宽《书〈战国策〉后》，见《战国策》附录，上海古籍出版社 1985 年版，第 1203、1205 页）。

〔22〕陆游《杨梦锡集句杜诗序》：“前辈于《左氏传》、《太史公书》、韩文、杜诗，皆通读暗诵。虽支枕据鞍间，与对卷无异，久之，乃能超然自得。”（《渭南集》卷十五，

见《陆放翁全集》，四部备要本）

〔23〕柳宗元《答韦中立论师道书》："参之《国语》以博其趣。"（《全唐文》卷五七五，上海古籍出版社 1990 年版，第 2575 页）刘熙载："吕东莱《古文关键》谓'柳州文出于《国语》'；王伯厚谓：'子厚非《国语》，其文多以《国语》为法。'余谓柳文从《国语》入，不从《国语》出。"（《艺概》卷一《文概》，上海古籍出版社 1978 年版，第 23 页）

# 第四章 《孟子》《庄子》等先秦说理散文

《尚书》中的记言文字，已初具说理文的论说因素。我国古代说理文体制的逐步形成，跟百家争鸣以及诸子散文的出现和发展相一致。《论语》的语录体在《墨子》中得到发展，《墨子》自觉的逻辑意识，为说理散文的形成奠定了基础。《孟子》对话式的论辩文逻辑严密，富有感染力。《庄子》以其丰富的寓言和奇崛的想象，成为先秦说理文的瑰宝。《荀子》《韩非子》中的专题论文，则标志着我国古代说理文体制的完全成熟。

## 第一节 先秦说理文体制的逐步成熟

语录体和韵散结合体　　对话体和寓言体　　独立成篇的专题论文

先秦时期，说理散文经历了一个由萌芽到成熟的过程。儒家和道家的代表著作《论语》《老子》，以其弘深的思想，词约义丰的写作特点，对后世说理散文有广泛的影响。

《论语》记载孔子（前551—前479）及其弟子的言行，由孔子弟子及再传弟子纂录而成[1]。《论语》编辑成书在战国初年。《论语》每篇标题取自首章首句中的两个字，各篇之间没有时间的先后顺序，每篇内各章之间也没有共同的主题。作为说理文，《论语》还很幼稚。不过，先秦说理文的一些文体特征，在《论语》中已有萌芽。语录体是《论语》文体的基本特征，它或是记录孔子的只言片语，或是记录孔子与弟子及时人的对话，都比较短小简约，还没有构成单篇的、形式完整的篇章。书中也有些较长的段落，如《先进》篇中“子路、曾皙、冉有、公西华侍坐”，详细记载孔门师生间的一场谈话，叙述清楚，有一定描写，表现了人物的不同个性，作为叙事记言文字，比较成功，但与说理文显然还有一定距离。而《季氏》篇中“季氏将伐颛臾”里孔子的几段话，针对性强，层次清晰，具有说理文的某些特点。《论语》这种在对话中说理的形式，直接影响了先秦说理文的体制。但语录体并不是《论语》文学价值的主要方面，《论语》的文学色彩在于表现了孔子及其弟子的形象、性格以及深刻平实、含蓄隽永的语言。

《论语》只记录了孔子言行的一些片段，而非孔子一生的完整表现，但《论语》在对孔子言行举止、生活习惯的记载中，表现了一个亲切感人的文化巨人形象。此外，孔子弟子的形象在《论语》中也有反映，如耿直鲁莽的子路、安贫乐道的颜回、聪明机智的子贡等。但辑录者本意并非塑造人物形象，表现人物性格，语录体写人毕竟也有局限。《论语》的文学性还体现在以形象的语言来表达深刻的道理。如"子曰：'岁寒，然后知松柏之后凋也。'"（《子罕》）"子曰：'饭疏食，饮水，曲肱而枕之，乐亦在其中矣。不义而富且贵，于我如浮云。'"（《述而》）等等，形象简约地表达了深刻的哲理，令人回味无穷。《论语》中充沛的情感和丰富的语气词，使其语言更为委婉[2]。如"子曰：'贤哉，回也！一箪食，一瓢饮，在陋巷，人不堪其忧，回也不改其乐。贤哉，回也！'"（《雍也》）简短几句包蕴了真挚的情感，以及对颜回安贫乐道自在心境的赞赏。又如"子曰：'甚矣，吾衰也！久矣，吾不复梦见周公。'"（《述而》）"矣""也"等语气词的使用，把对自身的无限感慨和对周公的无限思慕，表现得意味深长。

《论语》语录体的形式，言近旨远、词约义丰的说理，形象隽永的语言，使它成为先秦说理文主要的形态。《老子》以韵文为主，韵散结合的形式，是先秦说理文的另一形态。与《论语》出于孔门弟子纂录不同，《老子》主要是老子自撰[3]，它集中反映了老子的哲学思想，探讨的是玄妙的形而上学问题。《老子》比《论语》更具抽象思维特质，它的文学性，主要源于哲学表述中反映的情感和具有诗意的语言。老子哲学的理论基础是"道"，在探索宇宙原始，追寻万物本源时，并未忘怀现实人生[4]。《老子》一书中表现出了作者强烈的自我意识和愤世嫉俗的情感。其文章犹如一组辞意洗练的哲理诗，采用大量的韵语，排比、对偶句式，行文参差错落，犹如鱼龙曼衍，变化多端，像诗，也像歌谣，常以比喻来表现深刻的哲理。如第六章描写"道"孕育万物，生生不息的情状云："谷神不死，是谓玄牝。玄牝之门，是谓天地根。绵绵若存，用之不勤。"以形象的比喻表现玄妙的哲理，文气跌宕流畅，句式连环相对。虽然就说理文文体来说，《老子》文本结构基本要素是格言、解释，训诫，还缺乏充分展开的论述，还不是结构完整的说理文，但它和《论语》都以注重情感和形象性，奠定了先秦说理文的基本特征。

先秦说理散文，在语录体的发展变化中逐步成熟。战国中期的《孟子》散文也是语录体，篇题仍是撷取首章首句的二三字，每篇也不是围绕着一个主题来论述。全书不仅记录孟子的只言片语，更有一些章节就一个中心论点反复论述，形成了对话体的论辩文。时代在孟子之前的《墨子》，和《孟子》同时代的《庄子》，则显示出由语录对话体向专论体过渡的迹象。《墨子》中反映墨子的主要思想和代表其说理风格的是《尚贤》《尚同》《兼爱》《非攻》等十论[5]。这些篇目的标题都概括了论述的中心思想，也许是编辑者所加；文章结构完整，层次清楚，不再是三言两语的独白或对话。《墨子》尚未完全摆脱语录体的影响，大量的“子墨子曰”，表明这些仍是墨子后学对墨子讲学之辞的记录。只是这些语录，段与段之间有密切的联系，是在围绕同一个论题加以论述，因而就再不是语录的简单连缀，而是有内在逻辑的论文，说理文体制在《墨子》中形成了。《庄子》中的许多篇章虽然围绕论题仍有不少对话，但许多篇章不是整篇采用问答式的对话结构，而是以多则构思奇妙的寓言结构成文，并且在论述中，形象情感与逻辑思辨结合在一起，就文体形式来说，别具一格，可算是抒情性说理文。战国末期，《荀子》《韩非子》中的专题论文，标志着说理散文体制的定型。荀、韩之文，往往是长篇大论，有一个标明全篇主旨的标题，论点明确，中心突出，论证精密，注意谋篇布局，结构浑然一体，表明我国说理文体制已经成熟。从此以后，专论体成为我国说理散文的主要形式。

## 第二节 《孟子》散文的艺术成就

孟子和《孟子》一书　　缜密纯熟的论辩技巧　　气势浩然的文风

《孟子》七篇主要记录了孟子（前 372—前 289）的谈话，是孟子和其弟子共同著作的[6]。该书反映了孔子以后，最重要的儒学大师孟子对儒家学说的继承和发展，表现了孟子的思想和理论，千百年后，人们仍能清晰地感受到孟子的个性、情感和精神，看到一个大思想家的鲜活形象。这正是《孟子》千百年来一直具有无穷魅力的重要原因之一。游说诸侯，进行政治活动，宣传自己行王道、施仁政的政治主张，是孟子一生的主要活动内容。在此过程中，孟子表现出鲜明的个性特征。孟子初到齐国，齐王以有病为托辞，不亲自来咨询政事，而是派人召见他，孟子也辞以疾，不去朝见。次日却出吊东郭氏，故意表明自己其实并没有病。齐王派人来问病，孟仲子一面替他周旋，一面要求孟子不要回家，赶快去朝见，孟子仍然不去（《公孙丑下》），坚持非礼之召则不往，表现出傲岸的个性，这说明，战国时期的士具有相当高的社会地位[7]。

孟子仕于齐，极力向齐宣王宣传自己的“仁政”理论，希望齐宣王推行“仁政”，让黎民百姓不饥不寒，从而实现天下大治。这种积极推行自己的政治主张，藐视统治者，鄙视权势富贵，希望能够消除世乱、救民于水火之中的热忱，是孟子游说诸侯的原因所在，也是孟子精神世界最具闪光点的方面。正是这种精神境界，才使他具有刚正不阿、大胆泼辣的个性特点。书中还记录了孟子和其他学派的代表人物的论辩。在这些论辩中，孟子攻乎异端，感情毕露，有明晰的说理、逐层的批驳，层层进逼，气势凌人，也有偏激的言词、幽默的讽刺，甚至破口大骂，同样反映了孟子激越的情感和刚直的个性。

长于论辩，是《孟子》散文的特征。孟子曾说：“予岂好辩哉？予不得已也。”（《滕文公下》）在百家争鸣的时代，要阐明自己的观点，维护自己的立场，批评其他学派，就不得不进行论辩。事实上，好辩不仅是《孟子》的特征，《墨子》《庄子》《荀子》《韩非子》等莫不如此。先秦说理文的论辩术，由《墨子》开始，逐步走向成熟。《墨子》采用了类比推理、归纳推理等逻辑方法。其论辩中的逻辑思辨色彩，对先秦说理文的定型有一定的推动作用。但墨家重质轻文，《墨子》文章质朴无华，缺乏文采，不够生动，从而使其论辩文虽逻辑严谨，文学意味却不浓。《孟子》的论辩文，在逻辑上也许不如《墨子》严谨，但更具有艺术的表现力，具有文学散文的性质。

《孟子》中的论辩文，也巧妙灵活地运用了逻辑推理的方法。孟子得心应手地运用类比推理，往往是欲擒故纵，反复诘难，迂回曲折地把对方引入自己预设的结论中。如《梁惠王下》：

> 孟子谓齐宣王曰：“王之臣有托其妻子于其友，而之楚游者，比其反也，则冻馁其妻子，则如之何？”
>
> 王曰：“弃之。”
>
> 曰：“士师不能治士，则如之何？”
>
> 王曰：“已之。”
>
> 曰：“四境之内不治，则如之何？”
>
> 王顾左右而言他。

先以两个设问，使齐宣王顺着自己的思路，得出两个不言而喻的结论，而后类推下去，使齐宣王陷入自我否定的结论中而无言可对，只好“顾左右而言他”。利用对话体论辩文的特点，巧妙设问，缓缓道来，引人入彀，“辞不迫切而意已独至”（赵岐《孟子章句·题辞》）。《孟子》这种特点在一些长篇论辩文中，更是表现得淋漓尽致。《孟子》对二难推理的灵活运用和机智的反应，使其论辩更有左右逢源之妙。如陈臻利用孟子在齐不受馈金，在宋、薛却受馈金的矛盾态度，提出诘难："前日之不受是，则今日之受非也，今日之受是，前日之不受非也，夫子必居一于此矣。"将孟子置于两难境地，而孟子则以"皆是也"，肯定受与不受都对，都有理由，因为导致受与不受的条件不一样（《公孙丑下》）。

"孟子长于譬喻"（赵岐《孟子章句·题辞》），在论辩中常用比喻，把抽象的道理用具体生动的形象表现出来。孟子的比喻性推理，从逻辑上来说，有些未免牵强[8]，却使孟子的论辩，富于形象性，具有极大的艺术感染力。《孟子》中的比喻，大多浅近简短而贴切深刻，如"民之归仁也，犹水之就下，兽之走圹也"（《离娄上》），以一个简单的比喻，表现民众归仁的必然趋势。再如，"以若所为，求若所欲，犹缘木而求鱼也"（《梁惠王上》），生动形象地揭示出欲以霸道达到"辟土地，朝秦楚，莅中国，而抚四夷"（《梁惠王上》）的目的，是多么荒唐可笑。这种简短浅近的比喻，在《孟子》中大量运用。此外，《孟子》中也有少数就近取譬，生动有趣的寓言故事，如"齐人有一妻一妾"（《离娄下》），人物毕肖，结构完整，情节生动，具有很强的戏剧性，成功地以齐人言行譬喻官场中那班钻营富贵利达之徒，讽刺他们的卑鄙无耻，揭露他们灵魂的丑恶。

气势浩然是《孟子》散文的重要风格特征。这种风格，源于孟子人格修养的力量。孟子曾说："我善养吾浩然之气。"（《公孙丑上》）"养气"是指按照人的天赋本心，对仁义道德经久不懈的自我修养，久而久之，这种修养升华出一种至大至刚、充塞于天地之间的"浩然之气"。具有这种"浩然之气"的人，"说大人，则藐之"（《尽心下》），在精神上首先压倒对方，能够做到藐视政治权势，鄙夷物质贪欲，气概非凡，刚正不阿，无私无畏。写起文章来，自然就情感激越，词锋犀利，气势磅礴。正如苏辙所说："今观其文章，宽厚宏博，充乎天地之间，称其气之小大。"（《上枢密韩太尉书》）气盛言宜，孟子内在精神修养上的浩然气概，是《孟子》气势充沛的根本原因。同时，《孟子》大量使用排偶句、叠句等修辞手法，来加强文章的气势，使文气磅礴，若决江河，沛然莫之能御。

《孟子》的语言明白晓畅，平实浅近，同时又精练准确。和古奥难懂的《尚书》及铜器铭文显然不同。它继承发展《论语》《左传》《国语》等开创的新的书面语言形式，形成了一种精练简约、深入浅出的语言风格。可以说，后来统治了我国两千多年的标准书面语，在《孟子》那里已经成熟了。

## 第三节 《庄子》哲学思想的诗意表现

庄子和《庄子》一书　　寓言为主的创作方法　　意出尘外、怪生笔端的想象和虚构　　形象恢诡的论辩　　富有诗意的语言

先秦说理文，最有文学价值的是《庄子》。《庄子》33 篇，分为内、外、杂三个部分。一般认为，内篇是庄子所作。外篇、杂篇出于庄子后学[9]。庄子的身世不可确考，从《史记》本传和《庄子》一书的记述中，可以大略知道一些。

庄子名周，战国时期宋国蒙人[10]。曾作过漆园吏[11]。生活贫穷困顿，却鄙弃荣华富贵、权势名利，力图在乱世保持独立的人格，追求逍遥无待的精神自由。《庄子》哲学思想源于老子，而又发展了老子的思想。“道”也是其哲学的基础和最高范畴，既是关于世界起源和本质的观念，又是至人的认识境界。庄子人生就是体认“道”的人生。“天地与我并生，而万物与我为一。”（《齐物论》）精神上冲出渺小的个体，短暂的生命融入宇宙万物之间，翱翔于“无何有之乡”（《逍遥游》），穿越时空的局限，进入无古今、无死生，超越感知的“坐忘”境界（《大宗师》）。庄子的体道人生，实为一种艺术的人生，与艺术家所达到的精神状态有相通之处[12]。这种哲学思想的表现形式，具有明显的文学特质。

《庄子》中自称其创作方法是“以卮言为曼衍，以重言为真，以寓言为广”（《天下》）。寓言即虚拟的寄寓于他人他物的言语。人们习惯于以“我”为是非标准，为避免主观片面，把道理讲清，取信于人，必须“藉外论之”（《寓言》）。重言即借重长者、尊者、名人的言语，为使自己的道理为他人所接受，托己说于长者、尊者之言以自重。卮言即出于无心、自然流露之语言，这种言语层出无穷，散漫流衍地把道理传播开来，并能穷年无尽，永远流传下去[13]。《庄子》一书，大都是用“三言”形式说理。这三种形式有时融为一体，难以分清。“三言”之中，“寓言十九”（《寓言》），寓言是最主要的表现方式[14]。《庄子》内篇及外、杂篇中的许多篇目，都以寓言为文章的主干[15]。大量运用充满“谬悠之说、荒唐之言、无端崖之辞”（《天下》）的寓言，使《庄子》的章法散漫断续，变化无穷，难以捉摸。如《逍遥游》前半部分，不惜笔墨，用大量寓言、重言铺张渲染，从鲲鹏展翅到列子御风而行的内容，并非作品的主旨，只是为了用他们的有待逍遥来陪衬、烘托至人的无待

逍遥，而“至人无己，神人无功，圣人无名”这个主题句，却如蜻蜓点水，一笔带过。《庄子》结构线索上的模糊隐秘，并不意味着文章结构缺乏内在联系，而是深邃的思想和浓郁的情感贯注于行文之中，形成一条纽带，把看似断断续续的孤立的寓言与寓言之间，段与段之间联结在一起，融为一个有机体。《逍遥游》的主题是追求一种“无待”的精神自由的逍遥境界[16]。文章先为主题作铺垫，然后是主题的阐发，最后结束在至人游于无何有之乡的袅袅余音之中。内篇中的其他作品，也是在明确的内在主旨的统领之下，以各种各样的寓言，从不同角度、不同层面，加以形象的展示，最后完全避开逻辑推理下判断，而以抒情诗般的寓言作结。《庄子》内篇，可以说是哲理抒情散文。

《庄子》一书的文学价值，不仅寓言数量很多，全书仿佛是一部寓言故事集，还在于这些寓言表现出超常的想象力，构成了奇特的形象世界，“意出尘外，怪生笔端”（刘熙载《艺概·文概》）。《庄子》哲学思想博大精深，深奥玄妙，具有高深莫测、不可捉摸的神秘色彩，用概念和逻辑推理来直接表达，不如通过想象和虚构的形象世界来象征暗示。同时，从“道”的立场来看待万物，万物等齐一体，物与物之间可以互相转化。而且，庄子认识到了时间的无限，空间的无限，宇宙的无穷，他不仅站在个人的立场看待世界万物，也站在宇宙的高度看待世界万物，因而，《庄子》的想象虚构，往往超越时空的局限和物我的分别，恢诡谲怪，奇幻异常，变化万千。北冥之鱼，化而为鹏，怒而飞，其翼若垂天之云，水击三千里，抟扶摇而上者九万里（《逍遥游》）。任公子垂钓，以五十头牛为钓饵，蹲在会稽山上，投竿东海，期年钓得大鱼，白浪如山，海水震荡，千里震惊，浙江以东，苍梧以北之人，都饱食此鱼（《外物》）。宏伟壮观，惊心动魄，写尽大之玄妙。杯水芥舟，朝菌蟪蛄（《逍遥游》），蜗角蛮触（《则阳》），曲尽小之情状。而骷髅论道（《至乐》），罔两问影（《齐物论》），庄周梦蝶（《齐物论》），人物之间，物物之间，梦幻与现实之间，万物齐同，毫无界限，想象奇特恣纵，伟大丰富，“晚周诸子之作，莫能先也”（鲁迅《汉文学史纲要》第三篇“老庄”）。

《庄子》诡奇的想象，是为了表达其哲学思想。“寓真于诞，寓实于玄”（《艺概·文概》），是《庄子》的主要特征。南海之帝儵和北海之帝忽为了报答中央之帝浑沌的款待之情，为其日凿一窍，七日而浑沌死（《应帝王》），想象多么奇特大胆。这个故事耐人寻味地说明了“有为”之害。“颐隐于脐，肩高于顶，会撮指天，五管在上，两髀为胁”的畸形形象（《人间世》），怪诞而不可思议，所要表达的是忘形免害、无用即大用的思想。《庄子》中奇幻的想象，不仅形象地表达了他深邃的哲学思想，而且反映了他对现实社会的认识，充满批判精神。蜗角之中，触氏、蛮氏相与争地，伏尸数万，旬有五日而后返（《则阳》），想象夸张之奇，令人难以置信。而这正是战国时期“争地以战，杀人盈野；争城以战，杀人盈城”（《孟子·离娄上》）这种社会现实的反映。曹商使秦，得车百乘，得意忘形，刻画了不择手段，谋取利禄，追求荣华富贵的小人嘴脸。舐痔破痈，正是对这种小人最为辛辣尖刻的讽刺（《列御寇》）。而像“儒以诗礼发冢”（《外物》），对儒家诗礼的揶揄，也与圣知之法为大盗守的批判相一致（《胠箧》）。“庄子文看似胡说乱说，骨里却尽有分数。”（刘熙载《艺概·文概》）《庄子》奇丽诡谲的艺术形象，是其哲学思想的反映，同时也是其深沉情感迂回曲折的流露。《庄子》作者尽管主张忘情寡欲，心斋坐忘，但也有强烈的个性与感情。楚狂接舆歌中，表现出生于乱世的绝望和悲哀（《人间世》）；匠石运斤成风，流露了诤友惠子去世后，高山流水，无人再赏的孤独和寂寞（《徐无鬼》）。

《庄子》以丰富的寓言和奇崛的想象，构成了瑰玮諔诡的艺术境界，具有散文诗般的艺术效果，但《庄子》毕竟是哲理散文，和其他诸子说理文一样，属于议论文。只是它的说理不以逻辑推理为主，而是表现出形象恢诡的论辩风格。《庄子》常以寓言代替哲学观点的阐述，用比喻、象征的手法代替逻辑推理的论述。较少直接发表自己的观点，表明自己的态度，而是让读者从奇特荒诞、生动形象的寓言故事中，去体味、领悟其中的哲理。而在论辩过程中，往往又表现出作者独特的思辨能力。庄子站在相对主义的立场上提出的一系列命题，如齐是非、等寿夭、合同异等等，从形式逻辑上来说，都近于诡辩。《庄子》中一些比较纯粹的议论文字，则注重逻辑推理，常运用演绎归纳等逻辑方法，层层推论。但若仔细考察其推论过程，在逻辑上并非十分严密。如《马蹄》《骈拇》《胠箧》等篇，都以一个假言前提为基础开始论述，但这些假言前提与推导出的结论，事实上并无必然的联系[17]。《庄子》的论辩，与其说读者是被其逻辑推理征服，不如说是被奇诡的艺术境界、充沛的情感感染。如《逍遥游》末两段，庄子与惠子辩有用无用，均为寓言。惠子先说大瓠“无用”，庄子认为他是拙于用大，又在寓言中再套寓言，以“不龟手之药”，说明“所用之异”，无用即为有用。惠子再以大樗为例，说明庄子之言“大而无用”，庄子以狸狌跳梁，死于网罟为例，说明汲汲追求有用之害，然后是一段抒情意味十分浓厚的结束语：

> 今子有大树，患其无用，何不树之于无何有之乡，广莫之野，彷徨乎无为其侧，逍遥乎寝卧其下，不夭斤斧，物无害者，无所可用，安所困苦哉？

不仅回答了惠子的“无用”之辩，而且十分形象，情感浓郁地描述出全篇所追求的心灵自由，精神无待的至人境界，真是得鱼忘筌，大辩不言。这样的辩论，超越了形式逻辑的规则，进入了“无言无意之域”[18]。正因为这样，庄子哲学充满了诗意。

《庄子》的语言如行云流水，汪洋恣肆，跌宕跳跃，节奏鲜明，音调和谐，具有诗歌语言的特点。清人方东树说：“大约太白诗与庄子文同妙，意接而词不接，发想无端，如天上白云卷舒灭现，无有定形。”（《昭昧詹言》卷十二）《庄子》的句式错综复杂，富于变化，喜用极端之词，奇崛之语，有意追求尖新奇特。如《齐物论》写大风：

> 夫大块噫气，其名为风。是唯无作，作则万窍怒呺，而独不闻之翏翏乎？山林之畏佳，大木百围之窍穴，似鼻、似口、似耳、似枅、似圈、似臼、似洼者、似污者。激者、謞者、叱者、吸者、叫者、譹者、宎者、咬者，前者唱于，而随者唱喁。泠风则小和，飘风则大和，厉风济则众窍为虚，而独不见之调调之刁刁乎？

既有赋的铺陈，又有诗的节奏。而像《逍遥游》末段那样的文字，简直就是抒情诗。

## 第四节 《荀子》和《韩非子》的议论文

严谨详密的论证　　犀利峭刻的议论　　植根现实的寓言

荀子，名况，字卿[19]。他与孟子都是孔子学说的正宗传人。孟子继承了孔子的仁义学说，荀子则继承了孔子的礼乐学说，孟、荀各执一端以立论。孟子专就内在之仁，主张性善，荀子就外在之礼，主张性恶；孟子重义轻利，荀子重义不轻利；孟子专法先王，荀子兼法后王；孟子专尚王道，荀子兼尚霸道。《荀子》对先秦诸子百家学说有所批评，在批评各家的同时，又吸取百家学术的精华，融会贯通，自成一家。荀子的学说范围很广，包括政治、哲学、经济、文学等各方面，而且这些学说，都是和他所处的社会息息相关的。可以说，荀子是我国先秦时期集大成的思想家。《荀子》现存32篇[20]，是其学说的集中体现。这32篇绝大多数是说理散文。荀子另有一篇《成相》辞和一篇《赋》，对汉赋的产生有直接影响。

荀子认为“君子必辩”（《非相》），特别强调论辩的重要性。因此，与先秦其他诸子一样，荀子的说理文擅长论辩。但荀文以其说理的清晰，论辩的透辟，逻辑的周密，在先秦诸子说理文中别具一格。思想的深邃丰富，理论的系统严整，使其不仅单篇行文缜密，而且全书各章相互照应，论证严谨周详。《性恶》篇开首即云："人之性恶，其善者伪也。"提出了"性"和"伪"两个概念。人的天性在耳目之欲，声色之好，因而出现争夺、残贼、淫乱等现象，要改变这种现实，必须用礼义进行教化，使人从善，并明确界定"性"是"天之就也"，即先天自然本性。"伪"即人为，"可学而能可事而成之在人者"，即后天通过礼义的学习而形成的道德观念。区分了"性"和"伪"之后，再进一步论证"人之性恶明矣，其善者伪矣"。提出"圣人化性而起伪"，"故圣人之所以同于众而不异于众者，性也。所以异而过众者，伪也"。"故圣人者，人之所积而致矣。"性恶论是荀子礼乐法术论的理论基础，故而不仅此篇论述周密，而且与荀子的整个理论系统相一致。由于性恶，故须教育，教育当以礼义为本；也由于性恶，故须施行赏罚，于是性恶论和隆礼重法的主张，就相互贯通，相辅相成。《荀子》在文辞上，也相互呼应，如《礼论》云："性者，本始材朴也，伪者，文理隆盛也。"认为性是一种原始材料，和《性恶》篇中认为性是一种天然之情一致，而像《劝学》篇中"积善成德，而神明自得，圣心备焉"等观点，也和"圣人化性起伪"的观点息息相通。总之，荀子之文思理严整，论证全面。为说明观点，层层论述，反复推详，一篇中首尾一贯，一气呵成，整体理论系统严密，各篇之间颇有照应，故而绵密严谨，恢弘博大，风格浑厚。

《荀子》大量运用日常生活中常见的事物为譬喻，深入浅出，生动巧妙地把抽象的道理具体化、形象化，使深奥的理论浅显易懂。如《劝学》篇，几乎都是由引类譬喻重叠构成，并且譬喻的运用变化多端，或正反为喻，或并列为喻，辞采缤纷。《荀子》还喜欢用大量排比句法，或以韵语描写、抒情，增强了气势，调协了音节，更富于说服力和感染力。

韩非（约前280—前233）不仅是战国时期法家的集大成者，也是战国末期集诸子学说之大成的思想家[21]。他师承荀子，继承了荀子的哲学和政治学说，进一步发展成为刑名法术之学。他推崇老子，借鉴了老子的哲学思想，舍弃了老子的柔弱无为，对"道"赋予法术的内涵，主张刚强有为。他还继承了前期法家的法、术、势，并将三者冶为一炉，形成了自己完整的思想体系。韩非著作收集在《韩非子》中[22]，其文多是针对现实问题而发，对战国时期的社会现实有冷峻的观察，主张君主以法术威势制人，严刑峻法治国，其文峻峭犀利，锋芒毕露，咄咄逼人，所向披靡。如《说难》论述对人君谏说之难，顺之以招祸，逆之而致祸，稍不留神便命丧身亡，列举谏说的种种困难，提出针对不同情况，采取种种不同的进言方法，对社会和人君心理进行条分缕析，鞭辟入里，缜密透彻，犀利刻削，入木三分。韩文中的长篇大论，如《显学》《五蠹》《孤愤》等，都写得波澜壮阔，发挥得淋漓尽致。而短篇往往就一个问题深入论述，辞旨简洁爽利。如《难一》《难二》《难三》《难四》中的28个短篇，借评论史实批驳不同意见，阐述自己的政治主张，驳论辩难，仍是其冷峻文风的体现。《韩非子》以论辩的透彻，逻辑的严密，成为先秦说理散文论辩艺术的集大成者。

《韩非子》说理散文，最具文学意味的还是数量居先秦散文之首的寓言故事[23]。寓言在《战国策》《孟子》中还只是偶一用之，在《庄子》中虽连篇累牍，但都为阐明一个中心思想，寓言仍只是议论说理文的一部分，而非独立的文学体裁。韩非才开始有意识地系统收集、整理并创作寓言，分门别类，辑为各种形式的寓言故事集。像《内储说》《外储说》《说林》《喻老》《十过》，都是寓言专集。《韩非子》的寓言故事主要取材于历史事迹和现实，很少拟人化的动物故事和神话幻想故事，没有超越现实的虚幻境界和人物[24]。和《庄子》中奇幻玄虚、怪诞神奇的寓言故事相比，风格截然不同。韩非寓言形象化地体现了他的法家思想和他对社会人生的深刻认识。他也像庄子一样，取材于历史，让历史人物说话，改变历史人物的本来面目，使之反映自己的思想观点。比如孔子，在《庄子》和《韩非子》中都一反其儒者面目。《庄子》的《人间世》和《大宗师》中论心斋和坐忘的孔子，是一个醉心于道学的形象；《韩非子·内储说上》主张释赏行罚的孔子，则是冷峻的法家形象。而取材于现实社会和民间故事的寓言，更是韩非对社会现象深入仔细观察后提炼出的，如“郑人买履”“郢书燕说”（《外储说左上》）等具有的讽刺力量，“矛与盾”（《难一·难势》）等表现出的哲学智慧，都是韩非寓言思想深度的反映。

题材的平实，使韩非寓言不像庄子寓言那样恢诡谲怪，但韩非寓言在艺术上并不平淡，而是构思精巧，描写大胆，语言幽默，于平实中见奇妙，具有耐人寻味、警策世人的艺术效果。如《外储说左上》“棘刺母猴”：

> 燕王征巧术人。卫人请以棘刺之端为母猴。燕王说之，养之以五乘之奉。王曰：“吾试观客为棘刺之母猴。”客曰：“人主欲观之，必半岁不入宫，不饮酒食肉，雨霁日出，视之晏阴之间，而棘刺之母猴乃可见也。”燕王因养卫人，不能观其母猴。郑有台下之冶者，谓燕王曰：“臣为削者也，诸微物必以削削之，而所削必大于削。今棘刺之端，不容削锋，难以治棘刺之端。王试观客之削，能与不能可知也。”王曰：“善。”谓卫人曰：“客为棘刺之[25]。”曰：“以削。”王曰：“吾欲观见之。”客曰：“臣

请之舍取之。”因逃。

故事情节波澜起伏，跌宕生姿。三个人物各侧重其性格的一端，燕王的昏庸，卫人的狡猾，冶者的聪明，都表现得单纯鲜明，生动逼真。《韩非子》中的许多寓言，千百年流传不衰。“守株待兔”（《五蠹》）、“矛与盾”（《难一》）、“滥竽充数”（《内储说上》），以及“郑人买履”“画鬼最易”“买椟还珠”（《外储说左上》）等等，都以其丰富的内涵，生动的故事，成为脍炙人口的成语典故，至今被人们广泛运用。

## 第五节　先秦说理散文的历史回响

确立了说理文的体制和形象化的说理方式　影响后世的创作风格　提供了丰富的文学语言范式

先秦说理散文以其思想的深邃，在中国文化史上具有崇高的地位，成为中国传统文化的重要源泉。先秦说理散文对中国文学产生了深远的影响，以儒、道为代表的先秦说理散文，以其深厚的思想内涵和文化意蕴，确定了作家的人格理想，作品的审美风范，成为中国古代文学的基石之一[26]。

先秦说理散文是我国散文创作的典范，它以成熟的说理文体制，形象化的说理方式，丰富多彩的创作风格和语言艺术，影响了后世的文学创作。

章学诚认为：“周衰文弊，六艺道息，而诸子争鸣。盖至战国而文章之变尽，至战国而著述之事专，至战国而后世文体备。”（《文史通义·诗教上》）说战国时文章已变尽，未必符合实际，但后世的所有文体都能在战国散文中找到先例或萌芽则是无疑的。先秦说理散文不仅标志着说理议论文体的成熟，而且也包孕了寓言、小说等的因素。

先秦散文确立了说理文的体制。早期的语录体和对话体，虽不是我国说理文体制的主流，但后代不乏类似之作。从扬雄模拟《论语》而作的《法言》，到后代的佛教语录和理学家语录，都与《论语》一脉相承，而以问答的形式进行论辩，在后代说理议论文中也不乏其例。成熟于战国后期的专论体说理文，更是我国说理文的主要模式，不仅在体制上，而且在说理方法上，都对后代说理文有深远影响。

先秦说理文主要是哲理散文和政论散文，但无论是表述对自然和人生的理性认识，还是阐发政治主张和学术观点，都不仅依靠逻辑推理和抽象思辨来完成，还灌注了浓烈的情感，运用了生动的感性形象。先秦说理散文中，寄寓深刻的寓言、譬喻，常有抒情因素。这种形象性和抒情性，使先秦说理散文自身具有了文学意味，对后代散文的发展，具有积极的意义。不仅后代哲理政论文受其影响，颇有文学因素，而且，后代以描写抒情为主的文学散文也由此而孕生。

先秦说理散文中大量的寓言，本是为说理而存在，但由于其自身深厚的意蕴和生动形象的艺术特征，所以能够脱离说理文字而独立，由一种艺术表现手法，成为一种文学样式。其中的优秀之作，对我国古代小说的形成，具有不可忽视的作用。同时，先秦说理散文中，以对话的方式描写人物，也为后世小说提供了可资借鉴的艺术经验。

先秦说理散文大都分析透彻，议论纵横，而不同的作品，又各具特色，风格各异，直接影响了后世作家的创作风格。在后代许多文学巨匠的作品中，都可以看到不同风格的先秦说理文的影子。《孟子》之文深得唐宋古文家的推崇，他们的创作，亦深受孟子文的影响。“韩文出于《孟子》”，“东坡文亦《孟子》”，“王介甫文取法孟、韩”（均见刘熙载《艺概·文概》）。韩愈、苏轼等人的文章气势磅礴，显然与孟子文章有密切关系。苏洵曾自评其文得“孟、韩之温淳”（苏洵《上田枢密书》）。庄子散文独特的艺术风格，在不同时期的中国文学创作中都有所体现。魏晋南北朝时期游仙诗、玄言诗、山水田园诗都和庄子思想及庄子散文艺术有渊源关系。从曹植的《髑髅赋》、阮籍的《大人先生传》之类文章中，都可以明显看出《庄子》的文风。唐代诗人中，李白超拔的想象力，豪放飘逸、意象奇特、大胆夸张的诗风，与《庄子》有一脉相承的关系。宋代文学家中，苏轼最得《庄子》散文的神韵，刘熙载以为苏轼诗“出于《庄》者十之八九”（《艺概·诗概》）。岂止是诗，东坡的文和赋，也多从《庄子》来。古代小说戏曲创作也深受《庄子》散文艺术风格的启示。从具有浪漫幻想色彩的《牡丹亭》、中国古典小说的巅峰之作《红楼梦》中，都可以看到《庄子》散文艺术精神的灵动表现[27]。《荀子》和《韩非子》在文学史上的影响，较《孟子》《庄子》稍逊。但在贾谊、晁错、刘禹锡、王安石等人的创作中，也不乏荀文的风格。《韩非子》在先秦说理散文发展史上，处于集大成的地位，后代说理散文在体式上大都不能出其范围。其散文风格，在后代许多作家的议论文中，也有表现，如柳宗元、王安石等人的文章，都是学习韩非之文的。

孔、孟、庄、荀、韩非等先秦诸子都是语言大师，先秦说理散文在语言艺术上的高度成功，丰富了汉语的表现力，为我国文学语言的发展奠定了基础。举凡后世常用的语言修辞手法，如比喻、夸张、排比、对偶等，在先秦说理文中，都已有成熟表现，直接影响了后世的语言修辞。后世文学中或平实质朴、或华丽雕琢、或婉约隽永、或放纵恣肆的语言风格，在先秦说理文中都已可见端倪。而先秦说理散文，还为后代文学创作提供了大量的词汇和丰富的成语，其中有不少至今仍活在现代语言之中。

## 注 释

〔1〕孔子，名丘，字仲尼。春秋时鲁国陬邑（今山东曲阜东南）人。我国古代儒家学派的创始人，也是最有影响的思想家和教育家。其先是西周宋国贵族，至其曾祖孔防叔始迁鲁国。父叔梁纥曾为鲁国陬邑之邑宰。孔丘小时贫贱，长大后曾为委吏、乘田等管理仓库和牲畜的小吏。15 岁时，孔子立志于学。三十多岁时，已通晓“六艺”，收徒讲学，打破了学在官府的惯例，实行有教无类。一生弟子多达三千，高足 72 人。35 岁离鲁适齐，约两年后返鲁。51 岁时任中都（山东汶上县西）宰，次年升任司空、大司寇。前后为官约 4 年。55 岁时，开始率弟子周游列国 14 年，先后至卫、陈、曹、宋、郑、蔡等国，68 岁时，回到鲁国，73 岁卒于鲁。（事迹详见《史记》卷四十七《孔子世家》，中华书局 1982 年版，第 1905 页）

孔子本是一个有政治理想的人，但他的仕鲁和周游列国，均以失败告终。孔子的政治理想是推行礼治德政，其学说的核心是“礼”和“仁”。他一生汲汲于从政行道，都没能达到目的，退而从事文献整理和著述。为传播和保存古代文化典籍作出了重要贡献。他所创立的儒学思想形成了我国封建时代文化的核心，是我国民族文化精神形态的表现。

《汉书·艺文志》：“《论语》者，孔子应答弟子时人及弟子相与言而接闻于夫子之语也。当时弟子各有所记，夫子既卒，门人相与辑而论纂，故谓之《论语》。”（《汉书》卷三十，中华书局 1962 年版，第 1717 页）西汉时，《论语》有今文《齐论语》《鲁论语》和《古文论语》三种本子。西汉末张禹以《鲁论语》为基础，综合《齐论语》和《古文论语》，为《张侯论》。今本《论语》基本上就是《张侯论》。何晏《论语集解》是现存《论语》的最早注本。此外，朱熹《论语集注》、刘宝楠《论语正义》也很著名。

〔2〕谭家健《〈论语〉的文学价值和影响》，引中国社会科学院文学研究所计算机室编“《论语》数据库”统计，《论语》中“也”“矣”“乎”“焉”“哉”等语气词分别出现 532、181、158、88、61 次。（见《先秦散文艺术新探》，首都师范大学出版社 1995 年版，第 49 页）

〔3〕老子其人其书，屡见于先秦典籍。《史记》卷六十三亦有四百多字的记述。但老子的生平事迹仍是扑朔迷离，引起后人许多争论。有几点应当是比较确定的：老子，楚国人，姓李，名耳，字聃，曾任周守藏史。孔子曾与老子相会，并向老子问礼，由此推断老子应与孔子同时，而年岁稍长于孔子。后见周衰，遂去周而行，过函谷关，应关令尹喜之请，著《道德经》五千言，莫知所终。（《史记》卷六十三，中华书局 1982 年版，第 2139 页）

一般认为，与先秦其他诸子著作多出于一个学派合力编纂不同，《老子》主要由老子自撰，只有少数语句出于后学增补。但近年也有学者认为，《老子》是搜集来的“语”类文献的汇编，在汇集时老子根据自己的思想进行了精心选择，甚至有创作的成分。（过常宝《先秦散文研究——早期文体及话语方式的生成》，人民出版社 2009 年版，第 212~221 页）《论语》《墨子》等已见引用《老子》之语，故其成书年代不会晚于战国初期。《老子》分上下卷，上卷以讲“道”开始，下卷以讲“德”开端，故又称《道德经》。1974 年在长沙马王堆汉墓发掘出两种帛书《老子》写本，则是以“德经”为上卷，“道经”为下卷。王弼《老子注》是千百年来流传最广的注本。

〔4〕徐复观说：“在我国传统思想中，虽然老庄较之儒家，是富于思辨的形而上学的性格，但其出发点及其归宿点，依然是落实于现实人生之上。”（《中国艺术精神》，春风文艺出版社 1987 年版，第 40 页）陈鼓应说：“老子的整个哲学系统的发展，可以说由宇宙论伸展到人生论，再由人生论延伸到政治论。然而，如果我们了解老子思想形成的真正动机，我们当可知道他的形而上学只是为了应合人生与政治的要求而建立的。”（《老子哲学系统的形成》，见《老子新论》，上海古籍出版社 1992 年版，第 3 页）

〔5〕墨子名翟，鲁国人（或说宋国人），生卒年不可确考。《汉书·艺文志》说其“在孔子后”。《后汉书·张衡列传》李贤注引《衡集》说墨子“当子思时，出仲尼后”（《后汉书》卷五十九，中华书局 1965 年版，第 1913 页）。孙诒让《墨子年表》则说他生活在周定王初年（前 468 以后），至安王之季（前 378 以前）（《墨子閒诂·后语》，《诸子集成》第四册，中华书局 1954 年版，第 13 页）。墨子的行迹，散见于《墨子》及其他先秦典籍中，大约他是一位手工业者出身的“士”。他收徒讲学，曾仕于宋，为大夫，游历各诸侯国，宣传其学说。《淮南子·要略》云：“墨子学儒者之业，受孔子之术。”此说出处难考，但可见应是儒者出身，后来在思想理论上与儒家分庭抗礼，创立了有很大影响的墨家学派，世称显学。

《墨子》是墨家学说总集，不是墨子自著，而是门人弟子撰述。《汉书·艺文志》记载《墨子》71 篇，今本只存 53 篇。关于这 53 篇的时代和作者情况颇为复杂。大约《尚贤》《尚同》等《墨子》10 论 24 篇，是墨子讲学的记录，集中反映了墨子学说和其说理文的特点，而被称为《墨辩》的《经上》《经下》《经说上》《经说下》《大取》《小取》是后期墨家作品。《耕柱》《贵义》《公孟》《鲁问》《公输》系语录对话汇编。《亲士》《修身》《所染》《悟仪》《七患》《辞过》《三辩》是弟子们发挥墨子学说的杂论。《备城门》等 11 篇讨论防御术和守城设施。孙诒让《墨子閒诂》是今见最好的注本。

〔6〕孟子，名轲，战国中期邹（今山东邹城东南）人。或说其先为鲁国贵族孟孙氏，时其家已衰落，幼年家境贫寒。受业于孔子之孙孔伋（子思）的门人，是战国时期的儒学大师。孟子继承发展了孔子的学说，主张施仁政，行王道。为推行其政治理想，先后游说过齐威王、宋王偃、滕文公、梁惠王、齐宣王等。在齐曾一度为客卿，在其他各国也受到礼遇，但他的仁政学说不合战国时期急剧变化的时代要求，被认为是迂阔而不近情理，未能实行。晚年回到邹，专心于授徒和著述。（见《史记·孟子荀卿列

传》，中华书局 1982 年版，第 2343 页）

《孟子》是孟轲及其弟子共同写定的。《史记·孟子荀卿列传》载，孟子“退而与万章之徒序《诗》《书》，述仲尼之意，作《孟子》七篇”。《汉书·艺文志》则著录《孟子》11 篇。赵岐《孟子章句·题辞》：“又有外书四篇，《性善辩》《文说》《孝经》《为政》，其文不能弘深，不与内篇相似，似非《孟子》本真，后世依仿而托之者也。”（《孟子正义》第 9 页，《诸子集成》第一册，中华书局 1954 年版）今本《孟子》7 篇，伪出的 4 篇已佚。东汉赵岐《孟子章句》是最早的注本。朱熹《孟子集注》和焦循《孟子正义》也很有影响。

〔7〕余英时《古代知识阶层的兴起与发展》对战国时期士的地位有论述，可参看（见《士与中国文化》，上海人民出版社 1987 年版，第 2 页）。

〔8〕有些学者分析《孟子·梁惠王上》“齐桓晋文之事”章时，认为孟子运用比喻推理，是有意避开理论上的困难。这些比喻和类推逻辑结合在一起，不符合同类相比的逻辑法则。认为其推论，与其说是具有逻辑说服力，不如说是利用比喻形象之间的巨大差别而造成的感染力（参见赵明主编《先秦大文学史》，吉林大学出版社 1993 年版，第 793~794 页）。

〔9〕司马迁称庄子“著书十馀万言”（《史记》卷六十三，中华书局 1982 年版，第 2143 页），《汉书·艺文志》称“《庄子》五十二篇”。晋时郭象在古本 52 篇的基础上，删去十分之三，并为之作注，流传下来，成为定本，即今本《庄子》。古本唐以后散佚。今本《庄子》和古本《庄子》司马彪注本，都有内、外、杂篇之分。内、外、杂之划分，一般认为是郭象所为，或认为是淮南王刘安及其学者门客，或认为是刘向。持此说者认为内七篇的篇名也出于刘向之手。崔大华《庄学研究》对此有辨析（人民出版社 1992 年版，第 52~55 页），可参看。

《庄子》的作者，宋以前一般认为是庄周。从苏轼开始怀疑《杂篇》中的《盗跖》《渔父》《让王》《说剑》非庄子所作。此后，历代关于庄子内、外、杂篇的时代、作者争论纷纭，一般认为，内篇为庄子所作，时代也早于外、杂篇。也有学者认为，内篇晚于外、杂篇，外、杂篇代表庄子思想，内篇代表后期庄学思想（任继愈主编《中国哲学发展史（先秦）》，人民出版社 1983 年版，第 386 页）。还有学者认为，研究《庄子》应以《逍遥游》《齐物论》为依据，打破内、外、杂篇的界限（冯友兰《中国哲学史新编》，人民出版社 1965 年版，第 367 页）。刘笑敢主张内篇在前，基本为庄子作，并对其他各说进行了辨析（《庄子哲学及其演变》，中国社会科学出版社 1988 年版，第32 页），可参看。

〔10〕庄子的生卒年，说法众多。任继愈归纳为五种（《庄子探源》，载《哲学研究》1961 年第 2 期，第 56 页），各种说法的年代范围，大体都在公元前 375 年到前 275 年期间。庄子故里，《史记》本传只说是“蒙人”，蒙属何国，在何地，亦有多种说法。汉代学者一般认为，蒙在战国时属宋国，其地大约在今河南商丘。也有人认为蒙是楚地，即今安徽蒙城，庄子是楚国人。还有庄子是齐人、鲁人等说法。通常以汉代学者之说为是。

〔11〕漆园，《史记》以来，人们多认为是邑名。庄子为漆园吏，是说庄子作过漆园的邑吏。近人亦有认为是漆树之园的，认为漆园吏就是管理漆树的小吏（杨宽《战国史》，上海人民出版社 1980 年版，第 54 页）。还有学者根据 1975 年湖北云梦睡虎地出土的秦简《秦律杂抄》，认为漆园吏是指庄子曾任管理漆园种植和漆器制作的吏啬夫（崔大华《庄学研究》，人民出版社 1992 年版，第 13 页）。

〔12〕徐复观认为，庄子之道与人生体验相结合而得到了悟时，存在一种艺术精神，而这种艺术精神成就了艺术人生（《中国艺术精神》，春风文艺出版社 1987 年版，第 44、49 页）。郑峰明则说庄子的哲理，不只成就了艺术人生，更是所有艺术创作的指标（《庄子思想及其艺术精神之研究》，台湾文史哲出版社 1987 年版，第 106 页）。

〔13〕本书采用的是有关“三言”的传统说法。关于“三言”还有多种解释，如有人认为“寓言”是借道家以外的儒墨之言来宣道，“重言”是增益之言，“卮言”是矛盾之言（孙以楷、甄长松《庄子通论》，东方出版社 1995 年版，第 8~9 页）。又有人认为“卮言”即“优语”，“卮言”和“寓言”都是优人的滑稽表演（过常宝《先秦散文研究——早期文体及话语方式的生成》，人民出版社 2009 年版，第 311~317 页）。

〔14〕《庄子·寓言》篇中，自称“寓言十九，重言十七，卮言日出，和以天倪”。《史记》卷六十三则说庄子“著书十馀万言，大抵率寓言也”。“十九”和“十七”的比例颇令人疑惑。其实，寓言中也包含重言的。如姚鼐所说：“庄生书凡托为人言者十有其九，就寓言中，其托为神农、黄帝、尧、舜、孔、颜之类，言足为世重者，又十有其七。”（见王先谦《庄子集解》“寓言”篇“重言十七”句注，《诸子集成》第三册，中华书局 1954 年版，第 181 页）又，孙以楷、甄长松认为“寓言十九”“重言十七”，是指《庄子》中庄子自著的内七篇有寓言十九条，重言十七条（《庄子通论》，东方出版社 1995 年版，第 11 页）。

〔15〕阮忠将《庄子》篇章之法概括为游龙式、故事式、议论式三类。而认为最重要、最能体现庄子风格的是《逍遥游》一类游龙式章法（参看阮忠《庄子创作论》，中国地质大学出版社 1993 年版，第 78 页）。

〔16〕《逍遥游》题旨有多种说法。郭象释为：“夫小大虽殊，而放于自得之场，则物任其性，事称其能，各当其分，逍遥一也。岂容胜负于其间哉？”支道林释为：“夫逍遥者，明至人之心也。庄生建言大道而寄指鹏鷃，鹏以营生之路旷，故失适于体外，鷃以在近而笑远，有矜伐于心内。至人乘天正而高兴，游无穷于放浪，物物而不物于物，则遥然不我得，玄感不为，不疾而速，则逍然靡不适。此所以为逍遥也。”（见郭庆藩《庄子集释》第 1 页，《诸子集成》第三册，中华书局 1954 年版）现代之解说更是纷繁。《庄子研究》收四篇有关《逍遥游》题旨的文章（复旦大学出版社，1986 年版，第 372~434 页），讨论了各种说法，并提出自己的观点，可参看。

〔17〕阮忠说：“庄子的理论推导有很浓的主观色彩，他没有深入考虑论述在逻辑上的可行，而以直接比附取代客观的逻辑过程。”（《庄子创作论》，中国地质大学出版社 1993 年版，第 86~87 页）

〔18〕郭象注《秋水》篇"不期精粗焉"句下（郭庆藩《庄子集释》第253页，《诸子集成》第三册，中华书局1954年版）。

〔19〕荀子名况，又称荀卿、孙卿，生卒年不可确考，约在公元前298—前238年之间，赵国人。50岁时，游稷下学宫（应劭《风俗通》卷七记为15岁），"最为老师"。曾"三为祭酒"。后至楚，春申君任为兰陵令，其间曾回赵和入秦。后又回到楚国，春申君死后，荀况废居兰陵，著书以终。参见《史记·孟子荀卿列传》。

〔20〕《荀子》32篇，《汉书·艺文志》《隋书·经籍志》都记作《孙卿子》。唐杨倞为之注，始称《荀子》，从《劝学》以下至《赋》26篇，是荀子自著。《大略》以下至《尧问》当是荀子门人弟子辑录。王先谦《荀子集解》、梁启雄《荀子简释》是通行的较为完备的注本。

〔21〕韩非为韩国公子，口吃，不能道辞，而长于撰述，为荀卿弟子。曾屡次上书谏韩王任用贤人富国强兵，韩王都不能用。"于是韩非疾治国不务修明其法制，执势以御其臣下，富国强兵而以求人任贤……悲廉直不容于邪枉之臣，观往者得失之变，故作《孤愤》《五蠹》《内外储》《说林》《说难》十馀万言。"（《史记》卷六十三，中华书局1982年版，第2147页）其书传到秦国，受到秦王嬴政欣赏，发兵攻韩求韩非，韩非入秦。后受李斯诬陷入狱，被害。

〔22〕《韩非子》，《汉书·艺文志》载有55篇，今本亦是55篇。大部分都出于韩非自著，但也有少量窜入的篇章。王先慎《韩非子集解》、陈奇猷《韩非子集释》等注本可参看。

〔23〕公木说《韩非子》中有寓言340则，位居诸子寓言之首（公木《先秦寓言概论》，齐鲁书社1984年版，第129页）。谭家健说为310余则（谭家健《先秦散文艺术新探》，首都师范大学出版社1995年版，第138页）。

〔24〕《韩非子》中的动物寓言很少，只有《说林上》的"涸泽之蛇"和《说林下》的"虫有虺者""三虱相讼食彘"等。《十过》中的"晋平公好音"有点神奇色彩，但还不能说是神话。

〔25〕引文出自梁启雄《韩子浅解》下册（中华书局1960年版，第275页）。梁氏于文末有校释语云：此文必多讹脱。《文选·魏都赋》注引《韩子》曰："王曰：'客为棘刺之母猴，何以理之？'曰：'以削。'王曰：'吾欲观客之削也。'客曰：'臣请取之。'因逃。"

〔26〕先秦说理散文（尤其是道家和儒家散文）对中国文学最深刻的影响在思想方面，限于本书体例，容不赘述。

〔27〕宋效永《庄子与中国文学》（江苏教育出版社1995年版）侧重论述了庄学思想和阮籍、陶渊明、谢灵运、李白、白居易、苏轼、袁宏道、龚自珍等人文学思想的关系。

# 第五章　屈原与楚辞

战国时期出现的楚辞，在中国文学史具有特殊的意义。它和《诗经》共同构成中国诗歌史的源头。楚文化特殊的美学气质，以及屈原不同寻常的政治经历和卓异的个性精神，造就了光辉灿烂的楚辞文学。屈原是中国文学史上第一位伟大的诗人。

## 第一节　楚辞产生的文化政治背景

多种文化的交融　楚文化的美学特点　楚国的政治形势

战国时期，楚国在长江、汉水流域一度领有“地方五千里”的广袤疆域[1]，这里到处都分布着江湖山峦，物产丰茂[2]。在这片土地上生活着芈姓楚贵族和一些被芈姓贵族征服的濮、越、巴、蛮等南方部落集团。芈姓贵族源于中原的祝融部落，他们在夏商时期往南方迁徙，一直到周代初年，始定居于“楚蛮”之地，都丹阳[3]。楚国虽然受封于周，但由于地处偏远，没有及时加入到周公制礼作乐的文化变革活动中，楚贵族也较多地保持着自身的文化传统；楚地原住民直到战国时期尚处在较为原始的文化状态之中，楚文化整体上显得较为落后，所以一直被中原诸国以蛮夷视之。但是，在春秋战国时期，中原和楚国有着广泛而频繁的文化交流，所以，楚文化的主体部分和中原文化差别较小。

在社会制度和政治思想等方面，楚国和中原有很大的一致性。楚国虽然偏居南方，却拥有“周之典籍”甚至“周大史”[4]，再加上楚国士人自觉学习中原文化[5]，所以中原礼乐文化在楚国具有相当高的地位。《国语·楚语上》记载，申叔时建议士亹用《诗》《书》《礼》《易》《乐》《春秋》等教育太子，楚国的王公卿士在议事时也经常征引《诗》《书》中的话，这和当时中原的文化风气是一样的。和中原的文化交流在很大程度上影响了楚国贵族的政治理想、历史观念和价值取向。如晋楚邲之战，楚庄王就认为用兵的目的不在于炫耀武功，而在于“禁暴”“安民”，符合中原的礼乐政治观念。

在习俗文化和审美趣味上，楚国则明显地表现出不同于中原文化的特点。后人概括楚国的文化为“信巫鬼，重淫祀”（《汉书·地理志下》），是有一定道理的。这种崇尚巫风的习气，既是夏商文化的遗习，更是当地土著民族的普遍风气。巫风的蔓延，自朝廷到民间，无处不在。如楚灵王，史称其“简贤务鬼，信巫祝之道”，当吴人来攻，国人告急之时，犹“鼓舞自若”，不肯发兵（《新论·言体论》）。楚怀王亦是“隆祭祀，事鬼神”（《汉书·郊祀志下》），把破秦的希望寄托在鬼神身上，最终为秦所败。贵族阶层崇信巫祭，现在出土的材料多有证明[6]。而在南方土著聚居的“南郢之邑、沅湘之间”，更是巫风浓烈，“其俗信鬼而好祠，其祠，必作歌乐鼓舞以乐诸神”（王逸《楚辞章句·九歌序》）。巫文化对楚国审美风气的影响是明显的。楚地的艺术很兴盛，而这些艺术很多与祭神有关，充满了奇异的浪漫色彩。如王逸所记载的庙堂壁画[7]，楚“凤夔人物帛画”，刻画在器物、帛画上的楚舞造型，以及出土的编钟等，都富有飘逸、艳丽、深邃等美学特点。

到战国中期，楚国已经成为当时领土最大的国家，诸侯国之间兼并激烈，根据当时列国的实力，有人认为“横则秦帝，纵则楚王”。但到楚怀王、楚襄王时期，楚国由盛而衰，不仅见欺于秦国，一再丧师割地，连楚怀王本人也被秦劫留而死。在楚国内部，政治越来越黑暗，贵族之间互相倾轧，奸佞专权，排斥贤能，楚国由此走向没落。屈原正是在这种艰难的政治环境中显示了自己的崇高品质，创造了名垂千古的文学巨制。

## 第二节　屈原的生平及创作

屈原的生平和思想　“楚辞”的含义　楚辞的编纂和屈原作品的真伪

屈原，名平。根据《离骚》“摄提贞于孟陬兮，惟庚寅吾以降”，可推定屈原出生于楚威王元年（前339）正月十四日[8]。屈原以上古帝王颛顼氏为先祖，属楚国公族。据《史记·屈原贾生列传》，屈原曾任楚怀王左徒[9]，他“博闻强志，明于治乱，娴于辞令”，“入则与王图议国事，以出号令；出则接遇宾客，应对诸侯”，对内主张举贤任能，对外主张联齐抗秦，深得楚怀王的信任。上官大夫靳尚出于妒忌，趁屈原为楚怀王拟订宪令之时，在怀王面前诬陷屈原，怀王于是“怒而疏屈平”。此后，楚国一再见欺于秦，屈原曾谏请楚怀王杀张仪，又劝谏怀王不要往秦国和秦王相会，都没有被采纳。楚怀王死于秦后，顷襄王即位，屈原再次受到令尹子兰和上官大夫靳尚的谗害，被顷襄王放逐，终投汨罗而死。

屈原除了在郢都任职外，有两次飘荡在外的经历。一次是汉北，这是屈原在遭到楚怀王疏远之时，自己离开了郢都。《九章·抽思》云："有鸟自南兮，来集汉北。"但他在汉北仍不能忘怀君国故都："惟郢路之辽远兮，魂一夕而九逝。"另一次是在江南，历经长江、洞庭湖、沅水、湘水等处，这是屈原遭顷襄王放逐之地。在长期的流放生活中，屈原积聚了深厚的悲痛和思念之情，并通过诗歌表达出来。可以说，他的大部分诗篇都是与漂泊生涯有关的。

根据《史记·屈原贾生列传》的记载，屈原出于宗族感情，站在维护楚国的立场，主张联合齐国对抗秦国。这不仅符合楚国的利益，同时也是符合中原传统文化精神的[10]。因此，屈原对自己的理想和行为充满了信心和希望，但却遭到谗佞小人和昏君的陷害，屈原对此充满了哀怨、愤激之情，不得已而借诗歌倾泻出来。屈原的一生是坚贞不屈的悲剧性的一生，他的《离骚》《九歌》《天问》《招魂》《九章》等，都印记着他一生的心迹。

"楚辞"之名，始见于西汉武帝之时[11]，这时"楚辞"已经成为一种专门的学问，与"六经"并列。宋黄伯思《翼骚序》云："屈宋诸骚，皆书楚语，作楚声，纪楚地，名楚物，故可谓之'楚辞'。"（陈振孙《直斋书录解题》卷十五《楚辞类》引）这就是说，"楚辞"是指以具有楚国地方特色的乐调、语言、名物而创作的诗赋，在形式上与北方诗歌有较明显的区别。楚辞中的《九歌》原为楚地祭祀巫歌，它虽经屈原加工，但其楚文化特点仍然十分明显。屈原的楚辞创作在很大程度上受到此类楚地民歌的启发和影响，也就是说，楚地民歌是楚辞的一个重要源头。[12]因此，南方祭歌那神奇迷离的浪漫精神，也深深地影响甚至决定了楚辞的表现方法及风格特征。这是"楚辞"这一名称所包含的又一层意蕴。由于楚辞和汉代赋作之间的渊源关系，所以屈原作品又有"屈赋"之称。

西汉末年，刘向辑录屈原、宋玉等人的作品，编成《楚辞》一书。《汉书·艺文志》记载屈原赋25篇，东汉王逸作《楚辞章句》，认为屈原所作有《离骚》、《九歌》（11篇）、《天问》、《九章》（9篇）、《远游》、《卜居》共24篇。至于《渔父》《大招》，王逸"疑不能明"，持两可的态度；还有《招魂》一篇，司马迁在《屈原列传》中明确说为屈原所作，却被王逸归在宋玉名下。在楚辞的研究史上，除了《离骚》《天问》《九章》的部分篇章之外，其他诸篇的作者问题都引起过争论。现在看来，《大招》是对《招魂》的模拟；《远游》中有浓重的求仙色彩，甚至采用了后世之典故，显然出自汉人之手；《卜居》《渔父》是后人为追述屈原事迹而作。基本可以肯定，这些都不是屈原的作品。此外，《九章》中部分诗篇，如《思美人》《惜往日》《橘颂》《悲回风》等[13]，也曾遭到质疑。在证据不是十分充足的情况下，还是肯定《九章》皆为屈原所作更为适宜[14]。这样，基本可以认定，王逸《楚辞章句》目录中，除去《远游》《卜居》《渔父》《大招》，屈原的作品共计23篇。正是这23篇奠定了屈原在文学史上的崇高地位。

## 第三节 《离骚》

《离骚》解题　忠君与爱国　美政理想与身世之感　高洁坚贞的人格形象　香草美人：象征和意境　形式和语言

《离骚》是屈原的代表作，是带有自传性质的一首长篇抒情诗。全诗共三百七十多句，近二千五百字。"离骚"二字，古来有数种解释。司马迁认为是遭受忧患的意思，他在《史记·屈原贾生列传》中说："《离骚》者，犹离忧也。"汉代班固在《离骚赞序》里也说："离，犹遭也；骚，忧也。明己遭忧作辞也。"王逸解释为离别的忧愁，《楚辞章句·离骚经序》云："离，别也；骚，愁也；经，径也；言已放逐离别，中心愁思，犹依道径，以风谏君也。"在历史上影响较大的主要是这两种[15]。因司马迁毕竟距屈原的年代未久，且楚辞中多有"离尤"或"离忧"之语，"离"皆不能解释为"别"，所以司马迁的说法最为可信。《离骚》的写作年代，一般认为是在屈原离开郢都往汉北之时。《史记·屈原贾生列传》说屈原因遭上官大夫靳尚之谗而被怀王疏远，"屈平疾王听之不聪也，谗谄之蔽明也，邪曲之害公也，方正之不容也，故忧愁幽思而作《离骚》"，也认为《离骚》创作于楚怀王疏远屈原之时。

《离骚》反映了屈原对楚国黑暗腐朽政治的愤慨，以及热爱宗国愿为之效力而不可得的悲痛心情，也抒发了自己遭到不公平待遇的哀怨。全诗缠绵悱恻，感情十分强烈，他的苦闷、哀伤不可遏止地反复迸发，从而形成了诗歌形式上回旋复沓的特点。这种回旋复沓，乍看起来好像无章次文理可循，其实是他思想感情激荡冲突的反映。《离骚》大致可分为前后两个部分。前一部分从开头到"岂余心之可惩"。诗人首先自叙家世生平，认为自己出身高贵，又出生在一个美好的日子里，因此具有"内美"。他勤勉不懈地坚持自我修养，希望引导君王，兴盛宗国，实现"美政"理想。但由于"党人"的谗害和君王的动摇多变，使自己蒙冤受屈。在理想和现实的尖锐冲突之下，诗人表示"虽体解吾犹未变兮，岂余心之可惩"，显示了坚贞的情操。后一部分极其幻漫诡奇，在向重华（舜）陈述心中愤懑之后，屈原开始“周流上下”，“浮游求女”，但这些行动都以不遂其愿而告终。在最后一次的飞翔中，由于眷念宗国而再次流连不行。这些象征性的行为，显示了屈原在苦闷彷徨中何去何从的艰难选择，突出了屈原对宗国的挚爱之情。

一般认为，《离骚》的主旨是爱国和忠君。司马迁说：“虽放流，睠顾楚国，系心怀王，不忘欲返。……一篇之中三致志焉。”（《史记·屈原贾生列传》）在《离骚》前一部分中，有不少“系心怀王”的诗句，如“惟草木之零落兮，恐美人之迟暮”，“指九天以为正兮，夫唯灵修之故也”等。诗中常用婚姻爱情比喻政治，如“曰黄昏以为期兮，羌中道而改路。初既与余成言兮，后悔遁而有他”等，以这种男女感情不谐来比喻君臣疏远的状况。根据中国传统的伦理习惯，弃妇的哀怨是以对夫君的忠贞为前提的，所以，这些诗句可以解释为屈原的忠君。封建时代，国君在一定程度上被视为国家的象征，臣子只有通过国君才能实现自己的兴国理想。所以，屈原的忠君是他爱国观念的一部分。屈原的爱国之情，又是和宗族感情连在一起的。如他对祖先的深情追认，就是一种宗族感情的流露。屈原的爱国感情更表现在对楚国现实的关切之上，怀着使楚国富强的愿望，屈原反复劝诫楚王向先代的圣贤学习，吸取历代昏君荒淫误国的教训，不要只图眼前的享乐，而不顾严重的后果。如“启《九辩》与《九歌》兮，夏康娱以自纵”，以及此后数句，列举了夏启、羿等由于“康娱自忘”而遭到“颠陨”的命运，警告楚王不要重蹈覆辙。他对那些误国的奸佞小人也是充满了仇恨，“椒专佞以慢慆兮，榝又欲充夫佩帏。既干进而务入兮，又何芳之能祗”。君昏臣佞使得楚国处境岌岌可危。对宗国命运的担忧，发而为严正的批判精神，这是《离骚》中非常值得珍视的地方。

在《离骚》中，屈原感慨道：“既莫足与为美政兮，吾将从彭咸之所居。”表示将用生命来殉自己的“美政”理想。他的“美政”理想在一首抒情诗中当然不能详尽表明，但从《离骚》中我们能约略知道一些主要内容，这就是明君贤臣共兴楚国。首先，国君应该具有高尚的品德，才能享有国家。《离骚》云：“皇天无私阿兮，览民德焉错辅。夫维圣哲以茂行兮，苟得用此下土。”其次，应该选贤任能，罢黜奸佞。诗中称赞商汤夏禹“举贤而授能兮，循绳墨而不颇”，并列举了傅说、吕望、宁戚、伊尹等身处贱位却得遇明君的事例，借以讽谏楚王。另外，《离骚》批评现实道：“固时俗之工巧兮，偭规矩而改错。背绳墨以追曲兮，竞周容以为度。”所谓“规矩”“绳墨”显示了屈原对制度法令的重视。修明法度也是其“美政”的内容之一。总之，相对于楚国的现实而言，屈原的“美政”理想更加进步，并符合历史的发展趋向。当然，屈原念念不忘君臣的“两美必合”、和谐共济，还与他自己的身世之感有关。《史记·屈原贾生列传》说："屈平正道直行，竭忠尽智以事其君，谗人间之，可谓穷矣。信而见疑，忠而被谤，能无怨乎？"楚王的猜忌和佞臣的离间，导致君臣乖违，事功不成，这是屈原悲惨人生的症结所在。所以，他在诗中反复地咏叹明君贤臣，实际上也是对楚国现实政治的尖锐批判，更是对自己不幸身世的深切哀叹，其中饱含着悲愤之情。

《离骚》塑造了一个坚贞高洁的抒情主人公的光辉形象：

> 进不入以离尤兮，退将复修吾初服。制芰荷以为衣兮，集芙蓉以为裳。不吾知其亦已兮，苟余情其信芳。高余冠之岌岌兮，长余佩之陆离。芳与泽其杂糅兮，唯昭质其犹未亏。……佩缤纷其繁饰兮，芳菲菲其弥章。民生各有所乐兮，余独好修以为常。虽体解吾犹未变兮，岂余心之可惩！

这些香草和装饰，隐喻了其奋发自励、苏世独立的人格。"路曼曼其修远兮，吾将上下而求索"，对理想的执著追求，则是其人格的外在显现。探求的热情和功业未就的焦虑，发而为对有限时间的珍视："汩余若将不及兮，恐年岁之不吾与"，"朝搴阰之木兰兮，夕揽洲之宿莽。"恶劣的政治环境，使屈原陷入极端艰难的处境之中，但他却以生命的挚诚来捍卫自己的理想："余固知謇謇之为患兮，忍而不能舍也。""亦余心之所善兮，虽九死其犹未悔！"正是在这强烈自信和无所畏惧的精神的鼓舞下，屈原才能对楚王及腐败的佞臣集团展开尖锐的批判："怨灵修之浩荡兮，终不察夫民心。""唯夫党人之偷乐兮，路幽昧以险隘。"屈原的形象在《离骚》中十分突出，他那傲岸的人格和不屈的斗争精神，激励了后世无数的文人，并成为我们的民族精神的一个重要象征。

《离骚》最引人注目的是它的两类意象：美人、香草。《离骚》中的美人一般被认为是圣君的象征，如"惟草木之零落兮，恐美人之迟暮"；或象征着贤臣，如"忽反顾以流涕兮，哀高丘之无女"；或是自喻，如"众女嫉余之蛾眉兮，谣诼谓余以善淫"。[16]《离骚》中的美人描写通常具有夫妇伦理的内涵，而早在西周春秋时代发展起来的阴阳五行观念里，就把君和夫、臣和妇放在同样的位置，所以夫妇伦理又是政治关系的象征。屈原的美女形象，有时表达了君臣和谐的理想，有时又表达了不遇明君的悲伤。《离骚》中的夫妇之喻，不仅极其生动形象，而且使全诗在情感上哀婉缠绵，如泣如诉，十分感人。

《离骚》中充满了种类繁多的香草，这些香草作为装饰，支持并丰富了美人形象，它一方面指品德和人格的高洁；另一方面和恶草相对，象征着政治斗争中正义的一方。前者如“扈江离与辟芷兮，纫秋兰以为佩”，“朝搴阰之木兰兮，夕揽洲之宿莽”，借用佩服或采摘香草来表达加强自己的修养；后者如“兰芷变而不芳兮，荃蕙化而为茅。何昔日之芳草兮，今直为此萧艾也”，“椒专佞以慢慆兮，椴又欲充夫佩帏”，借用香草变质、恶草当道来表达世道的衰败。总之，《离骚》中的香草美人意象构成了一个复杂而巧妙的象征比喻系统，使得诗歌蕴藉而且生动。

《离骚》后半描写了诗人上下求索的历程，也充满了象征的意义。第一次远游历经多处神界，最后受阻于帝阍。第二次高翔，由于目睹故国而不忍离去。对这两个情节的理解，一般根据“灵氛”所言“何所独无芳草兮，尔何怀乎故宇”，认为象征屈原试图离开楚国另寻可以实现自己理想之处，但由于对宗国的留恋而终于不能成行。这两次远游中都有十分壮丽的场景，试看这一段的描写：

> 朝发轫于苍梧兮，夕余至乎县圃。欲少留此灵琐兮，日忽忽其将暮。吾令羲和弭节兮，望崦嵫而勿迫。路曼曼其修远兮，吾将上下而求索。饮余马于咸池兮，总余辔乎扶桑。折若木以拂日兮，聊逍遥以相羊。前望舒使先驱兮，后飞廉使奔属。鸾皇为余先戒兮，雷师告余以未具。吾令凤鸟飞腾兮，继之以日夜。飘风屯其相离兮，帅云霓而来御。纷总总其离合兮，斑陆离其上下。吾令帝阍开关兮，倚阊阖而望予。时暧暧其将罢兮，结幽兰而延伫。世溷浊而不分兮，好蔽美而嫉妒。

望舒先驱，飞廉奔属，凤凰承旂，蛟龙为梁，在这些神圣形象的支持下，屈原显得如此从容、自由，他伟岸的人格也更加光辉灿烂，同时也显出了对自己信念的执著，表现了对世俗的蔑视。因此，这两次远游，既是一种象征，又是屈原形象的一种折射。而诗中“周流求女”一节，注释者历来多有分歧[17]。从《离骚》的全诗来看，屈原所痛感的，一是君王昏庸，一是佞臣当政，屈原在现实中同时遭到昏君佞臣两者的排斥。也正是在这种绝境之中，屈原才开始“上下求索”的历程。“求女”失败之后，灵氛用“两美必合”鼓励他往别处寻觅。一次次求女不遂，是屈原的现实遭遇在诗中的投影。所以，“求女”在诗中应该象征着对明君贤臣的向往，也表现了屈原虽在绝望之中，仍不放弃对自己的政治理想孜孜不倦的追求。

“香草美人”作为诗歌象征手法，是屈原的创造，但它们又是与楚国地方文化紧密相关的。《九歌》是巫术祭歌，是楚地“信巫鬼，重淫祀”（《汉书·地理志》）的文化习俗的反映。《九歌》的基本情节是“人神恋爱”[18]，往往以人神恋爱的成功来象征祭祀的成功，而人神交接的艰难，又使《九歌》充满了悲剧色彩；香草作为献祭或取悦神灵的饰物，在表层意义上是一种追求爱情的象征，而它的内核又暗示着宗教的诸种情境；《九歌》既然描述的是人神之间的事，其中自然就假想了许多驾龙骖螭的飞升情节。屈原显然是熟悉楚地民间祭祀文化的，民间文化中这些成熟的文学意象，必然会对他的创作产生影响。《离骚》中最耐人寻味的“求女”，与《九歌》中人神恋爱的情节颇有类似之处。至于香草和飞升的细节，与《九歌》中的一些描写也很相似[19]。这些较为原始的楚地民间文化中的情节、意象不但被屈原借以描述现实，同时也帮助屈原进入古代神话或原始宗教的情境之中，通过对来自历史和人类心灵深处的激情的体验，达到对现实的超越[20]。

相对于《诗经》，《离骚》在形式上也有新的特点。《诗经》的形式是整齐、划一而典重的，而《离骚》则是一种新鲜、生动、自由、长短不一的新诗体。这种形式是建立在学习民间文学的基础之上并由此发展而来的。屈原以前，楚地流行的民歌句式参差不齐，并且采用“兮”字放在句中或句尾，如《越人歌》（《说苑·善说》）。而与《离骚》有直接关系的则有《九歌》[21]。显然，《离骚》学习借鉴了楚歌的形式特点。不仅如此，《离骚》还吸收了大量的楚地方言。黄伯思《翼骚序》云：“屈宋诸骚皆书楚语，作楚声。”并且还举“羌、谇、謇、纷、侘、傺”作楚语的例子，举“顿挫悲壮，或韵或否”作楚声的例子。《离骚》中的楚地方言还有很多，屈原采用这些楚地方言，增强了诗歌的形象性和生动性，同时，对“兮”等语助词的多种方式的使用，促成了句式的变化，这些句式和委婉轻灵的楚声相结合，很适合于各种不同情绪和语气的表达。楚语还使《离骚》带有浓郁的地方色彩，增加了生活气息。

## 第四节　《九歌》《九章》及其他作品

《九歌》的巫祭文化背景　　缠绵哀婉的风格　　对唱的形式与戏曲的因素　　《九章》的记事、抒情与写景　　《天问》和《招魂》

《九歌》也是楚辞中重要的作品，其幽微绵缈的情致和优美的诗歌形式深受后人的喜爱。关于《九歌》和屈原的关系，王逸《楚辞章句·九歌》曰：

> 《九歌》者，屈原之所作也。昔楚国南郢之邑，沅、湘之间，其俗信鬼而好祠。其祠，必作歌乐鼓舞以乐诸神。屈原放逐，窜伏其域，怀忧苦

> 毒，愁思沸郁。出见俗人祭祀之礼，歌舞之乐，其词鄙陋，因为作《九歌》之曲，上陈事神之敬，下见己之冤结，托之以风谏。

这一段话大体说明，《九歌》原是流传于江南楚地的民间祭歌，屈原加以改定而保留下来[22]。从现存的《九歌》看来，它的民间文化色彩十分浓郁，而屈原的个人身世、思想的痕迹倒并不重，《九歌》主要是南方巫祭文化的产物。

《九歌》共 11 篇，与题目所示“九”不同，历代学者对此有多种解释[23]。根据闻一多的观点，《九歌》首尾两章（即《东皇太一》和《礼魂》）分别为迎、送神曲。中间的九章为娱神曲，《九歌》因中间九章而得名[24]。他又认为《九歌》所祭的神只有东皇太一，中间九章所写的诸神、鬼皆是陪衬，是“按照各自的身份，分班表演着程度不同的哀艳的，或悲壮的小故事”，以取悦东皇太一。现在看来，《礼魂》为送神曲可确定无疑，古今学者多有阐述。《东皇太一》从其神名可知其地位尊于他神，且描述也相对庄重，当是《九歌》主祭之神，其他为陪祭。这九篇在形式上不同于《东皇太一》，更少拘束，它符合上古“索祭”之礼[25]。然而，从文学的角度而言，《九歌》的精华却在于中间九篇。关于这九篇的具体祭法或情节，朱熹《楚辞辩证》说：

> 楚俗祠祭之歌，今不可得而闻矣。然计其间，或以阴巫下阳神，以阳主接阴鬼，则其辞之亵慢淫荒，当有不可道者。

就是说，如果是女神，则以男巫招之；如果是男神，则以女巫招之。主要是借男女恋情来吸引神灵，表达对神灵的向往。这样，才有这一首首情致摇曳的歌辞。

《九歌》中，《东皇太一》为至尊之天神，《云中君》祭云神丰隆（又名屏翳），《湘君》《湘夫人》皆祭湘水之神（楚地以舜妃娥皇、女英附丽在她们身上），《大司命》祭主寿命之神，《少司命》祭主子嗣之神，《东君》祭太阳神，《河伯》祭河神，《山鬼》祭山神，《国殇》祭阵亡将士之魂，属于人鬼[26]。从内容上说，《九歌》以描写爱情为主，但也表达了对神灵的赞颂和祭者的虔敬之情，还描述了阵亡将士的勇烈悲壮。如《东皇太一》就是一首颂赞之辞，写得庄严富丽，与爱情无涉，显示了主神和陪祭诸神的区别。《云中君》《东君》等，虽也有流连哀婉之辞，但较多的是对神灵的颂扬，如“暾将出兮东方，照吾槛兮扶桑”，“青云衣兮白霓裳，举长矢兮射天狼”（《东君》）等，诗中以无限敬仰之情描述了日神普照世界的壮丽气势，写了它为人类祛除灾难的勇力，表达了祭祀者的美好愿望。《国殇》以一场异常惨烈的战争过程，描述了将士们奋勇杀敌，以及面对死亡所表现出的凛然气概。全诗节奏紧张，气氛浓烈，化凄凉为悲壮激越。诗云："带长剑兮挟秦弓，身首离兮心不惩。诚既勇兮又以武，终刚强兮不可凌。身既死兮神以灵，子魂魄兮为鬼雄。"这些诗句不仅是对死者的颂扬，同时也是对生者的激励，尤其是在楚国不断兵败地削的情形下，对这种献身精神的歌颂实际是深沉的爱国情绪的自然流露。

《九歌》中最多最动人的还是对人神情感的摹写，除《东皇太一》《国殇》《礼魂》外，其他各篇皆有这方面的内容。如《少司命》"悲莫悲兮生别离，乐莫乐兮新相知"，被王世贞推许为"千古情语之祖"（《艺苑卮言》卷二）。《湘君》和《湘夫人》用以迎接湘水神的降临，通篇描写了巫与神双方复杂的情感状态。"横流涕兮潺湲，隐思君兮陫侧"（《湘君》），"沅有茝兮醴有兰，思公子兮未敢言"（《湘夫人》），无论是巫还是神，他们都怀有十分真挚的爱情，但是别多聚少的经历又使他们变得很脆弱，所以，在希望和绝望的交织中，爱情表现得如此缠绵哀婉。从那些哀怨而又执著的倾诉之中，我们能深切地体会到人间爱情的种种哀愁和悲伤。《山鬼》是一首爱情的绝唱：

> 若有人兮山之阿，被薜荔兮带女罗。既含睇兮又宜笑，子慕予兮善窈窕。乘赤豹兮从文狸，辛夷车兮结桂旗。被石兰兮带杜衡，折芳馨兮遗所思。余处幽篁兮终不见天，路险难兮独后来。表独立兮山之上，云容容兮而在下。杳冥冥兮羌昼晦，东风飘兮神灵雨。留灵修兮憺忘归，岁既晏兮孰华予。

美丽的山鬼披荔带萝，含睇宜笑，只能与赤豹文狸相伴，强烈的孤独感使她的爱情变得凄艳迷离，希望渺茫；"风飒飒兮木萧萧，思公子兮徒离忧"，描写一种解不开的愁结，并寄予了深切的同情。《九歌》中所流露出的这种不可抑制的忧愁幽思，显然契合了屈原的心态，所以不妨把《九歌》中所抒发的贞洁自好、哀怨伤感之情绪，看做是屈原长期放逐生活之心情的自然流露。

《九歌》具有明显的表演性。首先它是歌、乐、舞三者合一的，从《九歌》中能看到不少对舞乐的描述，如《东皇太一》云："扬枹兮拊鼓，疏缓节兮安歌，陈竽瑟兮浩倡。灵偃蹇兮姣服，芳菲菲兮满堂。"即是对当时歌、乐、舞同时表演的记录。其次，《九歌》中既有独唱，又有对唱与合唱[27]，如《湘君》《湘夫人》，男女双方互表心迹，对唱的痕迹十分明显。无论是歌、乐、舞三者一体，还是巫与神分角色演唱，都具有一定的戏曲因素，是后世戏曲艺术的萌芽。《九歌》在描写人物心理方面十分细腻，除了那些一往情深的倾诉外，还叙写了一些细节，如《湘君》言："君不行兮夷犹，蹇谁留兮中洲?"由爱之深、思之切，而生焦虑疑惑之心，对痴情心态的描述可谓入木三分。此外，诗人善于用景物来衬托人物的心理状态。《湘夫人》云："帝子降兮北渚，目眇眇兮愁予。嫋嫋兮秋风，洞庭波兮木叶下。"这一凄清杳茫的秋景，构成了一个优美而惆怅的意境，成功地点染了抒情主人公的心境，被后人称为"千古言秋之祖"（明胡应麟《诗薮》内编卷一）。《山鬼》中众多的景物描写：林深杳冥，白日昏暗，淫雨连绵，猿啾狖鸣，风木悲号，营造了一种压抑低沉的气氛，真切地表现了山鬼的孤独和绝望之情。《九歌》的语言自然清丽，优美而富有韵味，节奏舒缓深沉，不论是写情还是摹景，都能曲尽其态，有极强的表现力。在传达悲剧性的意境中，尤能低徊婉转，韵致悠长。后人赞之曰："激楚扬阿，声音凄楚，所以能动人而感神也。"（清陈本礼《屈辞精义·九歌》）

《九章》是屈原所作的一组抒情诗歌的总称，包括《惜诵》《涉江》《哀郢》《抽思》《怀沙》《思美人》《惜往日》《橘颂》《悲回风》9篇作品。"九章"之名大约是西汉末年刘向编订屈原作品时所加上的。《九章》的内容与《离骚》基本接近，主要是叙述身世和遭遇。朱熹说："屈原既放，思君念国，随事感触，辄形于声。后人辑之，得其九章，合为一卷，非必出于一时之言也。"（《楚辞集注》卷四）其中《橘颂》当是屈原早期的作品，借咏物以述志，以橘之"独立不迁""深固难徙""苏世独立"的精神，砥砺自己的品质和情操。全篇比兴，四言体，显然是受《诗经》艺术手法的影响。《抽思》是屈原在汉北所作，故诗中有"有鸟自南兮，来集汉北"之句。其余各篇皆是流放江南时所作，抒写自己忧国伤时的情怀。《哀郢》中记述了流亡江南的路线，亦情亦景，忧思绵绵，其中多有身世之感。后半段情绪转为激烈，声调慷慨，尽情地倾诉了自己的悲愤：

> 羌灵魂之欲归兮，何须臾而忘反。背夏浦而西思兮，哀故都之日远。登大坟以远望兮，聊以舒吾忧心。哀州土之平乐兮，悲江介之遗风。……忽若不信兮，至今九年而不复。惨郁郁而不通兮，蹇侘傺而含戚。……乱曰：曼余目以流观兮，冀壹反之何时！鸟飞反故乡兮，狐死必首丘。信非吾罪而弃逐兮，何日夜而忘之！

其时秦已破郢，楚国处在危急之中，而屈原尚念念不忘故都，情感沉郁愤慨，实是对楚国即将覆亡的哀叹。这种情绪几乎贯穿于《九章》各篇。《涉江》则抒写了自己义行高洁，而不为世人所理解的悲哀，并表达了终不变心从俗的决心。诗云：“余幼好此奇服兮，年既老而不衰。带长铗之陆离兮，冠切云之崔嵬。被明月兮珮宝璐。世溷浊而莫余知兮，吾方高驰而不顾。驾青虬兮骖白螭，吾与重华游兮瑶之圃。登昆仑兮食玉英，与天地兮同寿，与日月兮同光。”汪瑗《楚辞集解》将其与《惜诵》相比曰：“前篇其志悲，此篇其志肆。”《涉江》表述自己的志向。诗中以奇异的服饰象征品格的清高脱俗，文气从容淡雅，舒畅跌宕。此外，《怀沙》《惜往日》流露死志，大约作于赴渊前不久，也很感人。总之，《九章》较之《离骚》具有更多的纪实性，为我们研究屈原生平思想提供了重要的材料。艺术上主要采取直接铺叙、反复抒写的手法，所表现的情感较为直接、奔放，浪漫色彩则略逊于《离骚》。

《天问》是楚辞中一首奇特的诗歌。所谓“天问”，就是列举出历史和自然界一系列难以理解的现象，对天发问，探讨宇宙万事万物变化发展的道理[28]。诗中一共提出了172个问题，大致次序是先问天地之形成，次问人事之兴衰，最后归结到楚国的现实政治[29]，线索基本清楚。《天问》虽然记事庞杂，而思想倾向却很明显，尤其是在涉及天命和历史盛衰时，很能显示屈原的现实政治态度。如蒋骥所云：“其意念所结，每于国运兴废、贤才去留、谗臣女戎之构祸，感激徘徊，太息而不能自已。”（《山带阁注楚辞·馀论》卷上）王夫之认为《天问》“言虽旁薄，而要归之旨，则以有道而兴，无道则丧”（《楚辞通释·天问》）。如《天问》云：“天命反侧，何罚何佑？……皇天集命，惟何戒之？受礼天下，又使至代之。”对殷朝的兴亡史发出了自己的感慨，认为天命反复无常，朝代的兴亡不在天命而在人事。《天问》还流露出鲜明的情感色彩，如诗末数句道：“伏匿穴处，爰何云？荆勋作师，夫何长？悟过改更，我又何言？吴光争国，久余是胜。何环穿自闾社丘陵，爰出子文？吾告堵敖以不长，何试上自予，忠名弥彰？”意谓遭到放逐在山洞里隐藏，对国事还有什么话好讲！楚王追求功绩兴师动众，国家命运如何能够长久？楚王如能觉悟改正过错，我对此又何必多说！吴王阖庐与楚长期争战，为何吴国能经常获胜？为什么在村头丘陵幽会，淫乱私通生出子文？我说堵敖在位不会长久，为何成王杀了国君自立，忠名更加显著？一腔怨愤，发泄无余。在一连串的问号后面，我们能够感受到屈原那焦虑而急切的情感状态，感受到他的失望和愤懑，以及孜孜不倦的求索精神。

《天问》以一个“曰”字领起，全诗几乎都由问句组成，这在中国文学史上是罕见的。简短而一问到底的句式，节奏明快而强烈，能有效地宣泄积蓄已久的激情，这是《天问》的特点。全诗基本上以四言句为主，间以少量的五言、六言、七言；四句为一组，每组一韵，也有极少数两句一韵。全诗显得整齐而不呆板，参差错落，奇崛生动。

《招魂》是在怀王死后，屈原为招怀王之魂而作[30]。全诗由引言、正文、乱辞三部分组成，内容主要是以宏美的屋宇、奢华的服饰、艳丽的姬妾、精致的饮食以及繁盛的舞乐，以招徕楚怀王的亡魂。《招魂》可能是在招魂仪式中演唱的，但从那“魂兮归来！反故居些”的呼唤声中，也可以看到屈原对楚王之死的哀悼惋惜之情，而诗中“外陈四方之恶，内崇楚国之美”（王逸《楚辞章句》）的描述，似乎也与屈原的宗国情绪相一致。诗中显示了丰富的想象力，采取了铺陈的手法，根据其地域方位特点，营造出或险恶阴森或华美豪奢的意境，形成鲜明的对比，再加上辞藻缤纷富丽，颇有汉代大赋的气象。除此而外，诗中亦有优美抒情的描述，如乱辞中所咏：“湛湛江水兮上有枫，目极千里兮伤春心。魂兮归来哀江南！”

## 第五节　楚辞的流变与屈原的影响

宋玉等楚辞作家　　屈原人格力量的垂范　　楚辞艺术形式的影响

《史记·屈原贾生列传》云：“屈原既死之后，楚有宋玉、唐勒、景差之徒者，皆好辞而以赋见称；然皆祖屈原之从容辞令，终莫敢直谏。”显然，在屈原之后，还出现了一些深受屈原影响的楚辞作家。唐勒、景差无作品流传下来[31]，只有宋玉有作品传世。宋玉的生平与屈原有相似之处[32]，据《汉书·艺文志》载有辞赋16篇。现在可以基本认定为宋玉所作的，有收入《楚辞》中的《九辩》，收入《昭明文选》中的《风赋》《高唐赋》《神女赋》《登徒子好色赋》《对楚王问》等[33]。

《九辩》是宋玉的代表作，其内容主要是抒发他因不同流俗而被谗见疏、流离失所的悲哀，批判了楚国黑暗的现实政治。作品委婉曲折地表达了对君王的忠诚和自己的怨苦之情，表现了对国家兴亡的忧虑。其中颇动人的是对秋景的描写：

悲哉秋之为气也！萧瑟兮草木摇落而变衰。憭慄兮若在远行，登山临水兮送将归，泬寥兮天高而气清，寂寥兮收潦而水清。憯凄增欷兮薄寒之中人，怆怳懭悢兮去故而就新。坎廪兮贫士失职而志不平，廓落兮羁旅而无友生。惆怅兮而私自怜。燕翩翩其辞归兮，蝉寂寞而无声。雁廱廱而南游兮，鹍鸡啁哳而悲鸣。独申旦而不寐兮，哀蟋蟀之宵征。时亹亹而过中兮，蹇淹留而无成。

诗中刻画了秋景的种种凄凉寂寞，并将其和自身的惆怅失意、冷落孤独之情和谐地交织在一起，感人至深。中国文学史上影响深远的“悲秋”主题，实由此发端。鲁迅《汉文学史纲》谓：“《九辩》……虽驰神逞想，不如《离骚》，而凄怨之情实为独绝。”《九辩》继承了《离骚》的抒情传统，把个人的身世之悲和对国家命运的关怀联系在一起，形成悲愤深沉的风格特征。

《高唐赋》《神女赋》对后世也有很大的影响。它们分别写楚怀王和楚襄王梦遇巫山高唐神女之事，内容相似。而前者以铺陈高唐的景物风光为主，后者以描摹神女之美为主，都写得情致缥缈，极富韵味。如写高唐雨后之景，渲染其百川汇集，水石相激，声振天际，猛兽因而奔逃，虎豹因而失气，鸷鸟因而窜伏，鱼鳖因而惊恐，把高唐险要、磅礴的气势绘声绘色地表现出来。之后，又摹写万木繁茂，芳草丛生，风声悠扬，众鸟和鸣。张弛之间，跌宕生姿。又如《神女赋》对神女美貌、神态的描写：

貌丰盈以庄姝兮，苞温润之玉颜；眸子炯其精朗兮，瞭多美而可观；眉联娟以蛾扬兮，朱唇的其若丹；素质干之醲实兮，志解泰而体闲。既姽婳于幽静兮，又婆娑乎人间。宜高殿以广意兮，翼放纵而绰宽。动雾縠以徐步兮，拂墀声之珊珊。望余帷而延视兮，若流波之将澜。奋长袖以正衽兮，立踯躅而不安。澹清静其愔嫕兮，性沉详而不烦。时容与以微动兮，志未可乎得原。意似近而既远兮，若将来而复旋。

此篇不但写神女容光焕发，体态闲雅，含情脉脉，来去恍惚，也写她洁身自持，可慕而不可狎。文笔委婉曲折，状貌传神，肆意铺陈，而且曲终奏雅，略陈讽谏之旨，已开汉大赋之先河。

此外，《风赋》《登徒子好色赋》《对楚王问》等都是历代传诵的名作，无不体物细致，构思巧妙，极尽铺陈之能事。宋玉的辞赋是在屈原的直接影响下创作而成的，并在文辞等形式方面有所发展。它们是由楚辞而至汉大赋的一个过渡阶段。

屈原对后世有着积极而深远的影响，司马迁《史记·屈原贾生列传》对屈原的人品、辞赋作了崇高的评价[34]：

其文约，其辞微，其志洁，其行廉，其称文小而其指极大，举类迩而见义远。其志洁，故其称物芳。其行廉，故死而不容自疏。濯淖污泥之中，蝉蜕于浊秽，以浮游尘埃之外，不获世之滋垢，皭然泥而不滓者也。推此志也，虽与日月争光可也。

后世文人无不对屈原推崇备至，正如刘勰所说“其衣被词人，非一代也”（《文心雕龙·辨骚》）。李白诗云“屈平词赋悬日月，楚王台榭空山丘”（《江上吟》），杜甫诗云“窃攀屈宋宜方驾，恐与齐梁作后尘”（《戏为六绝句》之五），皆表达了对屈原的敬仰之情。

屈原对后世影响最大的，是他那砥砺不懈、特立独行的节操，以及在逆境之中敢于坚持真理，敢于反抗黑暗统治的精神。屈原的遭遇是中国封建时代正直的文人士子普遍经历过的，因此，屈原的精神能够得到广泛的认同。如西汉贾谊因为才高受嫉，谪迁长沙，作《吊屈原赋》，以屈原自拟。司马迁向以“立德、立功、立言”自励，“一心营职，以求亲媚于主上”（《报任安书》），却惨遭宫刑，司马迁从“屈原放逐，著《离骚》”（《史记·太史公自序》）的事迹中汲取了巨大的精神力量，完成了《史记》的撰述。可以说，哪里有士子之不遇，哪里就有屈原的英魂，屈原精神成了安顿历代文人士子的痛苦心灵的家园。陆游报国无门，身老家中，慨然叹曰：“《离骚》未尽灵均恨，志士千秋泪满裳。”（《哀郢二首》）“听儿诵《离骚》，可以散我愁。”（《沙市阻风》）此外，清人屈大均诗云：“一叶《离骚》酒一杯，滩声空助故城哀。”（《吊雪庵和尚》）黄任诗云：“无端哀怨入秋多，读罢《离骚》唤奈何。……千古灵均有高弟，江潭能唱《大招》歌。”（《读〈楚辞〉作》）由此可见，屈原以其卓越的人格力量和深沉悲壮的情怀，鼓舞并感召了后世无数的仁人志士。屈原由于其忧愤深广的爱国情怀，尤其是他为了理想而顽强不屈地对现实进行批判的精神，早已突破了儒家明哲保身、温柔敦厚等处世原则，为中国文化增添了一股深沉而刚烈之气，培养了中国士人主动承担历史责任的勇气。这是屈原及其辞赋对民族精神的重大贡献。

屈赋的艺术成就深为后人所推崇。鲁迅《汉文学史纲要》说屈原的作品“逸响伟辞，卓绝一世”，“其影响于后世之文章，乃甚或在三百篇以上”。与《诗经》相比，楚辞在艺术上达到了一个新的境界，哺育了一代又一代的作家，对中国文学史产生了极其深远而广泛的影响。

首先，楚辞创造了一种新的诗歌样式，这种诗歌形式无论是在句式还是在结构上，都较《诗经》更为自由且富于变化，因此能够有效地塑造更加复杂的艺术形象和抒发细腻或激烈的感情。就句式而言，楚辞以杂言为主，突破了传统的四言句式。就语言描写而言，楚辞善于渲染、形容，词语繁富，很重视外在形式的美感，这为汉代赋体文学的产生创造了条件。

其次，楚辞突出地表现了浪漫的精神气质。这种浪漫精神主要表现为感情的热烈奔放，对理想的追求，以及抒情主人公形象的塑造，想象的奇幻等。楚辞中另一浪漫特征表现在它通过幻想、神话等创造了一幅幅雄伟壮丽的图景。《离骚》中那一次次壮观的天界之游，望舒先驱，飞廉奔属，想象极为大胆奇特，使得屈原的自我形象显得高大圣洁，激动人心。中国古代神话由于种种原因，传世较少，而《楚辞》，尤其是《天问》是我国神话材料保存得较为集中的。《离骚》《九歌》《招魂》中都有不少神话或神话形象，使得诗歌显出缥缈迷离、谲怪神奇的美学特征，为李白、李贺等后世诗人所学习和继承。

再次，楚辞的象征手法对后世的文学创作有重大影响。楚辞中典型的象征性意象可以概括为香草美人，它是对《诗经》比兴手法的继承和发展，内涵更加丰富，也更有艺术魅力。如王逸所说："善鸟香草，以配忠贞；恶禽臭物，以比谗佞；灵修美人，以媲于君；宓妃佚女，以譬贤臣；虬龙鸾凤，以托君子；飘风云霓，以为小人。"（《楚辞章句·离骚经序》）这种以男女君臣相比况的手法成了中国文学史上常见的创作手法。但楚辞中的香草美人意象又与一个深厚的巫祭传统有关，它包含了原始宗教的情感体验，如《九歌》中所体现的人神交接的艰难，以及苦苦追求的悲剧精神。由于屈原卓越的创造能力，使香草美人意象结合着屈原的生平遭遇、人格精神和情感经历，从而更富有现实感，也更加充实，赢得了后世文人的认同，并形成了一个源远流长的香草美人的文学传统。如张衡《四愁诗》效屈原以美人喻君子，曹植《洛神赋》"感宋玉对楚王神女之事，遂作斯赋"，李贺诗亦多寄情于香草美人，有凄婉哀绝的《苏小小墓》等。而蒲松龄一生不遇，作《聊斋志异》渲染花妖，自云："知我者，其在青林黑塞间乎！"（《聊斋自志》）这些都明显受到了楚辞香草美人传统的影响。

## 注 释

〔1〕据《战国策·楚策一》载："楚地西有黔中、巫郡，东有夏州、海阳，南有洞庭、苍梧，北有汾陉之塞、郇阳。地方五千里……"所指位置大约包括今之湖北、湖南、安徽、江苏，以及陕西、河南、四川、贵州的一部分。这大概可以概括楚国兴盛时期的地域。

〔2〕《汉书·地理志下》云："江南地广，或火耕水耨。民食鱼稻，以渔猎山伐为业，果蓏蠃蛤，食物常足。"

〔3〕《史记·楚世家》载："熊绎当周成王之时，举文、武勤劳之后嗣，而封熊绎于楚蛮，封以子男之田，姓芈氏，居丹阳。"又《左传·昭公十二年》载："昔我先王熊绎辟在荆山，筚路蓝缕以处草莽。跋涉山林，以事天子。"可见，熊绎是来到"楚蛮"之地

的第一个楚王。

〔4〕《左传·昭公二十六年》载："王子朝及召氏之族、毛伯得、尹氏固、南宫嚚奉周之典籍以奔楚。"王子朝是周景王之长庶子，因与敬王争夺王位失败，而率人携带了所有的"周之典籍"奔楚，造成了周朝文化的一次南移。又《左传·哀公六年》载："楚子使问诸周大史。"说明周太史亦有在楚国者。

〔5〕如《孟子·滕文公上》记载："陈良，楚产也，悦周公、仲尼之道，北学于中国。北方之学者，未能或之先也。"

〔6〕在望山一号墓和天星观一号墓出土了大量的竹简，这些竹简基本都是"筮占和祭祀的记录"。其中望山一号墓的墓主悊固"是以悼为氏的楚国王族"，而且"是楚悼王的曾孙"，天星观一号墓的墓主邸阳君番勳的爵位"当是楚国的上卿，官职可能在令尹、上柱国之列"。竹简所记载的贞问的范围十分广泛，包括一般日常生活，如"侍王"、忧患、疾病、迁居等；祭祀的名目也很多，如祷的名目就有遡祷、赛祷、罷祷、胸祷等，神灵包括山川天地之神和先王先公等。参见《望山一号墓的年代与墓主》（载《中国考古学会第一次年会论文集》，文物出版社1980年版）、《江陵天星观一号楚墓》（载《考古学报》1982年第1期）、《战国楚竹简概述》（载《中山大学学报》1978年第4期）。

〔7〕王逸《楚辞章句·天问序》云："楚有先王之庙及公卿祠堂，图画天地山川神灵，琦玮僪佹，及古贤圣怪物行事。"

〔8〕此从浦江清说（见其《屈原生年月日的推算问题》，载《历史研究》1954年第1期）。另有郭沫若认为屈原生日是公元前340年正月初七（见其《屈原研究》，群益出版社1946年版），胡念贻推算为公元前353年正月二十三日（见其《屈原生年新考》，载《文史》第五辑）等等。

〔9〕游国恩据《史记·楚世家》黄歇"以左徒为令尹，封以吴，号春申君"的记载，推断左徒之职仅次于楚最高行政长官令尹（见其所著《屈原》，中华书局1980年版，第18页）。

〔10〕当时中原诸国普遍认为秦是西方外族，而且以法、势屈挠天下，所以称其为"虎狼之国"，如《战国策·赵策三》所载鲁仲连言曰："彼秦者，弃礼义而上首功之国也，权使其士，虏使其民。"这基本反映了正统中原文化对秦国的排斥的态度。

〔11〕《史记·酷吏列传》："庄助使人言买臣，买臣以'楚辞'与助俱幸，侍中，为太中大夫，用事。"这是现在可知最早提及"楚辞"的文献材料。

〔12〕这里并不是肯定《九歌》的修订在《离骚》等的创作之前，只是强调《九歌》等楚地流传的民间祭歌影响了屈原的创作。

〔13〕《九章》作者问题自宋代起就有人提出疑问，至近代更得到一些著名的楚辞学者的响应，参见闻一多《论〈九章〉》（载《社会科学战线》1981年第1期）、刘永济《屈赋通笺》（人民文学出版社1961年版，第151~153页）、朱东润《离骚以外的"屈赋"》（见《楚辞研究论文集》，作家出版社1957年版）、林庚《说橘颂》（见《诗人屈原及其作品研究》，上海古籍出版社1981年版）等。

〔14〕参见马茂元《楚辞选》，人民文学出版社1958年版，第118～119页；姜亮夫《重订屈原赋校注》，天津古籍出版社1987年版，第393～394页；汤炳正《关于〈九章〉后四篇真伪的几个问题》（收入《屈赋新探》，齐鲁书社1984年版）等。

〔15〕另有认为“离骚”二字当释为“牢骚”的，据《汉书·扬雄传》记载，扬雄曾模仿《离骚》作《反离骚》，又模仿《九章》各篇作《畔牢愁》。“畔”通“叛”，“牢愁”即“牢骚”。所以《畔牢愁》亦即《反离骚》。又有以《离骚》和《劳商》“同实而异名”，亦是楚歌曲名（游国恩《楚辞论文集》，古典文学出版社1957年版，第285页）。此外，还有以“离骚”为排解忧愁之意（钱锺书《管锥编》，中华书局1979年版，第583页），以“离骚”之“骚”为地名（《李嘉言古典文学论文集》，上海古籍出版社1987年版，第76页）等等。

〔16〕屈原作品中的“美人”意象，除文中所阐述的《离骚》中的几种喻义外，在其他作品中有时候也用来比喻心目中理想的人或恋爱对象，如《少司命》“望美人兮未来，临风怳兮浩歌”。

〔17〕关于《离骚》求女，主要有以下数种说法：1. 喻求贤臣、贤士。汉代王逸《楚辞章句》持此说。2. 喻求贤君。宋代朱熹《楚辞集注》持此说。3. 喻求贤后。明末清初钱澄之《屈诂》持此说。4. 喻理想的政治。汪瑗《楚辞集解》持此说。此外在现代还有游国恩的“女性中心说”（《楚辞论文集》，古典文学出版社1957年版，第191～205页）、李嘉言的喻求善美说（《屈原》，载《中华文史论丛》1981年第一辑）等。

〔18〕“人神恋爱”观点是由苏雪林在《楚辞九歌与中国古代河神祭的关系》（载《现代评论》八卷204～206期）中首先提出的，此后得到多数学者的认可。

〔19〕据统计，《离骚》中共出现香草18种，《九歌》中共出现香草16种，两者有11种是相同的。《离骚》中远逝的主要乘舆是龙车，《九歌》各篇巫神交通的主要手段也是驾乘龙车或龙舟，基本情节相似。

〔20〕赵沛霖说：“屈原在求女中无拘无缚的反复追求，升天入地的纵横想象以及激越奔放的情怀借着神话形式的自由宣泄等等，都是自觉不自觉地表现出南方原始宗教的自由和狂热，体现着楚地以巫史文化为特征的文化心理结构。”（《屈赋研究论衡》，天津教育出版社1993年版，第145页）

〔21〕除此而外，见诸典籍的楚地歌谣则有《徐人歌》（《新序·节士》）、《接舆歌》（《论语·微子》）、《沧浪歌》（《孟子·离娄上》）等，此皆早于或近于屈原之时代，以长短不一和“兮”字句为特点。可见楚歌的形式特征早已形成。

〔22〕关于《九歌》和屈原的关系，曾有两种极端的观点，一是认为纯为屈原寄托身世之作，如明代汪瑗认为：“屈子《九歌》之词，亦惟借此题目，漫写己之意兴，如汉魏乐章乐府之类。”（《楚辞集解·九歌》）一是认为《九歌》纯为民间祭歌，与屈原并无关系。如胡适《读楚辞》云：“这九篇大概是最古之作，是当时湘江民族的宗教舞歌。”（《胡适古典文学研究论集》，上海古籍出版社1988年版，第348页）此外，还有闻一多等人认为《九歌》是屈原所创作的楚国国家祀典的乐章（见《什么是九歌》，收入《闻一多全集》第一卷，生活·读书·新知三联书店1982年版）等等。

〔23〕一种观点认为"九歌"之"九"是虚数，概言其多。还有一些人则设法将11篇合并为9篇。

〔24〕详见《闻一多全集》第一卷和第二卷中的《什么是九歌》和《楚辞校补》等文章。

〔25〕《礼记·郊特牲》记载："直祭祝于主，索祭祝于祊。不知神之所在于彼乎？于此乎？或诸远人乎？祭于祊，尚曰求诸远者与。"所谓"直祭"即正祭，在庙堂或坛台等处举行。"索祭"是在祭祀主神之后对其他散处的神灵加以祭祀，祊即庙门旁，这是神灵地位较低，无庙安身的缘故，所以需要搜寻着去祭祀那些不知所在的神灵。这正与《九歌》体制相近，只是《九歌》表现得更为简陋质朴而已。

〔26〕关于各篇所祭神格历来多有争议，其中又以《湘君》《湘夫人》的神格说法最多。有人认为湘君、湘夫人分别为舜的两个妃子（韩愈《黄陵庙碑》），有人认为湘君为舜，湘夫人为二妃（司马贞《史记索隐》），也有人认为与舜妃无关的，等等。其中以第二说较为合理。

〔27〕古今学者对于《九歌》的唱法也有不同意见。如蒋骥《山带阁注楚辞·楚辞馀论》就认为《九歌》全为主祭者所唱。而陈本礼《楚辞精义·九歌》则认为可分为男巫歌、女巫歌、男女巫合歌甚至还有领唱等不同形式。后一观点在现代得到普遍的赞同。闻一多作《九歌古歌舞剧悬解》（收入《闻一多全集》第一卷）一文特为各篇划分角色唱段，可参看。

〔28〕王逸《楚辞章句·天问序》释"天问"二字云："何不言问天？天尊不可问，故曰'天问'也。"谓"天问"即"问天"之意，洪兴祖从而发挥其说。王夫之《楚辞通释·天问》云："原以造化变迁，人事得失，莫非天理之昭著；故举天之不测不爽者，以问憯不畏明之庸主具臣，是为'天问'，而非问天。"把"天问"二字释为借天理以责问庸主具臣。又戴震《屈原赋注·天问》云："问，难也。天地之大，有非恒情所可测者，设难疑之。"即是说，对天地间的一些难以理解的事情设问求解。前两种说法，在历史上都很有影响，但都拘泥儒家解经的方法，求之太甚。以后一说为通达。

〔29〕《天问》中有些明显的次序不顺畅之处，可能是由于错简导致的，古今都有人对《天问》的错简问题进行研究，但由于年代久远，有些文意难明，所以至今未有确切的结论。

〔30〕《招魂》到底招谁之魂，古今大致有如下几种说法：一，屈原自招生魂。二，招怀王生魂。三，招怀王亡魂。四，招将士亡魂。我们认为以屈原作此诗招怀王亡魂最为贴切。

〔31〕1972年山东银雀山汉墓出土竹简有唐勒对楚王问的赋体文一篇，但已经残缺。

〔32〕王逸《楚辞章句·九辩序》说宋玉为楚大夫，屈原弟子。《新序·杂事五》说他"因事楚襄王而不见察，意气不得，形于颜色"。宋玉《九辩》自云"失职"，又说"无衣裘以御冬"，可能晚景凄凉。

〔33〕后世署名宋玉所作的还有《楚辞》中的《招魂》、《古文苑》中的《笛赋》《大言赋》《小言赋》《讽赋》《钓赋》《舞赋》等，可以基本判定为伪作。

〔34〕以下引文应为淮南王刘安《离骚经章句》的叙文，后为司马迁引入《屈原贾生列传》之中。《离骚经章句》现不存，班固在《离骚序》中曾称引这些话，并说明为“淮南王安叙《离骚传》”所云。

# 第二编　秦汉文学

# 绪　论

秦始皇统一中国，结束了诸侯纷争的局面，文学也随之进入一个新的阶段。秦汉是中国文学上古期的第二段。

然而，大一统中央集权国家的建立，并没有给文学的发展带来生机，相反，由于秦王朝实行极端的文化专制政策，文学创作空前冷落。再加上秦朝时间短暂，所以流传下来的文学作品屈指可数〔1〕。由吕不韦门客集体撰写的《吕氏春秋》成书于秦王政八年（前239），这部著作体系完整，广泛吸收诸子百家的观点，客观上反映了战国末年即将实现国家统一的历史趋势。

秦代唯一有作品流传下来的文人是李斯，他的《谏逐客书》铺陈排比，纵横议论，逻辑性强，富有文采。记载秦始皇巡游封禅的刻石铭文也多出自李斯之手，除《琅邪台》铭文外，都是三句一韵的诗体，质实雄壮，对后世碑铭文有影响〔2〕。

两汉王朝总共四百余年，是中国历史上的昌盛时期。汉代统治者认真总结秦朝迅速覆灭的历史教训，虽然在政治体制上沿袭秦朝，但在文化政策上有较大调整，采取了一系列有利于文学发展的措施；加之国力增强，社会进步，汉代文学出现了蓬勃发展的局面。无论是作家的文学素养，还是文学作品的数量和种类、思想深度和艺术水平都很值得注意。汉代文学在价值取向、审美风尚、文体样式等诸多方面为后世树立了典范。

## 第一节　汉代作家群体的生成

校理、解读文学典籍的时尚　　献纳辞赋的风气　　乐府、东观、鸿都门学的设立　　游学游宦的兴盛

战国时期以屈原为代表的楚地作家的出现，产生了一批把文学创作当做生命寄托以实现人生价值的文人。文坛在经历了秦代和汉初的沉寂之后，到西汉文帝和景帝时期作家群体再度生成，并且随着时间的推移生生不已，人才

辈出。

作家群体的生成是一个动态的过程，需要多方面的条件，汉代社会为作家群体的持续生成提供了适宜的气候和土壤。

汉代的官学和私学都以讲授儒家经典——五经为主，其中就有《诗经》这部文学作品。因此，师生在诵读五经的过程中，自然受到文学方面的熏陶，提高自身的文学素养。事实上，汉代士人的阅读范围并不限于五经，而是广泛得多，尤其是解读辞赋的社会风尚，对汉代作家群体的生成起到催化作用。西汉时期，解读楚辞是一种专门学问。严助向武帝推荐他的同乡朱买臣，“召见，说《春秋》，言楚词，帝甚说之，拜买臣为中大夫，与严助俱侍中”（《汉书·朱买臣传》）。朱买臣同时向汉武帝讲解《春秋》和楚辞，因此得到提拔。武帝还令淮南王刘安为《离骚》作注解：“初，安入朝，献所作《内篇》，新出，上爱秘之，使为《离骚》传。”（《汉书·淮南王传》）宣帝修武帝故事，“征能为楚辞九江被公，召见诵读”。汉赋和楚辞有很深的渊源关系，这种新文体确立之后，也和楚辞一样成为士人贵族的诵读物。汉宣帝时还有过这样的事情：王褒等人用诵读奇文及自己作品的方法为宣帝的太子、亦即后来的元帝治病解闷，其中的奇文当有楚辞类作品。这种精神疗法效果明显，不但太子得以康复，而且经他倡导在后宫形成了诵读王褒赋的风气（事见《汉书·王褒传》）。到了东汉时期，人们诵读辞赋的兴趣依然很浓，就连贵族妇女也主动参与[3]，出现了像王逸《楚辞章句》这样的专门著作。诵读辞赋在汉代是一种高雅的活动，是士人文化素养的标志。虽然诵读辞赋者并非都成为辞赋作家，但汉代许多人确实是从诵读辞赋开始而走上文学创作的道路。扬雄少而好学，“顾尝好辞赋”（《汉书·扬雄传》），他诵读屈原的《离骚》、司马相如的赋，并且加以摹拟，他本人也成了汉代重要的作家。王逸著《楚辞章句》行于世，他还创作诗赋等作品多篇。汉代解读辞赋的社会风尚培养出一代又一代的作家，因此，汉代的文人也以辞赋家居多。

西汉末年，刘向、刘歆父子校理群书，不仅在古典文献学方面成就卓著，对文学的发展也产生了巨大的影响。

汉代采用推荐和考试相结合的办法录用人才，为作家群体的生成提供了许多机遇。西汉朝廷诏举贤良方正，州郡举孝廉、秀才，东汉又增加敦朴、有道、贤能、直言、独行、高节、质直、清白等科目，广泛搜罗人才。两汉选拔人才注重学问品行，也注意到对有文学创作才能者的录用，许多作家之所以能够脱颖而出，主要并不是他们经通行修，而是在于他们的文才。汉代不仅中央朝廷、诸侯王，甚至有些身居要职的外戚都以文才取士。尽管以文才录士在两汉用人制度中并不居于主导地位，而仅是一种补充手段，但它对两汉作家群体的生成起到了推动作用。

汉初以招致文士闻名的诸侯王有吴王刘濞、梁孝王刘武、淮南王刘安。“汉兴，高祖王兄子濞于吴，招致天下之娱游子弟，枚乘、邹阳、严夫子之徒兴于文、景之际。”（《汉书·地理志》）投奔吴王刘濞门下的文士有枚乘、邹阳、严忌（庄忌），他们都擅长辞赋。后来吴王谋反，枚乘、邹阳等人见刘濞不听劝谏，一意孤行，就离开吴地而投奔梁孝王。梁孝王待他们为上宾，司马相如也弃官前往梁国，宾主相得，过着文酒高会的生活。参加梁园唱和的文人还有羊胜、路乔如、公孙诡、韩安国等。“而淮南王安亦都寿春，招宾客著书。”（《汉书·地理志》）流传下来的《淮南子》就是出自刘安的宾客之手。《汉书·艺文志》著录淮南王赋82篇，淮南王群臣赋44篇。显然，淮南王群臣不但著书立说，而且还是一个从事辞赋创作的群体。汉初几位诸侯王以文才取士，聚集在他们周围的辞赋家则是以文会友，他们置酒高会，游赏唱和，汉初作家群体首先在几位诸侯王那里生成。

西汉武、宣、元、成诸帝都是文学爱好者，其中武帝还有诗赋传世。同声相应，同气相求，他们出于本身的兴趣，大量招揽文士，许多人就是因为有文才而得以在朝廷任职。因擅长文章辞赋而被录用的著名作家，武帝朝有司马相如、东方朔、枚皋，宣帝朝有王褒，成帝朝有扬雄等。有些人虽然不是靠文学创作才能而进入仕途，但是，他们成为朝廷命官之后，在天子的倡导下也加入了辞赋创作的行列。自武帝起，创作辞赋成为西汉朝廷一大雅事，许多高官显宦都参与其间，由此形成了向天子进献辞赋的制度。东汉光武帝、明帝都不好辞赋，但是，兴起于西汉的进献辞赋之风依然在东汉延续，基本上保持了它的连贯性，许多文人就是因文才出众而备受青睐〔4〕。

东汉政权长期被外戚把持，那些身居显位的外戚大量招纳宾客，东汉许多著名作家都当过他们的幕僚。杜笃曾任车骑将军马防的从事中郎，战殁于射姑山；傅毅任军司马，马防以师友之礼待之（《后汉书·文苑列传》）。马融先后依附大将军邓骘、梁冀（《后汉书·马融列传》）。在那些显赫的外戚中，窦宪网罗的文人最多，“永元元年，车骑将军窦宪复请毅为主记室，崔为主簿。及宪迁大将军，复以毅为司马，班固为中护军。宪府文章之盛，冠于当世”（《后汉书·文苑列传》）。当时几位著名作家都在窦宪幕府供职，成为历史上一件盛事。

汉代诸侯王、天子和外戚对文人的招纳任用，对广大士人具有很强的号召力，使得他们把文学创作当成博取功名的一种手段，并借助上层贵族的权势而聚集起来。汉代作家群体的持续生成，很大程度上得益于此。

两汉某些文化机构的设立，为稳定已经生成的作家群体发挥了积极作用。

乐府是西汉长期设置的机关，它的职能是搜集各地的歌谣乐曲，同时也组织文人创作诗歌，司马相如等几十名作家曾经为乐府写过诗赋。后汉的洛阳东观也是文人荟萃之处，许多著名作家曾在那里供职。东观是文人向往的地方，“是时学者称东观为老氏臧室、道家蓬莱山”（《后汉书·窦融列传》）。东观任职人员的主要工作是校雠经书，不过，既然众多作家汇集在一起，当然少不了诗文唱和之类的活动。鸿都门学是灵帝光和元年（178）在洛阳设立的皇家学校，专门学习辞赋书画。学生由州郡选送，一度多达千人。灵帝下诏，为在鸿都门就学的乐松、江览等32人图像立赞，用以激励学者。这种专门培养文学和艺术人才的学校，在历史上是首创，是汉代文学发展史上的一件大事[5]。

汉代时断时续的游宦风气，也为作家群体的生成注入了活力。西汉早期，文士的游宦活动主要是在诸侯王之间进行的。武帝朝至东汉初期，游宦之风稍衰。东汉中、后期，游宦又成为社会时尚。“自和、安之后，世务游宦，当途者更相荐引。”（《后汉书·王符列传》）有些文人通过游宦进入仕途，相当一部分成为侍从文人、幕僚文人。而那些不能入仕的文人则是大量的，绝大多数没有留下自己的姓名，他们或滞留太学，或穷居野处，和侍从文人、幕僚文人鼎足而立，是汉代作家群体的重要组成部分。

## 第二节 汉代文学的基本态势

苞括宇宙、总揽天人、贯通古今的艺术追求 立功扬名的价值取向和圣主贤臣理想 对机遇和命运的感慨 批判与赞颂的更迭 文人的独立和依附 从浪漫到现实 民间创作和文人创作的相互促进

汉代文学呈现出多元化的发展趋势。

汉朝经济的繁荣、国力的强盛、疆域的扩展，使那个时代的作家充满豪迈的情怀。反映在文学上，就是古往今来、天上人间的万事万物都要置于自己的观照之下，加以艺术地再现。司马相如说过：“赋家之心，苞括宇宙，总揽人物。”（《西京杂记》卷二）司马迁称，他撰写《史记》的宗旨是“究天人之际，通古今之变，成一家之言”（《报任安书》）。司马相如和司马迁，一个是辞赋大家，一个是传记文学巨匠，他们处于文学创作的不同领域，却不约而同地提出了基本相同的主张，对作品都追求广大的容量、恢弘的气势，欣赏那种使人产生崇高感的巨丽之美。在大赋中，凡是能够写入作品的事物，都要囊括

包举，细大无遗，无远弗届。在史传文学中，天文地理、中土域外、经济文化等面面俱到，远至黄帝，近至当世，从帝王将相到市井细民，三教九流、诸子百家，各类人物纷至沓来。就是篇幅有限的郊祀歌，也具有兼容并包的性质。汉代文学的巨丽之美，体现的是对大一统帝国辉煌业绩的充分肯定，它的表现对象、领域和范围都达到了前所未有的广度。

汉王朝处于历史的上升期，其中有相当长一段时间是太平盛世。汉代文人生活在这个特定的历史阶段，普遍具有朝气蓬勃的进取精神，怀着强烈的建功立业的愿望。他们追求人生的不朽，希望能够青史留名。汉代文人贵于名行，为了实现自己的人生理想，他们可以忍辱负重，赴汤蹈火，甚至不惜牺牲自己的生命。正因为如此，汉代文学作品中贯穿着一种自强不息、积极向上的精神，保持着激扬高昂的格调。西汉盛世的作品自不必言，就是到了东汉王朝的衰落期，文人们念念不忘的依旧是建功立业，扬名后世。虽然从西汉末年开始，谨于去就的思潮有所抬头，甚至出现一批隐遁之士，并在文学中有所反映，但所占比重不大，不是主要潮流。“逮桓、灵之间，主荒政缪，国命委于阉寺，士子羞于为伍。故匹夫抗愤，处士横议，遂乃激扬名声，互相题拂，品核公卿，裁量执政，婞直之风，于斯行矣。”（《后汉书·党锢列传》）汉代文人积极的入世精神，好高尚义、轻死重气的品格，在汉末再一次放出异彩，并产生了许多愤世嫉俗、锋芒毕露的作品。

古代士人的宦达是和君主的权力联系在一起的，汉代文学在表现士人的进取精神时，把圣主贤臣的结合作为自己的理想，王褒的《圣主得贤臣颂》是这方面的代表作。士人的命运还和所处的时代、形势密切相关，汉代文学对历史机遇和个人命运的关系作了形象的展示和精辟的论述，《史记》及许多抒情赋在表现历史发展必然性和个人命运偶然性两者的关系方面有较大的深度。对于古代士人来说，在仕途上成功的少，失败的多，成功者固然有成功的喜悦，失败者难免有落魄的感慨。在抒发人生的失意和抑郁之情时，汉代文学也显示出历史上升期的特点。这些作品虽然表达了创作主体的幽怨和不满，但罕有悲观失望的没落情调。当然，随着时间的推移，汉代文人所感慨的内容也在发生着变化。在西汉昌盛时期，失意文人感叹生不逢时，董仲舒的《士不遇赋》、司马迁的《悲士不遇赋》，都是以“遇”和“不遇”为主题。而从西汉后期开始，文人的慨叹更多地集中在命运方面，正如扬雄所说“遇不遇命也”（《汉书·扬雄传》），由西汉昌盛期的重视外在情势、机遇，转到对自身命运的关注。到了东汉的衰落期，文人们则由功名未立而嗟叹生命的短促，《古诗十九首》中的一些作品就属于这种类型。

西汉朝廷是在秦朝灭亡之后，经历短暂的楚汉相争而建立起来的。批判秦朝的暴政，总结秦朝迅速灭亡的教训，对历史进行高屋建瓴的反思，是汉初文学的重要内容。从贾谊的政论、司马相如的《哀二世赋》，到司马迁的《史记》，都贯穿着对历史的批判精神。从武帝开始，思想界由对历史的批判转入本朝理论体系的构筑，与此相应，文学也由对历史的批判转入对现实的关注，歌功颂德、润色鸿业成为西汉盛世文学的主要使命，大赋是这种使命的得力承担者。从东汉开始，文学界的批判潮流再度涌动。从王充、王符等人的政论，到郦炎、赵壹、蔡邕、祢衡等人的诗赋，批判精神日益强烈。批判的对象包括神学目的论、谶纬宿命论、鬼神迷信、社会的黑暗腐朽，以及传统的价值观、人生观。汉代文学以历史的批判发轫，经由昌盛期的歌功颂德，最后又以对现实的批判而告终，完成了一次循环。不过，和前期的历史批判相比，后期对现实的批判更具有深度、广度和力度。

和汉代文学所走过的批判—赞颂—批判的发展道路相一致，汉代文人的地位也经历了一个从独立到依附、再到独立的演变过程。汉初的枚乘、庄忌、邹阳等人游食诸侯间，为大国上宾，他们来去自由，具有独立的人格，兼有文人和纵横家的品性。从武帝开始，朝廷对文人以倡畜之，侍从文人很大程度上为迎合天子的口味而创作。东汉时期被外戚招纳的幕僚文人，有时也要牺牲自己的人格为主人唱赞歌，他们和宫廷侍从文人一样，都是不自由的。这些依附于天子、外戚的作家，多数是文人兼学者的类型，王褒、扬雄、刘向父子、班彪父子都是如此。从西汉末年起，向慕人格独立的精神又在文人队伍中萌生，扬雄、班固、张衡等人自觉或不自觉地、程度不同地摆脱侍从文人、幕僚文人的依附性，努力按照自己的理想从事创作。东汉后期的赵壹、祢衡等人，任性使气，耿介孤傲，从他们身上可以更多地看到党人的影子。从汉初出处从容、高视阔步于诸侯王之间的枚乘、邹阳等人，到汉末赵壹、祢衡等近乎狂士的文人，汉代文人在经历了一段屈从、依附之后，又向个性独立回归，并且达到更高的层次。

汉代文学和先秦时期的楚地文学有很深的渊源关系，所以，汉代文学从一开始就具有浓郁的浪漫色彩。西汉时期的文人一方面对现实世界予以充分的肯定，另一方面又幻想到神仙世界去遨游，以分享那里的欢乐，许多作品出现了人神同游、人神同乐的画面，人间生活因和神灵世界沟通而显得富有生气。进入东汉以后，文学作品的浪漫色彩逐渐减弱，而理性精神日益增强。把司马相如、扬雄的辞赋和班固、张衡的同类作品相比，把《史记》和《汉书》相比，都可以看到浪漫和现实的差异。当然，东汉有些文学作品不乏奇幻的想象，甚至也有神灵出现，但从总体上看，东汉文学的浪漫气息远逊于西汉。道教的兴起和佛教的传入，并没有使东汉文学走向虚幻，相反，它按照自己的规律向前发展，作品的现实性得到进一步强化。在辞赋创作中，出现了像班彪的《北征赋》、班昭的《东征赋》、蔡邕的《述行赋》、赵壹的《刺世疾邪赋》等现实性很强的作品。文人诗歌创作也罕见虚幻成分，“感于哀乐，缘事而发”的乐府诗发展到顶峰。至于像王充《论衡》那类以“疾虚妄”为宗旨的政论，在东汉也问世了。

汉代文学的民间创作和文人创作都呈现兴旺的景象，二者相互促进，有力地推动了汉代文学的发展。民间创作和文人创作的互渗互动，在汉代诗歌中体现得尤为明显。两汉时期存在采诗制度，通过采集民间歌谣用以充实乐府的乐章，有时也用来考察政治上的得失及民风民俗。五言歌谣大量采入乐府，成为乐府歌辞。这种新的诗歌样式对文人有很大的吸引力，他们在自己的创作中有意地加以模仿，于是出现了文人的五言诗，流传下来的乐府诗中也有文人的作品。民间五言诗在文人五言诗的影响下，又日益走向成熟。除诗歌外，汉代史传文学也留下了民间创作和文人创作相融会的痕迹，《史记》《吴越春秋》都把许多民间传说写入书中，增加了这两部作品的传奇色彩。

## 第三节 汉代文学与经学的双向互动

作家群体中的经师儒士　铺张扬厉的文风和繁琐的解经习气　文学的重摹拟和经学的固守师法、家法　文学和经学的从繁到简　经学典故、章句与文学创作　经学著述的文学性

两汉是经学昌明的时代，自汉武帝罢黜百家、独尊儒术之后，经学博士相继设立，经学大师层出不穷，宗经成为有汉一代的社会风气。汉代文学和经学有着千丝万缕的联系，它们的交流是相互的，经学作用于文学，文学也影响经学，二者彼此渗透，双向互动，呈现出许多相似的特征。

西汉的学校教育是在武帝时期经公孙弘倡导后蓬勃发展起来的，朝廷置博士官，立太学，郡国置五经率史。成帝时太学弟子三千人，东汉后期太学生多达三万人。除官办学校外，遍布于各地的私学也大量招收学员。汉代经学教育为的是培养经师和各级官吏，并不期待就学人员成为作家，但其中相当一部分人具备了从事文学创作的能力。自公孙弘倡导经学教育之后，“公卿大夫士吏彬彬多文学之士矣”（《汉书·儒林传》）。汉代多数作家都受过经学教育，他们成为沟通文学和经学的重要媒介，汉代文学和经学的互渗互动，主要是通过

他们得以实现的。

汉代文学以铺张扬厉著称，无论是辞赋、诗歌还是散文，也不管是出自文人之手还是乐府民歌，都普遍存在这种倾向，从而形成汉代文学的唯美之潮。汉代文学对纷繁复杂的众多事物都怀着极大兴趣去描绘、去表现，而且漫无节制地铺陈扩展。进行罗列时不忌堆砌，不避重复，描写叙述过程中靡丽夸饰、多闳衍之辞，许多作品因此显得笨拙、呆板。和汉代文学铺张扬厉风气相映成趣的是汉代经学的繁琐解读习尚，一经说至百余万言，解释经书上的五个字要用二三万字。更有甚者，秦近君解释《尚书·尧典》标题两字之义，竟至十万言。汉代文学和经学在语言文字的运用上都是不厌其繁，多多益善，铺天盖地而来。这使得某些文学作品篇幅过长，如同辞典字书，令人不能卒读；经学也因其过于细碎繁琐、牵强附会而无可挽回地衰落下去。

汉代文学作品经常出现神仙世界的画面，人和神灵可以自由往来，许多作品都流露出长生不死的幻想。汉代文学具有浪漫性，汉代经学也带有很大的虚幻性。汉代经学以阴阳灾异解说时事政治，后来又一度兴起谶纬之学，“于是五经为外学，七纬为内学，遂成一代风气”[6]。五经之义皆以谶决，用图谶来附会人事。汉代经学在很大程度上已经神化，是建立在天人感应基础上的虚妄之学。汉代文学和经学思维机制有相通之处，都以想象沟通天和人，架起现实生活和彼岸神灵世界的桥梁。刘勰称纬书“无益经典而有助文章”（《文心雕龙·正纬》），这话有一定道理。汉代神秘化的经学为浪漫文学提供素材和动力，而神秘化的经学也借鉴了浪漫文学的精神和表现手法。

汉代文学重摹拟，缺少创造性，许多文人不但摹拟前代的作品，而且同时代的文人也相互模仿。这种摹拟有题材方面的，也有文体方面的，甚至具体的谋篇布局也多有雷同之处。流行于汉代的大赋、骚体赋、七体、九体、设辞等，都留下了前后蹈袭的痕迹[7]。汉代文人在摹拟他人作品过程中也有创新，但在整体格局上的因循守旧是显而易见的。汉代经学重承袭，前汉重师法，后汉重家法，都是强调传授先师之言。不依先师之言而断以己意，就会被视为轻侮道术，受到学界的谴责。汉代经学的传授方式造成墨守成规、抱残守缺的惰性，使人受到很大束缚。汉代文学的摹拟风气和经学注重师法家法的习气互为表里，本质是相同的。只有那些在经学上不守章句、不拘师法家法的博通之士，在文学创作上才真正有所建树；汉代有创造力的文人，确实也都突破了经学传授上陈陈相因的传统。

从总体上看，汉代文学经历了一个由繁到简的发展过程。作为大汉天声的辞赋，从东汉中期起，大赋呈现衰微趋势，代之而起的是抒情小赋。正统的史传文学作品也出现由繁到简的趋势。把《汉书》和《史记》相比，班固删去了司马迁许多精彩细致的叙述和描写，篇幅大为缩减。从文学样式上看，短小精练的五言诗从附庸变为“大国”，最终取代了辞赋的文坛霸主地位。汉代经学的演变和文学类似，从东汉初期起，经学界悄然兴起删繁就简之风[8]，为的是便于传授。有的是一删再删，解经文字大幅度精简，是对以往繁琐之风的有力矫正。

汉代经学与文学存在密切的关联，许多文人兼有作家和经师的双重角色。反映在文学创作上，由于受经学的沾溉浸润，许多文学作品带有经学因素，其中很重要的一种表现，就是频繁运用经学典故。这种引经据典的风气始于西汉初期，大盛于东汉，呈现的是愈演愈烈的趋势。但是，文学毕竟有别于经学，文学创作要取得成就，就必须超越经学的樊篱，尤其要摆脱章句之学的束缚。汉代许多著名的文人，都是因不事章句而创作出优秀的作品[9]。

汉代文学与经学的双向互动，使得有些著述兼有文学和经学的特征。韩婴的《韩诗外传》是解读《诗经》的讲义，其中许多历史传说和故事富有文学色彩。焦延寿的《易林》是推衍《周易》而成，采用四言诗的形式，共计四千多首，其中不乏诗意盎然的作品。扬雄的《法言》是模仿《论语》而作，在汉代议论文中别具一格。这类著述不是严格意义的文学作品，而是兼有文学和经学价值。

## 第四节　汉代文学样式的嬗革及分期

赋的多源性　辞赋的分工与合流　从《史记》到《吴越春秋》　四言诗的衰落　五、七言诗的孕育　汉代文学的分期

两汉是文学体裁发生重大变革的时代，许多重要的文学样式都在这个阶段孕育产生，形成丰富多彩的文学景观。

赋是汉代文学最具有代表性的样式，它介于诗歌和散文之间，韵散兼行，可以说是诗的散文化、散文的诗化。汉赋对诸种文体兼收并蓄，形成新的体制。它借鉴楚辞、战国纵横之文主客问答的形式、铺张恣肆的文风，又吸取先秦史传文学的叙事手法，并且往往将诗歌融入其中。仅从所采用的诗歌形式来看，既有传统的四言，又有新兴的五言和七言。汉赋的文体来源是多方面的，是一种综合型的文学样式，它巨大的容量和颇强的表现能力在很大程度上得益于此。枚乘的《七发》标志着新体赋的正式形成，司马相如的作品代表新体赋的最高成就。西汉后期新体赋的主要作家是扬雄。班固的《两都赋》、张衡

的《二京赋》，是东汉新体赋的两篇力作。同时，张衡的《归田赋》突破旧的传统，开创了抒情小赋的先河。

楚辞体作品的创作在汉代没有新的发展，许多作品在内容和形式上有意摹拟屈原的《离骚》《九章》，有些则只是袭取楚辞体的形式。西汉刘向曾编集屈原、宋玉的作品和汉人摹拟之作，署名《楚辞》。其中被收录作品的汉代作家有贾谊、淮南小山、东方朔、严忌、王褒、刘向。东汉王逸作《楚辞章句》，又附加了自己的《九思》。除此之外，扬雄、冯衍、蔡邕、赵壹等人也有楚辞体作品传世。汉代盛行解读楚辞的风气，许多文人对屈原一往情深[10]，因此，许多楚辞类作品都依傍于屈原，和新体赋形成了大体明确的分工：新体赋主要用于正面的赞颂讽喻，而楚辞类作品重在咏物抒情，而且抒发的多是抑郁之情，格调和《离骚》相近。在发展过程中，楚辞类作品逐渐与新体赋合流，总称为辞赋，楚辞类作品称为骚体赋，有时也以赋命名，贾谊的《吊屈原赋》即是其例。

两汉叙事散文在文体上有较大发展。司马迁的《史记》以人物为中心来反映历史，创立了纪传体史书的新样式，也开辟了传记文学的新纪元。《汉书》继承《史记》的体例，并且使之更加完善。《吴越春秋》则进一步强化史传作品的文学性，是历史演义小说的滥觞。东汉时期大量出现的碑文，是品核人物风气推动下走向成熟的新文体。至于马第伯的《封禅仪记》，可视为现存最早的较为完整的游记。汉代政论文承先秦诸子散文的余绪，在形式上没有大的突破。以主客问答形式构制的设辞类作品，在风格上和赋相近，后人往往把它归入赋类。

先秦的主要诗歌样式是四言，这种体裁在汉代继续沿用，但已不再居于主导地位。《诗经》在西汉成为五经之一，它的这种经学地位的确立，反倒成为四言诗衰落的重要原因之一。西汉四言诗主要有韦孟的《谏诗》《在邹诗》，其五世孙韦贤的《自劾诗》。东汉四言诗的代表作品是傅毅的《迪志诗》。这些四言诗均以追溯家族的辉煌历史为主，反映的是经学理念和主流意识形态。《诗经》崇高地位的确立，使得四言诗这种体式带有神圣的性质，文人的言志抒怀不再轻易运用这种诗体。四言诗句主要见于辞赋、碑铭、传记作品中，起着总结和裁断的作用，实际上成为这些作品的附庸，不具有独立自主的地位。只是到了经学衰落的汉末建安时期，四言诗才再次放射出光彩。

汉代产生了新的诗歌样式——五言诗。这种诗体西汉时期多见于歌谣和乐府诗，在东汉开始大量出现文人五言诗，班固、张衡、秦嘉、蔡邕等人对五言诗的发展起了积极的推动作用，都有这类作品流传下来。东汉的五言诗已经成熟，叙事诗有《孔雀东南飞》这样的长篇巨制，《古诗十九首》则是五言抒情诗的典范，乐府诗也有许多五言名篇。

西汉时期，七言句子大量出现在镜铭、识字课本等载体中，有的已是标准的七言诗句。汉代辞赋中往往掺杂七言诗句或七言段落，有些已可视为首尾完整的七言诗[11]。附属于汉赋的七言诗通常是句句用韵，反映了早期七言诗的特点，后来曹丕的《燕歌行》采用的就是这种诗体。

汉代文学的发展，大体可划分为四个时期。

自高祖至景帝，是汉代文学的初创期。多种文体基本上沿袭战国文学的余绪，同时又有新的因素萌生，出现了像《七发》那样为汉赋体制奠定基础的作品。汉初政论受战国说辞和辞赋的影响，大多气势磅礴，感情激切。楚声诗歌广为传播，并且用于宫廷祭祀，成为庙堂之曲。这个时期的代表作家是贾谊和枚乘，他们的辞赋和政论都有较高的成就。

从武帝至宣帝，是两汉文学的全盛期。代表汉代文学最高成就的新体赋在此期间定型、成熟，出现了以司马相如为首的一大批辞赋作家。史传文学也发展到高峰，不朽的传记文学名著《史记》由司马迁撰写完毕。武帝罢黜百家，独尊儒术，思想逐渐定于一尊。因此，政论散文也由越世高谈转为本经立义，在风格上向深广宏富、醇厚典重方面发展。乐府的强化，使大量民歌被采集、记录下来，宫廷文人也竞相创作乐府诗。

从元帝到东汉和帝，是两汉文学的中兴期。辞赋创作掀起第二次高潮，相继涌现出扬雄、班固等著名的辞赋作家。班固的《汉书》在此期间问世，成为继《史记》之后又一部重要的传记文学作品。由于经学的日益深入人心，文坛的摹拟风气日趋严重。王充的《论衡》却以其“疾虚妄”的批判精神，和当时陈陈相因的不良倾向形成鲜明的对照。

从安帝到灵帝是汉王朝由盛转衰的时期，也是汉代文学的转变期。张衡集中体现了汉代文学的历史转变，从他开始，抒情短赋陆续出现，京都大赋也发展到顶点。赵壹、蔡邕、祢衡等人的辞赋更加贴近现实，批判精神很强。五言古诗进入成熟阶段，《古诗十九首》代表了文人五言诗的最高成就。作家在诗文中对人的生命、命运及价值的重新发现、思索和追求，诗文的日趋整饬华美，预示着一个文学自觉时代的即将到来。

## 注 释

〔1〕严可均辑《全上古三代秦汉三国六朝文·全秦文》仅一卷，绝大多数为李斯的奏疏和刻石文。逯钦立《先秦汉魏晋南北朝诗》仅录秦始皇时民歌一首，即《长城谣》。

〔2〕关于秦刻石文的论述，可参阅公木的《李斯秦刻石铭文解说》，原载《吉林大学学

报》1978年第1期，后收入张松如主编《先秦诗歌史论》，吉林教育出版社1995年版，第403~416页。

〔3〕汉代贵族妇女诵读《楚辞》，事见《后汉书》卷十《皇后纪》："明德马皇后讳某，伏波将军援之小女也。……能诵《易》，好读《春秋》《楚辞》，尤善《周官》、董仲舒书。"卷五十五《章帝八王传》："帝所生母左姬，字小娥。……小娥善史书，喜辞赋。"（《后汉书》，中华书局1973年版，第407~409页、第1803页）

〔4〕东汉继续以文取士，《后汉书》卷八十《文苑列传》多有记载。杜笃因诔辞典雅而免刑受赏，刘毅、傅毅、李尤献文上赋而被朝廷录用（《后汉书》，中华书局1973年版，第2595、2613、2616页）。

〔5〕关于鸿都门学，见于《后汉书》的有如下记载。卷六十《蔡邕列传》："初，帝好学，自造《皇羲篇》五十章，因引诸生能为文赋者。本颇以经学相招，后诸为尺牍及工书鸟篆者，皆加引召，遂至数十人。侍中祭酒乐松、贾护，多引无行趣势之徒，并待制鸿都门下，喜陈方俗闾里小事，帝甚悦之，待以不次之位。""光和元年，遂置鸿都门学，画孔子七十二弟子像。其诸生皆敕州郡三公举用辟召，或出为刺史、太守，入为尚书、侍中，乃有封侯赐爵者，士君子皆耻与为列焉。"卷七十七《酷吏列传》："阳球……奏罢鸿都文学，曰：'伏承有诏敕中尚方为鸿都文学乐松、江览等三十二人图像立赞，以劝学者。……案松、览等皆出于微蔑，斗筲小人，依凭世戚，附托权豪，俯眉承睫，徼进明时。或献赋一篇，或鸟篆盈简，而位升郎中，形图丹青。亦有笔不点牍，辞不辩心，假手请字，妖伪百品，莫不被蒙殊恩，蝉蜕滓浊。是以有识掩口，天下嗟叹。臣闻图象之设，以昭劝戒，欲令人君动鉴得失。未闻竖子小人，诈作文颂，而可妄窃天官，垂象图素者也。今太学、东观足以宣明圣化。愿罢鸿都之选，以消天下之谤。'"（《后汉书》，中华书局1973年版，第1991、1998、2499页）

〔6〕皮锡瑞《经学历史》，中华书局1981年版，第109页。七纬，即《诗》《书》《礼》《乐》《易》《春秋》《孝经》七经之纬。

〔7〕周勋初《王充与两汉文风》一文对汉代文学摹拟之风与经学的关系有深入论述，并附列增订后的《两汉摹拟作品一览表》（见《古代文学理论研究》第二辑，上海古籍出版社1980年版，第122~140页）。

〔8〕东汉经学出现由繁入简趋势，《后汉书》多有记载，略举如下：卷三十二《樊宏列传》："（樊）儵删定《公羊严氏春秋》章句，世号樊侯学，教授门徒前后三千余人。"卷三十六《张霸列传》："（张）霸以樊儵删《严氏春秋》犹多繁辞，乃减定为二十万言，更名张氏学。"卷三十七《桓荣列传》："初，（桓）荣受朱普学章句四十万言，浮辞繁长，多过其实。及荣入授显宗，减为二十三万言。（桓）郁复删省定成十二万言，由是有《桓君大小太常章句》。"卷七十九《儒林列传》："伏恭，字叔齐，琅邪东武人。……初，父黯章句繁多，恭乃省减浮辞，定为二十万言。""锺兴，字次文，河南汝阳人也。……光武召见，问以经义，应对甚明。帝善之，拜郎中，稍迁左中郎将。诏令定《春秋》章句，去其复重，以授皇太子。"（《后汉书》，中华书局1973年版，第1125、1242、1256、2571、2579页）

〔9〕汉代许多文人不事章句。略举例如下：《汉书》卷八十七《扬雄传》："雄少而好学，不为章句，训诂通而已，博览无所不见。"（《汉书》，中华书局 1975 年版，第 3514 页）《后汉书》有如下记载：卷二十八《桓谭冯衍列传》："桓谭字君山，沛国相人也。……博学多通，遍习五经，皆训诂大义，不为章句。能文章，尤好古学，数从刘歆、扬雄辨析异疑。"卷四十《班彪列传》："（班）固字孟坚，年九岁，能属文诵诗赋，及长，遂博贯载籍，九流百家之言，无不穷究。所学无常师，不为章句，举大义而已。"卷四十九《王充王符仲长统列传》："王充字仲任，会稽上虞人也。……后到京师，受业太学，师事扶风班彪。好博览而不守章句。"（《后汉书》，中华书局 1973 年版，第 955、1330、1629 页）

〔10〕汉代许多文人情系屈原，略举事例如下：《史记·屈原贾生列传》："太史公曰：'余读《离骚》《天问》《招魂》《哀郢》，悲其志。适长沙，观屈原所自沉渊，未尝不垂涕，想见其为人。""贾生即辞，往行，闻长沙卑湿，自以寿不得长。又以适去，意不自得。及渡湘水，为赋以吊屈原。"（《史记》，中华书局 1959 年版，第 2503、2492 页）《汉书·扬雄传》："（扬雄）又怪屈原文过相如，至不容，作《离骚》，自投江而死，悲其文，读之未尝不流涕也。……乃作书，往往摭《离骚》文而反之，自岷山投诸江流以吊屈原，名曰《反离骚》；又旁《离骚》作重一篇，名曰《广骚》。又旁《惜诵》以下至《怀沙》一卷，名曰《畔牢愁》。"（《汉书》，中华书局 1975 年版，第 3515 页）《后汉书·梁统列传》："（梁）竦……后坐兄松事，与弟恭俱徙九真。既徂南土，历江、湖，济沅、湘，感悼子胥、屈原以非辜沉身，乃作《悼骚赋》，系玄石而沉之。"卷四八《应奉列传》："及党事起，（应）奉乃慨然以疾自退。追愍屈原，因以自伤，著《感骚》三十篇，数万言。"卷六四《延笃列传》："（延笃）后遭党事禁锢，永康元年，卒于家。乡里图其形于屈原之庙。"（《后汉书》，中华书局 1973 年版，第 1170、1609、2108 页）

〔11〕以七言诗融入汉赋者，主要有班固的《竹扇赋》、张衡的《思玄赋》、马融的《长笛赋》、王延寿的《梦赋》，分别见于费振刚、胡双宝、宗明华辑校《全汉赋》，北京大学出版社 1993 年版，第 352、398、498、534 页。其中班固的《竹扇赋》所存部分纯为七言句。

# 第一章　秦及西汉散文

从秦到西汉是中国古代散文诸体渐趋完备的时期[1]。秦代由于时间短暂，在文学上的建树很少，可以称述者，只有在统一六国之前由秦相吕不韦招集门客编成的《吕氏春秋》和李斯的《谏逐客书》，前者文风畅达，后者辞采华美。秦统一后出自李斯之手的泰山等地刻石为我国最早的碑文体。汉兴以后，陆贾、贾谊、刘安诸人总结前代历史教训和诸子百家之说，其文铺张扬厉，纵横捭阖，犹有战国遗风。董仲舒的策对和刘向的奏议叙录以如何巩固中央集权制为讨论重点，雍容典重，宏博深奥，形成汉代议论文的主导风格。西汉叙事散文也出现前所未有的新气象。除了司马迁的《史记》之外，还有一批题材比较集中的叙事散文集，属于专题性叙事散文。西汉的抒情散文，主要见于书信。

## 第一节　《吕氏春秋》

成书过程及体例　　平实畅达的文风　　丰富多彩的寓言

《吕氏春秋》是秦相吕不韦（？—前235）招集门客辑合百家九流之说编写而成的[2]，成书年代在公元前239年左右[3]。关于《吕氏春秋》的成书过程，据《史记·吕不韦列传》所记，当战国之时，魏有信陵君，楚有春申君，赵有平原君，齐有孟尝君，都以喜养宾客名闻天下。吕不韦时为秦相，觉得以秦国之强而自己不如四公子是一种羞耻，就大招门客厚待之，养士至三千人。吕不韦让他的门客把各自的见识写下来，集论而为《吕氏春秋》，并把它公布于咸阳市门，诸侯游士宾客有能增损一字者即赏给千金。

《吕氏春秋》既为吕不韦众门客集体编成，内容自然不免驳杂，所以《汉书·艺文志》把它列为“杂家”。在该书所取的各家学说中，道家、儒家、阴阳家思想更多些，因而有的人说它是新道家，有的人说它是新儒家，还有的人说它的指导思想是阴阳家[4]。但是它与纯粹的儒道阴阳各家学说都有不同，在杂取各家为己所用的过程中，也对各家学说进行了改造，从而构成自己的理论体系。《吕氏春秋》预示了在秦汉大一统王朝即将出现之际，诸子百家思想逐渐从分到合，朝着为封建大一统建构理论的方向演变。

《吕氏春秋》有严密的体系，全书分十二纪，每纪5篇；八览，每览8篇；六论，每论6篇。再加一篇序文，共161篇（今存160篇）。全书条分理顺，篇章划分十分整齐，从结构上就把它组合成了一个所谓“法天地”的完整体系。十二纪按照一年十二个月的顺序排列，是时间的纵向流程，古人认为季节的推移源于天的作用。八览是由八方、八极等观念而来，是空间的横向划分，来自地理范畴。至于六论，则是由六亲、六义等人间事象脱胎而来。

《吕氏春秋》是一部产生于战国晚期的理论著作，出于众人之手，风格不完全统一。但是其中有些文章精练短小，文风平实畅达，用事说理颇为生动，仍然可以称得上是优秀的文学散文。如《重己》篇讲自己的生命如何重要，先从人不爱倕之指而爱己之指、人不爱昆山之玉而爱己之玉说起，层层深入，语言朴素恳切。《贵公》篇讲“圣人之治天下也，必先公”的道理，先提出论点，再以荆人遗弓、桓公问管仲等具体事例说明，叙述生动明快。

《吕氏春秋》在文学上的另一个突出成就是创作了丰富多彩的寓言。据初步统计，全书中的寓言故事共有二百多则。这些寓言大都是化用中国古代的神话、传说、故事而来，还有些是作者自己的创造，在中国寓言史上具有相当重要的地位。《吕氏春秋》在寓言的创作和运用上很有自己的特色，往往先提出论点，然后引述一至几个寓言来进行论证。如《当务》篇先提出“辨”“信”“勇”“法”四者不当的危害，然后就连用“盗亦有道”“楚有直躬者”“齐人之勇”和“太史据法”四个寓言来说明道理。《察今》篇为了说明“因时变法”的主张，后面也连用“荆人涉雍”“刻舟求剑”和“引婴儿投江”三个寓言。该书的寓言生动简练，中心突出，结尾处往往点明寓意，一语破的。

《吕氏春秋》除个别篇目外，各篇字数大体相当。编纂者对各单元及每篇文章均有字数的规定，体现出众人编书的特点。这种规定使得全书结构匀称，给人以整齐之感。但是，具体到某些篇目，由于受字数的限制而无法充分展开，对问题的论述不够深入系统。另外，全书划分为160个专题、分类繁多，不同板块的篇目之间往往出现重复。

## 第二节　李斯的散文

辞采繁富的《谏逐客书》　　体制独特的刻石文

在中华民族的历史上，秦始皇统一中国的赫赫武功很难有几个封建帝王可以与之相比。可是，这位在政治上具有雄图大略的一代开国君主，在文学上却没有做出成绩。相反，他推行严酷的文化专制政策，焚书坑儒，彻底毁灭了这个时代的文学激情，抹掉了这个时代的诗性光彩。流传下来的长城歌谣悲伤凄婉[5]，为后世创作孟姜女哭长城这样批判秦始皇暴政的故事提供了历史素材。

秦代唯一可以称为作家的人物是李斯（？—前208）[6]，他的主要作品是作于秦王政十年（前237）的《谏逐客书》。他是战国末楚国上蔡人，游说秦国献统一之计，拜为客卿。适值韩国苦于秦国征伐，乃使水工郑国说服秦国开凿水渠，企图耗费秦国人力而不能攻韩。事被发觉，秦国的宗室大臣认为，那些外来人大抵都是各诸侯国派来游说和充当间谍的，建议秦王把一切来自其他诸侯国的客卿都驱逐出境，李斯也在被逐之列，因此他写了这封信上书秦王。文章先叙述秦自穆公以来皆以客致强的历史，说明秦若无客的辅助则未必强大的道理；然后列举各种女乐珠玉虽非秦地所产却被喜爱的事实作比，说明秦王不应该重物而轻人：

> 今陛下致昆山之玉，有随和之宝，垂明月之珠，服太阿之剑，乘纤离之马，建翠凤之旗，树灵鼍之鼓。此数宝者，秦不生一焉，而陛下说之，何也？必秦国之所生然后可，则是夜光之璧不饰朝廷，犀象之器不为玩好，郑卫之女不充后宫，而骏良駃騠不实外厩，江南金锡不为用，西蜀丹青不为采。所以饰后宫、充下陈、娱心意、悦耳目者，必出于秦然后可，则是宛珠之簪、傅玑之珥、阿缟之衣、锦绣之饰不进于前，而随俗雅化、佳冶窈窕赵女不立于侧也。

李斯身为法家人物，行文却辩丽可观。此文辞采华美，排比铺张，音节流畅，理气充足，挟战国纵横说辞之风，兼具汉代辞赋之丽。末尾作结，指出秦人“逐客以资敌国，损民以益雠”的危害，有极强的理论说服力和艺术感染力。《谏逐客书》最精彩的是中间一段，语辞泛滥，意杂诙嘲，语奇字重，兔起鹘落，可谓骈体之祖。李斯虽为羁旅之臣，然其抗言陈词，有一种不可抑制的气势，成为后世奏疏的楷模。

秦始皇统一中国之后，曾多次巡游各地并刻石表功。现存刻石文共有7篇[7]，这些刻石文大都出自李斯之手，以四字为句的韵文写成。其中除琅邪台刻石文为两句一韵外，其余峄山刻石文等6篇皆三句一韵，文辞整饬简洁，读来朗朗上口，是秦文学的独创。

从总体上看，秦刻石文都写得气魄雄伟，文字典雅，以浑朴为体，然而，各篇铭文又各具特色。《泰山刻石》其词庄严，其体精深硕大；《之罘刻石》

《东观刻石》《碣石刻石》或颖锐，或收敛，变化多端，而且都写得短小精悍。《琅邪台刻石》则铺张扬厉，囊括并吞之气，震荡于文字中间。《会稽刻石》亦篇幅较长，其中考验事实，称颂秦政，所言尤详，全文清峻为体，前后对比鲜明。刻石文的体制上承西周雅、颂及秦统一前的《石鼓文》，但又有所变化和创造。李斯在很大程度上改变了以往颂赞体作品雍容华贵的风格，而贯以法家辞气。秦刻石文堪称碑铭之祖，汉魏碑铭，莫不被其遗则。

## 第三节　贾谊的政论文

从陆贾到贾谊　　《过秦论》的战国策士遗风　　从贾谊到晁错

秦王朝虽然在文学上没有取得大的成就，政治上的失败却给西汉初年的思想家提出了一系列发人深思的课题，也使那些才华横溢的汉初文人有了发挥其聪明才智的广阔天地。先是陆贾，早在刘邦称帝之初就在其面前时时称说诗书，并著文12篇纵论秦所以失天下、汉所以得天下和古代帝王的兴衰成败之理，号为《新语》[8]。陆贾亲眼目睹秦朝的灭亡，书中反复批判秦朝的弊政，分别见于《道基》《辅政》《辩惑》等篇目。以秦为鉴，是西汉初期议论文的重要宗旨，《新语》开风气之先。这是一部针对性很强的务实之作，重视它的现实功用，对于当时的厚古薄今，求仙风气、隐逸避世等多有批判，《术事》《慎微》是这方面的代表篇目。这部著作对《诗经》《春秋》《论语》等儒家经典多有援引，秉持的是重德慎刑的治国理念。

《新语》多次援引《诗经》，在文体上带有诗的属性，押韵的段落甚多。除四言句外，还有三言、五言。用韵语议论，继承的是《老子》《文子》等先秦典籍的传统。《新语》往往采用排比、对照、句型变换等手法，有的篇目铺张扬厉，有战国策士之文的遗风。

洛阳才子贾谊（前200—前168），把汉代政论体散文的创作推向一个新的高度[9]。《汉书·艺文志》记载贾谊散文共58篇，收录于《新书》。其作品大体可分为三类，一类是专题政论文，如《过秦论》；一类是就具体问题所写的疏牍文，如《陈政事疏》；还有一些是杂论。

战国策士的语言特点是纵横捭阖，善于夸张和渲染，以气势征服人。贾谊带着浓郁的战国策士遗风，善于把秦王朝大起大落的历史情势，内化为作品的气势，其具体做法就是通过鲜明的对比，造成巨大的感情落差，这以《过秦论》最为典型。

一是把秦朝兴盛期的天下无敌和灭亡时的不堪一击相对照。秦朝兴盛自秦孝公始经历七君百余年，而它的灭亡却只需几个月的时间，今昔形势悬殊。贾谊在叙述秦国的兴盛时长辔远驭，从容按节；而在描写秦朝灭亡时则如机发矢直，急促挥翰。这种对比还有力量方面的渲染，秦国强盛时有雷霆万钧之力，摧枯拉朽之功；而它的灭亡却似土崩瓦解，风吹叶落。顺应这种历史情势，贾谊的笔调始则如大鹏展翅，扶摇直上，终则似飞雕遇箭，顿坠云霄。

二是把秦始皇子孙万代为天子的愿望和秦朝三主而亡的历史事实相对照。《过秦论》写道："秦王之心，自以为关中之固，金城千里，子孙帝王万世之业也。"秦始皇的愿望是出自本能，发自内心，是非常真诚的。然而，秦朝传到二世就危机四伏，子婴只当了四十六天皇帝秦朝就灭亡了，这和秦始皇最初的愿望相比，何其悬殊！

三是把陈胜的起义军和六国诸侯进行对比。《过秦论》在叙述秦国与六国诸侯争锋的形势时，极力渲染战国四公子的尊贤重士、六国谋士和战将的众多以及兵力的充足，而对于陈涉起义军，则大肆突出陈涉出身的低贱、才能的平庸，以及部队成员素质的低劣、武器的匮乏，根本无法和六国诸侯相比。历史仿佛是在和人开玩笑。强大的六国被秦国灭掉，陈涉率领九百戍卒首先发难，却迅速把大一统的秦王朝推翻。同是雍州之地，面对六国诸侯则固若金汤，面对豪杰并起却脆如鸡卵。

贾谊在总结秦朝灭亡的历史教训时，找到了自身的才情与历史形势的契合点，成功地运用多侧面对比的手法，使作品的体势随着心律的搏动、历史形势的迅速巨变而大起大落。他不是单纯地发思古之幽情，而是以古鉴今，密切联系现实政治，表现出强烈的忧患意识和对现实的积极参与精神。

贾谊针对现实所写的政论文，其浩荡的气势主要来自两个方面：一是以数量取胜，二是以感情相驱动。

先看以数量取胜。贾谊《陈政事疏》称："臣窃惟事势，可为痛哭者一，可为流涕者二，可为长太息者六。"他把这九件令人伤心的军国大事逐一罗列，详加陈述，文字量很大，整个上疏所包含的信息既丰富又密集，形成一条水量充沛的语言符号的长河。

再看由感情驱动所造成的气势。贾谊有深重的忧患意识和积极参与现实的精神，二者相结合就形成作品情深意切的特点，使作品具有很强的内在张力。如果说条目和文字数量的众多形成水量充沛的语言符号的长河，那么，源于情深意切的内在张力则使这条长河汹涌澎湃，奔腾不息。贾谊在上疏陈政事时是在痛哭，在流涕，在叹息。由这种心境而生成的话语，不是轻描淡写，而是危言耸听；不是从容舒缓，而是迫不及待。

贾谊作为汉初的重要作家，他的政论文确实做到了古今交融，把前代和本朝相贯通，在观察兴衰之理的过程中流露出深沉而悠长的历史沧桑感。贾谊有政治家的热情，而缺少历史学家的冷静；有诗人的气质，而不像哲学家那样耽于玄想。贾谊政论文的艺术价值，恰恰来自他迸发出的政治热情和诗人的浪漫想象。

晁错（前200—前154）是贾谊之后影响较大的政论散文家[10]。《汉书·艺文志》法家类著录其文31篇，今存比较完整的有8篇，以《论贵粟疏》为代表。

《论贵粟疏》是继贾谊《论积贮疏》后写给文帝的一篇奏疏，文章的中心是阐述重农贵粟、强本抑末的主张。文章一开始，通过古今对比，说明“务农于桑，薄赋敛，广蓄积”的重要性；接着，将粟米布帛与珠玉金银的价值和作用加以对比，说明应该“贵五谷而贱金玉”；最后将农民的勤苦贫困生活与商贾的富裕得势加以对比，说明应该采取措施抑制商人，防止他们兼并农民。通过以上三层的对比分析，把重农、贵粟、抑商三方面的意思阐述得很深透。晁错的文章善于从历史事实、当前情况、各种利弊得失等方面作具体分析，立论精辟而切于实际，文风简洁明快，有商鞅、韩非的遗风。其不足之处是略乏文采。

## 第四节　《淮南子》及其他散文

《淮南子》的铺张扬厉和浪漫风格　　董仲舒、刘向的策对叙录　　西汉的专题叙事散文集

西汉散文丰富多彩，除贾谊、晁错的政论外，还有许多重要作家作品。首先要提到的是《淮南子》。此书是汉代皇室贵族淮南王刘安（前179？—前122）招致门客编成[11]，共21篇，十几万字，是西汉一部大著述。东汉高诱说此书“其旨近老子，淡泊无为，蹈虚守静，出入经道”[12]，大体不差。

作为一部理论著作，《淮南子》的论说博奥深宏，无所不包，有一套完整的思想体系。但它并非一部抽象论道之书，而是多用历史、神话、传说来明事说理，具有很强的文学色彩。如《原道训》广引禹、舜、共工等历史传说和神话故事，来阐明失道而亡、得道而昌之理；《览冥训》则引用“女娲补天”等十几个神话、传说和历史故事，来说明览观幽冥变化的道理，文风新异。

《汉书·艺文志》著录淮南王赋82篇，淮南王群臣赋44篇。淮南王刘安及其门客既著书立说，又创作辞赋，由此而来，《淮南子》一书许多篇章采用

的是辞赋写法，是以描写和叙述的方式论说事理。如《原道训》对于道的描绘、《本经训》对于享乐场面的渲染、《修务训》对于歌舞及杂技表演的展示，以及《地形训》对八方地理景观的显现、《齐俗训》对各地风俗的叙述，都可以和同时期的辞赋相互印证，有的段落是典型的新体赋。

汉大赋的特点是铺张扬厉，追求巨丽之美。《淮南子》一书同样如此。《汉书·河间献王传》称："淮南王好书，所招致率多浮辩。"淮南王刘安及其门客保留战国策士的遗风，因此，《淮南子》一书带有纵横家说辞的特点，铺陈夸饰，滔滔不绝，有时为了说明某个道理，往往广征博引，反复论证。书中排比句式极多，并且灵活多变，有长句，有短句，有单句，也有复句。多样化的排比句式，形成铺张扬厉的风格，造成波澜壮阔的气势。

《淮南子》一书具有明显的道家倾向，淮南王刘安曾经为《离骚》作传，再加上淮南又是先秦道家和楚文化影响很深的地区，因此，《淮南子》一书带有鲜明的浪漫色彩，许多篇章所出现的艺术境界与《庄子》和《离骚》相似。如《原道训》对冯夷、大丙之御的描写和对恬然无思之人的刻画，《览冥训》对女娲功成名就之后遨游天地的展示，都是极富浪漫色彩的段落，具有超现实性和神秘性。刘熙载称《淮南子》一书"意出尘外，怪生笔端""寓直于诞，寓实于玄"[13]，指的就是它和《庄子》、屈骚的关系。

董仲舒（前179—前104）的阴阳灾异思想和逻辑严密、雍容儒雅的文风[14]，对西汉后期的说理散文创作影响甚大。董仲舒"为群儒首"，对推尊儒术尤其是今文经学贡献很大。其主要的说理散文作品，除《春秋繁露》外，《汉书》本传还载有他作于武帝初年的《天人三策》。这三篇作品行文逻辑严密，环环相扣，联类引证，儒雅雍容，已经没有了汉初说理散文的纵横排宕之气。董仲舒的其他文章则缺乏文学性，除散见于《汉书》中的几篇奏疏外，《春秋繁露》一书的大多数篇章都比较艰涩枯燥。

刘向（前79—前8）是西汉后期一位重要的经学家、目录学家，也是一位很有成就的散文家[15]，一生有著作多种。刘向的说理散文，继承董仲舒并在引经据典方面有所发展。例如《条灾异封事》，广引《诗经》《周易》《论语》等经典，推衍《春秋》灾异之旨，建议黜奸选贤，论证以人和致天和的思想。还有《极谏用外戚封事》建议罢黜外戚王氏，《谏营昌陵疏》主张薄葬等，都具有征经据典的显著特征。此类奏疏文的共同特点是结构严谨，逻辑清晰，往往先以正论开篇，继之以反证，然后总结所提出的观点，最后结合时事以证之。《新序》10卷和《说苑》20卷是刘向说理散文的代表作，二书都是采集群书中的逸闻轶事按照以类相从的原则编纂而成，寓含劝诫训教之意。它上承《韩非子》的《内储说》《外储说》《说林》之体，下开六朝《世说新语》类小说的先河。这两部书都把各种传说故事置于政论的框架中，看似政论文体，实则以叙事为主，其中很多篇章类似后来的小说[16]，在刘向散文中最具文学价值。

刘向在中国古代典籍的整理编辑方面曾作出过突出贡献。每校毕一书，他都编目记录，还为许多书写了书录，这其中有些就是很好的文学散文。如《战国策书录》，不但详细介绍该书的编校过程、书名的由来，而且还描述春秋战国之际的政治变化，纵横策士游说诸侯局面的形成，以及当时错综复杂的历史。叙事中杂有议论说理，见解深刻，语言简洁，文笔生动。虽不及贾谊的《过秦论》雄峻，然从容浑厚，贯以劲气，似无意为文而自能尽意。《管子书录》重点讲述管子的人格志向和事业成就，一个古代优秀政治家的形象呼之欲出。《孙卿书录》则重点介绍孙卿游学各地的经过，在高度赞誉其学问成就的同时又慨叹诸侯不能用其人，人主不能用其说，言词痛切，感情深沉。

西汉是中国古代政论散文继先秦之后的又一个繁荣期，除上文所述之外，还有许多著名的作家作品，如桓宽的《盐铁论》、扬雄的《法言》等。西汉时期还陆续出现一批叙事散文集，这类作品在选材上比较集中，可称为专题性叙事散文。

《孔丛子》是孔子后裔孔鲋所作[17]，是一部叙述孔氏家族事迹的作品，带有家族传记的性质。从孔子到孔鲋共九代，《孔丛子》设立专章加以叙述的依次是孔子、子思、子高、子顺、子鱼，共五代人。该书在总体布局上精心调遣，选择孔氏家族最有影响的几位人物作为叙述对象，主要突出孔子、子思的崇高地位。

《孔丛子》虽然总体上按照时间顺序展开，但具体到每位叙述对象，又分门别类地进行，是早期家族传记特有的形态。

《孔丛子》叙述孔氏家族五代人的事迹，由于他们所处历史阶段的不同，所展示的风貌也存在差异。孔子、子思是典型的儒者风范，从子高开始，他们身上已经出现战国士人的习尚，有的近乎辩士，有的像纵横家。

刘向的《列女传》是西汉后期的一部叙事散文集[18]，选择的都是以女性为主角的历史传说和故事。这部书共分七个栏目，每个栏目收录的是同一类型的角色，遵循的是以类相从的原则。前六个栏目叙述对象是正面角色，最后一个栏目是负面角色。

《列女传》各篇独立成文，讲述一个完整的故事，并且有固定的模式。全书前面有小序，用四言诗句写成，对各个栏目分别加以概括。单独成篇的传说故事末尾，援引《诗经》的句子加以总结，最后是刘向用四言诗写的颂，对前文进行复述或作评论。

《列女传》多取材于先秦典籍，也有民间传说被纳入其中，不少篇目具有传奇色彩，人物的形貌描写有时采用夸张笔法。

刘向编纂《列女传》为的是讽谏后宫，从中可以看出他的女性观。刘向推崇贤妻良母，褒扬贞顺节义，同时又欣赏智慧辨通，书中还贯穿丑女兴邦和美女亡国的理念。

《列仙传》是刘向编辑的一部仙话集，[19]收录从传说的神农、黄帝时代到西汉后期的仙话，共 70 则。他把这些仙话结集成书时，有文字上的润色和修改。

《列仙传》是以早期历史为背景的仙话，叙事简略，其主角往往有官职。以汉代为背景的仙话多数篇幅较长，主角多是平民百姓。早期仙人多为自己修炼的结果，后期仙人则往往借助外力实现。

《列仙传》记载的仙人主要有三种类型：举体飞升的天仙、长生不死的地仙、虽死而未亡的尸解仙，他们的成仙往往与自身从事的职业有关。刘向在书末叙述编辑《列仙传》的缘由，他对仙人的有无持半信半疑的态度。

《列仙传》的文本形态与《列女传》相似，每则仙话后面有一首四言八句的诗，用以复述前文或发表评论。

刘向还编辑《晏子春秋》[20]，是关于春秋时期齐国晏婴的故事集。西汉专题性叙事散文集的系列推出，刘向有巨大贡献。

以剖白个人思想心迹为主的书信体散文，如邹阳的《狱中上梁王书》、枚乘的《谏吴王书》、司马迁的《报任安书》、杨恽的《报孙会宗书》等，或痛陈事理，或自抒怨愤，或嬉笑怒骂，叙事抒情均富有感染力，成为汉代散文史上一枝旁逸斜出的奇葩。

## 注 释

〔1〕汉代是中国散文文体兼备期。按刘勰《文心雕龙》文体论所列文体，如颂赞、祝盟、铭箴、诔碑、哀吊、杂文、谐隐、史传、诸子、论说、诏策、檄移、封禅、章表、奏启、议对、书记等，在汉代已基本全备。后世的文章选本和文体论著作，对文体的分类虽不相同，但汉代的散文仍然可以涵盖其多数文体。清人姚鼐编《古文辞类纂》，把先秦至清代的古文分为论辨、序跋、奏议、书说、赠序、诏令、传状、碑志、杂记、箴铭、颂赞、辞赋、哀祭等 13 类，这 13 类文体在汉代都已经全备。

〔2〕吕不韦，战国末卫国濮阳（今属河南）人，后为秦阳翟（今河南禹州）富商。在赵邯郸遇见秦公子子楚为人质，认为“奇货可居”。入秦，为子楚活动，使其归国嗣位，为庄襄王。因以不韦为相，封文信侯。秦始皇年幼即位，尊不韦为仲父，主政。因事获罪牵连，罢官，流放蜀地，自杀。《史记》卷八十五有传。

〔3〕关于《吕氏春秋》的成书时间，该书《序意》中“维秦八年……良人问十二纪”一句可为实证，据高诱注，“维秦八年”指的是秦王政八年，即前239年，学界多从此说。但是这其中也有矛盾。一是此书《序意》只讲《十二纪》而未及《八览》《六论》；二是此篇《序意》正排在《十二纪》之后，《八览》《六论》之前，即全书的中间；三是司马迁在《史记·自序》中有“不韦迁蜀，世传《吕览》”的话。据此，陈奇猷认为《吕氏春秋》的《十二纪》成于公元前239年，而《八览》《六论》则是在吕不韦迁蜀之后完成，此说备考。可参见陈奇猷《吕氏春秋校释》（学林出版社1984年版）。

〔4〕主张《吕氏春秋》为新道家的，如熊铁基《秦汉新道家论略》（上海人民出版社1984年版），王范之《吕氏春秋选注》（中华书局1981年版）；主张为新儒家的，如张智彦《吕不韦》（见《中国古代著名哲学家评传》，齐鲁书社1980年版）；主张为阴阳家的，如陈奇猷《吕氏春秋校释》。

〔5〕秦代长城歌谣见于晋杨泉《物理论》，郦道元《水经注》卷三引：“生男慎勿举，生女哺用脯。不见长城下，尸骸相支柱。”汉末诗人陈琳在《饮马长城窟行》中已经引用过它。《汉书·贾捐之传》在追述秦代兴兵广地时也有“长城之歌，至今未绝”的话。可见，这首歌谣应产生于秦代。

〔6〕李斯，战国末楚上蔡（今属河南）人。从荀卿学，入秦为秦相吕不韦舍人。因说秦王并六国，拜为客卿。秦始皇统一六国，斯为丞相。定郡县制，下焚书令，变籀文为小篆。始皇死，与赵高定谋，矫诏杀公子扶苏，立少子胡亥为帝。后赵高欲专朝政，诬斯谋反，腰斩于咸阳。《史记》卷八十七有传。

〔7〕秦刻石文现存7篇：《峄山刻石》《泰山刻石》《琅邪台刻石》《之罘刻石》《东观刻石》《碣石刻石》《会稽刻石》，《史记·秦始皇本纪》均有记载。徐铉重摹峄山碑拓本，见严可均辑《全上古三代秦汉三国六朝文·全秦文》卷一（中华书局1987年版，第121页）。

〔8〕陆贾，汉初楚人，生卒年不详。楚汉相争时以宾客身份佐助刘邦，有辩才。汉初曾两度出使南越，招谕尉佗。授太中大夫。著《新语》12篇，大旨为崇王道，黜霸术。《史记》卷九十七、《汉书》卷四十三有传。

〔9〕贾谊，汉洛阳（今属河南）人。年十八，以能诵诗书属文称于郡中。二十余，文帝召为博士。提出改革制度的主张，又数上疏陈政事，言时弊，受文帝赏识，迁太中大夫。为大臣所忌，出为长沙王太傅，迁梁怀王太傅而卒，年三十三。《史记》卷八十四、《汉书》卷四十八皆有传。

〔10〕晁错，汉颍川（今河南禹州）人。治申商刑名之学。文帝时拜为太子家令，号曰“智囊”。景帝时为内史，后擢为御史大夫，主张削减诸侯王权力。吴楚七国以诛晁错为名发动叛乱，景帝慑于外部压力，将他斩于东市。《史记》卷一百零一、《汉书》卷四十九有传。

〔11〕刘安，汉文帝弟淮南厉王刘长的长子，袭父封为淮南王。好文学，曾奉汉武帝命作《离骚传》。又招致宾客方术之士数千，集体编写《淮南子》（原名《淮南鸿烈》）

一书，元狩元年（前122），有人告安谋反，下狱自杀。可参见《史记·淮南衡山列传》。

〔12〕《汉书·艺文志》的“杂家”栏目，收录《淮南内》21篇，《淮南外》33篇，前者就是指传世的《淮南子》一书。该书以道家思想为主，兼采孔、墨、申、韩诸家之说，故列入杂家。

〔13〕刘熙载《艺概·文概》，上海古籍出版社1978年版，第14页。

〔14〕董仲舒，汉广川（今河北枣强）人。少治《春秋公羊传》，景帝时为博士。武帝即位，以贤良对策见重，拜江都相，再出为胶西王相。恐获罪，告病免官家居。著有《春秋繁露》等书。《史记》卷一百二十一、《汉书》卷五十六均有传。

〔15〕刘向，原名更生，字子政，高祖弟楚元王（刘交）玄孙。宣帝时任散骑谏大夫，元帝时因反对宦官弘恭、石显而下狱，成帝时更名向，任光禄大夫。校阅经传诸子诗赋等书籍，写成《七略别录》一书，为我国最早的分类目录学著作。另著《尚书洪范五行传论》《五经通义》《五经要义》，编次《世说》《列女传》《列仙传》《新序》《说苑》，又有赋颂、奏疏等数十篇。《汉书》卷三十六有传。

〔16〕屈守元称：“在中国小说史的漫长道路上，《说苑》之类的著作，曾发生过什么样的作用，只要实事求是地作点探索，就不难看出中国小说的成长有它自己的特点。选编历代小说作品，把《说苑》也算进去，并无可非议。把《说苑》看成是带有一定古代小说集性质的书，这是符合中国小说发展的历史实际的。”（向宗鲁《说苑校证·序言》，中华书局1987年版，第3~4页）

〔17〕《孔丛子》系孔鲋所作。鲋，字子鱼，陈胜称王期间曾任博士，因为言不见用，托目疾而退，著《孔丛子》一书。该书的《独治》《答问》主要叙述孔鲋的事迹。成书时间当在楚汉相争期间或西汉初年。汉武帝时期，太常孔臧作为孔子的后裔，又将自己所作的赋及《连丛子》编为一卷，附于书末，即《连丛子》上。至东汉前期，又有记载孔子后裔季彦言行的篇目附于其后，即《连丛子》下。关于《孔丛子》的作者及成书年代，可参阅傅亚庶所著《孔丛子校释·附录（中华书局2011年版，第515~631页）。

〔18〕《汉书》卷三十六《楚元王传》：“（刘）向以为王教由内及外，自近者始。故采取《诗》《书》所载贤妃贞妇，兴国显家可法则，及孽嬖乱亡者，序次为《列女传》，凡八篇，以戒天子。”（《汉书》，中华书局1975年版，第1957~1958页）

〔19〕刘向《列仙传·赞》称：“余尝得秦大夫阮仓撰《仙图》，自六代迄今，有七百馀人。”（《列仙传》，上海古籍出版社1990年版，第25页）刘向所编《列仙传》有所本，阮仓的《仙图》是其底本。

〔20〕《汉书·艺文志》“儒家”栏目收录《晏子》八篇。刘向《晏子叙录》称校定后《晏子》“凡八篇”，与《汉书·艺文志》的记载相合。关于该书编写者及成书年代，可参阅吴则虞《晏子春秋集释·序言》（《晏子春秋集释》，中华书局1962年版，第17~39页）。

# 第二章　司马相如与西汉辞赋

赋是汉代最具代表性、最能彰显时代精神的一种文学样式。它是在远承《诗经》赋颂传统，近仿《楚辞》的基础上，兼收战国纵横之文的铺张恣肆之风和先秦诸子作品的相关因素，最后综合而成的一种新文体[1]。它与汉代诗、文一起，成就了汉代文学的灿烂与辉煌。

## 第一节　骚体赋及"九体"

贾谊与汉初骚体赋　　大赋与骚体赋的相辅相成　　依傍屈原的系列九体之作　　《招隐士》和《长门赋》

汉赋有骚体赋、汉大赋和抒情小赋之分，分别代表汉赋不同发展阶段的主流形式。汉初以骚体赋为主，而贾谊（前 200—前 168）是骚体赋的代表作家，他也是现今有作品传世的第一位汉代赋作家。《汉书·艺文志》载他有赋 7 篇。今见属其名下的作品包括残文有 4 篇[2]。其中以《吊屈原赋》和《鹏鸟赋》最为著名。《吊屈原赋》为文帝四年（前 176）贾谊被贬为长沙王太傅，途经湘水，历经屈原放逐之地，因致伤悼而作。赋中于同情尊敬之外，兼寓愤恨痛责之心：

> 遭世罔极兮，乃陨厥身。呜呼哀哉，逢时不祥！鸾凤伏窜兮，鸱枭翱翔。阘茸尊显兮，谗谀得志。贤圣逆曳兮，方正倒植。世谓随夷为溷兮，谓跖蹻为廉。莫邪为钝兮，铅刀为铦。吁嗟默默，生之无故兮。斡弃周鼎，宝康瓠兮。腾驾罢牛，骖蹇驴兮；骥垂两耳，服盐车兮。章甫荐屦，渐不可久兮。嗟苦先生，独离此咎兮。

这里写出一个是非不分、善恶颠倒的昏暗世界，揭示了造成屈原不幸的社会现实。作者着意列举种种错乱反常的现象，并不厌其烦地反复咏叹，足见感触之深，愤慨之烈，其间明显流露出对自己无辜遭贬的怨怒不平。正因同病相怜，所以感同身受，悼人也正是自悼。这就是该赋所表达出来的“忠而被谤”、才无所用的愤慨之声。赋末不赞同屈原以身殉国的行为，认为正确的做法应该是“凤漂漂其高逝兮，固自引而远去。袭九渊之神龙兮，沕深潜以自珍”。主张明哲保身，“远浊世以自藏”；最起码也应该游历九州，择君而相，怀恋故都是大可不必的。这体现出作者与屈原不同的价值观和人生观，但因作者与屈原异代相感，写得情真意切，词清而理哀，于骚体赋中，取冠于两汉。

《鹏鸟赋》作于贾谊谪居长沙时。谊居贬所，一日有鹏鸟入宅，以为不祥，遂作此赋，借以阐明自己人生态度，自我宽慰，自我排遣。赋中宣扬顺天委命、齐万物、同生死、等荣辱的老庄哲学：

> 忽然为人兮，何足控抟；化为异物兮，又何足患！……释智遗形兮，超然自丧；寥廓忽荒兮，与道翱翔。乘流则逝兮，得坻而止；纵躯委命兮，不私与己。其生兮若浮，其死兮若休；澹乎若深渊之静，泛乎若不系之舟。

结合贾谊的生平来看，这只是他一时的心境，而非一生的想法。与《吊屈原赋》相比，前者多政治慨叹，而后者多人生感悟；前者偏于抒情，而后者偏于析理。无论在精神上还是体制形式方面，贾谊赋都明显对屈赋有所继承。他们同有不世之才和为国尽忠报效之心，又同有不为所用、遭谗被放的悲惨遭遇，因而辞情风貌多有相类。在体制上，则表现为沿袭楚骚句式，多用兮字，通篇用韵，形式整齐，富于抒情色彩。

贾谊之后，骚体赋继有人作，即便在汉大赋如日中天，光芒掩罩的武、宣之世，骚赋的创作也从未间断过，与汉大赋一明一暗，并行不悖。其中如淮南小山的《招隐士》，董仲舒的《士不遇赋》，司马迁的《悲士不遇赋》，司马相如的《大人赋》《哀秦二世赋》《长门赋》，扬雄的《太玄赋》等都是优秀的作品。另外，在贾谊之后，还出现了一系列以悼念屈原为主题的骚体赋，诸如严忌的《哀时命》、东方朔的《七谏》、王褒的《九怀》、刘向的《九叹》、王逸的《九思》等。尤其是《九怀》《九叹》《九思》等作品，一脉相承，九章成篇，体制固定，主题相类，作为骚体赋的一种体制，虽然规模未大，却具备了独有的格局，与大赋中的“七体”互相辉映，是为“九体”。在这些骚体赋作家中，特别值得一提的是淮南小山和司马相如。

淮南小山的《招隐士》是淮南文学群体中仅存的一篇辞赋，也是两汉骚体赋中极富意境的一篇[3]，其中有这样一段：

王孙游兮不归，春草生兮萋萋。岁暮兮不自聊，蟪蛄鸣兮啾啾。坱兮轧，山曲岪，心淹留兮恫慌忽。罔兮沕，憭兮栗，虎豹穴，丛薄深林兮人上慄。

赋写隐士所居山林的幽深险恶，依稀有《九歌》影像，而以雄奇出之。作品最后呼唤："王孙兮归来，山中兮不可以久留"。劝说王孙结束隐士生活，回到人间社会。

司马相如不仅是大赋名家，也是骚体赋的高手。《大人赋》是针对"上好仙"而发，极写仙境之不可恋而人世之弥足珍，以骚体形式而用大赋手法，造语生动而意存讽谏。至于武帝读后反而"飘飘有凌云之气，似游天地之间意"（《史记·司马相如列传》），则是作者始料未及的。《哀秦二世赋》作于相如从武帝猎于长杨宫，上《谏猎书》之后，旨在劝武帝居安思危，谨慎持身。这篇短赋情辞恳切，语短意长。《长门赋》可看作是两汉骚体赋中最具情境的一篇[4]。赋写陈皇后被废，幽居长门宫，苦闷抑郁，忧郁凄伤，将宫廷妇女失宠后的那种卑微屈辱而又梦寐望幸的哀怨心情写得深细入微，感人至深。月夜无眠一段尤为精彩：

日黄昏而望绝兮，怅独托于空堂。悬明月以自照兮，徂清夜于洞房。援雅琴以变调兮，奏愁思之不可长。案流徵以却转兮，声幼妙而复扬。贯历览其中操兮，意慷慨而自卬。左右悲而垂泪兮，涕流离而从横。舒息悒而增欷兮，蹝履起而彷徨。揄长袂以自翳兮，数昔日之諐殃。无面目之可显兮，遂颓思而就床。抟芬若以为枕兮，席荃兰而茝香。忽寝寐而梦想兮，魄若君之在旁。惕寤觉而无见兮，魂迋迋若有亡。……夜曼曼其若岁兮，怀郁郁其不可再更。澹偃蹇而待曙兮，荒亭亭而复明。

这段文字对作品主人公作了一系列动态描写：她弹琴垂泪，在深宫徘徊，在床上辗转反侧，梦见天子到来却是虚幻的，醒来后更加失落。这些行为动作无一不是形影相吊，孤独寂寞，充满凄凉和悲伤。

## 第二节　枚乘和"七体"

梁园文人群体　　枚乘独步　　《七发》奠定汉大赋体制
"七体"作品的陆续出现

对于汉代文学的发展，汉初诸侯王比最高统治者具有更直接、更重要、更深远的作用和影响。文、景时代，皇帝整天忙于经济发展和政治稳定，无暇顾及文学，而当时的各路诸侯多有富甲一方、实力雄厚者，在既不能开疆拓土，又不甘寂寞无为的情况下，他们聚揽宾客，大兴养士之风。由于当时的社会环境所限，这些宾客除在特定的政治邦交方面发挥一定的作用之外，更多的人则将注意力集中在文学创作上。各路诸侯王也对此大加倡导，因而形成了多个以诸侯王为中心的文学群体，其中梁孝王最为突出。梁孝王筑有梁园，因其名望既高，又着意延揽士人，当时才俊除枚乘、庄忌、邹阳自吴王处转投其门下外，公孙诡、羊胜等人也均聚梁园，形成“彬彬之盛”，而梁园的良好氛围又在一定程度上激发了这些人的文学才能，梁园文学群体盛极一时。

枚乘（？—前140）[5]是梁园文学群体中的杰出代表。其赋《汉书·艺文志》著录9篇，今存《梁王菟园赋》《忘忧馆柳赋》及《七发》等，前两篇均见于《古文苑》，《七发》见于《文选》，其中最可靠、最具影响力的是《七发》。

《七发》假托楚太子有疾，吴客前往探病，借吴客之口指出太子的病实由过度的安逸和物质享受所导致，是“纵耳目之欲，恣支体之安”的结果。此病非针石可治，需博闻强识的有道君子经常启发诱导，移情换性，才救治得了。紧接着，吴客由近及远，由室内而至户外，分说音乐、饮食、车马、宫苑、畋猎、观涛诸事，逐步启发太子，均未奏效。最后，吴客说要请像庄周等人那样的“方术之士有资略者”，畅谈“天下要言妙道”，于是太子据几而起，汗出病愈。关于这篇赋的题旨，刘勰在《文心雕龙·杂文》中称：“盖七窍所发，发乎嗜欲，始邪末正，所以戒膏粱之子也。”李善在《文选》注中提出：“《七发》者，说七事以起发太子也。”赋中的劝诫之意是极为明显的，其中所体现的逸豫亡身而明理救命的道理，所强调的精神健康重要性的问题，即便放诸今日，也是极具价值的。劝诫膏粱子弟，也是劝诫世人。

这篇赋值得注意的有这样几个方面：

一是对先秦文学的借鉴。《七发》对先秦文学借鉴很多。如吴客在说明物欲之害时的一段话：“且夫出舆入辇，命曰蹷痿之机；洞房清宫，命曰寒热之媒；皓齿蛾眉，命曰伐性之斧；甘脆肥脓，命曰腐肠之药。”不但内容，就连其排比手法，均与《吕氏春秋·本生》中的一节极其相似，不过句式要整饬华美得多。赋中大肆铺写音乐、饮食、宫室之事则明显沿袭《楚辞》中的《招魂》和《大招》，但一重抒情，一重明理，而且一正一反，用意不同。至于观涛的描写则与宋玉《高唐赋》中写山洪暴发的一段有神似之处，但枚乘写得更生动形象，激动人心。其中“观其所驾轶者，所濯拔者，所扬汩者，所温汾者，所涤汔者”几句，又显然取法《庄子·齐物论》中写风的部分，但用笔更为巧妙。这说明汉赋确是综合前代诸多文学样式融合而成，也说明汉赋在继承中有创新，有不同于前代文学的取向和生命活力。

二是逐步盘升手法的运用。赋中讽喻意图的表达是通过重重超越和逐步盘升来实现的。作者在赋中花费大量笔墨去精心描绘的内容，正是作者最终所要超越和否定的东西。如写音乐，作者极尽铺叙之能事，然而太子的一句“仆病未能也”立时将这音乐否定。实际上这也是作者的否定，而且是刻意安排的。铺张描绘的目的就是要突出这琴曲动人心魄、惊天感物的力量，然后再去否定它，借以说明再美妙的曲子对太子的病都无济于事。写饮食、车马、宫苑、畋猎、观涛等的笔法莫不如此。最后对要言妙道的肯定，实际上是对前六事的超越和否定。当然，在前面所述六事中，作者对它们所持的态度并不完全相同。音乐、饮食、车马、宫苑前四事都是在“宫居而闺处”的范围内，太子平时就耽乐其间，在作品中是否定的对象。畋猎和观涛则已越过宫墙，是太子平时所未体验到的，因此引起他的兴趣，作者对于这两项活动给予肯定，但又最终超越它们。正是在这种重重超越和否定中点明，对于一个人来说，精神上的充实才是祛病之药，从而揭示出赋的主题。这种超越和盘升手法是汉大赋惯用的技巧，如后来司马相如的《子虚赋》《上林赋》，扬雄的《甘泉赋》《羽猎赋》等，其讽喻意图都是通过这一方式实现的。

三是移步换形和铺夸手法的运用。赋写七事，一事一转，如行山间，人移景变，给人以耳目生新之感，俨然是后世山水游记的笔法精神。每写一事又能刻意求奇，反复渲染，精刻细画，极尽铺夸之能事。其中观涛一段历来为人所激赏：

> 其始起也，洪淋淋焉，若白鹭之下翔。其少进也，浩浩溰溰，如素车白马帷盖之张。其波涌而云乱，扰扰焉如三军之腾装；其旁作而奔起也，飘飘焉如轻车之勒兵。六驾蛟龙，附从太白。纯驰浩蜺，前后骆驿，颙颙卬卬，椐椐强强，莘莘将将。壁垒重坚，沓杂似军行。……崩坏陁池，决胜乃罢。

这一段运用生动形象的比喻和大胆雄奇的夸张，把潮水描写成声势显赫的军阵，从形、声、态、势等多方面，描摹曲江大潮的景象，多角度展现潮水与军阵之间的相似之处。奇观满目，涛声盈耳，炜烨谲诡，对自然景观的描绘闪耀着生命的光辉，使读者精神震荡，有如身临其境。刘勰评其为“腴辞云构，夸丽风骇”（《文心雕龙·杂文》）。

《七发》对潮水用两大段文字加以渲染，两段描写各由四个环节构成，采用的是四段成章的结构方式。在第二大段，先后用“其始起也”，“其少进也”、“其旁作而奔起也”领起，最末一段用“决胜乃罢”结束。在四段当中，第三段是描写的重点，文字量最大，而第四段则最为简略。这种四段成章的结构模式，可以追溯到《诗经》的四句成章。宋玉的《高唐赋》《神女赋》，采用的也是这种章法。后代文章写作起承转合的法门，在这些作品中已见端倪。

四是《七发》在文学史上的地位。首先它标志着汉大赋体制的形成。《七发》鸿篇巨制，韵散结合；采用设为问答的形式结纂全篇；笔墨铺夸，描绘精细；以叙事状物为主，辞藻繁富，多用比喻和叠字，这些都是成熟的汉大赋的显著标志。其次，枚乘和他的《七发》标志着以地方诸王为中心的汉赋创作时代的终结和以京都为中心的创作时代的到来。在枚乘之前，诸如庄忌、淮南小山，包括《汉书·艺文志》中所著录的几个侯王的创作基本上都是在地方进行的。贾谊虽身在皇朝，但《吊屈原赋》《鹏鸟赋》实则作于流放外地之际，也是易时异地的产物，所以这一时期可以看作是地方中心时期。枚乘之后，司马相如、扬雄、班固等人则集于京都，在皇帝周围，形成了以帝王为核心的新的创作格局，所以这一时期可以看作帝都中心时期，而枚乘及其所作的《七发》恰好处于这两个时期的转折点上。

《七发》是“七体”的开山之作。自枚乘《七发》问世之后，后世仿作并以“七”名篇的代不乏人。即以汉代而言，傅毅有《七激》，刘广世有《七兴》，崔骃有《七依》，李尤有《七款》，张衡有《七辩》，马融有《七厉》，如此等等，数量众多。所以萧统《文选》和刘勰《文心雕龙·杂文》于赋体之外，别立“七体”。

## 第三节 司马相如的天子游猎赋

文学中心由地方向中央的转移　《子虚赋》《上林赋》的创作　帝国形象、一统观念和时代精神　浪漫的巨丽之美

汉武帝即位之后，汉王朝在各个方面均逐渐步入极盛，不但实现了政治和思想上的天下一统，而且也掀开汉代文学发展的新篇章。由于武帝对文学的爱好和对文人的亲近，在其周围逐渐形成一个前所未有的、蔚为壮观的文学群体。也正是从武帝时起，汉代文学活动的中心由地方转移到中央。其后历宣、成各世，或仿汉武故事，或大力倡导辞赋创作，都有力地推动了文学的发展，造就一代又一代文人[6]。正是在这一时期，蜀地先后走出司马相如和扬雄这

两位赋坛巨匠。

司马相如（约前179—前118），字长卿，蜀郡成都人。少时好读书，喜击剑。景帝时以赀为郎，任武骑常侍，不遂其志，意不自得。后梁王率枚乘、邹阳等宾客来朝，相如与之一见倾心，遂以病为由，客游梁，成为梁园文学群体中的一员。居数岁，作《子虚赋》。

后梁孝王卒，相如归蜀，往依好友临邛县令王吉。以琴音与临邛富家女卓文君互通情意，结为伉俪，先贫后富，度过一段闲散生活。武帝即位后，广征贤良，偶读《子虚赋》，叹曰："朕独不得与此人同时哉！"时狗监杨得意侍于侧，遂曰："臣邑人司马相如自言为此赋。"武帝喜召相如。相如表示，《子虚赋》乃叙诸侯之事，不足观，"请为天子游猎赋"（《史记·司马相如列传》）。于是作《上林赋》。武帝大悦，以相如为郎。后唐蒙行取夜郎、僰中，滥用民力，严刑峻法，蜀民惊恐。武帝遣相如赴蜀安民。不久，又拜相如为中郎将，建节往通西南少数民族诸部，西南诸部皆向中央王朝称臣。而相如则因被劾受贿而失官。岁余后，复召为郎，后又拜孝文园令。时见武帝好神仙，于是上《大人赋》以讽。晚年以病免官，居茂陵。武帝元狩五年（前118），以消渴疾辞世。病逝后，武帝遣人往索其书，有《封禅文》奏上。司马相如是汉赋创作成就最高的作家。

《汉书·艺文志》著录相如赋29篇，今存5篇。其中《子虚赋》《上林赋》是其代表作，也是汉赋中最优秀、影响最深远、具有典范意义的作品[7]。这两篇赋的创作前后相去十年，但内容相连，一贯而下，结体严谨，可作完整的一篇来看。

作品虚构了子虚、乌有先生和亡是公三人，设为问答，结撰成篇。《子虚赋》写楚臣子虚使于齐，齐王悉发境内车骑，与使者出猎。猎罢，子虚过访乌有先生，遇亡是公在座。乌有先生问及畋猎情况，子虚便把齐王提问时的对答讲述一遍，铺陈楚王游猎云梦的盛况。在子虚看来，齐王的做法，大有炫耀自夸的意味，而他的回答则有捍卫尊严，不辱使命的成分。乌有先生听罢，先是批评子虚"不称楚王之德厚，而盛推云梦以为高，奢言淫乐而显侈靡"的错误做法，而后又极夸齐国地域之辽阔，物产之丰富，国势之强大。旨在说明齐国不但在重精神、尚道义上要高过楚国，即便在物质上也远非楚国可比，借以压倒楚国。《上林赋》紧承乌有先生的言论展开，亡是公在一个新的思想基点上对子虚、乌有乃至齐、楚诸侯进行批评，指出："不务明君臣之义，正诸侯之礼，徒事争于游戏之乐，苑囿之大，欲以奢侈相胜，荒淫相越，此不可以扬名发誉，而适足以贬君自损也。"而后，笔锋一转，开始极力描绘天子上林苑的巨丽之美和天子游猎的空前盛况及浩大声势，浓墨重彩，极尽铺张扬厉之所能。如赋中有这样一段：

> 于是乎游戏懈怠，置酒乎颢天之台，张乐乎胶葛之宇。撞千石之钟，立万石之虡。建翠华之旗，树灵鼍之鼓。奏陶唐氏之舞，听葛天氏之歌。千人唱，万人和。山陵为之震动，川谷为之荡波。巴、渝、宋、蔡，淮南干遮，文成颠歌，族居递奏，金鼓迭起。铿铊闛鞈，洞心骇耳。荆、吴、郑、卫之声，韶、濩、武、象之乐，阴淫案衍之音，鄢郢缤纷，激楚结风，俳优侏儒，狄鞮之倡，所以娱耳目乐心意者，丽靡烂漫于前，靡曼美色于后。

司马相如在描写赏乐观舞场面时，首先夸张渲染高台上干青云，舞场广大旷远，巨钟重达十二万斤，钟架一百二十万斤。参加演出的人员多达千名，还有万人为之应和。乐器声和歌声惊天动地，具有震撼人心的力量。司马相如尽量将众多的物类事象纳入画面，从观台到场地，从钟鼓到支架，从旗帜到歌舞，都极力渲染它们庞大的体积，超常的重量，众多的数量，浩荡的气势，展示的是典型的巨丽之美。

这一节仅写音乐歌舞，便天南海北古往今来，敷衍出如此多的文字，且不乏气势充沛、波澜壮阔的描写，足见铺排之盛。赋末笔锋一转，写天子在酒酣兴浓之际，忽若有失，幡然自醒，曰："嗟乎，此太奢侈。"于是解酒罢猎，发布爱民抚民的诏令，并采取一系列尚德崇义的政治措施。于是出现一幅天下大治的盛世景象：

> 于斯之时，天下大说，向风而听，随流而化。卉然兴道而迁义，刑错而不用。德隆于三皇，而功羡于五帝。

赋中的讽谏意图非常明显，而颂扬的味道也极为浓烈。事实上这篇赋的审美价值和社会意蕴已远远超出讽颂范畴之外。它在内容和形式上，对汉赋而言，都已具备范式的意义。

从内容上看，这篇赋作有几个方面值得注意。一是帝国形象的塑造。赋中塑造了一个幅员极为辽阔，物质极大丰富，国势极其强大，国泰民安，崇德尚义，天下大治的盛世帝国形象。在这个国度里，奇花异草，珍禽怪兽，美酒佳肴，巧夺天工的池苑亭台，气象万千的崇楼峻宇，应有尽有；可以搏虎的勇士，曼妙赛仙的佳人，贤良方正的大臣，无不聚于仁政爱民的帝王周围；诸侯宾服，四海晏然，君民同乐，富庶无边。这些描绘充分展示了汉王朝的宏大气象和赫赫声威，从而奏出汉世最强音。二是一统观念的弘扬。汉自贾谊以后就不断有人提出削减诸侯地方势力，实现中央王朝天下一统的主张，这也是社会发展的必然要求。以文学作品体现这种要求的，司马相如是第一人。在赋中，作者明显怀有用中央王朝的强大与诸侯相比，并使之黯然失色、相形见绌的意图；明显有用大一统的盛世强国精神与诸侯的竞富斗侈行为相比，以显高下迥异、君臣有别的意图。强大帝国形象的塑造正是对天下一统的颂歌。作者千方百计想凸显的，就是中央王朝的核心地位和绝对权威，并由此实现对大一统观念的阐释和宣扬。三是时代精神的体现。这里所体现的时代精神也即一种民族精神。赋中从多侧面，直接或间接地表现出中华民族处于蓬勃上升期的那种昂扬奋进、激励张扬、气势充溢、信心十足的精神风貌。天下大治的理想社会图景的描绘充分展示了国民的渴望和追求。整篇作品给人以热情四射、血脉贲张、极欲有所作为而不可遏止之感，充分体现了这种时代精神的感召力量。

司马相如这篇赋在艺术上有很高的成就，主要体现在以下几方面：

一是按时空顺序和以类相缀兼用的铺陈方式。这篇作品总体上按时空顺序进行推移，先是写楚、齐两个诸侯王，然后重点表现天子的游猎。这中间既遵循时间推移的顺序，又有空间的依次拓展。在描写上林苑的时候，按照东南西北的顺序展示各方景观，显得有条不紊。这篇作品还有另一种铺陈方式，那就是以类相缀，把属于同类的事物连缀在一起。作者在对上林苑各种生物进行铺陈时，依次出现的是水族、飞禽、花草、走兽，都是按照类别进行划分和排列。

二是主客问答的结构形式与夸张笔法的融通。子虚、乌有和亡是公的对话，实际上是以辩难的方式进行夸张艺术的表演和比赛，总的趋势是夸张的强度越来越大，都是后者超越前者。后来者踵事增华、变本加厉，最后把夸张推到极致，使作品呈现逐步盘升的走势。

三是句法灵活多变，句式长短不一。尤其值得提出的是，作者用大量的三言排比句式描绘天子的狩猎活动，这在中国古代文学作品中首开风气之先。三言句式比较短，再加上以排比的方式出现，很容易收到紧迫、急促的效果，使作品具有奔腾跳跃的气势。赋中所用的三言句，犹如刀剑之类的短兵器，轻便灵活，可以在短时间内连续出击，营造出紧张而充满动感的气氛，从而在一定程度上缓解由于作品篇幅过长而带来的沉闷感。

总之，司马相如这篇作品所创造的是一种巨丽之美，是充满浪漫色彩的壮阔画面，成为后世赋家争相效仿却又无法企及的楷模。

## 第四节 扬雄四赋

扬雄四赋的创作 理性精神和人文意蕴 讽谏意图与实际效果的疏离 景物描写的主体趋靠和多维铺陈 骚体功能的扩展

扬雄（前53—18）是继司马相如之后，对汉赋发展产生深远影响的又一赋家[8]，也是中国文学史上以善于模仿著称的作家[9]。其赋体创作大致可以44岁为界分为前后两期。前期有《蜀都赋》《甘泉赋》《河东赋》《羽猎赋》《长杨赋》等作品。《蜀都赋》作于居蜀期间，为后世京都大赋之先声。余下四赋是扬雄大赋的代表作品，史称“四大赋”。这四篇作品模仿司马相如的痕迹非常明显，尤其是《羽猎赋》和《长杨赋》，从形式到内容都与《子虚赋》《上林赋》有着千丝万缕的联系。它们同以天子游猎为题材，极力描写畋猎场面的壮观和天子气象的恢弘、池苑的阔大和物产的富庶。最后均以君王悔悟，戒奢戒侈，勤政爱民作结。手法上均极力夸张渲染，铺张扬厉，词采纷披，语言侈丽。但相比之下，扬雄的赋更显理性特征。《子虚赋》《上林赋》极其热情洋溢，而《羽猎赋》《长杨赋》则显冷静沉着；前者醉心于宫室、苑囿、禽兽、珍奇等自然景观的描绘，后者则较致力于历史、社会和人文精神的挖掘。这样不但增强了作品的讽刺力度，而且扩大了描写范围，使大赋的内容虽以帝王为主要对象，却在一定程度上跳出了宫廷生活的圈子，使作品更有深度。另外，扬雄的作品中还体现出一定的民本思想，非常鲜明地反对扰民、虐民的行为。如《羽猎赋》中有这样的文字：“昔在二帝三王，宫馆台榭，沼池苑囿，林麓薮泽，财足以奉郊庙、御宾客、充庖厨而已。不夺百姓膏腴谷土桑柘之地。”在《长杨赋》中则直言天子大规模的狩猎行为“颇扰于农人”，指出身为天子应该“复三王之田，反五帝之虞。使农不辍耰，工不下机，婚姻以时，男女莫违。出恺弟，行简易。矜劬劳，休力役。见百年，存孤弱。帅与之，同苦乐”。虽然作者的最终目的是为统治者的长治久安计，但能有此爱民之心，亦属难能可贵。所有这些都使他的赋有别于司马相如而显示出开创精神，这也是扬雄赋的魅力所在。《甘泉赋》和《河东赋》创作的年代略早，有较强的针对性。赋前都有序文，以明创作主旨。《甘泉赋》主要采取“推而隆之”的方法，极力描写甘泉宫的崇殿华阙，称它“似紫宫之峥嵘”，借以说明如此奢华的建筑非人力所能为，非人间所应有，以期对统治者有所警戒。同时，作品还提出“屏玉女而却宓妃”，“玉女无所眺其清庐兮，宓妃曾不得施其蛾眉，方揽道德之精刚兮，侔神明与之为资”，委婉地讽刺了成帝宠幸赵昭仪事。但就作品而言，其讽喻主旨并不十分明显，没有达到序中所设定的目的。《河东赋》是作者随成帝横大河、祭后土、祭祀巡游归来之后所作，亦寄讽谏之意。

在扬雄的代表作品四大赋中，《甘泉赋》的艺术成就最高，对景物的描写方面有新的发展。

一是采用主体向观照对象逐步趋靠的方式进行铺陈。先是写道：“是时未臻夫甘泉也，乃望通天之绎绎。”这是铺陈的第一时段，后面用大段文字叙述远望所见。第二时段是在近处仰望甘泉宫，“仰矫首以高视兮，目冥眴而无见”。从“据軨轩而周流”进入第三时段，是置身甘泉宫内部之后的见闻，是重点的铺陈对象。第四时段叙述天子在甘泉宫的感受及相关举措。

二是铺陈空间的多向维度，展示的是三维六合空间。作者对于天子巡游甘泉宫的描写，既有平面拓展，又有立体延伸。在进行平面拓展时，对甘泉宫的景物按照东西北南的顺序进行铺陈；在进行立体延伸时，天子在甘泉宫仿佛上天入地，潜海升空。扬雄在对空间景观进行铺陈时，是全方位展开，并且兼有静态审视和动态描写。

三是赋予骚体这种文学样式新的功能。扬雄之前，骚体主要用于言志抒情，而且多是以抑郁为基调。扬雄的《甘泉赋》采用骚体，用这种文体来表现汉代盛世和天子的声威，这在历史上是首创，扩大了骚体的选材范围，也使这种文体正式融入主流文化。

从扬雄前期作品中可以看出，作家的政治热情很饱满，关心朝廷大事，对君主期望很高，作品有较强的现实意义。到了后期，因政治上的失意和生活上的清贫，热情渐冷，心态也转向虚静平和，所作多以关注自身、反思人生为主，但对现实的暴露与批判也更为深刻。这一时期的作品有《解嘲》《太玄赋》《逐贫赋》和《酒赋》等，其中尤以《解嘲》和《逐贫赋》最为前人所称道。

## 第五节　西汉其他赋家的创作

设辞类作品的出现及流脉　宣帝朝有关辞赋价值的讨论
《洞箫赋》的生命感应观念　以悲为美的风尚

西汉赋坛，较为著名的赋家还有武帝时的东方朔和枚皋，宣帝时的王褒以及与扬雄大略同时的刘向父子。

东方朔（前154—?），字曼倩，是文学侍从中很受武帝欣赏的人物[10]。

官至太中大夫。其为人滑稽多智兼带玩世不恭，自视甚高而终不见用，武帝虽然喜欢他，然不过俳优视之，朔于是作《答客难》以抒发怀才不遇之感。赋中对于汉代文士不得志的状况揭示得非常深刻：

> 故绥之则安，动之则苦。尊之则为将，卑之则为虏。抗之则在青云之上，抑之则在深泉之下。用之则为虎，不用则为鼠。虽欲尽节效情，安知前后？

这是现存汉代最早以遇与不遇为主题的设辞类作品，东方朔从几个方面剖析了士人在太平盛世却怀才不遇的状况。后来文人对此赋竞相仿效，且多佳作，如扬雄的《解嘲》、崔骃的《达旨》、班固的《答宾戏》、蔡邕的《释诲》，再到郭璞的《客傲》，以至韩愈的《进学解》等均源出于此。东方朔另有《非有先生论》，也是发愤述志的作品。

枚皋（前156—?），字少孺，是枚乘的庶子[11]。他是汉代赋坛成果最多的作家。其为人才思敏捷，帝有所感，辄使赋之，须臾即成，故创作极丰，史载其作品可读者百二十篇，此外尚有不可卒读者数十篇。但因为匆促草就，缺少锤炼，故后世罕有流传。作品风貌如何，已不得而知。

王褒（约前88—约前55），是宣帝朝成就最突出的赋家[12]，代表作品是《洞箫赋》。西汉的咏物赋从贾谊开始就已经陆续出现，他的《旱云赋》《簴赋》（今存残篇）主要是用骚体写成。在此之后，梁园文人枚乘、邹阳、公孙乘、路乔如、羊胜，都有咏物赋传世。除此之外，淮南王刘安、中山王刘胜以及孔臧，也有咏物赋流传下来。王褒的《洞箫赋》继承前人咏物赋的传统，同时又多有超越和创新。他从制造洞箫的原材料竹子入手，表现这种乐器艺术魅力的由来。竹子生命能量的蓄积，经历了一个艰难困苦的过程。它得到天地精气的滋润，同时也饱受各种恶劣自然条件的严峻考验。江水奔腾、涛声雷鸣、春露秋霜、清冷寒凉，正是在这荒凉险要的环境中，翠竹积蓄了足够的生命能量，具备特殊的秉性。作品展示了各种自然物之间的感应交流，翠竹是在多种生命机体的共同作用下生成的，它的生命基因包含许多孤寂、哀怨的成分。和它发生感应、为它输入生命能量的飞禽走兽以凄切悲哀者居多，有在寒风中鸣叫的秋蝉，有在树上长啼的猿猴，还有失去伴侣的孤雌寡鹤。翠竹的生命能量主要是在痛苦体验中积蓄的，制成洞箫之后又由盲人演奏。盲人生命能量的蓄积和翠竹有相似之处，都是在多灾多难中凝聚的，因此，盲人乐师很容易和洞箫进行生命沟通，他所吹奏的乐曲是翠竹生命能量的释放，也是乐师本身抑郁之情的抒发，是两种苦难的生命机体共同发出的呐喊。王褒在描写箫声时，一方面展示它曲调的多样性，同时又反复渲染它悲凄哀怨的基质："哀悁悁之可怀兮，良醰醰而有味。"体现的是以悲为美的风尚。在叙述箫声的审美效应时称："故知音者乐而悲之，不知者怪而美之。"美、乐与悲、怪相关联，王褒是以悲为美，又以悲为乐。

《洞箫赋》采用的是铺陈手法，从两个方面展开。一是对制造洞箫的原材料翠竹的生存环境加以铺陈，罗列各种各样的自然现象，用以凸显翠竹生存状态的严峻。二是对箫声功能效应的铺陈，强调它能够惩恶扬善、移风易俗，并且使人产生特殊的审美感受。这篇作品的铺陈兼顾客观自然和社会人文两方面的因素，形成有明确分工的两个板块。

王褒的《洞箫赋》对枚乘《七发》有关乐器的描写有所继承，它是汉代独立成篇的乐器赋的奠基之作，在他之后出现的汉代乐器赋基本都是以悲为美，并且也是用生命一体化观念灌注于作品。"箫声咽"是中国古代文学的一个原型，《洞箫赋》有生成开创之功。

继王褒的《洞箫赋》之后，东汉相继产生一批以乐器为题材的咏物赋。主要有傅毅的《琴赋》、马融的《长笛赋》、蔡邕的《弹琴赋》。

## 注　释

〔1〕关于汉赋的形成渊源历代有讨论，班固以为源于《诗经》（见《文选》卷一之《两都赋序》）。晋挚虞《文章流别论》踵其说。刘勰也以为赋的初源在于《诗经》，同时又认为与楚辞关系密切（见《文心雕龙·诠赋》）。今人则有单源和多源之说。单源论者或以为源于《诗经》，或以为源于《楚辞》，或以为源于先秦纵横之文等等。多源论者以为汉赋是吸收了《诗经》、《楚辞》、纵横家的文章、先秦俳优的有关因素等等综合而成的。当以此为是。此说论之详而有力者为龚克昌，其文见于《汉赋研究》，山东文艺出版社 1984 年初版，1990 年新版修订本。

〔2〕贾谊赋流传下来的有《鹏鸟赋》《吊屈原赋》《旱云赋》《簴赋》，最后一篇是残篇。

〔3〕关于淮南小山及《招隐士》，王逸《楚辞章句·〈招隐士〉章句序》曰："《招隐士》者，淮南小山之作也。昔淮南王安博雅好古，招怀天下俊伟之士，自八公之徒，咸慕其德而归其仁，各竭才智，著作篇章，分造辞赋，以类相从。故或称'小山'，或称'大山'，其义犹《诗》有《小雅》《大雅》也。小山之徒闵伤屈原……故作《招隐士》之赋，以章其志也。"姜书阁认为"小山""大山""乃是群臣宾客虚构的名字，若今之集体笔名"（《汉赋通义》，齐鲁书社 1989 年版，第 98 页）。关于赋的主旨，王夫之认为："义尽于招隐，为淮南招致山谷潜伏之士，绝无闵屈子而章之之意。"（《楚辞通释》，上海人民出版社 1975 年版，第 165 页）王言甚是。

〔4〕《长门赋》本传失载，世之传本见于《文选》卷十六。赋前有序云："孝武皇帝陈皇后

时得幸，颇妒，别在长门宫，愁闷悲思。闻蜀郡成都司马相如天下工为文，奉黄金百斤，为相如、文君取酒，因于解悲愁之辞。而相如为文以悟主上，陈皇后复得亲幸。”清光绪十一年（1885）上海同文书局仿汲古阁版石印本《史记》卷四十九《外戚世家》司马贞索隐引此序，唯文字略有不同，且曰：“作颂信有之也，复亲幸之，恐非实也。”这里肯定赋为相如所作，而序言则不合史实。顾炎武《日知录》卷十九载，王楙《野客丛书》曰：“作文受谢，非起于晋、宋。观陈皇后失宠于汉武帝别在长门宫，闻司马相如天下工为文，奉黄金百斤，为文君取酒。相如因为文，以悟主上。皇后复得幸。此风西汉已然。”原注：“按陈皇后无复幸之事，此文盖后人拟作。然亦汉人之笔也。”（见黄汝成《日知录集释》，上海古籍出版社 1985 年版，第 1478 页）今案顾炎武据序之伪以论赋为托名之作，似不足取。司马贞谓“作颂信有之”，较为近是。至于赋前之序，或即萧统与其宾客在编辑《文选》时为说明此赋制作缘由而写。

〔5〕枚乘，字叔，淮阴（今属江苏）人，初为吴王濞郎中，濞欲反而乘上书阻谏，不纳，遂去而之梁，从孝王游。六国乱起，乘再谏吴王，不听，卒见擒灭，乘由是知名。景帝召拜为弘农都尉，因不乐郡吏而以病去官，复游梁。孝王薨，归乡。武帝早闻枚乘高名，及即位，以安车蒲轮征召，死于道。《汉书》卷五十一有传。

〔6〕班固《两都赋序》叙述武、宣时赋坛盛况云：“故言语侍从之臣，若司马相如、虞丘寿王、东方朔、枚皋、王褒、刘向之属，朝夕论思，日月献纳，而公卿大臣御史大夫倪宽、太常孔臧、太中大夫董仲舒、宗正刘德、太子太傅萧望之等，时时间作……故孝成之世，论而录之，盖奏御者千有余篇。”（见《文选》卷一）《汉书》卷六十四《王褒传》云：“宣帝时，修武帝故事，讲论六艺群书，博尽奇异之好，征能为楚辞九江被公，召见诵读，益召高材刘向、张子乔、华龙、柳褒等，待诏金马门。”（《汉书》，中华书局 1975 年版，第 2821 页）

〔7〕关于《子虚赋》和《上林赋》的篇题、写作时间、是一篇还是两篇的问题一直为学术界所关注，而其争论的根本则在于一还是二的问题。作一篇论者，主要依《史记》和《汉书》本传中的记载，认为司马相如曾明言“请为天子游猎赋”（见《史记》，《汉书》作“请为天子游猎之赋”），以为此语明确地提出了所为赋名，即《天子游猎赋》，且本传所收仅为此赋，并无《子虚赋》内容。又若真系两篇，则前后相隔十年，内容思想不得连贯，而此赋浑然一体，分为两篇，明显有割裂之痕。龚克昌力主此说（详见《汉赋研究》，山东文艺出版社 1990 年版）。作两篇论者以为前写诸侯事，后写天子事，各自首尾完足，且天子游猎未必是赋名，也可能指作者所要写的题材。至于串联前后的亡是公，则有可能是作者为使前后相关联，作《上林赋》时后加到《子虚赋》中去的。主此说者有姜书阁（见《汉赋通义》，齐鲁书社 1988 年版）、高光复（见《汉魏六朝四十家赋述论》，黑龙江教育出版社 1988 年版）。

〔8〕扬雄，字子云，蜀郡成都（今属四川）人，其为人好学深思，博览多闻，简易佚荡，口吃不能剧谈，历成、哀、平三世，官不过郎。清静无为，少嗜欲，不汲汲于富贵，不戚戚于贫贱。王莽时，校书天禄阁，官为大夫，他是西汉后期著名的文学家、哲学家、语言学家，有着多方面的成就。《汉书》卷五十七有传。

〔9〕《汉书》本传称扬雄："往往摭《离骚》之文而反之，自岷山投诸江流以吊屈原，名曰《反离骚》，又旁《离骚》作重一篇，名曰《广骚》，又旁《惜诵》以下至《怀沙》一卷，名曰《畔牢愁》。"又，"以为经莫大于《易》，作《太玄》；传莫大于《论语》，作《法言》；史篇莫善于《仓颉》，作《训纂》；箴莫善于《虞箴》，作《州箴》；赋莫深于《离骚》，反而广之；辞赋莫丽于相如，作四赋。皆斟酌其本，相与放依而驰骋云"（《汉书》，中华书局 1975 年版，第 3515、3583 页）。

〔10〕东方朔事迹见《史记》卷一百二十六《滑稽列传》、《汉书》卷六十五本传。

〔11〕《汉书》卷五十一《枚乘传》云："皋字少孺，乘在梁时取皋母为小妻。乘之东归也，皋母不肯随乘，乘怒，分皋数千钱，留与母居。年十七，上书梁共王，得召为郎。三年，为王使，与冗从争，见谗恶遇罪，家室没入。皋亡，至长安。会赦，上书北阙，自陈枚乘之子。上得之大喜，召入见，待诏。皋因赋殿中。诏使赋平乐馆，善之，拜为郎。……上有所感，辄使赋之。为文疾，受诏辄成，故所赋者多。……凡可读者百二十篇，其尤嫚戏不可读者尚数十篇。"又《汉书》卷三十《艺文志》云："枚皋赋百二十篇。"（见《汉书》，中华书局 1975 年版，第 2366、2367、1749 页）又《西京杂记》卷三云："枚皋文章敏疾，长卿制作淹迟，皆尽一时之誉。而长卿首尾温丽，枚皋时有累句。故知疾行无善迹矣。"（见吉林大学出版社 1992 年影印《汉魏丛书》本，第 307 页）

〔12〕王褒，字子渊，蜀郡资中（今四川资阳）人，其事迹见《汉书》卷六十四下本传。

# 第三章　司马迁与《史记》

西汉王朝到武帝时期臻于鼎盛，文学创作也出现空前繁荣的局面。在政论散文和辞赋得到长足发展的同时，历史散文也出现了里程碑式的杰作，这就是由司马迁撰写的《史记》。《史记》代表了古代历史散文的最高成就，鲁迅称它是“史家之绝唱，无韵之离骚”（《汉文学史纲要》）。《史记》是西汉散文由前期向后期转变时出现的，其风格兼有前期的气势磅礴、感情激切和后期的深广宏富、醇厚典雅的特点；其内容既有前期历史反思的余绪，又有后期沟通天地人的尝试。司马迁是汉代成就最高的散文家，他那渊博的学识、深邃的思想、不朽的人格，以及挥洒自如的神来之笔，令后代文人仰慕不已，千载之下依然可以想见其雄风。

## 第一节　司马迁与《史记》的成书

家乡景观与童年生活　　家学渊源与转益多师　　博览群书与漫游交往　　从立言不朽到发愤著书

司马迁（前145—?）[1]，字子长，生于夏阳龙门（今陕西韩城）[2]。那里临近黄河，北面50里是著名的龙门山。长河名山，气势雄浑，同时又有丰富的历史文化底蕴。相传大禹曾在龙门凿山治水。韩城古称少梁，春秋时先属秦，后属晋，战国属魏，后又入于秦，屡为秦晋、秦魏战地，不少著名的战役都发生在那里。司马迁的童年是在家乡度过的，他“耕牧河山之阳”（《史记·太史公自序》），与农夫牧童为伴，在饱览故乡山河名胜的同时，也有机会听到许多相关的历史传说和故事，乡土文化培育了司马迁的豪迈灵秀之气。

司马迁的父亲司马谈（？—前110），曾任太史令，是一位刻苦勤奋的学者。司马谈多方求教，“学天官于唐都，受《易》于杨何，习道论于黄子”（《太史公自序》）[3]。唐都是天文学家，汉武帝初年曾受诏测定二十八宿的角度和距离，后来又和司马迁等人一道制定太初历。杨何是《易》学家，元光元年（前134）曾被朝廷征聘，官至中大夫。黄子，又称黄生，司马谈向他学习的是道论，亦即当时流行的黄老之学。司马谈知识广博，他身为太史令，对诸子百家学说有深入系统的研究，《太史公自序》收录他的《论六家要指》一文，文中分析了先秦到汉初六个主要学术流派的得失，精辟深刻，切中肯綮。司马谈在学术观点上的兼容并包而又崇尚道家的倾向，对司马迁有直接影响。

司马迁在史官家庭中长大，受到良好的文化熏陶，自幼就养成了读书的习惯，据《太史公自序》的陈述，“年十岁则诵古文”，从10岁开始诵读用籀文写就的文献。汉代通行的是隶书，籀文是先秦古文字，当时已不易读懂，司马迁从小就打下坚实的古文基础。他还转益多师，向儒学大师孔安国学习古文《尚书》，向董仲舒学习公羊派《春秋》[4]。后来担任太史令，他又利用工作上的方便，翻阅由国家收藏的各种文献资料。从《史记》提供的线索来看，司马迁阅读的范围是非常广泛的，上至古老的有关三代的典籍，下至西汉盛世司马相如等人的辞赋，他都有涉猎。至于诸子百家的著作，春秋战国到秦汉之际的史料，乃至朝廷的公文档案，都是他的阅读对象。司马迁对于上述文献不是浮光掠影式地浏览，而是认真地鉴别真伪，比较同异。比如，对于九州山川的记载，他认为《尚书·禹贡》是可靠的，而《山海经》等书则不可信。司马迁读过鲁恭王坏孔子宅所发现的古文，认为其中关于孔子弟子的记载基本合乎事实。司马迁还在阅读文献的过程中主动和古人沟通，读其书，识其人，做到知人论世。他不止一次地废书而叹，并且产生为书的作者立传的冲动。

司马迁在20岁时有过漫游的经历，到过东南一带许多地方[5]。在会稽（今浙江绍兴）探访大禹的遗址，在长沙水滨凭吊屈原，在登封瞻仰许由的坟墓，在楚地参观春申君的宫殿。在刘邦发迹的丰沛之地，司马迁参观萧何、曹参、樊哙、夏侯婴等人故居，听故老讲述楚汉相争时这些开国功臣的轶闻逸事。在漫游过程中，司马迁流露出对传统文化极其深厚的感情。“适鲁，观仲尼庙堂车服礼器，诸生以时习礼其家，余祗回留之，不能去云。”（《史记·孔子世家》）“余适长沙，观屈原所自沉渊，未尝不垂涕，想见其为人。”（《史记·屈原贾生列传》）司马迁有很强的好奇心，喜欢对历史真相探根求源。游览韩信故里时，他听当地人讲，韩信年轻时就胸怀大志，尽管家境贫寒，仍然把故去的母亲安葬在高敞地。司马迁实地考察韩信母亲的墓地，那里果然地势开阔，旁可置万家，证实了传说的可信。在战国时魏国的首都大梁（今河南开封），他打听到所谓的夷门就是城东门，魏公子信陵君枉驾屈尊所请的侯嬴，曾经当过夷门监，即城东门的守护人。长途漫游使司马迁直接感受到各地民风习俗的差异，加深了对某些历史记载的理解。置身齐地领略到民性阔达，有大国之风。过薛地所见多暴桀子弟，而邹鲁多缙绅之士，两者大相径庭。司马迁入仕之后，曾出使西南，远到昆明。又侍从武帝东达于碣石，见到了大海；西至崆峒（今甘肃平凉），搜集黄帝的传说；到过北部边塞，登上了秦时所筑的长城；还参加了武帝带领群臣负薪塞河的活动[6]。司马迁在广阔的地域留下了自己的足迹，大大地拓展了他的视野，为《史记》的写作搜集了许多新鲜的材料，他在游览过程中的真切体验和亲身感受后来也一道写入书中。

司马迁在漫游和朝廷任职期间，有机会接触到各个阶层的人物，从他们那里得到许多历史知识。周霸向他讲述过项羽的传说，公孙秀功向他讲述过荆轲刺秦王的具体情节，朱建之子和他评议过陆贾其人，至于卫青不肯招贤荐士的情况，则是苏武之父苏建向他介绍的。除此之外，樊哙之孙樊他广向他谈起过汉初几位开国功臣发迹的故事，贾谊之孙贾嘉和司马迁有书信来往，冯唐的儿子冯遂和司马迁是至交。司马迁还亲眼见过名将李广、大侠郭解，并和李广之孙李陵同在朝廷任职[7]。上述交游进一步丰富了《史记》的材料来源，加深了对某些历史人物的印象和理解，从而使入传的人物惟妙惟肖，富有生活气息。

司马迁的父亲曾任太史令，他把修史作为自己神圣的使命，可惜壮志未酬而与世长辞。元封元年（前110），汉武帝前往泰山举行封禅大典，司马谈因病滞留洛阳，无法参加。这时，刚刚出使西南返回的司马迁匆匆赶到洛阳，接受父亲的临终嘱托。司马谈固然对于无缘参加封禅大典而无比遗憾，但更使他抱憾终生的还是未能完成修订史书一事。于是，他把希望寄托在儿子身上，勉励他完成自己未竟的事业。他拉着司马迁的手泣不成声，殷切地说道："余死，汝必为太史。为太史，无忘吾所欲论著矣。"司马迁俯首流涕，向父亲表示："小子不敏，请悉论先人所次旧闻，弗敢阙。"（《太史公自序》）司马迁在与父亲生死诀别之际接受了修史的嘱托，修史的决心从此下定。三年后，司马迁继任太史令。太初元年（前104），他在参与制定太初历以后，就开始《太史公书》亦即后来称为《史记》的写作[8]。但是，事出意外，天汉三年（前98），李陵战败投降匈奴，司马迁因向汉武帝解释事情原委而被捕入狱，并处以宫刑，在形体和精神上给他造成极大的创伤。出狱后，司马迁任中书令，他忍辱含垢，继续写作《史记》。至征和二年（前91），他在写给任安的信中称："仆窃不逊，近自托于无能之辞，网罗天下放失旧闻，考之行事，稽其成败兴坏之理，凡百三十篇。"（《汉书·司马迁传》）[9]《史记》一书的写作至此已经基本完成，从太初元年（前104）正式开始写作算起，前后经历14年。司马迁大约卒于武帝末年，即公元前87年前后[10]。

司马谈在向儿子讲述自己立志修史的动机时说道："自获麟以来，四百有余岁，而诸侯相兼，史记放绝。今汉兴，海内一统，明主贤君忠臣死义之士，余为太史而弗论载，废天下之史文，余甚惧焉，汝其念哉！”（《太史公自序》）司马谈有感于自孔子作《春秋》之后再无系统的历史著作出现，战国至秦汉许多重大历史事件和英雄人物未能写入史书，因此，他要编写一部历史著作，一方面继承古代史学传统，同时也弘扬有汉一代的辉煌。司马迁开始修史时，也是出于同样的动机和目的。他在和壶遂讨论修史的宗旨时引述父亲的观点，把修史看作是载“明圣盛德”、述“功臣世家贤大夫之业”（《太史公自序》）。此时的司马迁之所以修史，为的是给西汉及前代历史作总结，颂扬圣君贤臣的德行功绩，是润色鸿业的自觉行动[11]。经历李陵之祸以后，司马迁的形体精神受到摧残，心情发生很大变化，他的修史动机也有所调整充实。他在列举周文王、孔子、屈原、左丘明、孙膑、吕不韦、韩非等人著书立说的动因时称：“此人皆意有所郁结，不得通其道也。”（《太史公自序》）他认为自己也属于发愤著书的类型，是在经历磨难之后通过著书抒发心中的抑郁和不平。司马迁由于身陷囹圄、遭受宫刑，不再把修史仅仅看作是对以往历史的总结、对西汉盛世的颂赞，而是和自己的身世之叹联系在一起，融入了较重的怨刺成分，许多人物传记都寓含着作者的寄托，磊落而多感慨。司马迁修史过程中前后心态的巨大变化，赋予《史记》这部书丰富的内涵，它既是一部通史，又是作者带着心灵肉体创伤所作的倾诉。

## 第二节　《史记》的叙事艺术

沟连天人、贯通古今的结构框架　历史和逻辑相统一的叙事脉络　因果关系的探索展示　对复杂事件和宏大场面的驾驭

司马迁在《报任安书》中说，他修史的宗旨是“究天人之际，通古今之变，成一家之言”。为了达到这个目的，他在综合前代史书各种体例的基础上，创立了纪传体的通史。全书由十二本纪、十表、八书、三十世家、七十列传组成。虽然这五种体例各有区别，但它们却是相互配合，构成一个有机的整体。其中十二本纪是纲领，统摄上自黄帝、下至西汉武帝时代三千年的兴衰沿革。十表、八书作为十二本纪的补充，形成纵横交错的叙事网络。三十世家围绕十二本纪而展开，用司马迁自己的话来说，世家与本纪的关系，犹如“二十八宿环北拱，三十辐共一毂，运行无穷”（《太史公自序》）。如果说本纪是北斗，那么，世家就是环绕北斗的二十八宿；如果说本纪是车毂，那么，世家就是汇集于车毂的辐条。至于七十列传，则是历史天宇上北斗、二十八宿以外

的群星。《史记》由五种体例相互补充而形成的结构框架，沟连天人，贯通古今，在设计上颇具匠心，同时也使它的叙事范围广泛，展示了波澜壮阔的社会生活画图。十二本纪按帝王世代顺序记叙各朝兴衰终始，十表排列帝王侯国间大事，八书是有关经济、文化、天文、历法等方面的专门论述，世家主要是贵族之家的历史，列传是不同阶层、不同类型的人物传记。《史记》这部纪传体通史著作，在体例上冲破了以往历史散文的局限，能够把更多的内容纳入其中，比较全面地反映了社会生活的总体风貌。

《史记》一书最有文学价值的是人物传记。司马迁在编排人物传记时显示出高超的技巧，使它生动地体现了历史和逻辑的统一，形成了自己独特的叙事脉络。

本纪、世家的传主基本上都是传说或历史上真实存在的皇帝侯王，根据政治地位决定他们入本纪还是入世家。但情况又不尽然，西汉惠帝虽然当了几年天子，实际上有职无权，没起什么作用，所以本纪中没有他的地位。项羽是秦汉之际主宰天下的人物，吕后是惠帝朝的发号施令者，他们虽然没有天子称号，却被列入本纪。孔子没有侯爵，陈胜是自立为王，二人都列入世家，因为他们的历史地位堪与王侯相比。司马迁的上述安排可谓独具慧眼，是对历史事实的充分尊重，也是合乎逻辑的归纳。

《史记》各层次人物传记的排列基本是以时间为序，但又兼顾各传记之间的内在联系，遵循着以类相从的原则。如：司马穰苴、孙武、吴起、伍子胥都是军事家，所以，他们的传记前后相次。苏秦、张仪是战国策士，他们的传记也紧紧相连。再看西汉人物传记：韩长孺、李广、卫青、霍去病都是抗击匈奴的将领，故韩长孺、李广传记后面插入《匈奴列传》，然后是卫青、霍去病的传记。公孙弘、主父偃都以伐匈奴、通西南夷为非，曾上书谏止，他们二人传记列在卫青、霍去病之后，接着是《西南夷列传》。司马相如曾奉命出使西南，所以，他的传记在《西南夷列传》之后。通过叙述西汉中央王朝与周边各民族的交往，使几位相关人物的传记以类相从，前后相次，来龙去脉非常清晰。司马迁对人物传记次序的巧妙编排，造成《史记》一书婉转多变的叙事脉络，在明灭起伏中体现了历史和逻辑的统一。

《史记》的人物传记有分传，有合传。分传即人各一传，合传是把几个人的传记合在一起，写成一篇传记。合传都是以类相从，把某些相同类型的人物放在一起，《游侠列传》《佞幸列传》《滑稽列传》《循吏列传》《酷吏列传》《货殖列传》等，都是为专门人物设立的合传。在人物合传中，历史和逻辑的统一有时达到天衣无缝的程度，叙事手法非常高超。《廉颇蔺相如列传》首叙廉颇事迹，很快又引入蔺相如，然后叙述两人的交往恩怨，中间又插入赵奢、李牧传记，最后以廉颇事终结。这篇传记叙述的都是赵国将相的事迹，可谓以类相从，是合乎逻辑的归纳；通过叙述这四位将相的事迹，又生动地展现了赵国兴亡的历程，具有高度的历史真实性。《张丞相列传》是以御史大夫一职联缀诸人，其中的传主有张苍、周苛、周昌、赵光、任敖、曹窋，他们都曾任御史大夫，最后又以张苍任御史大夫终结，勾勒出西汉前期御史大夫任职情况的变迁轨迹，涉及一系列相关的事件。《酷吏列传》叙酷吏十人，错综联络，总成一篇文字，宁成传附郅都事，称宁成治效郅都；张汤传附赵禹事，义纵传附宁成事，杨仆传附王温舒事。各传之间血脉贯通，前后回应，全面地反映了始于景帝而盛于武帝的酷吏群体。通过叙述某一类型人物的所作所为，描绘出特定领域的总体风貌，人物合传以这种方式集中体现了历史和逻辑的统一。

《史记》的叙事没有停留于对表面现象的陈述，而是追根溯源，揭示出隐藏在深层的起决定作用的因素。司马迁非常重视对事件因果关系的探究，具有敏锐的目光和很强的判断力。他批判项羽“天之亡我，非战之罪”的说法，认为项羽失败的原因是“自矜功伐，奋其私智”“欲以力征经营天下”（《项羽本纪》）。在分析造成吴起乱箭穿身的悲惨结局的原因时，认为这缘于他的“刻暴少恩”（《孙子吴起列传》）。以上见解都是很精辟的。当然，司马迁在探寻因果关系的时候，往往也误入宿命论的歧途[12]。司马迁对于事件发展过程中起决定作用的原始动因，在叙事时反复加以强调，成为贯穿人物传记的主线。在叙述李广事迹时，突出这位名将的不遇，写他总是遭受意想不到的挫折和失败。而对于大将军卫青，则以“天幸”二字为叙事主宰。讲述卫子夫如何得到武帝宠爱、立为皇后，以及卫青尚平原公主等事，都突出卫家的幸运。在《留侯世家》一文中，又侧重于所谓的天意。黄石公授张良兵书是天意，张良称刘邦成功是天授，自己有机会为刘邦出谋划策也是天授。司马迁本人也深有感慨地说：“高祖离困者数矣，而留侯常有功力焉，岂可谓非天乎！”司马迁对许多历史事件、人物命运因果关系的判断并不完全正确，但是，他对始因的苦苦思索和在行文中的自觉揭示，使得人物传记血脉贯通，各篇都有自己的灵魂，有统摄全篇的主导思想。

《史记》叙事有详略之分，一般情况下，司马迁对于事情发展的起因，往往都详写；而对于这种原因所引发的最终结果，往往是略写。《李斯列传》开头写了李斯这样一件事：“年少时为郡小吏，见吏舍厕中鼠，食不洁，近人犬，数惊恐之。斯入仓，观仓中鼠，食积粟，居大庑之下，不见人犬之忧。于是李斯乃叹曰：‘人之贤不肖譬如鼠矣，在所自处耳。’”这是一件生活琐事，却集中反映了李斯的人生观、价值观。他为了摆脱厕鼠的处境而成为仓鼠那样的食利者，于是向荀子学帝王之术。学成之后前往秦国游说，在和荀子告别时又说道："故诟莫大于卑贱，而悲莫甚于穷困。"这两句话说得非常坦率，和他把厕鼠、仓鼠进行对比时所发的感慨一脉相承。苦于贫贱而贪恋富贵，是李斯人生观、价值观的核心，这种思想是他人生之梦得以实现的动力，也是葬送他身家性命的祸根。《史记》人物传记写了许多生活琐事，司马迁之所以对这些生活琐事详加叙述，就在于它们在人物的活动中带有原始动因的性质，是诸多事象得以生成的根源。《史记》各篇都有贯穿始终的主线，和主线相关的事件都是详写的对象。《商君列传》一文以任法为线索，司马迁认为这是决定商鞅命运的根本原因，他的成功源于变法用法，他的人生悲剧也由此而引发。文中详写商鞅以刑名之学游说君主，在秦国掌权之后又主持变法，太子犯法他绳之以法，最终又因推行变法而被杀。商鞅在被追捕过程中，因为由他制定的秦国刑法异常酷烈，竟然无人敢收留他，商鞅自己也喟然叹息："嗟乎，为法之敝一至此哉!"而对于商鞅身亡家灭的结果，司马迁只作简单的交代，没有过多的铺叙。总之，《史记》许多篇章的详写与略写，往往和对因果律的展示密切相关[13]。

司马迁有很强的驾驭材料的能力，与韩信将兵一样，是多多益善。无论是头绪众多的历史事件，还是人物错杂的重大场面，他写起来都条理清晰，显得游刃有余。如《陈涉世家》，把秦末农民起义风起云涌的形势、千头万绪的事件非常清晰地勾勒出来。西汉前期的重大事件莫过于诸吕之乱和七国之反，这两个事件分别见于《吕太后本纪》《孝文本纪》《绛侯周勃世家》《吴王濞列传》等篇目。在叙述这两个事件的原委及经过时，司马迁对天下大势了如指掌，对事态的轻重缓急明于心而应于手，成功地运用顺叙、倒叙、正叙、侧叙等手法，使人应接不暇而又无不了然。《史记》的场面描写也很精彩。写荆轲刺秦王是险象环生、惊心动魄（《刺客列传》）；写鸿门宴是剑拔弩张，一触即发（《项羽本纪》）；写灌夫骂座和东廷辩论则或冷或热，对比鲜明（《魏其武安侯列传》）；写长乐宫诸侯君臣始朝仪，则秩序井然，庄严肃穆（《刘敬叔孙通列传》）。不同场面有不同的气氛，司马迁采用白描、铺陈、渲染等笔法，传达出了各种宏大场面的实况及自己的独特感受。《史记》固然时而穿插生活琐事，但司马迁更善于写复杂事件、重大场面，这也是《史记》一书的厚重之处。

## 第三节　《史记》的人物刻画

闾巷之人的入传　人物个性与共性的展现　复杂人格的多维透视和旁见侧出笔法

《史记》中的"纪""传"是以人物为中心的纪传体散文，通过展示人物的活动而再现多彩的历史画面。本纪、世家、列传中的人物来自不同阶层，上自帝王将相，下至市井细民，诸子百家、三教九流，应有尽有，所涉人物四千多个，重要人物数百名。《史记》的人物传记之所以有如此广大的覆盖面，和司马迁进步的历史观及开阔的视野密不可分。司马迁本人耻于“鄙陋没世而文采不表于后”（《报任安书》），希望借助于《史记》一书而扬名后世，实现立言不朽的人生追求。出于这种心态，司马迁对那些在历史上虽有卓越表现、终因无人奖掖而难以扬名的布衣平民怀有深切的同情，为他们鸣不平。他在《伯夷列传》中写道：“伯夷、叔齐虽贤，得夫子而名益彰；颜渊虽笃学，附骥尾而行益显。……闾巷之人，欲砥行立名者，非附青云之士，恶能施于后世哉！”司马迁清楚地看到，一个人知名度的高低，乃至他是否能够青史留名，固然和他本身的业绩有关，同时也和是否有人宣扬提携密不可分。他在《游侠列传》中也有类似的论述。在司马迁看来，战国四公子（孟尝君、平原君、信陵君、春申君）或凭借王者亲属的血缘优势，或身居卿相之位，有的是二者兼备，他们显名诸侯，犹如顺风而呼，事半功倍。“至如闾巷之侠，修行砥名，声施于天下，莫不称贤，是为难耳。然儒墨皆排摈不载，自秦以前，匹夫之侠，湮灭不见，余甚恨之。”司马迁对儒墨等学派由于门户之见排斥这些出自平民的侠客而深感不公。司马迁在按照惯例为帝王将相立传的同时，也把许多下层人物写入书中，其中包括刺客、游侠、商人、方士等，使得《史记》所收的人物非常广泛，并且都刻画得栩栩如生。

《史记》中的人物形象各具姿态，都有自己鲜明的个性特征。不但不同类型的人物迥然有别，就是同一类型的人物，形象也罕有雷同。同是以好士闻名的贵公子，信陵君和其他三公子在人格上有高下之别，而孟尝君、平原君、春申君也各有各的风貌。同为战国策士，苏秦主要是一位发奋者的形象，而张仪身上更多的却是狡诈权谋。张良、陈平同是刘邦的重要谋士，但司马迁笔下的张良令人莫测高深，带有几分神异；而陈平这位智囊却富有人情味，没有张良那种仙风道气。《史记》同类人物形象之间尚有如此明显的区别，不同类型人物形象之间更是形成巨大的反差，鲜明的对照，人物的个性在差异、区别中得到充分的显示。

司马迁在刻画人物时，能准确地把握表现对象的基本特征加以渲染，使许多人物形象的个性非常突出。《万石张叔列传》突出石奋祖孙三代的谨小慎微，唯命是从。《樊郦滕灌列传》写到夏侯婴时，主要叙述他对刘邦一家的精心呵护，他和刘邦家庭的特殊关系，多次提到他的太仆之职。《李将军列传》在描写李广时着意表现他高超的祖传射艺，他射匈奴射雕者、射白马将、射追击者、射猎、射石、射敌方裨将，百发百中，矢能饮羽。《史记》中的人物形象之所以各具风采，就在于司马迁充分地展示了他们的个性特征。

司马迁在表现人物时，能充分注意到他们的家庭出身、文化教养、社会经历等各方面的因素，给以恰如其分的表现，不但展现出人物的个性特征，而且对形成人物个性特征的原因也有或明或暗的显示，有时一开始就为人物性格的发展作了铺垫。萧何是刀笔吏出身，故能谨守管钥，因势奉法。陈平年轻时贫而好学，所以始终有读书人的气质，见识高远，在皇帝面前对答如流。周勃最初从事杂艺，没有什么学问，执政之后就显露出知识的不足，在文帝面前陷入窘境。樊哙发迹前以屠狗为业，成为将军以后保留那种莽撞豪爽之气，他大块吃肉，大杯饮酒，对刘邦、项羽也敢于直言直语、大声大气。写窦婴是一副老年失势的窘态，写田蚡则是少年得志的猖狂。总之，影响人物个性的许多重要因素，司马迁都充分注意到了，因此，他使《史记》中的人物都按各自的方式说话行事，符合自己的年龄、身份和教养。

《史记》中的人物形象各有各的风貌，各有各的性格，同时，他们身上还表现出许多带有普遍性的东西，即得到社会广泛认可、并对后代产生深远影响的某些共性。这是《史记》在刻画人物方面取得的重要成就，最容易引起读者的共鸣。《史记》人物形象的共性是多方面的，主要有以下几点：一是知恩图报，以德报德。苏秦之于宗族、朋友，刘邦之于萧何，陈平之于魏无知，韩信之于漂母，张苍之于王陵，都是受人之惠而报人之恩。苏秦佩六国相印后，“散千金以赐宗族朋友。初，苏秦之燕，贷人百钱为资，及得富贵，以百金偿之”（《苏秦列传》）。刘邦为泗水亭长时，前往咸阳行役，一般的小吏都赠钱三百，唯独萧何送给刘邦五百钱。汉初封侯，刘邦为萧何益封二千户，用以报答先前多送二百钱的恩惠（《萧相国世家》）。韩信为布衣时从人寄食，一位漂母曾接济他数十日，韩信封楚王之后，“召所从食漂母，赐千金”（《淮阴侯列传》）。魏无知向刘邦引荐陈平，汉初剖符定封，陈平列举魏无知拔擢之功，魏无知得到刘邦赏赐（《陈丞相世家》）。王陵对张苍有不杀之恩，“及苍贵，常父事王陵。陵死后，苍为丞相，洗沐常先朝陵夫人，上食，然后敢归家”（《张丞相列传》）。类似这样知恩图报的人物在《史记》中有一大批，他们百倍、千倍地报偿恩人，以表示自己不忘本、不负人。二是以牙还牙，以怨报怨。这是和知恩图报、以德报德相对应的一种行为，伍子胥之于楚平王、李广之于霸陵尉、主父偃之于昆弟宾客，采取的都是这种做法。伍子胥父兄均被楚平王无辜杀害，伍子胥奔亡吴国，借吴之力攻入楚都，“乃掘楚平王墓，出其尸，鞭之三百，然后已”（《伍子胥列传》）。李广免官时夜行而遭霸陵尉呵斥，逼令李广宿于亭下。李广拜右北平太守，“广即请霸陵尉与俱，至军而斩之”（《李将军列传》）。主父偃为齐相，到达齐地之后，向昆弟宾客散发五百金，从此和他们断绝关系，不许再入家门，用以报复他在贫困时所遭到的冷遇（《平津侯主父列传》）。知恩图报和以怨报怨是相互联系的两个侧面，往往在一个人的身上同时体现出来。苏秦对于借给自己百钱的人以百金相偿，而对在危困时几次要离开自己的随从则一文不赏（《苏秦列传》）。范雎奉行的人生哲学是“一饭之德必偿，睚眦之怨必报”，因此，对迫害过他的魏齐、须贾，或令其死，或令其辱，而对搭救过他的王稽、郑安平，都请求秦王委以重任（《范雎蔡泽列传》）。三是士为知己者死，为报答知遇之恩而赴汤蹈火，甚至不惜献出自己的生命。这是知恩图报的升华，是它的极端形式。司马迁在《刺客列传》和《报任安书》中两次提到“士为知己者死，女为悦己者容”，他本人是赞成这一信条的。《刺客列传》中的专诸、豫让、聂政、荆轲等人都是为知己者死；《孟尝君列传》中的得粟者，《魏公子列传》中的侯嬴，《张耳陈馀列传》中的贯高，也都是为知己者而死。《史记》人物形象还普遍存在富贵还乡的想法，这是他们共同的理想和追求。项羽在焚烧秦都咸阳后一心想东归，说道：“富贵不归故乡，如衣绣夜行，谁知之者？”（《项羽本纪》）项羽的这番话很有代表性，道出了绝大多数人的心理。司马迁也写了许多人衣锦还乡的场面，苏秦、刘邦、司马相如、主父偃等人的传记都有这方面的记载。苏秦富贵还乡，笑视兄弟妻嫂前倨后恭的变化，抒发对世态炎凉的感慨（《苏秦列传》）。刘邦当了天子之后回到故乡，慷慨悲壮高唱《大风歌》，坦露对故乡刻骨铭心的思念之情（《高祖本纪》）。

《史记》中的人物既有鲜明的个性，又有普遍的共性，是共性与个性完美的结合。《史记》中有许多人物所做的事情相近，但是怎样去做，却是各人有各人的选择，各人有各人的方式。同是衣锦还乡，韩信显得雍容大度，不计私仇；主父偃却心胸狭小，报复心极强。同是知恩图报，豫让、贯高先是忍辱负重，顽强地活下去，关键时刻又死得极其壮烈；而侯嬴、田光等义士，却是痛快地以自杀相谢。人物的共性寓于鲜明的个性之中，二者都得到了充分的表现。

司马迁在刻画人物时，采用多维透视的方法，使笔下的人物显露多方面的性格特征，有血有肉，生动丰满。项羽是司马迁着力最多的一位英雄人物，在他身上就可以发现多重人格。他喑噁叱咤，又言语呕呕。他爱人礼士，又妒贤嫉能。他是残暴的，焚烧咸阳，坑杀俘虏；他又是仁爱的，鸿门宴有恻隐之心，不杀刘邦，还时常虑念百姓疾苦。他有时与部下同甘共苦，分衣推食；有时又非常吝啬，已经刻好的官印不肯发给功臣，放在手里反复把玩。至于和虞姬悲歌唱和的场面，则兼有风云气和儿女情。这些相互对立的因素有机地集于项羽一身，使得人物形象具有丰富的内涵和深厚的底蕴，而且非常真实。对于李斯这个人物，司马迁反复刻画他外似刚愎而内实游移的矛盾状态：在农民起义风起云涌的形势下，他想知难而退，却又贪恋富贵，下不了决心；在赵高废立之际，开始像是要以身殉国，经赵高劝之以利害，马上退缩妥协；对于秦二世的无道，本想犯颜直谏，一旦二世责问，立刻苟且求容。李斯的双重人格表现得非常充分，一个内心分裂的可悲形象跃然纸上。司马迁在刻画人物时，一方面能把握他的基本特征，同时对其性格的次要方面也能给予充分的重视，多侧面地展现人物的精神风貌。

司马迁全面把握和充分展示自己笔下人物形象的丰富性、复杂性，有的是在一篇传记中同时写出人物性格的几个侧面，有的则采用旁见侧出的方法，通过多篇传记完成对某个人物形象的塑造。旁见侧出法，又称互见法，即在一个人物的传记中着重表现他的主要特征，而其他方面的性格特征则放到别人的传记中显示。《高祖本纪》主要写刘邦带有神异色彩的发迹史，以及他的雄才大略、知人善任，对他的许多弱点则没有充分展示。而在其他人的传记中，却使人看到刘邦形象的另外一些侧面。《项羽本纪》通过范增之口道出刘邦的贪财好色，《萧相国世家》《淮阴侯列传》表现他猜忌功臣，《魏豹彭越列传》《郦生陆贾列传》揭露他慢而侮人，詈骂诸侯臣下如奴仆。《樊郦滕灌列传》还披露这样一件事实，楚汉相争时，刘邦战败逃跑，为了保全自己的性命，几次把亲生儿女推到车下，后来的惠帝、鲁元公主有赖于夏侯婴的保护才幸免于难。司马迁对汉高祖刘邦之所以采用旁见侧出的写法，显然是有所忌讳，不得不如此。信陵君是司马迁最欣赏的一位人物，在《魏公子列传》中称公子者凡147次，写了他一系列礼贤下士的事迹，塑造出一个光彩照人的形象。紧接着，在《范雎蔡泽列传》中，有一段和信陵君相关的故事：秦昭王为给范雎报仇，追捕魏齐甚急。魏齐走投无路，和赵相虞卿一道向信陵君求援。“信陵君闻之，畏秦，犹豫未肯见。”魏齐听到这个消息自到身亡，等到信陵君听从侯嬴的劝告决定接纳魏齐时，已经为时过晚。司马迁对信陵君爱之过深，他没有把这个有损于信陵君光辉形象的事情写入本传，而是采用旁见侧出法加以处理。《史记》人物形象具有多方面的性格特征，要把相关传记联系起来加以观照才能全面地把握。

## 第四节《史记》的风格特征

宏廓画面和深邃意蕴　浓郁的悲剧气氛　强烈的传奇色彩

《史记》的叙事写人都围绕“究天人之际，通古今之变”的宗旨，司马迁虽然也从琐碎的生活细事写起，但绝大多数的人物传记最终都在宏伟壮阔的画面中展开，有一系列历史上的大事穿插其间，他所选择的题材多是重大的。司马迁不是一般地描述历史进程和人物的生平事迹，而是对历史规律和人物命运进行深刻的思考，透过表象去发掘本质，通过偶然性去把握必然规律。这就使得《史记》的人物传记既有宏伟的画面，又有深邃的意蕴，形成了雄深雅健的风格。

司马迁善于把笔下的人物置于广阔的社会背景下加以表现，在叙述一系列重大历史事件的过程中，展示个人命运偶然性中所体现的历史必然性。在《苏秦列传》和《张仪列传》中，司马迁对于战国诸侯间微妙复杂的利害关系反复予以演示，以七国争雄为背景展开广阔的画面。苏秦、张仪准确地把握了当时形势的特点，抓住了机遇，相继干出一番惊天动地的事业，成为那个时代的倾危之士。陈平年轻时就胸怀大志，足智多谋，适逢秦末动乱和楚汉相争，于是他大显身手，屡献奇计。他设计离间项羽和范增，使楚霸王失去"亚父"这位谋士。荥阳被困，他令二千女子夜出东城门迷惑楚军，刘邦得以出西城门脱险。是他暗示刘邦封韩信为齐王以稳定形势，又是他建议刘邦伪游云梦泽而借机擒韩信。刘邦在平城被匈奴围困七日，又是陈平出奇计化险为夷。陈平所献五计，无一不是关系到刘邦的生死存亡、关系到天下的兴衰安危。陈平这位谋士的形象，也就在驾驭历史风云的过程中日益丰满。《史记》中的人物形形色色，或卑琐、或伟岸；有的先荣后辱，有的先辱后荣；有的事业成功，人生幸运，也有的虽然事业成功却命运悲惨。司马迁既把他们写成重大事件的导演、演员，又把他们写成重大事件的产儿，通过描写、叙述他们对时势、潮流的顺应与抗拒、对历史机遇的及时把握与失之交臂，以如椽巨笔勾勒出历史和人生的壮廓画面，点出其中蕴涵的哲理。

司马迁的人生遭遇是不幸的，他的命运是悲剧性的，《史记》也成功地塑造了一大批悲剧人物形象[14]，使全书具有浓郁的悲剧气氛。

《史记》中的悲剧人物有多种类型。按其在历史上的地位和作用而论，有些悲剧主人公身上体现的是历史的必然要求和这个要求的实际上不可能实现之间的矛盾。这类悲剧人物是历史的先行者，他们的行动具有超前性。尽管他们的主张是正确的，但由于当时的条件还不成熟，他们付出了惨重的代价，有的甚至献出了生命，推行变法的吴起、商鞅，主张削藩的贾谊、晁错，都是这类悲剧英雄。还有一类悲剧人物尽管死得非常壮烈，但他们的悲剧性不是体现无法实现的历史必然要求，而是他们相信旧制度的合理。田横是司马迁着力描写的英雄人物，他兵败之后不愿意投降汉朝而自杀，其随从和东海五百义士也相继殉难，涌现出的是一个悲剧群体。从本质上看，田横所要维持的不过是诸侯称雄、列国割据的局面，早已失去了存在的合理性。田横相信已经过时的制度仍然是合理的，并为之而奋斗拼搏，这就决定了他必然成为悲剧人物。《史记》中许多反抗中央朝廷的诸侯王，都属于这类相信旧制度合理性的悲剧人物。《史记》中的悲剧人物按其品格划分，又有完美型和缺失型两类。《赵世家》中为保护赵氏孤儿而付出巨大牺牲的义士公孙杵臼、程婴，《刺客列传》《游侠列传》中的刺客游侠，都是具有高尚品格和献身精神的英雄，他们的所作所为几乎无可挑剔，是把身上最有价值的东西毁灭给人看，是完美型的悲剧英雄。还有一些悲剧人物的品格存在明显的弱点，由这些弱点而导致的失误最终毁灭了自身。但由于他们终归是英雄，所以其毁灭也是悲剧性的。这类缺失型悲剧英雄以项羽为代表，他生前战功赫赫，死得慷慨壮烈，他的弱点也暴露得非常明显，只是他自己没有意识到本身的缺欠。

司马迁的人生遭遇是不幸的，他的命运是悲剧性的，他为众多悲剧人物立传，寄寓自己深切的同情。他赞扬弃小义、雪大耻，名垂后世的伍子胥，塑造出一位烈丈夫形象。他笔下的虞卿、范雎、蔡泽、魏豹、彭越等人，或在穷愁中著书立说，或历经磨难而愈加坚强，或身被刑戮而自负其材，欲有所用。所述这些苦难的经历都带有悲剧性，其中暗含了司马迁自己的人生感慨。

司马迁在探讨人物悲剧的根源时，流露出对天意的怀疑，以及命运不可捉摸、难以把握之感。他在《伯夷列传》中慨叹："天道是邪，非邪！"在《外戚世家》中反复强调："人能弘道，无如命何？""岂非命也哉！"对于像萧何、陈平那样的幸运儿，司马迁认为他们的人生偶然性中体现出历史的必然性，自身才能、对历史潮流的顺应使他们扮演英雄的角色，命运对于这些人来说不是难解的谜。而从那些悲剧人物身上，司马迁更多感受到的是历史和人生的不确定、不公平和难以理解。司马迁还通过为悲剧人物立传，揭示了异化造成的人性扭曲。吴起为了当上鲁国将军而杀妻，未为卿相而母死不归，名缰利锁把他变成一个刻暴少恩之人，最终也因此亡身，政治上的巨大功绩与人性的严重异化形成直接冲突。张耳、陈馀早年为刎颈之交，后来却反目为仇，也是利欲把他们拆开。

《史记》富有传奇色彩。司马迁喜欢猎奇，把许多传说故事写入人物传记中，造成一种神秘感。写秦始皇晚年行迹，穿插许多怪异反常的事情，以及神灵的出没，用以预示秦王朝末日的到来。写汉高祖发迹，则用刘媪感蛟龙而生子，刘邦醉斩白蛇等传说以显示他的灵异。除了类似荒诞不经的传说之外，《史记》所写的许多真人真事也带有传奇色彩。鲁仲连为人排患解难而无所取，超然远引，终身不复见，是一位奇士。《留侯世家》中的张良是位传奇人物，文中出现的商山四皓同样来得突兀，恍若神仙。《史记》中的许多故事都疏离常规，出乎人的意料之外，也富有传奇性。《外戚世家》中的薄夫人因遭冷落而大富大贵，窦姬本欲入赵王府而宦官误赐代王，她阴错阳差成了皇后。这些宫廷故事也是表现人生命运的不可捉摸，但它酿成的不是悲剧，而是喜剧。《田单列传》的传主田单是一位智谋之士，这篇传记写了一系列的奇谋奇计，尤其是用火牛阵大破燕军一节，更是精彩绝妙。传记赞语又附奇士王蠋、奇女君王后的事迹，可谓奇上加奇。《史记》的传奇性还源于司马迁叙事写人的笔法。司马迁为文疏荡多变，忽起忽落，其来无端，其去无迹，起灭转接，令人莫测端倪。《伯夷列传》是为伯夷、叔齐作传，却以议论开篇，又引许由、卞随、务光等人为伯夷、叔齐作陪衬，几乎使人不辨宾主。叙伯夷、叔齐事迹后，在议论中引出颜渊、盗跖，从正反两方面说开。结尾点题，指出砥行立名者必附青云之士才能流传后世。通篇意到笔随，纵横变化，烟云缭绕，扑朔迷离。《史记》的章法、句法、用词都有许多独特之处，它别出心裁，不蹈故常，摇曳回荡，跌宕有致，以其新异和多变而产生传奇效果。

## 第五节　《史记》的地位和影响

传记文学的开端　　先秦文学传统的继承融会　　人文精神的弘扬　　后代散文、小说、戏剧与《史记》的渊源关系

《史记》是我国纪传体史学的奠基之作，同时也是我国传记文学的开端。中国古代史传文学在先秦时期就已经初具规模，记言为《尚书》，记事为《春秋》，其后又有编年体的《左传》和国别体的《国语》《战国策》。但是，以人物为中心的纪传体史学著作，却是司马迁的首创。《史记》的出现，标志中国古代史传文学的发展已经达到高峰。

《史记》是传记文学名著，但它具有诗的意蕴和魅力。《史记》指次古今，出入风骚，对《诗经》和《楚辞》均有继承，同时，战国散文那种酣畅淋漓的风格也为《史记》所借鉴，充分体现了大一统王朝中各种文学传统的融会。

《史记》的影响是极其深远的，它为后代文学的发展提供了丰富的营养和强大的动力。

司马迁作为伟大的历史学家和文学家，在《史记》一书中大力弘扬人文精神，为后代作家树立起一面光辉的旗帜。《史记》所渗透的人文精神是多方面的，主要有：以立德、立功、立言为宗旨以求青史留名的积极入世精神，忍辱含垢、历尽艰辛而百折不挠、自强不息的进取精神，舍生取义、赴汤蹈火的勇于牺牲精神，批判暴政酷刑、呼唤世间真情的人道主义精神，立志高远、义

不受辱的人格自尊。《史记》中一系列血肉丰满的人物形象，从不同侧面集中体现了上述精神，许多人物成为后代作家仰慕和思索的对象，给他们以鼓舞和启迪。

《史记》是传记文学的典范，也是古代散文的楷模，它的写作技巧、文章风格、语言特点，无不令后代散文家翕然宗之。从唐宋古文八大家，到明代前后七子、清代的桐城派，都对《史记》推崇备至，他们的文章也深受司马迁的影响。《史记》在语言上平易简洁而又富有表现力，把许多佶屈聱牙的古书词句译成汉代书面语，还适当地引用口语、谚语，显得生动鲜活。《史记》语言多是单行奇字，不刻意追求对仗工稳，亦不避讳重复用字，形式自由，不拘一格。正因为如此，历史上的古文家在批评骈俪文的形式主义倾向和纠正艰涩古奥文风时，都要标举《史记》，把它视为古文的典范。

《史记》的许多传记情节曲折，人物形象栩栩如生，为后代小说创作积累了宝贵的经验。小说塑造人物形象的许多基本手法，在《史记》中都已经开始运用，如：使用符合人物身份、性格的语言，通过具体事件或生活琐事显示人物性格，把人物置于矛盾冲突中加以表现。从唐传奇到明清小说，在人物塑造、情节安排、场面描写等方面都可以见到《史记》的痕迹。同时，古代作家还从写法上探讨《史记》与小说的关系，得出了许多精辟的结论。

《史记》的许多故事在古代广为流传，成为后代小说戏剧的取材对象。元代出现的列国故事平话，明代出现的《列国志传》，以及流传至今的《东周列国志》，所叙人物和故事有相当一部分取自《史记》。明甄伟的《西汉通俗演义》，也是大量利用《史记》中的材料。《史记》的许多人物故事相继被写入戏剧，搬上舞台，据傅惜华《元代杂剧全目》所载，取材于《史记》的剧目就有180多种。据李长之统计，在现存132种元杂剧中，有16种采自《史记》的故事[15]。后来的京剧也有不少剧目取材于《史记》。总之，《史记》成为中国古代小说、戏剧的材料宝库，它作为高品质的艺术矿藏得到反复的开发利用。

## 注 释

〔1〕关于司马迁的生年，主要有两种说法。一种认为他生于汉景帝中元五年（前145），见《史记》卷一百三十《太史公自序》的张守节《正义》，王国维的《太史公行年考》，载于《观堂集林》卷十一。一种认为司马迁生于汉武帝建元六年（前135），见《史记·太史公自序》的司马贞《索隐》，李长之持此说，著《司马迁生年为建元六年辨》（见《司马迁之人格与风格》，生活·读书·新知三联书店1984年版，第19~23

页)。20世纪50年代和80年代，国内学术界关于司马迁的生年有过两次大讨论，具体情况可参阅张大可《史记研究》(甘肃人民出版社1985年版，第74~102页)。

〔2〕《史记》卷一百三十《太史公自序》称："迁生龙门。"关于司马迁的确切出生地，有陕西韩城和山西河津两种说法。《太史公自序》裴骃《集解》引徐广说："冯翊夏阳县。"张守节《正义》："迁即汉夏阳县人也，至唐改曰韩城县。"见日本泷川资言《史记会注考证》(文学古籍刊行社1955年版，第5195页)。北宋治平元年(1064)，韩城芝川修建司马迁的庙宇，通常都认为那里是司马迁的出生地。有人认为司马迁出生在韩城高门村西的龙门寨，见吉春的《司马迁生地浅探》一文(载《人文杂志》1984年第3期)。司马迁生于山西河津的说法见于黄乃管的《司马迁出生在今山西河津县说》一文(载《晋阳学刊》1983年第6期)。文中引元代王世诚《河津县总图记》之文："迁生龙门，居于太和坊。"并称："太和坊，就是现河津县太阳乡西辛封村。"本书取韩城芝川说。

〔3〕《史记》卷二十七《天官书》："自汉之为天数者，星则唐都，气则王朔，占岁则魏鲜。"唐都系天文学家，能观星象。《史记》卷一百二十一《儒林列传》："自鲁商瞿受《易》孔子，孔子卒，商瞿传《易》，六世至齐人田何，字子庄。而汉兴，田何传东武人王同子仲，子仲传菑川人杨何，何以《易》元光元年征，官至中大夫。齐人即墨成以《易》至城阳相，广川人孟但以《易》为太子门大夫，鲁人周霸、莒人衡胡、临菑人主父偃，皆以《易》至二千石。然要言《易》者本于杨何之家。"杨何是景帝、武帝时期的《易》学大师，许多著名学者出自他的门下。《史记》卷一百二十一《儒林列传》："清河王太傅辕固生者，齐人也，以治《诗》，孝景时为博士，与黄生争论景帝前。黄生曰：'汤、武非受命，乃弑也。'"日本泷川资言《史记会注考证》："《史公自序》云：'太史公习道论于黄子。'黄生学黄老，黄老之学祖述黄帝，不宪章汤、武。"(见《史记会注考证》，文学古籍刊行社1955年版，第4905~4906页)

〔4〕《汉书·儒林传》："孔氏有古文《尚书》，孔安国以今文字读之，因以起其家逸书，得十馀篇，盖《尚书》兹多于是矣。遭巫蛊，未立于学官。安国为谏大夫，授都尉朝，而司马迁亦从安国问故，迁书载《尧典》《禹贡》《洪范》《微子》《金縢》诸篇，多古文说。"(《汉书》，中华书局1975年排印本，第3607页)孔安国任谏大夫期间，司马迁曾向他学习古文《尚书》。《史记》卷一百三十《太史公自序》称"余闻董生曰"，引董生论孔子作《春秋》之语，与《春秋繁露·俞予》一文多类似，此处董生当指董仲舒，司马迁曾得到他的教诲。

〔5〕关于司马迁青年时代漫游东南的材料，散见于《史记》的《五帝本纪》《河渠书》《齐太公世家》《魏世家》《孔子世家》《伯夷列传》《孟尝君列传》《魏公子列传》《春申君列传》《屈原贾生列传》《淮阴侯列传》《樊郦滕灌列传》《龟策列传》，而以《太史公自序》的记载最为详尽。对司马迁青年时代东南漫游路线有多种推测，看法不一。多数学者认为只是一次，程金造则怀疑东南漫游可能是三次："《太史公自序》此一段文字，所述游方不同，时事亦当自异。'二十而南游江、淮，上会稽，探禹穴，

窥九疑，浮于沅、湘'，为一方，为连续之事，或为一时。'北涉汶、泗，讲业齐、鲁之都，观孔子之遗风，乡射邹、峄'，为一方，为连续之事，或又为一时。'厄困鄱、薛、彭城，过梁、楚以归。'此又为一时之事。"见程金造《史记管窥》（陕西人民出版社 1995 年版，第 157 页）。司马迁青年时期东南漫游曾到过楚地，《春申君列传》称："吾适楚，观春申君故城宫室，盛矣哉！"楚地，刘大杰释为姑苏（今江苏苏州），他写道："（司马迁）再到姑苏，参观了春申君的宫室遗址，为五湖的风光所陶醉。"见其所著《中国文学发展史》（上海古籍出版社 1982 年版，上册第 162 页）。案，楚，当指西汉楚国，《汉书》卷二十八《地理志》："楚国，……县七：彭城、留、梧、傅阳、吕、武原、甾丘。"其地在今江苏徐州一带。西汉梁国与楚国相邻，梁在西，楚在东，故《太史公自序》中有"过梁、楚以归"之语。姑苏远在吴地，与梁悬隔，楚地非指姑苏甚明。《史记·春申君列传》："考烈王元年，以黄歇为相，封为春申君，赐淮北地十二县。后十五岁，黄歇言之楚王曰：'淮北地边齐，其事急，请以为郡便。'因并献淮北十二县，请封于江东，考烈王许之。春申君因城故吴墟，以自为都邑。"春申君初封淮北 12 县，15 年后才迁往苏州。司马迁所见春申君故城宫室、位于淮北，是春申君前期所建。

〔6〕司马迁入仕以后的游历地域，见于《史记》的《五帝本纪》《河渠书》《蒙恬列传》《太史公自序》。

〔7〕司马迁的上述交游，分别见于《史记》的《项羽本纪》《刺客列传》《郦生陆贾列传》《卫将军骠骑列传》《樊郦滕灌列传》《屈原贾生列传》《赵世家》《游侠列传》《李将军列传》。

〔8〕《史记》在东汉中期以前称《太史公书》《太史公记》，或直称《太史公》。东汉后期始称《史记》。有关这一问题，陈直《太史公书名考》一文考证严密，文中共列九证，多有发明，据东海庙碑文字断定，东汉桓帝永寿元年（155），司马迁的这部著作已称为《史记》。陈文原载《文史哲》1956 年第 6 期，后收入《历史研究》编辑部编的《司马迁与〈史记〉论集》，陕西人民出版社 1982 年版，第 208~214 页。

〔9〕司马迁《报任安书》的写作时间，王国维《太史公行年考》定于武帝太始四年（前 93），郭沫若、李长之俱主此说。郭说见于《〈太史公行年考〉有问题》一文，原载《历史研究》1955 年第 6 期，后收入《历史研究》编辑部编的《司马迁与〈史记〉论集》（陕西人民出版社 1982 年版，第 182~186 页）。李长之文见于《司马迁之人格与风格》（生活·读书·新知三联书店 1984 年版，第 20 页）。程金造断定，《报任安书》写于征和二年（前 91），见《史记管窥》（陕西人民出版社 1995 年版，第 124~136 页）。《史记会注考证·太史公年谱》亦持此说。后一处说法本于清人赵翼，见其所著《廿二史札记》卷一（商务印书馆 1985 年版）："此书正安坐罪将死之时，则征和二年间事也。"本书取后一种说法。

〔10〕关于司马迁卒年，有武帝时期和武帝之后两种说法。见程金造《司马迁卒年之商榷》一文，载《史记管窥》（陕西人民出版社 1995 年版，第 105~123 页）。

〔11〕美芝加哥大学余国藩在《历史、小说与对中国叙事的解读》一文中，将司马迁写作

《史记》的动机说成是和希罗多德的修史宗旨基本一致："希罗多德式的记录方式，以一种自觉的博学手法，描摹了希腊以及其他民族的丰功伟绩，用来保留对于过去的记忆，并对抗时间的毁灭性（chrono exitela-希罗多德，第1卷第1节）。这种方式在中国伟大史学家司马迁（公元前145？—90？）那里找到了回应。他在《自序》中说'灭功臣世家贤大夫之业不述'，那他就'罪莫大焉'。他对自己的不朽事业作出如下的著名描述：'余所谓述故事，整齐其世传，非所谓作也。'（《史记》卷一百三十）由是观之，它所表明的大多不是他本人婉然拒绝的把自己的经历比作孔子编纂《春秋》的行为，而是希望强调自身写作的真实性质。"见乐黛云、陈珏编选《北美中国古典文学研究名家十年文选》（江苏人民出版社1996年版，第350页）。

〔12〕日本学者今鹰真《〈史记〉中所表现的司马迁的因果报应思想和命运观》一文对于这个问题有深入论述，见徐兴海、今鹰真、尚永亮主编的《司马迁与史记论集》（陕西人民出版社1995年版，第267~290页）。

〔13〕日本学者樱井龙彦著有《〈史记〉的构思和结构——以"物盛则衰"为中心史观而观之》，其中对《史记》叙事详略有所论述。见徐兴海、今鹰真、尚永亮主编的《司马迁与史记论集》（陕西人民出版社1995年版，第50页）。

〔14〕据韩兆琦计算，《史记》全书写悲剧人物大大小小约有120个。见韩兆琦等著《史记通论》（北京师范大学出版社1990年版，第130~131页）。

〔15〕李长之所列现存元杂剧取材于《史记》的16种剧目是：《元曲选》中的《楚昭王》《赵氏孤儿》《谇范叔》《赚蒯通》《伍员吹箫》《冻苏秦》《气英布》《马陵道》，《元椠古今杂剧三十种》中有《周公摄政》《晋文公火烧介子推》《萧何追韩信》，《脉望馆钞本元曲》中有《圯桥进履》《豫让吞炭》《伊尹耕莘》《卓文君私奔相如》《渑池会》。还有逸套见于《雍熙乐府》中者2种：《范蠡归湖》《汉张良辞朝归山》，未计入16种之内。见李长之《司马迁之人格与风格》（生活·读书·新知三联书店1984年版，第304页）。

# 第四章　两汉乐府诗

继《诗经》《楚辞》之后，两汉乐府诗成为中国古代诗歌史上又一壮丽的景观，作为一种新的诗体，呈现出旺盛的生命力。两汉乐府诗以其匠心独运的立题命意，高超熟练的叙事技巧，以及灵活多样的体制，成为中国古代诗歌新的范本。

## 第一节　乐府和乐府诗

乐府与太乐　　乐府的兴废　　乐府诗的搜集和分类

两汉乐府诗是指由朝廷乐府系统或相当于乐府职能的音乐管理机关搜集、保存而流传下来的汉代诗歌。乐府在西汉哀帝之前是朝廷常设的音乐管理部门，行政长官是乐府令，隶属于少府，是少府所管辖的十六令丞之一。西汉朝廷负责管理音乐的还有太乐令，隶属于奉常。乐府和太乐在行政上分属于两个系统，起初在职能上有大体明确的分工。太乐主管的郊庙之乐，是前代流传下来的雅颂古乐[1]。乐府执掌天子及朝廷平时所用的乐章，它不是传统古乐，而是以楚声为主的流行曲调。最初用楚声演唱的乐府诗是《安世房中歌》17章[2]，另外，汉高祖刘邦的《大风歌》在祭祀沛宫原庙时用楚声演唱，也由乐府机关负责管理[3]。西汉从惠帝到文、景之世，见于记载的乐府歌诗主要是以上两种。

西汉乐府的扩充和发展是在武帝时期，《汉书·礼乐志》云："至武帝定郊祀之礼……乃立乐府，采诗夜诵，有赵、代、秦、楚之讴。以李延年为协律都尉，多举司马相如等数十人造为诗赋，略论律吕，以合八音之调，作十九章之歌。以正月上辛用事甘泉圜丘，使童男女七十人俱歌，昏祠至明。"乐府的职能在武帝时进一步强化，它除了组织文人创作朝廷所用的歌诗外，还广泛搜集各地歌谣。许多民间歌谣在乐府演唱，得以流传下来。文人所创作的乐府歌诗也不再像《安世房中歌》那样仅限于享宴所用，还在祭天时演唱，乐府诗的地位明显提高。据《汉书·百官公卿表》记载，武帝时，乐府令下设三丞。又据《汉书·礼乐志》所言，至成帝末年，乐府人员多达800余人，成为一个规模庞大的音乐机构。武帝到成帝期间的100多年，是乐府的昌盛期。哀帝登基，下诏罢乐府官，大量裁减乐府人员，所留部分划归太乐令统辖[4]，从此以后，汉代再没有乐府建制。

东汉管理音乐的机关也分属两个系统，一个是太予乐署，行政长官是太予乐令，相当于西汉的太乐令，隶属于太常卿。一个是黄门鼓吹署，由承华令掌管，隶属于少府[5]。黄门鼓吹之名西汉就已有之，它和乐府的关系非常密切[6]。至东汉，由承华令掌管的黄门鼓吹署为天子享宴群臣提供歌诗[7]，实际上发挥着西汉乐府的作用，东汉的乐府诗歌主要是由黄门鼓吹署搜集、演唱，因此得以保存。

魏晋时期，旧的乐府歌辞有的还在继续沿用，有相当数量的两汉乐府诗流传于朝廷内外。六朝有些总集专门收录乐府古辞，其中主要是两汉乐府诗。至梁沈约编纂《宋书》，其《乐志》收录两汉乐府诗尤为众多。宋郭茂倩编《乐府诗集》，把汉至唐的乐府诗搜集在一起，共分为12类：郊庙歌辞、燕射歌辞、鼓吹曲辞、横吹曲辞、相和歌辞、清商曲辞、舞曲歌辞、琴曲歌辞、杂曲歌辞、近代曲辞、杂歌谣辞、新乐府辞。两汉乐府诗主要保存在郊庙歌辞、鼓吹曲辞、相和歌辞和杂歌谣辞中，而相和歌辞数量最多。

现存两汉乐府诗的作者涵盖了从帝王到平民各阶层，有的作于庙堂，有的采自民间，像司马相如这样著名的文人也曾参与乐府歌诗的创作。《汉书·艺文志》著录西汉歌诗28家，314篇，基本都是乐府诗。现在所能见到的西汉乐府诗，可以认定是西汉的作品有《大风歌》、《安世房中歌》17章、《郊祀歌》19章、《铙歌》18首，以及另外为数不多的几首民歌，其他乐府诗都作于东汉。

## 第二节　丰富多彩的人生画面

苦与乐的深刻揭示　　爱与恨的坦率表白　　乐生恶死愿望的充分展现

《汉书·艺文志》在叙述西汉乐府歌诗时写道："自孝武立乐府而采歌谣，于是有代、赵之讴，秦、楚之风。皆感于哀乐，缘事而发。"两汉乐府诗都是创作主体有感而发，具有很强的针对性。激发乐府诗作者创作热情和灵感的是日常生活中的具体事件，乐府诗所表现的也多是人们普遍关心的敏感问题，道出了那个时代的苦与乐、爱与恨，以及对于生与死的人生态度。

两汉乐府诗的作者来自不同阶层，诗人的笔触深入社会生活的各个层面，因此，社会成员之间的贫富悬殊、苦乐不均在诗中得到充分的反映。相和歌辞中的《东门行》《妇病行》《孤儿行》表现的都是平民百姓的疾苦，是来自社会最底层的呻吟呼号。有的家里“盎中无斗米储，还视架上无悬衣”，逼得男主人公不得不拔剑而起，走上反抗道路（《东门行》）。有的是妇病连年累岁，垂危之际把孩子托付给丈夫；病妇死后，丈夫不得不沿街乞讨，遗孤在家里呼喊着母亲痛哭（《妇病行》）。还有的写孤儿受到兄嫂虐待，尝尽人间辛酸（《孤儿行》）。这些作品用白描的笔法揭示平民百姓经济上的贫穷，劳作的艰难，并且还通过人物的对话、行动、内心独白，表现他们心灵的痛苦，感情上遭受的煎熬。《东门行》的男主人公在作出最终抉择之后，不得不割舍夫妻之爱、儿女之情，夫妇二人的对话是生离死别的场面。《妇病行》中的病妇临终遗嘱伤心刺骨，而丈夫无力赡养遗孤的愧疚、悲哀，也渗透于字里行间。至于《孤儿行》中的孤儿，因不堪忍受非人的待遇，竟然有生不如死的想法，小小年纪便对命运已经完全丧失信心。两汉乐府诗在表现平民百姓疾苦时，兼顾到表现对象物质生活的饥寒交迫和精神、情感世界的严重创伤。尤其可贵的是，诗的作者对于这些在死亡线上挣扎的贫民百姓寄予深切的同情，是以恻隐之心申诉下层贫民的不幸遭遇。

同是收录在相和歌辞中的《鸡鸣》《相逢行》《长安有狭斜行》三诗，与《东门行》等三篇作品迥然有别，它们展示的是与苦难世界完全不同的景象，把人带进另一个天地。这三首诗基本内容相同，都是以富贵之家为表现对象；三首诗的字句也多有重复，最初当是出自同一母体。《相逢行》的作者犹如一位导游人员，两度把人引入侍郎府。第一次见到的是黄金为门，白玉为堂，堂上置酒，作使名倡，中庭桂树，华灯煌煌。第二次见到的是鸳鸯成行，鹤鸣噰噰，两妇织锦，小妇调瑟。这首诗在渲染主人富有的同时，还点出了他的尊贵身份：“兄弟两三人，中子为侍郎。”这是一个既富且贵的家庭，而且富贵程度非同寻常。黄金为门，白玉为堂，是富埒王侯的标志，不是一般的富，而是巨富。侍郎是皇宫的禁卫官或天子左右侍从，是皇帝信任的近臣，其特殊地位不是普通朝廷官员所能相比。《鸡鸣》和《长安有狭斜行》把表现对象的显赫地位渲染得更加充分，或云：“兄弟四五人，皆为侍中郎。”或云：“大子二千石，中子孝廉郎。小子无官职，衣冠仕洛阳。”诗中的富贵之家不只是一人居官，而是兄弟几人同时宦达；所任官职也不限于俸禄为四百石的侍郎，而是秩达二千石的高官显宦。《相逢行》和《长安有狭斜行》二诗，作者是用欣赏的笔调渲染富贵之家，《鸡鸣》一诗则警告豪门荡子不要胡作非为，以免触犯刑律，带有劝谏和批判的成分。[8]上述三诗对富贵之家气象的展现，对中国古代文学创作具有示范性，后来许多同类作品都是以此作为蓝本。黄金为门，白玉为堂，到《红楼梦》中演变成贾府的“白玉为堂金作马”。至于三妇织锦鼓瑟的段落，则被单独划分出去，名为“三妇艳”，在古代乐府诗中频繁重复出现，成为富贵之家的象征，积淀成一种具有特定含义的符号。

表现平民疾苦和反映富贵之家奢华的乐府诗同被收录在相和歌辞中，这就形成对比鲜明、反差极大的两幅画面。一边是饥寒交迫，在死亡线上挣扎；一边是奢侈豪华，不知人间还有忧愁事。一边是连自己的妻儿都无法养活，一边是妻妾成群，锦衣玉食，而且还豢养大群水鸟。这两组乐府诗最初编排在一起带有很大的偶然性，它们的客观效果是引导读者遍历天堂地狱，领略到人间贫富悬殊、苦乐不均的两极世界。

汉代乐府诗还对男女两性之间的爱与恨作了直接的袒露和表白。爱情婚姻题材作品在两汉乐府诗中占有较大比重，这些诗篇多是来自民间，或是出自下层文人之手，因此，在表达婚恋方面的爱与恨时，都显得大胆泼辣，毫不掩饰。鼓吹曲辞收录的《上邪》系铙歌 18 篇之一，是女子自誓之词：“上邪！我欲与君相知，长命无绝衰。山无陵，江水为竭，冬雷震震夏雨雪，天地合，乃敢与君绝。”这首诗用语奇警，别开生面。先是指天为誓，表示要与自己的意中人结为终身伴侣。接着便连举五种千载不遇、极其反常的自然现象，用以表白自己对爱情的矢志不移，其中每一种自然现象在正常情况下都是不会出现的，至于五种同时出现，则更不可能。作品由此极大地增强了抒情的力度，内心的情感如火山爆发、如江河奔腾，没有任何力量能够遏止。两汉乐府诗中的女子对于自己的意中人爱得真挚、热烈，可是，一旦发现对方移情别恋，中途变心，就会变爱为恨，果断地与他分手，而绝不犹豫徘徊。另一篇铙歌《有所思》反映的就是未婚女子这种由爱到恨的变化及其表现。女主人公思念的情人远在大海南，她准备了珍贵的“双珠玳瑁簪，用玉绍缭之”，想要送给对方。听到对方有二心，她就毅然决然地毁掉这份礼物，“拉杂摧烧之”，并且“当风扬其灰”，果断地表示：“从今以往，勿复相思。”她爱得热烈，恨得痛切，她的选择是痛苦的，同时又斩钉截铁，义无反顾。

《孔雀东南飞》所写的是另一种类型的爱与恨。诗的男女主角焦仲卿和刘兰芝是一对恩爱夫妻，他们之间只有爱，没有恨。他们的婚姻是被外力活活拆散的，焦母不喜欢兰芝，她不得不回到娘家。兄长逼她改嫁，太守家又强迫成婚。刘兰芝和焦仲卿分手之后彼此进一步加深了了解，他们之间的爱愈加炽热，最后双双自杀，用以反抗包办婚姻，同时也表白他们生死不渝的爱恋之情。《孔雀东南飞》的作者在叙述这一婚姻悲剧时，爱男女主人公之所爱，恨他们之所恨，倾向是非常鲜明的。两汉乐府诗还有像《陌上桑》和《羽林郎》这样的诗。在这两篇作品中，男女双方根本没有任何感情基础，是素不相识的陌生人，男方企图依靠权势将自己的意愿强加于女方。于是，出现了秦罗敷巧对使君、胡姬誓死回绝羽林郎的场面。这两首诗的作者也是爱憎分明，对秦罗敷和胡姬给予充分的肯定和高度的赞扬，嘲笑、鞭挞好色无行的使君和金吾子。

两汉乐府诗还表达了强烈的乐生恶死愿望。如何超越个体生命的有限性，是古人苦苦思索的重要课题，两汉乐府诗在这个领域较之前代文学作品有更深的开掘，把创作主体乐生恶死的愿望表现得特别充分。

《薤露》《蒿里》是汉代流行的丧歌，送葬时所唱，都收录在相和歌辞中。《薤露》全诗如下："薤上露，何易晞。露晞明朝更复落，人死一去何时归！"这首诗认为人的生命短暂，不如草上的露水。露水干了大自然可以再造，人的生命却只有一次，死亡使生命有去无归，永远消失。《蒿里》把死亡写得更为凄惨："蒿里谁家地？聚敛魂魄无贤愚。鬼伯一何相催促，人命不得少踟蹰。"这首诗是用有神论的观念看待人的死亡，写出了面对死亡时的痛苦心情，是以无可奈何的态度看待魂归蒿里这个不可抗拒的事实。正常死亡尚且引起如此巨大的悲哀，夭折横死产生的巨痛更是难以诉说，铙歌《战城南》表现的是对阵亡将士的哀悼。将士战死以后的景象是："水深激激，蒲苇冥冥。枭骑战斗死，驽马徘徊鸣。"作者极力渲染战场变成墓场之后的苍凉、凄惨，是一幅近乎死寂的阴森画面。尤其令人目不忍睹的是，"野死不葬乌可食"，阵亡者暴尸城外，无人掩埋，乌鸦任意啄食。人生之惨，莫过于此。虽然诗中的死者故作豪迈之语，但战争对生命的摧残依然得到淋漓尽致的表现。以上几首诗在描写死亡的凄惨悲哀时，表现出对生命的珍惜和留恋，对死亡的疏远和拒斥，死亡被写成是无法回避而强加于人的残酷事件。

恶死和乐生是联系在一起的，是一个问题的两个侧面，两汉乐府诗坦率地传达了人们对死亡的厌恶之情，同时又以虚幻的形式把乐生愿望寄托在与神灵的沟通上。郊祀歌《日出入》由太阳的升降联想到人的个体寿命。太阳每天东出西入，日复一日，年复一年，永远没有穷尽。然而，人的个体生命却是有限的，生为出，死为入，一出一入便走完了人生的历程，从而和反复出入、永恒存在的太阳形成鲜明的对照。于是，作者大胆地想象，太阳是在另一个世界运行，那里一年四季的时间坐标与人世不同，因此，太阳才成为永恒的存在物。诗人期待能够驾驭六龙在天国遨游，盼望神马自天而降，驮载自己进入太阳运行的世界。收录在杂曲歌辞中的《艳歌》描绘出一幅进入天国的理想画面。诗人幻想自己升上云霄，来到神界仙乡，成为那里的贵宾。各种神灵都为他的到来而忙碌，天公河伯、青龙白虎、南斗北极、嫦娥织女都殷勤备至，甚至连流霞清风、垂露奔星也都载歌载舞，张帷扶轮，热情地为诗人服务。这首诗表现的是超越个体有限生命，到达彼岸世界之后的至乐，给许多天体对象注入了生命，使天神地祇和诗人聚集一堂。同类诗篇还有相和歌辞中的《长歌行》《董逃行》，不过这两首诗中的长生之乡不是天国，而是仙山，是靠神药延年益寿。

两汉乐府诗在表达长生幻想时，有时还写神界的精灵来到人间，和创作主体生活在同一世界。郊祀歌《练时日》《华烨烨》二诗的神灵都是来自天上，铙歌《上陵》中的仙人来自水中。在描写神灵莅临的时候，乐府诗作者充分发挥想象力，刻画得非常细致。《练时日》通过对灵之游、灵之车、灵之下、灵之来、灵之至、灵已坐、灵安留等多方面的依次铺陈，展示出神灵逐渐向自己趋近的过程和风采，以及自己得以和神灵交接的喜悦心情。《华烨烨》在写法上和《练时日》极其相似。《上陵》中的仙人则是桂树为船，青丝为笮，木兰为櫂，黄金交错，显得超凡脱俗。这些作品表面是写神灵来到世间，神灵向创作主体趋近，实际是暗示诗人借助神灵的力量获得长生属性，即将成为神仙世界的一员。

两汉乐府诗无论是写举体飞升进入神国仙乡，还是写神灵来到人间，都把人和神置于同一层面。神灵不再是高高在上，和创作主体很疏远，而是人神同游，彼此亲近。两汉乐府诗是通过人的神仙化、神仙的世俗化，表达作者沟通天人的理想。

两汉乐府诗在表现人世间的苦与乐、两性关系的爱与恨时，受《诗经》影响较深，有国风、小雅的余韵；而在抒发乐生恶死愿望时，主要是继承楚文化的传统，是《庄》《骚》的遗响。

## 第三节 娴熟巧妙的叙事手法

生活镜头的选取　故事情节完整曲折　人物形象各具特色　叙事详略得当　寓言诗的创作

两汉乐府诗中有叙事诗，也有抒情诗，而以叙事诗的成就更为突出。《诗经》《楚辞》多数都是抒情诗，抒情过程中也时而穿插叙事，但叙事附属于抒情。两汉乐府叙事诗的出现，标志中国古代叙事诗的成熟。

两汉乐府诗都是感于哀乐、缘事而发的，创作主体在选择叙事对象时，善于发现富有诗意的镜头，及时摄入画面。

酒店是人来人往，熙熙攘攘的热闹场所，饮食服务自古以来就是社会的窗口行业，尤其是酒店的女主人，更是引人注目的对象，许多故事都发生在她们身上[9]。两汉乐府诗有两篇作品以酒店妇女为主角，一篇是收录在相和歌辞的《陇西行》，一篇是辛延年的《羽林郎》。《陇西行》再现健妇善持门户的场面，《羽林郎》叙述当垆美女反抗强暴的故事。通过描写她们与顾客的交往及各类人物的举止言行，艺术地展示了汉代的市井风情。京都是最繁华的地方，两汉的长安、洛阳达官贵人萃集，他们的宅府往往建在深巷。巷深路狭，车高马大，经常出现道路拥挤、交通堵塞的现象。因不肯相让而争路抢道的事情在汉代时有发生，有的最终引发人命案件[10]。为了避免不必要的误会和冲突，狭路相逢时弄清对方的身份就显得十分必要。《相逢行》《长安有狭斜行》选择的都是"夹毂问君家"的特写镜头，通过对方的一番炫耀，道出了车主人的富贵豪华。除此之外，《陌上桑》以春日采桑为背景，相和歌辞《艳歌行》择取女主人为他乡游子缝补衣服，引起丈夫猜忌的情节，都是以常见而又富有情趣的画面入诗，诗人找到了最佳视点。

两汉乐府诗作者在选择常见生活情节时别具慧眼，对于偶然性、突发性事件的捕捉也很有新意。在现实生活中，弃妇遇故夫的机会通常是很少的，而且往往是有意回避。收录在古诗类的《上山采蘼芜》实乃乐府诗，写的就是弃妇与故夫的邂逅。通过男子的一番叙述，得出了"新人不如故"的结论。不管他们的离异是出于男子负心还是迫于外界压力，这个故事都是发人深思的。相和歌辞《艳歌何尝行》以鹄喻人，写的是一个突发事件。夫妻同行，妻子突然生病，两人不得不中途分手，凄凄惨惨，泪落纵横。这两首诗强烈的艺术感染力，很大程度上得益于偶然和突发事件本身的性质。

两汉乐府诗作者在选择叙事题材时，表现出明显的尚奇倾向。对于那些来自异域的新鲜事物，诗人总是怀着惊异的目光去搜索、发现它们，并饶有兴致地写入作品。贰师将军李广利从大宛获汗血马[11]，于是郊庙歌辞有《天马》诗叙述此事；张骞通西域之后引进苜蓿[12]，杂曲歌辞《蜨蝶行》就特意提到这种植物。《陇西行》有"坐客毡氍毹"之语，客人坐在毛织地毯上，酒店室内装饰用的是西域产品。杂曲歌辞《乐府》直接陈述胡商及其携带的物品："行胡从何方？列国持何来？氍毹五木香，迷迭艾纳及都梁。"这些来自西域、东南亚及楚地的奇异物品令中土人士大开眼界，也使诗篇带上了异域色彩。另外，那些迎神求仙诗，更是崇尚奇异的体现。

两汉乐府叙事诗多数具有比较完整的情节，而不限于撷取一二个生活片断，那些有代表性的作品都是讲述一个有头有尾、有连续情节的故事。《妇病行》有临终托孤、沿街乞讨、孤儿啼索等场面，中间又穿插许多细节。《孤儿行》通过行贾、行汲、收瓜、运瓜等诸多劳役，突出孤儿苦难的命运。收录在古诗中的《十五从军征》也是一首乐府诗，叙述80高龄的退役老兵返回荒芜家园的情景，其中有中途和乡人对话、回家后烧饭作羹、饭菜熟后难以独自进餐三个场面，前后连贯，血脉相通，并且时见曲折。长篇叙事诗《孔雀东南飞》的故事情节更是波澜起伏，扣人心弦。诗中的矛盾冲突不是单线延伸，而是两条线索同时展开，相互交错。一条线索是兰芝与婆母、兄长的矛盾及冲突。先是兰芝被遣归，继而兄长强迫她答应太守府的求婚，终至兰芝、仲卿二人自杀，酿成一场悲剧。一条线索是兰芝、仲卿相互之间同情和理解日益加深的过程。开始是卧室对话，表示彼此不相忘。接着是路口分别，结下盟誓，共约同死，比卧室中的允诺更进一步。最后是赴水悬树，相继自杀，他们的爱情升华到顶点，故事也就基本结束。正因为两条线索纠结在一起，所以，情节的展开跌宕起伏，使人时时关注矛盾的发展和男女主人公的命运。

两汉乐府叙事诗在刻画人物方面也取得很大成就，塑造出一批栩栩如生的形象，他们各具特点，不相雷同。秦罗敷和胡姬都是反抗强暴的女性，罗敷以机智的言词戏弄向她求婚的使君，演出一场幽默的喜剧[13]；胡姬则是以生命抗拒羽林郎的调戏，具有悲剧主角的品格。一个聪明多智，一个刚烈坚贞，显示出两种不同的气质和性格。至于《孔雀东南飞》中出现的人物群像，更是个个肖其声情。刘兰芝的刚强、焦仲卿的忠厚、焦母的蛮横、刘兄的势利眼，以及太守府求婚使者的傲慢，无不刻画得惟妙惟肖，入木三分。诗人在塑造人物形象时，运用了个性化的对话，注意细节描写，善于利用环境或景物作衬托。

两汉乐府叙事诗的娴熟技巧，还体现为叙事详略得当，繁简有法。何者详叙，何者简写，两汉乐府叙事诗大体遵循以下规则：

详于叙事而略于抒情。两汉乐府叙事诗的作者具有比较自觉的叙事意识，在创作实践中努力把叙事诗和抒情诗区别开来，使二者的形态呈现出明显的差异。两汉乐府诗许多叙事名篇，都因叙事详尽而产生强烈的艺术感染力。除了像《孔雀东南飞》这样长篇的叙事诗中偶尔穿插抒情诗句外，其余各篇中纯粹抒情的句子极其罕见，都是以叙事为主。《十五从军征》对复员老兵家园荒芜的景象渲染得非常充分，对老兵还家后的行动也有详细的叙述，唯独不用专门文字抒发内心的悲哀，明显是以叙事为主。

铺陈场面、详写中间过程而略写首尾始末。两汉乐府叙事诗的作者长于、也乐于铺陈场面。《陌上桑》一诗篇幅不长，其中却有两段场面描写的文字，一是众人观罗敷，二是罗敷夸耀夫婿，都不吝笔墨，写得非常细致。《孔雀东南飞》对太守家迎亲场面的描写也是铺张扬厉，大肆渲染。两汉乐府叙事诗对事情的中间经过普遍有详细的叙述，有的还有细节描写，但对故事的开始和结局的叙述都比较简单，没有花费太多的笔墨。有的是突兀而来，戛然而止；有的是开门见山，缓来急收。《孔雀东南飞》的开头结尾采取的是典型的略写笔法，其馀叙事名篇也大体如此。

详写服饰仪仗而略写容貌形体。两汉乐府叙事诗在陈述故事、刻画人物时，对于人的服饰仪仗从各个方面加以展示，采用的是详写笔法。从秦罗敷、刘兰芝到胡姬，从罗敷“夫婿”、侍郎到羽林郎，无论其为男为女，都通过详细描写服饰仪仗来衬托他们的美丽或富贵。《妇病行》《孤儿行》在描写平民的苦难时，也提到孤儿破烂单薄的衣衫。服饰仪仗成为两汉乐府叙事诗中常备的道具，是详写的对象。与此相反，两汉乐府叙事诗对人的容貌形体通常都以略写的方式处理，惜墨如金。除《孔雀东南飞》对刘兰芝有“指如削葱根，口如含珠丹”这样细腻的描写外，其他叙事诗很少直接展示人物的形貌。这种写法为读者留下了广阔的天地，他们可以根据自己的体验和情趣，充分发挥想象，重塑诗中人物。《诗经·卫风·硕人》、相传出自宋玉之手的《登徒子好色赋》，都以详写女子容貌见长，和这类作品相比，两汉乐府诗的叙事技巧对传统笔法有所超越，显示出由注重形似向崇尚神似演变的征兆。

汉代以前，尽管先秦诸子散文中有许多寓言故事，寓言诗却极为罕见，只有《诗经·豳风·鸱鸮》可称得上是严格意义的寓言诗。两汉乐府有多首寓言诗，是汉乐府叙事诗的重要组成部分，以寓言的形式叙事，成为两汉乐府诗的一个特点。两汉乐府寓言诗可划分为两种类型，一种假托动植物之口进行自述，鼓吹曲辞《雉子班》，相和歌辞《乌生》《豫章行》，杂曲歌辞《蜨蝶行》都是属于这种类型。另一类寓言则是植物和人对话，诗中出现两个角色。宋子侯的《董娇娆》虚拟桃李树和洛阳女子的对话，诉说枝折花落的不平，责备人为的力量使青春早夭。上述几首寓言诗的题旨比较接近，各种动植物都叙述自身惨遭戕害的命运，劝告世人谨于持身，爱惜生命。这些寓言诗多有奇特的想象，鱼鸟花木也会作人言，而且出人意表。

## 第四节　异曲新声与诗体演变

楚声与三言、七言体　　北狄、西域乐与杂言体　　从四言到五言

两汉乐府诗对中国古代诗歌样式的嬗革起到了积极的推动作用，实现了由四言诗向杂言诗和五言诗的过渡。

在中国古代文学史上，诗歌样式的变革往往和流行乐曲的声调有关。两汉乐府诗最初是配乐演唱的，它之所以在诗体形式上不同于《诗经》的四言句，既是诗歌本身发展的必然结果，也有乐曲的因素发挥作用。

汉高祖刘邦是楚人，喜爱楚声[14]，他的《大风歌》就是用楚声演唱的。先秦楚地诗歌的代表样式是《离骚》体，通常每句六言或七言，七言句最后一个字往往是语气词。这种诗体的句式稍加延伸，去掉语气词，就变成七言句。把六言句中间拆开，就变成两个三言的句子。楚声也可以演唱四言体诗，刘邦的《鸿鹄歌》是四言诗，他用楚地曲调唱给戚夫人听。不过，用楚声演唱骚体诗，更合乎楚人的情趣。骚体稍加改造，就变成七言句和三言句，因此，汉代乐府用楚声演唱的歌诗，就不可避免地出现三言句和七言句，从而导致诗体的演变，这种迹象在汉初就已经出现。《安世房中歌》是用楚声演唱的，其中第六章是七言和三言相杂："大海荡荡水所归，高贤愉愉民所怀。大山崔，百卉殖，民何贵？贵有德。"这篇作品是用楚声演唱的三言七言相杂之诗，是对骚体诗的改造。至于第七、八、九三章，全是整齐的三言诗，是把骚体诗六字句一分为二的产物。到了武帝时代的《郊祀歌》19首，纯四言诗只有9首，其余或是三言，或是杂言，尤以三言和七言居多。汉代楚声的流行，对三言和七言诗句的大量出现起了催化作用。

汉代乐府诗歌的曲调来源是多方面的，除了中土各地的乐曲外，还有来自周边民族的歌曲，鼓吹曲辞收录的铙歌18首就是配合北狄西域之乐演唱的。鼓吹曲本是军中用乐，来自北方和西域[15]。它的曲调和中土音乐有很大差异，因此，配合鼓吹曲演唱的歌诗也就和中土常见的体式明显不同。现存铙歌18首各篇均是杂言，和其他乐府诗迥然有别，是诗歌形式发生的重大变化[16]。

对乐府诗体产生重大影响的乐曲除楚声和北狄西域乐外，还有中土流行的五言歌谣。仅以西汉而言，惠帝时戚夫人所唱的《舂歌》，六句中有五句是五言。李延年为武帝演唱的"北方有佳人"六句歌诗，有三句是五言，第三句如果不计调节语气的"宁不知"三字，也是五言句。成帝时长安流传的歌谣《尹赏歌》《邪径败良田》，都已经是标准的五言诗。西汉乐府广泛搜集各种歌谣，其中必有相当比例的五言诗。这些五言歌谣在形式上不同于传统的四言诗，引起文人浓厚的兴趣，并且亲自模仿拟作，因此，东汉开始有较多的文人五言诗。从西汉五言歌谣到乐府五言诗，再到文人五言诗，这是早期五言诗发展的基本轨迹。

## 注 释

〔1〕《汉书·礼乐志》:“汉兴,乐家有制氏,以雅乐声律世世在大乐官,但能纪其铿铃鼓舞,而不能言其义。高祖时,叔孙通因秦乐人制宗庙乐。”(《汉书》,中华书局1975年版,第1043页)

〔2〕《汉书·礼乐志》:“又有《房中祠乐》,高祖唐山夫人所作也。周有《房中乐》,至秦名曰《寿人》。凡乐,乐其所生,礼不忘本。高祖乐楚声,故《房中乐》楚声也。孝惠二年,使乐府令夏侯宽备其箫管,更名曰《安世乐》。”(《汉书》,中华书局1975年版,第1043页)关于《安世房中歌》的作者,通常认定为唐山夫人。逯钦立不同意此说,他写道:“此歌《文选补遗》及《广文选》《诗纪》均属唐山夫人。逯案,《汉书》仅谓唐山夫人作乐,乐与辞非一事,此质之汉志可知,似不得即署唐山夫人。”(见《先秦汉魏晋南北朝诗》,中华书局1984年版,第147页)

〔3〕《史记·乐书》:“高祖过沛诗三侯之章,令小儿歌之。高祖崩,令沛得以四时歌舞宗庙。孝惠、孝文、孝景无所增更,于乐府习常肄旧而已。”司马贞索隐:“按,过沛诗,即《大风歌》也。……侯,语辞也。诗曰‘侯其而’者是也。兮,亦语辞也。沛诗有三兮,故云三侯也。”(泷川资言《史记会注考证》,文学古籍刊行社1955年版,第1647~1648页)《汉书·礼乐志》:“初,高祖既定天下,过沛,与故人父老相乐,醉酒欢哀,作‘风起’之诗,令沛中僮儿百二十人习而歌之。至孝惠时,以沛宫为原庙,皆令歌儿习吹以相和,常以百二十人为员。文、景之间,礼官肄业而已。”(《汉书》,中华书局1975年版,第1045页)

〔4〕《汉书·礼乐志》:“是时,郑声尤甚。……哀帝自为定陶王时疾之,又性不好音。及即位,下诏曰:‘……其罢乐府官。郊祭乐及古兵法武乐,在经非郑卫之乐者,条奏,别属他官。’丞相孔光、大司空何武奏:‘……大凡八百二十九人,其三百八十八人不可罢,可领属太乐。其四百四十一人不应经法,或郑卫之声,皆可罢。’奏可。”(《汉书》,中华书局1975年版,第1072~1074页)

〔5〕《后汉书·安帝纪》永初元年秋九月:“诏太仆、少府减黄门鼓吹,以补羽林士。”李贤注:“《汉官仪》曰:‘黄门鼓吹百四十五人。’”(《后汉书》,中华书局1973年版,第208页)杜佑《通典》卷二十五:“后汉有承华令,典黄门鼓吹,属少府。”(见《通典》,中华书局1988年版,第696页)《唐六典》卷十四注文:“后汉少府属官有承华令,典黄门鼓吹百三十五人,百戏师二十七人。”(台湾商务印书馆1983年影印文渊阁《四库全书》本第595册,第147页)

〔6〕《汉书·礼乐志》:“是时,郑声尤甚。黄门名倡丙强、景武之属富显于世。”(《汉书》,中华书局1975年版,第1072页)《汉书·张汤传》:“知男子李游君欲献女,使乐府音监景武强求,不得,使奴康等之其家,贼伤三人。”(《汉书》,中华书局1975年版,第2655页)景武既为黄门名倡,又任乐府音监。黄门鼓吹与乐府性质相近,关系密切。《汉书·循吏传》:“召信臣,字翁卿,九江寿春人也。……竟宁中,征为

少府，列于九卿。奏请上林诸离远宫馆稀幸御者，勿复缮治共张。又奏省乐府、黄门倡优诸戏，及宫馆兵弩什器减过泰半。”（《汉书》，中华书局 1975 年版，第 3641～3642 页）乐府、黄门都有倡优诸戏，故皆在减省之列。桓谭《新论》：“汉之三主，内置黄门工倡。”（严可均辑《全上古三代秦汉三国六朝文·全后汉文》卷十五，中华书局 1987 年版，第 548 页）

〔7〕蔡邕《戍边上章·乐意》：“汉乐四品。……三曰黄门鼓吹，天子所以宴乐群臣，诗所谓‘坎坎鼓我，蹲蹲舞我’者也。”（严可均辑《全上古三代秦汉三国六朝文·全后汉文》卷七十，中华书局 1987 年版，第 859 页）

〔8〕《鸡鸣》诗中“刘玉碧青甓，后出郭门王”二句颇费解，注家多有歧义。逯钦立辨析甚为透彻，可资参考。“逯案，歌中‘刘玉碧青甓，后出郭门王’十字，有脱误。《书钞》百十二引乐府歌云：‘名倡刘碧玉’，疑即此上句原文。今本殆以上句倡字而脱去名倡二字，并倒碧玉为玉碧也。又《新五代史》三十七《伶官传》：‘郭门高者，名从谦。门高其优名也’云云。疑此郭门王亦倡人名。上言刘碧玉，下言郭门王，所以眩邯郸倡乐之佳也。”（见《先秦汉魏晋南北朝诗》，中华书局 1984 年版，第 258 页）

〔9〕《汉书·司马相如传》：“相如与俱之临邛，尽卖车骑，买酒舍，乃令文君当垆。”（《汉书》，中华书局 1975 年版，第 2531 页）《世说新语·任诞》：“阮公邻家妇有美色，当垆酤酒。阮与王安丰常从妇饮酒，阮醉，便眠其妇侧。夫始殊疑之，伺察终无他意。”（见徐震堮《世说新语校笺》，中华书局 2001 年版，第 393 页）

〔10〕《汉书·霍光传》：“光薨，上始躬亲朝政，御史大夫魏相给事中。……后两家奴争道，霍氏奴入御史府，欲蹋大夫门，御史为叩头谢，乃去。”（《汉书》，中华书局 1975 年版，第 2951 页）《后汉书·班彪列传》：“固不教学诸子，诸子多不遵法度，吏人苦之。初，洛阳令种兢尝行，固奴干其车骑，吏椎呼之，奴醉骂。兢大怒，畏宪不敢发，心衔之。及窦氏宾客皆逮考，兢因此捕系固，遂死狱中。”（《后汉书》，中华书局 1973 年版，第 1386 页）

〔11〕《汉书·张骞李广利传》：“太初元年，以广利为贰师将军，发属国六千骑及郡国恶少年数万人以往，期至贰师城取善马，故号贰师将军。……宛乃出其马，令汉自择之，而多出食食汉军。汉军取其善马数十匹，中马以下牝牡三千余匹。”（《汉书》，中华书局 1975 年版，第 2699～2702 页）

〔12〕《汉书·西域传》：“宛王蝉封与汉约，岁献天马二匹。汉使采蒲陶、目宿种归。天子以天马多，又外国使来众，益种蒲陶、目宿离宫馆旁，极望焉。”颜师古注：“今北道诸州旧安定、北地之境往往有目宿者，皆汉时所种也。”（《汉书》，中华书局 1975 年版，第 3895 页）

〔13〕法国学者桀溺在《牧女与蚕娘——论一个中国文学的题材》中，把秦罗敷与法国马卡布津（Marcabru）在 1140 年前后所写的牧女诗加以对比：“在我们看来，罗敷的故事和马卡布津的牧女诗的异同之处可谓一目了然，我们只想强调一下一个结合点。两篇诗文中的主人公都严词拒绝了勾引者的要求。更令人赞叹的是，女主人公表现出了机智坦率和坚贞不渝，在对手发起的舌战中，她善于以子之矛攻子之盾，从而

取得了胜利。”（钱林森编《牧女与蚕娘——法国汉学家论中国古诗》，上海古籍出版社 1990 年版，第 159 页）

〔14〕《汉书·张良传》：“戚夫人泣涕，上曰：‘为我楚舞，吾为若楚歌。’歌曰：‘鸿鹄高飞，一举千里。羽翼以就，横绝四海。横绝四海，又可奈何！虽有矰缴，尚安所施！’歌数阕，戚夫人歔欷流涕。”《汉书·礼乐志》：“高祖乐楚声，故《房中乐》楚声也。”（《汉书》，中华书局 1975 年版，第 2036、1043 页）

〔15〕崔豹《古今注》：“横吹，胡乐也。博望侯张骞入西域，传其声法于西京，唯得《摩诃兜勒》一曲。李延年因胡曲更进新声二十八解，乘舆以为武乐。后汉以给边将军，和帝时万人将军得用之。”（四川大学古籍整理研究所编《诸子集成补编》（十），四川人民出版社 1997 年版，第 315 页）释智匠《古今乐录》：“横吹，胡乐也。张骞入西域，传其法于长安，唯得《摩诃兜勒》一曲。李延年因之更造新声二十八解，乘舆以为武乐。后汉以给边将，万人将军得之。”（四川大学古籍整理研究所编《诸子集成补编》（三），四川人民出版社 1997 年版，第 784 页）杜佑《通典》卷一四一：“胡角者，本以应胡笳之声，后渐用之横吹，有双角，即胡乐也。张骞入西域，传其法于西京，唯得《摩诃兜勒》一曲。李延年因以胡曲更造新声二十八解，乘舆以为武乐。后汉以给边将，和帝时万人将军得用之。”（《通典》，中华书局 1988 年版，第 3598 页）郭茂倩《乐府诗集》卷二十一：“横吹曲，其始亦谓之鼓吹，马上奏之，盖军中之乐也。北狄诸国，皆马上作乐，故自汉以来，北狄乐总归鼓吹署。”（《乐府诗集》，中华书局 1979 年版，第 309 页）章太炎《国故论衡》中卷称：“四夷之乐，用于朝会祭祀燕飨，自《周官》韎师、鞮鞻氏见其端。《小雅》曰：‘以雅以南。’传曰：‘东夷之乐曰味，南夷之乐曰南，西夷之乐曰朱离，北夷之乐曰禁，以为籥舞。’‘朱离’，《后汉书·班固传》作‘兜离’。《白虎通义》省言‘兜’。周时‘朱’音如‘兜’，‘兜离’则所谓‘摩诃兜勒’者。西域即用梵语，‘摩诃’译言‘大’，‘兜勒’‘兜离’译言‘声音高朗’。”（《国故论衡》，上海古籍出版社 2003 年版，第 93 页）

〔16〕萧涤非曰：“吾国诗歌之有杂言，当断自汉《铙歌》开始。以十八曲者无一而非长短句，其格调实为前此诗歌之所未有也。《诗经》中虽间有其体，然以较《铙歌》之变化无常，不可方物，乃如小巫之见大巫焉。此当由于《铙歌》为北狄西域之新声，故与当时楚声之《安世》《郊祀》二歌全然异其面目。而音乐对诗歌之影响，亦即此可见。”（见《汉魏六朝乐府文学史》，人民文学出版社 1984 年版，第 49 页）

# 第五章　东汉辞赋

辞赋创作在西汉已经臻于鼎盛，涌现出一批文坛巨匠。如何延续以往的辉煌，并且对前人有所超越，是东汉文人无法回避的问题。东汉辞赋创作起点甚高，并且继续保持旺盛的势头，辞赋依然是那个时期居于主导地位的文学样式。东汉文人多方探索，创作出许多优秀的辞赋作品，和西汉辞赋比肩而立，同被称为大汉天声。

同时，东汉文坛同西汉相比，变化很大。东汉士人失去了作为文学侍从参与上层统治集团重大活动的条件，环境和地位的变化给予他们广泛接触社会的机会，现实生活的动荡不定也给他们以极大的震撼。他们所关注的热点已经跨出宫廷苑囿，从更广阔的范围寻找有价值的题材。于是，各个时期较突出的社会问题，往往成为他们创作的直接或间接诱因。

与题材方面的变化相适应的，还有创作宗旨的变化。在司马相如时代，赋的讽喻效果同赋家的主观愿望之间就存在着差距，以至于后来引起扬雄的批评。到了东汉，讽喻不仅不起作用，甚至还可能招来灾难[1]，这就迫使辞赋家们考虑如何看待和处理赋的社会功用问题。

另一方面，社会现实的黑暗以及统治集团所采取的“党锢”等高压政策，使士人普遍受到压抑。物不得其平则鸣，他们越来越多地运用赋这种文学样式抒发自己的不平。于是，东汉文坛上出现了一批感情激切的抒情赋。

世风的变化不仅导致赋的创作在题材选择和宗旨的设定方面出现新的取向，在赋的艺术风格和表现形式方面也与以前有了较大的差异。昔日以汪洋恣肆为主调的风格和豪放昂扬的气势，逐渐被深邃冷峻、平正典雅的风格替代；散句单行的语言，演变为骈俪对偶的句式。赋的风貌经历了较大的变化。

## 第一节 班固、张衡的京都赋

京都赋的缘起　《两都赋》提出的一系列问题　劝百讽一结构模式的突破　空间方位调遣的别具匠心　《二京赋》与《两都赋》的同异　瑰颖独标的《鲁灵光殿赋》

自西汉晚期至东汉早期，受社会生活和文化思想变化的影响，作家创作意识发生转变。汉赋尽管在体制和手法上仍未脱前期模式和模拟之习，但在思想内容和审美情趣方面却明显出现新的迹象和发展趋势，其鲜明标志之一便是京都赋的崛起。京都赋滥觞于扬雄的《蜀都赋》，但因其所写内容仅限于地方大邑，且无深刻蕴涵，故未造成巨大影响，但已为赋的创作开辟出新的道路。而后东汉初杜笃的《论都赋》，描绘西京的险要地势，说明应定都长安的原因。其后有傅毅的《洛都赋》《反都赋》，班固的《两都赋》，张衡的《二京赋》《南都赋》，直至西晋左思的《三都赋》等，从而汇成京都赋创作潮流。这些作品中，就汉代而论，影响深远，规模宏大，成就突出，可为代表的是班固的《两都赋》和张衡的《二京赋》。这两大赋作一先一后，一脉相承，而又各具特色，互相辉映。

东汉光武帝定都洛阳，而非长安，这件事成为当时一大议论焦点，也引起文学家们的普遍关注。杜笃的《论都赋》即为此而作[2]。班固（32—92）的《两都赋》也是在这种情况下创作出来的[3]，但所持观点相反。班固在赋前的序中说明了创作的目的：一则因“海内清平，朝廷无事，京师修宫室，浚城隍，起苑囿，以备制度”；一则因“西土耆老，咸怀怨思，冀上之睠顾，而盛称长安旧制，有陋洛邑之议”，故作《两都赋》“以极众人所眩曜，折以今之法度”。赋中肯定定都洛阳的正确性，并极力宣扬崇文尚礼、“法度”为重的思想。这篇赋奠定了班固在辞赋史上的地位，也确立了京都赋的创作格局，成为后世效仿的典范。

《两都赋》分为《西都赋》和《东都赋》两篇，实为上、下篇。赋作于汉明帝时期，作品借“西都宾”和“东都主人”两个虚拟人物的对答结撰全篇。在《西都赋》中，作者主要通过西都宾之口，盛赞西都长安的富庶和繁华。赋从西京的历史渊源、形势险要入笔，历举都市之繁华，士女之优游，达官贵人之麇集，游侠豪强之竞逐，以及郊畿之富饶，宫殿之雄伟，苑囿之著名，出游之雄壮，射猎之尽情等，浓墨重彩，逐一铺写。其中关于宫殿的描写主要集中于昭阳宫、神明台和井干楼三处。昭阳宫一段尤为精彩：

> 昭阳特盛，隆乎孝成，屋不呈材，墙不露形。裛以藻绣，络以纶连。隋侯明月，错落其间。金釭衔璧，是为列钱。翡翠火齐，流耀含英。悬黎垂棘，夜光在焉。于是玄墀釦砌，玉阶彤庭。碝磩彩致，琳珉青荧。珊瑚碧树，周阿而生。红罗飒纚，绮组缤纷。精曜华烛，俯仰如神。

这一段描写，将昭阳宫的富丽堂皇写到了极致。整个殿宇到处镶金嵌玉，流光溢彩，奇珍异宝，琳琅满目，装饰精美，馥郁芬芳，豪华而至斯，堪称空前绝后，人世难寻。余者如写京都的繁荣景象，出猎的壮观场面，都能精描细绘，妙笔纷呈，有声有色，令人神驰目眩，应接不暇。

在汉大赋中，极力铺张描绘的事物多是作者要否定的东西，《两都赋》也是这样。作者极写西都之繁华奢侈，目的在于树立一个批判的靶子，以为立论的根本。所以在西都宾尽情炫耀一番之后，东都主人喟然而叹曰："痛乎，风俗之移人也。子实秦人，矜夸馆室，保界河山，信识昭襄而知始皇矣！恶睹大汉之云为乎？"在批判了西都宾的浅陋之后，作者又借东都主人之口，盛赞东都洛阳的文治武功和法度之美，这些构成了《东都赋》的主体框架。过渡之后，赋从批判王莽乱政入笔，历叙光武帝的丰功伟绩，汉明帝的贤德英明，接下来铺写增建宫室、开发苑囿、春蒐冬狩、祈天祀地、安抚诸邦、宴飨臣僚、修治礼仪、德被四海等等，最后以帝王下明诏，昭节俭作结。作者在这一系列铺写中，处处有意突出东都的一切均符合法度，不逾礼制，以与西都相对比，彰显自己的创作意图。为了申明主题，作者于煞尾处连用五个排比句，以居高临下、万马奔腾之势来驳斥对方，阐述已意：

> 且夫僻界西戎，险阻四塞，修其防御，孰与处乎土中，平夷洞达，万方辐凑？秦岭九嵕，泾渭之川，曷若四渎五岳，带河泝洛，图书之渊？建章甘泉，馆御列仙，孰与灵台明堂，统和天人？太液昆明，鸟兽之囿，曷若辟雍海流，道德之富？游侠逾侈，犯义侵礼，孰与同履法度，翼翼济济？

这里明显挟带着战国纵横雄辩之士的气魄和声威，义正辞严，理直气壮。接着指出对方"徒习秦阿房之造天，而不知京洛之有制；识函谷之可关，而不知王者之无外"，顺理成章，言之有据，一语中的，完全不给对方以喘息的机会和反驳的余地，作者的观点也因此而得以确定。

以上对比都是东都主人针对西都宾的夸耀而发，是在把两汉进行对比的过程中抑雍扬洛。每段话的前一部分指的是西都，后一部分指的是东都。班固从几个方面指出东都对西都的超越。东都以其处于天下的中心地带，超越西京的偏居一隅。东都以其具有丰富文化内涵的自然人文景观，超越西京险峻的山川。东都以其昌盛清明的政治，超越西京的楼堂馆舍、仙宫神室。东都以其礼乐教化，超越西京苑囿池沼。东都以其法度礼仪，超越西京的任性使气、游侠犯禁。东都以其合乎体制的皇家建筑，超越西京的违制逾礼。东都以其普天之下莫非王土的大一统气概，超越西京闭关自守的狭隘心理。《两都赋》通过主客之间的辩难，涉及一系列重大问题：国都的确定是一劳永逸，还是根据需要可以迁移？国都应位于天下的中心，还是偏居一隅？是恃险守国，还是以德治国？是崇尚俭约，还是以奢侈为乐？对于这些问题，《两都赋》都给出了明确的答案。

班固的《两都赋》在艺术上基本是取法司马相如和扬雄，但同时又有突破和创新。一是打破了“劝百讽一”的结构模式。下篇《东都赋》通篇是讽喻、诱导，形成了“劝”与“讽”的均衡布局，虽然下篇中仍有不少劝的内容，但这劝的内容里已经融渗了作者严正的治国主张和政治见解，而非单纯的铺夸溢美。二是详略有致，别具匠心。为了表现倡法度、反奢侈的主题，作者在上篇中将笔墨集中在西都形胜、物富人丰、崇楼峻宇、苑囿池台、浩荡出游、射禽猎兽等方面，在下篇则歌颂文治武功，宣扬修明法度，铺写兴礼作乐。至于物产、楼台、畋猎，上篇详而下篇略。如此繁简得当，层次分明，有力地凸显了创作主旨。

《两都赋》在按空间方位进行铺陈时别具匠心，极见功力。班固假托西都宾之口夸耀长安，首先出现的不是帝都之城，而是长安周围的地理形势。在对帝都周围的险关要塞进行叙述之后，才转入对长安城本身的描写，采用的是由远及近、由外向内的叙事顺序。然而，《两都赋》的铺陈并没有到此为止，而是按照和先前相反的顺序继续进行叙事，由城内向城外扩展，先是近郊，后是远郊。至此，《两都赋》在按空间顺序进行铺陈时，完成了由远及近、又由近及远的往复回环。可是，班固对西都所作的铺陈仍然没有停止，还在往下进行。下一阶段的铺陈是以城内宫殿为起点，依次是天子之宫、后妃之宫，接着是朝廷各官署，最终以天子游猎结束，铺陈的范围由城内宫殿延伸到郊外的离宫别馆。可见，《两都赋》在按空间方位进行铺陈时，采用的是回环往复的笔法，第一次由外到内，然后又由内到外，第二次再由内到外，如此循环两次，完成全部铺陈。在对长安城外景观进行铺陈时，展示的是总体风貌，是宏观审视；而对城内所作的铺陈，则有大量的具体描写，比较深入细致。整篇作品显得井然有序，错落有致。

除《两都赋》外，班固还有《答宾戏》《幽通赋》等作品和《终南山赋》

《览海赋》等残篇传世。

张衡（78—139）[4]的《二京赋》是有感于“天下承平日久，自王侯以下莫不逾侈”，于是模仿班固的《两都赋》而创作的。“精思傅会，十年乃成。”赋模仿《两都赋》分《西京赋》与《东京赋》两篇，借“凭虚公子”与“安处先生”的对答结撰成篇。《西京赋》写凭虚公子夸耀西京的繁盛富丽，从地势的险要有利入手，然后逐次铺写沃野的广阔无边、宫殿的华美壮丽、制度的辉煌、国力的雄厚、街市的繁荣、物产的丰饶，以及上林苑威武盛大的畋猎壮举，昆明池优美曼妙的嬉戏奇观，其间还穿插了商贾、游侠、角觝百戏、嫔妃邀宠等方面的描写。生动而形象、细致而全面地再现了西京繁荣富庶、穷奢极侈的都市景观和恢弘巨丽、雄壮无比的盛世气魄。但同样于极度的铺夸描绘中见出其荒谬的一面，见出作者的批判意图。《东京赋》写安处先生陈述圣贤之道以否定西京的奢靡风气，从总结秦亡汉兴的历史教训入手，逐步阐明关险不足恃、物丰不可凭，只有遵循圣贤之道、勤于朝政、体恤民情，“进明德而崇业，涤饕餮之贪欲”，遵节俭，尚朴素，使“海内同悦”，才是立国之本，强国之道。赋中在对东京诸般事物的描绘上，极力彰显东汉君主崇尚懿德，修饬礼教，俭而不陋的风范，客观描绘与主观说理两相结合，有力地阐明了作者的创作意图和政治主张。

《二京赋》中的理性精神和充实的社会内容结合得非常完美，不但超过司马相如和扬雄，也超过了班固。作者力求在作品的体制、规模上超越前人，铺写面面俱到。《二京赋》作为京都赋长篇之极轨，在思想和艺术上具有不可忽视的价值，对京都赋的发展起到推波助澜的作用。

因为求全求备，《二京赋》在旧有的格局中注入了一些新鲜的内容，并展现了作者独有的艺术才华。其中有两点特别值得珍视，一是令人叹为观止的民俗事象。《西京赋》中有一段关于角觝戏表演的描写，精彩纷呈，活灵活现：

> 临迥望之广场，程角觝之妙戏。乌获扛鼎，都卢寻橦。冲狭燕濯，胸突铦锋。跳丸剑之挥霍，走索上而相逢。华岳峨峨，冈峦参差，神木灵草，朱实离离。总会仙倡，戏豹舞罴；白虎鼓瑟，苍龙吹篪。女娥坐而长歌，声清畅而蝼蛇；洪崖立而指麾，被羽毛之襳褷。度曲未终，云起雪飞，初若飘飘，后遂霏霏。……

这里扛鼎、爬竿、轻功、气功、钻刀圈、走高索、跳丸击剑、歌舞清唱等等，写来如在目前。虽然景象纷繁但叙述有条不紊，且简洁传神，显示出高超的描写技巧。所写内容杂多，却能依次铺开，转换自然，行文跳曳生姿、灵活多变。其后驯兽、魔术表演的描写更是如真似幻、引人入胜，这等笔力是此前诸家所没有的。二是充满诗情画意的景物描写。张衡具有多方面的文学才能，不仅擅赋，而且工诗，其诗风神独具，《二京赋》写景之处尤耐玩味，虽未摆脱罗列之习，但已迥非词藻生硬的堆砌，其间隐隐显出蓊郁葱茏的盎然生机，较之《子虚赋》《上林赋》等赋中奇花异草的客观摹写前进了一大步。例如："濯龙芳林，九谷八溪。芙蓉覆水，秋兰被涯。渚戏跃鱼，渊游龟蠵。永安离宫，修竹冬青。阴池幽流，玄泉洌清。鹎鶋秋栖，鹘鸼春鸣。雎鸠丽黄，关关嘤嘤。"这段文字，笔触轻灵，意境清新，格调明丽，韵味隽永，开创汉赋前所未有之境，充满情趣，富于美感。

班固的《两都赋》和张衡的《二京赋》是京都赋的典范，属于同类作品。张衡在创作《二京赋》时，虽然对《两都赋》多有借鉴，但是作为一名有创作个性的文人，他努力对前人有所超越，并在许多方面实现了自己的愿望。班固《两都赋》的题旨比较复杂，涉及东都和西京的许多差异；张衡《二京赋》的题旨则相对集中，主要突出东京和西都俭与奢的差异。班固、张衡虽然同是以京都为表现对象，但张衡在选材时尽量避免和《两都赋》过多重复，有自己的侧重面。《两都赋》在描写长安景观时采用回环往复的笔法，出现两次循环；张衡的《二京赋》则简化了一些程序，只经历从外到内，再由内到外的一次推移。

《两都赋》和《二京赋》的相通之处也是显而易见的。他们都用理性的态度描写京都，在民俗事象与朝政礼仪的处理上持相同的态度。作品中出现的民俗事象是符合生活实际的，却不符合他们的理想。东都的朝政礼仪是理想化的，但有夸大失实之处。他们笔下出现的民俗事象有很高的审美价值，但得不到作者的认可，两篇京都赋都有审美判断和道德判断相疏离和矛盾的倾向。

这两篇作品均采用主客问答的方式，主客角色的设定包括多方面的意义：主方代表对历史的超越，客方则因循守旧。主方处于中心，代表主流话语，客方则处于边缘，和主流话语相悖。主方象征尊重客观事实，客方则信耳而遗目，陷入虚妄。班固、张衡都是采用上述方式抑客扬主。

东汉大赋中与京都题材相关且较具特色的作品还有王延寿的《鲁灵光殿赋》[5]。这是一篇专写宫殿之雄伟壮丽的作品。其间明显对扬雄以来京都赋中有关宫殿的描绘多有借鉴。灵光殿为西汉鲁恭王刘馀所建，是东汉时期历经战乱而保存完好的少有的建筑之一。延寿游鲁，既惊其历劫难而未毁，复讶其巍峨壮美而巧夺天工，于是由外而内，由主及次，对整个宫殿进行了细致而精彩的摹绘。一方面盛赞其宏大崇高、豪华精巧，一方面暗寓天祐汉室、福祉绵长的颂祝之意。这篇赋辞藻华美，刻画传神，层次井然，气势飞动，刘勰称其

“瑰颖独标”，“善图物写貌”（《文心雕龙·才略》）。后人诵读颇盛，王延寿也因此而得入“辞赋英杰”的行列。

《鲁灵光殿赋》从总体上看明显分为两个板块，前一个板块铺陈宫殿的本体特征，后一个板块叙述宫殿的功能效应，是二元分立的格局。

王延寿在对灵光殿的本体特征进行铺陈描写时，依次展示宫殿的巍峨高大、色彩的斑斓、旋室的幽深、构架的复杂和奇特。然后列举宫殿雕刻和图画的丰富多彩：有猛虎厮杀的场面，有虬龙跃跃欲飞的景象；有飞鸟舒翼、白鹿翘首、狡兔蜷伏、熊罴蹲踞。楹柱高处有胡人长跪的图像，栋间窗上则是神仙玉女栖息的画面。走进灵光殿，仿佛置身于飞禽走兽出没、胡人神仙杂居的世界。

赋的后一部分渲染灵光殿的功能效应，王延寿笔下的灵光殿确实通灵，由于它的存在，使得周围不断出现各种吉祥事象：醴泉腾涌，甘露降临，桂树芝草等具有长生功能的植物茂盛地生长，散发着芳香。由于殿内刻画众多神灵，灵光殿虽然历经沧桑巨变而岿然独存，简直是一个奇迹。

王延寿擅长描写神异怪诞之物，《鲁灵光殿赋》充分体现出他的这种审美崇尚。他对宫殿本体特征所作的铺陈，对宫殿功能效应所作的渲染，虽然总体上分置于两个板块之中，但它们有着内在的联系，贯穿灵异怪诞之气，统一于尚奇尚怪的审美风尚，是一个有机的整体。

## 第二节　述行赋和抒情小赋

抒发历史沧桑感的述行赋　　衰世、乱世和治世之叹　　空间位移、时间顺序和感情脉络的契合　　抒情小赋的出现　　汉末小赋的批判精神和感伤情调

从西汉后期开始，相继出现一批纪实性的述行赋。这些赋的作者都有深厚的史学功底，是史学家兼作家，又都有过漫游的经历，而且他们途经的地点又多是前朝故地，有丰富的历史文化积淀。由此而来，汉代纪实性述行赋在融会古今、抒发历史沧桑感方面有许多新的开拓。汉代纪实性述行赋所出现的地域是连贯的、密集的，所表现的思想感情也相对集中，每篇作品都有各自投射的焦点。由于述行赋作者的遭遇和所处历史阶段客观形势的差异，这些作品所抒发的感受又不尽相同，按其性质可划分为治世之作、衰世之作和乱世之作。衰世叹治乱，乱世叹兴亡，治世叹存没，它们各有自己的基调和主题。

刘歆（？—23）[6]的《遂初赋》是汉代纪实性述行赋的开山之作。哀帝期

间，西汉五原郡属并州，治所在今内蒙古包头西五原。刘歆从长安出发，东经洛阳，往北越过太行山，一路向北，出雁门关经云中，西折到达五原。刘歆经历的主要是三晋旧地，因此，每到一处，他都自然地联想起晋国的掌故，作品中所列举的晋平公以后的一系列事件，和西汉哀帝朝的情况极其相似，都是社会衰落期出现的病症，因此，《遂初赋》具有明显的借古讽今的性质，是衰世文人的慨叹，关注的是社会治乱问题。

班彪（3—54）[7]的《北征赋》是乱世叹兴亡之作，作于避难期间。他从长安出发，向西北经池阳、云阳、栒邑、义渠、泥阳、彭阳，到达当时安定郡治所高平（今宁夏固原）。《北征赋》叙述的是从长安到高平的见闻及感受。班彪途经的多是周秦旧地，因此，沿路联想到的也主要是周秦掌故。班彪北行时正遭逢乱世，西汉王朝已经灭亡，新的王朝尚未建立，所以，写入赋中的故实都围绕着国家兴亡这个中心，这和刘歆专注于治乱的兴奋点有所不同。

班彪《北征赋》所述行程是从长安至安定，作者的行程是由近及远，而追溯历史则是由远及近，首叙先周，接着是秦，最后是西汉。时空顺序交错，呈逆向对应，两条线索非常清楚，又相互缠绕。

创作《东征赋》的班昭（？—120）[8]是班彪之女，博学高才，精通历史。

赋的开头称："惟永初之有七兮，余随子乎东征。"班昭是在东汉安帝永初七年（113）随子东行，当时已是老年。东汉安帝朝虽然比不上以前的明、章、和三朝，但仍然可以算是承平之世，班昭《东征赋》咏叹的中心也明显有别于衰世和乱世的同类作品。

班昭从洛阳出发，一路东行，先后经过偃师、成皋、荥阳、卷县、原武、阳武、封丘、平丘，向北经蒲城到长垣，她是在今河南北部行走。班昭行经的都是成周故地，那里的历史文化蕴藏极其丰富，不过，班昭途中所想起的历史故实，多与人的功名存没相关。班昭是从孔子、子路、蘧伯玉等前代圣贤那里感受到了什么是人生的不朽，这就是"身既没而名存"。她在把古代和现实沟通时，其注意力集中在人生价值的实现上，这是承平之世人们普遍关注的问题和努力实现的目标。

班昭的《东征赋》在匡地追思孔子，在蒲城忆念子路，并提及蘧伯玉，作者把对三位先贤的景仰之情依次道来。从匡地到蒲邑，班昭追念先贤的感情波动是由强到弱，呈递减趋势，和行程的时空推移相呼应。

蔡邕（132—192）[9]的《述行赋》也是一篇衰世叹治乱的作品。这篇作品写于桓帝延熹二年（159），当时桓帝与宦官单超等合谋诛杀把持朝政二十余年的梁冀，五位宦官同日封侯。从此，他们贵盛擅权，作威作福，实际上掌握着朝廷的命运。五侯之一的徐璜听说蔡邕善弹琴，令朝廷把他征调到京师，这是蔡邕非常不情愿的。于是，他从陈留出发，到偃师就托病不前，最后返回陈留。陈留到偃师，经过的都是先朝故地，历史遗迹甚多。蔡邕每到一地就联想起相关的掌故，把自己的悲愤寄寓在历史事实的陈述之中。蔡邕《述行赋》列举的系列事件有一个主线，都是围绕君臣关系展开，其中多数是臣下背离、反叛君主。这正是东汉桓帝朝面临的尖锐矛盾，即外戚、宦官把持朝廷政权。蔡邕基于这种现实，怀着深重的忧患意识，选取相关的历史事件写入作品，用以唤起社会的关注。天下治乱是蔡邕创作《述行赋》时优先考虑的问题。

蔡邕的《述行赋》也有明晰的感情脉络，不过感情波动的曲线不是由强到弱，而是由弱到强。从大梁到中牟，再到管邑、虎牢，作者联想到的历史都是君臣之间的交恶或相得，这些矛盾和危机均发生在中央朝廷以外，因此，追述的语气较为平和，没有什么激切的词语。到达偃师以后的情况就不同了，一方面，作者联想到的古代掌故颇多，呈密集型浮现；同时，所列举的政治危机都出现在中央朝廷内部，危险性更大，其中有太康失政，东周王朝的两次内讧，几乎闹到丧失天下的地步。由此而来，作者的感情也愈加沉痛、激愤。这与其说行程越来越远的缘故，不如说由于距离京城越来越近而产生的反应，是外界和心灵压力的增大而使感情变得更加强烈。时空推移和感情的强化趋势一致，是另一种类型的对应关系。

楚辞是汉赋的重要源头之一。楚辞长于抒情言志，汉代骚体赋继承楚辞的这种特点，除依傍屈原的“九体”之外，又陆续产生一批带有自传性质的骚体赋。即以东汉为例，有冯衍[10]的《显志赋》，这篇作品精神上与屈原相近，形式上却稍有不同，情境上则差异很大。班固的《幽通赋》也是一篇抒情言志为主的作品，它和张衡的《思玄赋》一起，为抒情小赋的最终勃兴起到了很大的推动作用。

真正宣告抒情小赋的诞生并充分展示其迷人魅力的作品是张衡的《归田赋》，它以非凡的艺术创造而在赋坛上独领风骚。

永和三年（138），张衡亲眼目睹朝廷的腐败，深感官场的黑暗污浊、权贵的骄奢淫逸、奸党的排斥异己，于是上书“乞骸骨”，并写了这篇《归田赋》以明心志。赋中他描画了一幅明丽祥和、充满生机、情趣盎然的田园风景：

> 于是仲春令月，时和气清，原隰郁茂，百草滋荣。王雎鼓翼，鸧鹒哀鸣，交颈颉颃，关关嘤嘤。于焉逍遥，聊以娱情。

这是一个让人心驰神往、意醉神迷的境界。置身其中，只觉灵台明净，脏腑清纯，新鲜的空气和清脆的鸟鸣充溢缭绕，舒展自适的身心与万物相融。在这里，他不但可以获得观览自然景物时那种赏心悦目的舒畅和喜乐平安，还可以轻松自由地射猎垂钓，开怀长啸。他的居所远离纷乱的尘嚣，他可以在那里弹琴诵书，挥毫奋藻，畅陈己见，品味人生。作者于种种描绘抒写中着意追求一种顺情适性、自我身心与外在环境和谐融洽的人生境界。

《归田赋》作于厌倦仕途之后，作者所探寻和营造的理想的生活空间、所追求的精神家园均有与仕途官场决裂、还我本真的味道。而这篇作品的艺术魅力恰恰集中体现在这一个“真”字上。全赋从始至终抒发的都是真感受、真情怀、真渴望、真志向，体现了一个耿介多才的士大夫于心身俱疲、对现实失望之后的真实想法和真切心愿。作者非常高明地将诸多情愫浓缩到这篇体制短小的赋中，表现出来却显得从容闲淡。《归田赋》的语言清新晓畅、挥洒自如，与内容意脉相通、和谐一体，中间虽颇含骈偶成分，但恰到好处，毫无板滞雕饰之感，为后世的骈体赋开创了一个良好范例。总之，无论就内容讲，还是就艺术形式讲，《归田赋》都有很高的价值；无论从张衡的全部创作看，还是从汉赋的发展过程看，《归田赋》都有很高的地位。

东汉末年，赵壹的《刺世疾邪赋》[11]和祢衡的《鹦鹉赋》[12]也是抒情小赋的名篇。《刺世疾邪赋》是针对汉末昏暗邪恶的社会现实而发，题目本身已如刀似枪，闪烁锋芒；赋中对污浊现实的批判更是尖锐深刻，针针见血。赋的开篇就说圣明理想的时代早已一去不复返，自春秋以后，社会越来越黑暗，汉王朝也同样混浊腐败，同样每况愈下，无论“德政”“赏罚”都已无法挽救其命运。然后列举小人得志、贤者失位、是非颠倒、人情虚伪等种种丑恶龌龊的现象，并进一步指出其根源乃是“实执政之匪贤”，将批判的矛头直指当时的最高统治者，这种勇敢的批判精神和爱憎分明的态度，也只有赵壹才具备。赋中公然表示“宁饥寒于尧舜之荒岁，不饱暖于当今之丰年”，竟由刺世而至与世道决绝，如此激切沉痛的语言，也只有赵壹写得出。此赋刺世疾邪，刚猛无畏，肆意骋情，痛快淋漓，对时政揭露批判的力度和深度都是空前的，有如一篇笔锋犀利的讨伐檄文。小赋语言简练质朴，刚劲有力；形式短小灵活，因意命笔，意尽而止，绝不拖泥带水；开门见山，直抒胸臆，慷慨陈词，全无掩饰，极具个性特征，带有东汉党人的那种锋芒。《鹦鹉赋》虽是一篇咏物赋，但咏物即是咏人，因物入情，物我合一。赋中借鹦鹉之奇姿妙质、聪明慧辩以自喻，复以其因材致祸、身困笼槛以自况。其间极力描写鹦鹉的抛乡弃子之悲，生离死别之恨，折翼困窘之痛和前景堪虞之忧，字里行间充满了世事变幻、难以自主的彷徨与无奈，隐隐透出作者寄人篱下、身不由己、任人摆布却只能听天由命的惨凄心境。赋中称：“嗟禄命之衰薄，奚遭时之险巇？岂言语以阶乱，将不密以致危?”完全是夫子自道，赋末八句表感恩报德之心，实含血泪凝聚之痛。小赋心理描写细腻委婉，苦情哀绝，采用拟人化的手法，人鸟一境。句式工整，言辞华美，比喻的运用和侧面烘托的手法也很出色，是借物言志赋的上乘之作。

汉代的抒情赋通常都是理胜于情，东汉的纪行赋和述志赋也不例外。和西汉抒情赋稍有不同的是，西汉赋家把“悲士不遇”作为抒情的主题，感慨自己未能遭逢历史的机遇。而东汉的抒情赋则以知命为解脱[13]，反映出对人生的理性态度，同时流露出个人无力把握自己命运的惆怅。

东汉抒情赋不时出现隐逸倾向，与此同时，积极参与现实，关心国家命运的思想情感也在涌动。冯衍的《显志赋》仍沉湎于自身不幸的倾述，而对当时乱离之际的民生苦难却基本没有涉及。班彪的《北征赋》在“游子悲其故乡”的同时，又“哀生民之多故”，把自身的坎坷和百姓的疾苦联系在一起。班昭的《东征赋》同样表现出对时政民生的关注。至于蔡邕的《述行赋》，主要着眼点在于国家和人民，而不是自己的遭际。东汉抒情赋也由早期的自怨其生转到为社会伸张正义。赵壹的《刺世疾邪赋》和蔡邕《述行赋》在精神实质上是一致的，作者不仅仅是申诉自己的不幸，而是自觉为社会伸张正义，表现出强烈的参与现实的入世精神。

汉代的辞赋创作是以抒情赋发轫，代表作品是贾谊的《吊屈原赋》和《鹏鸟赋》。东汉后期的辞赋，抒情赋成为主流。就此而论，汉代的辞赋是以抒情赋起始，又以抒情赋终结，它的轨迹是画了一个圆圈。不过，贾谊的抒情赋均为骚体，明显是继承楚辞而来。东汉后期的抒情赋则是既有骚体，又有散体，还有四言诗体，在作品样式上呈现的是多元化的格局。

## 注　释

〔1〕东汉作家因批评时政而招致不幸者，可见《后汉书·马融列传》：“是时邓太后临朝，骘兄弟辅政，而俗儒世士，以为文德可兴，武功宜废，遂寝蒐狩之礼，息战陈之法，故猾贼纵横，乘此无备。融乃感激，以为文武之道，圣贤不坠；五才之用，无或可废。元初二年，上《广成颂》以讽谏。”“颂奏，忤邓氏，滞于东观，十年不得调。因兄子丧自劾归，太后闻之怒，谓融羞薄诏除，欲仕州郡，遂令禁锢之。”《后汉书·文苑列传》：“崔琦，字子玮……河南尹梁冀闻其才，请与交。冀行多不轨，琦数引古今成败以戒之，冀不能受。乃作《外戚箴》。”“琦以言不从，失意，复作《白鹄赋》以为风。梁冀见之，呼琦问曰：‘百官内外，各有司存，天下云云，岂独吾人之尤，君何激刺之过乎?’”“后除为临济长，不敢之职，解印绶去，冀遂令刺客阴求杀之。客见琦耕于陌上，怀书一卷，息辄偃而咏之。客哀其志，以实告琦，曰：‘将军令吾要

子，今见君贤者，情怀忍忍，可亟自逃，吾亦于此亡矣。’琦得脱走，冀后竟捕杀之。”（见《后汉书》，中华书局1973年版，第1954、1970、2168、2169、2622、2633页）

〔2〕《后汉书·文苑列传》：“杜笃，字季雅，京兆杜陵人也。……笃少博学，不修小节，不为乡人所礼。居美阳，与美阳令游，数从请托，不谐，颇相恨。令怒，收笃送京师。会大司马吴汉薨，光武诏诸儒诔之。笃于狱中为诔，辞最高，帝美之，赐帛免刑。笃以关中表里山河，先帝旧京，不宜改营洛邑，乃上奏《论都赋》。”（见《后汉书》，中华书局1973年版，第2595页）

〔3〕班固，字孟坚，扶风安陵（今陕西咸阳）人。少有才名，在其父班彪增补《史记》、撰《后传》的基础上重修汉史。被人告发私改国史，下狱。其弟班超上书力辩，明帝甚奇之，除兰台令史，迁为郎，奉诏撰写《汉书》。大将军窦宪出征匈奴，征固为中护军。窦宪败，固坐免官，旋被捕，死于狱中。除所著《汉书》外，尚有《白虎通义》《两都赋》《幽通赋》等著作和诗文传世。传附《后汉书·班彪列传》后。

〔4〕张衡，字平子，南阳西鄂（今河南南阳）人。少善属文，精于天文历算。入京师，观太学，遂通五经，贯六艺。安帝时征拜郎中，再迁为太史令。后为侍中，出为河间相。有《二京赋》《思玄赋》《南都赋》《归田赋》《冢赋》《髑髅赋》等传世。《后汉书》卷五十九有传。

〔5〕《后汉书·文苑列传》：“王逸，字叔师，南郡宜城人也。……顺帝时为侍中，著《楚辞章句》行于世。……子延寿，字文考，有俊才。少游鲁国，作《灵光殿赋》。后蔡邕亦造此赋，未成，及见延寿所为，甚奇之，遂辍翰而已。曾有异梦，意恶之，乃作《梦赋》以自厉。后溺水死，时年二十余。”（见《后汉书》，中华书局1973年版，第2618页）

〔6〕刘歆事迹见《汉书·楚元王传》。

〔7〕班彪，字叔皮，扶风安陵（今陕西咸阳）人。西汉末年动乱之际，先依天水隗嚣避难，后又为河西大将军窦融的从事。光武帝时先后在司徒府任职、为望都长。班彪才高而好述作，专心于史籍之间。继采前史遗事，傍贯异闻，在《史记》基础上作《后传》数十篇，为其子班固撰写《汉书》作了充分的准备。所著赋、论、书、记、奏事计9篇，有《北征赋》《览海赋》《王命论》等作品传世。《后汉书》卷四十上有传。

〔8〕《后汉书·列女传》：“扶风曹世叔妻者，同郡班彪之女也，名昭，字惠班，一名姬。博学高才。世叔早卒，有节行法度。兄固著《汉书》，其八表及《天文志》未及竟而卒，和帝诏昭就东观臧书阁踵而成之。帝数召入宫，令皇后诸贵人师事焉，号曰大家。每有贡献异物，辄诏大家作赋颂。……时《汉书》始出，多未能通者，同郡马融伏于阁下，从昭受读，后又诏融兄续继昭成之。”“所著赋、颂、铭、诔、问、注、哀辞、书、论、上书、遗令、凡十六篇。子妇丁氏为撰集之，又作《大家赞》焉。”（见《后汉书》，中华书局1973年版，第2784~2785，2792页）有《东征赋》《七戒》等作品传世。

〔9〕蔡邕，字伯喈，陈留（今河南杞县）人。少博学，喜好辞章、数术、天文、书法，妙

操音律。校书东观，迁议郎，将五经文字书于碑，使工镌刻，立于太学门外，是为熹平石经。因上书论朝政得失，获罪，流放朔方。遇赦后，畏宦官迫害，亡命江湖十余年。灵帝卒，董卓为司空，强辟邕为侍御史，迁尚书，拜左中郎将。及董卓被诛，邕亦下狱死。所著诗、赋、铭、碑、连珠及其他文章数百篇。其赋今存《述行赋》《青衣赋》等。《后汉书》卷六十下有传。

〔10〕冯衍，字敬通，京兆杜陵（今陕西西安）人。幼年聪颖，长而博学。王莽末年，任更始将军廉丹掾。后从刘玄起兵，玄死，降于光武帝刘秀，任曲阳令，转迁司隶从事。后免官，归故里。明帝时，又遭谗毁，潦倒而死。著有赋、诗、铭、说等50篇。《后汉书》卷二十八有传。

〔11〕赵壹，字元叔，汉阳西县（今甘肃天水）人。体貌甚伟，恃才傲物，为乡党所摈斥。屡次抵罪，几至死，友人援救方得免。光和元年（178），举郡上计吏，至京师。得到司徒袁逢、河南尹羊陟的赏识，共称荐之，名动京师，士大夫想望其风采。西归，州郡争致礼命，十辟公府，均不就，终老于家。著赋、颂、箴、诔、书、论及杂文16篇。其《穷鸟赋》《刺世疾邪赋》今存。《后汉书·文苑列传》有传。

〔12〕祢衡，字正平，平原般（今山东临邑德平镇）人。为人恃才傲物，不畏强暴，好侮慢权贵。先骂曹操，后辱刘表，终为江夏太守黄祖所杀，年26岁。《后汉书·文苑列传》有传。

〔13〕东汉抒情赋多以知命为解脱，如崔篆《慰志赋》："庶明哲之末风兮，惧《大雅》之所讥。遂翕翼以委命兮，受符守乎良维。""聊优游以永日兮，守性命以尽齿。"班彪《北征赋》："夫子固穷，游艺文兮。乐以忘忧，惟圣贤兮。达人从事，有仪则兮。行止屈伸，与时息兮。"冯衍《述志赋》："嘉孔丘之知命兮，大老聃之贵玄。"班固《幽通赋》："所贵圣人之至论兮，顺天性而断谊。""天造中昧，立性命兮。复心弘道，惟贤圣兮。"班昭《东征赋》："贵贱贫富，不可求兮。正身履道，以俟时兮。修短之运，愚智同兮。靖恭委命，唯吉凶兮。"赵壹《刺世疾邪赋》："且各守尔分，勿复空驰驱。哀哉复哀哉，此是命矣夫。"（分别见于费振刚、胡双宝、宗明华辑校《全汉赋》，北京大学出版社1993年版，第250、256、262、345、346、366、555页）

# 第六章 《汉书》及东汉散文

东汉散文在西汉的基础上又有新的发展。史传散文中，班固的《汉书》和赵晔的《吴越春秋》都有很高的文学价值；政论散文相继出现了以王充《论衡》、王符《潜夫论》为代表的一批积极参与现实的作品。另外，游记、碑文等新的散文样式也崭露头角，开始成为文体大家族的一员。从总的趋势看，东汉散文向着骈俪化的方向发展，同时，不少语体散文作家也着意追求通俗易懂、浅显明快的文章风格，在一定程度上对浮华文风有所矫正。

## 第一节 《汉书》

西汉士人宦海沉浮的艺术再现　家族兴衰史的展示　李陵、苏武的悲剧人物形象　精密的笔法　对起始事件的交待　篇末的轶闻逸事

班固编撰的《汉书》是我国第一部纪传体断代史[1]，在叙事写人方面取得很大成就，它是继《史记》以后出现的又一部史传文学典范之作，因此，历史上经常把司马迁和班固并列、《史记》和《汉书》对举。

《史记》最精彩的篇章是楚汉相争和西汉初期的人物传记，《汉书》的精华则在于对西汉盛世各类人物的生动记叙。《汉书·公孙弘卜式兒宽传》对于武帝和宣帝朝涌现的各类人才作了概述[2]，其中提到的绝大多数人物都在《汉书》中有一席之地，分别为他们立传。通过叙述这些历史人物的事迹，全面地展现了西汉盛世的繁荣景象和那个时代的精神风貌。《史记》所写的秦汉之际的杰出人物是在天下未定的形势下云蒸龙变，建功立业，此时涌现出一批草莽英雄，其中最引人注目的是战将和谋士。《汉书》所写的西汉盛世人物则不同，他们是在四海已定、天下一统的环境中成长起来的，其中固然不乏武将和谋士，但更多的是法律之士和经师儒生。和秦汉之际的战将谋士相比，西汉盛世的法律经术文学之士的阅历虽然缺少传奇色彩，但许多人的遭遇却是富有

戏剧性的。他们有的起于刍牧，有的擢于奴仆，但通过贤良文学对策等途径平步青云，扶摇直上，其中有许多轶闻逸事。公孙弘年六十余才以贤良征为博士，奉命出使匈奴，因奏事不合天子之意，不得不移书言病，免职归乡。后再次征选贤良文学，菑川国又推荐他应召。鉴于以往的教训，公孙弘根本没有信心，百般推托。出人意外的是，对策之后公孙弘名列榜首，“召入见，容貌甚丽，拜为博士，待诏金马门”（《汉书·公孙弘传》）。后来又屡屡升迁，数年后便拜相封侯。公孙弘后期的人生奇迹，和他先前的仕途受挫形成巨大的反差，对比非常鲜明。朱买臣拜会稽太守一事也富有情趣：

> 初，买臣免，待诏，常从会稽守邸者寄居饭食。拜为太守，买臣衣故衣，怀其印绶，步归郡邸。直上计时，会稽吏方相与群饮，不视买臣。买臣入室中，守邸与共食。食且饱，少见其绶。守邸怪之，前引其绶，视其印，会稽太守章也。守邸惊，出语上计掾吏。皆醉，大呼曰：“妄诞耳！”守邸曰：“试来视之。”其故人素轻买臣者入［内］视之，还走，疾呼曰：“实然！”坐中惊骇，白守丞，相推排陈列中庭拜谒。买臣徐出户。（《汉书·朱买臣传》）

朱买臣是会稽吴（今江苏苏州）人，他在免官之后曾到会稽驻京机构所在地寄住，穷愁潦倒，来京办事的会稽老乡也看不起他。朱买臣拜为会稽太守之后，他隐瞒真相，故作矜持，而会稽同乡则前倨后恭，丑态百出，演出了一场滑稽剧。《汉书》展示了官场上形形色色的世态人情，生动地再现了西汉盛世各类士人宦海浮沉的情境，他们的成功和失败构成一幅幅耐人寻味的画面。

除“世家”外，《史记》的人物传记基本都是以写单个人为主，很少全面叙述家族的兴衰史。在《史记》的汉初功臣传记中，只有《绛侯周勃世家》写了周勃、周亚夫父子的事迹，其他人的传记基本是止于其身。西汉盛世培育了一大批官僚世家，他们不是一代为官，而是几代人相承，长盛不衰。《汉书》记叙了许多世袭官僚家族的历史，如《霍光金日磾传》《张汤传》《杜周传》《韦贤传》《萧望之传》《冯奉世传》《翟方进传》等，传主都不是单独一个人，而是记叙几代人的事迹。通过描述这些家族的兴衰史，对西汉社会的变迁作了多方面的展示。《史记》对酷吏的揭露极为深刻，张汤、杜周是酷吏的典型代表，在他们身上充分体现了西汉社会刑法的严酷，吏士的残暴。班固也批判酷吏，《汉书》亦设《酷吏列传》。可是，《汉书》的《张汤传》《杜周传》在揭露张汤、杜周文法刻深，寡恩少义的同时，对他们的子孙张贺、张安世、张延寿、张千秋，杜延年、杜缓、杜钦等人的美德懿行多有称扬，从而在一定程度上缓解了人们对张汤、杜周这两位酷吏的反感，使他们的形象更接近于生活实际。

《史记》具有浓郁的悲剧色彩，有大量悲剧人物的传记。《汉书》中悲剧人物的数量不如《史记》那样众多，但《李广苏建传》中李陵和苏武的传记，却和《史记》的许多名篇一样，写得酣畅淋漓，悲剧气氛很重。李陵是位悲剧人物，传记有条不紊地叙述了外界条件的不利把他一步步推向绝境的过程：先是路博德拒绝派兵接应陷入重围的李陵孤军，使李陵兵败，不得已投降；接着是西汉朝廷轻信传言，误认为李陵训练匈奴兵以拒汉军，一怒之下将李陵的家口全部处死，从而使李陵断绝了返汉的念头。班固对李陵饱含同情，不吝笔墨详写李陵孤军深入、浴血奋战的场面，并对李陵派人刺杀充当匈奴兵教练的李绪一事予以肯定。《汉书》交代造成李陵悲剧结局的客观条件，同时又深入地刻画出这位悲剧人物的矛盾心理和行动上的摇摆犹豫。兵败被困时，他先是决心以死报国，口称："兵败，死矣。""吾不死，非壮士也。"可是，在生死抉择的关键时刻，他却投降了匈奴。他在匈奴地域会见汉朝使者时有心归汉，却又害怕再遭困辱，下不了决心。他受匈奴单于的指派去劝降苏武，遭到苏武拒绝后又自责自省，认为自己罪孽深重。他先后两次为苏武置酒，一次是劝降，一次是饯行，李陵或是"泣下沾衿"、或是"泣下数行"，每次都悲痛欲绝。李陵有着太多的恩怨和遗憾，他的悲剧结局既是客观形势所迫，又是性格因素所造成。苏武的形象近乎完美无缺，然而，他却要遭受种种苦难和折磨，是另一种类型的悲剧人物。和李陵相比，苏武性格刚强，意志坚定，几次面对生与死的考验，他都临危不惧，大义凛然。他不肯屈节辱命，引佩刀自决；他怒视义律的剑锋，面不改色；他能忍受寒冷和饥饿的严峻考验，"杖汉节牧羊，卧起操持，节旄尽落"。苏武对西汉朝廷只有感恩之心，没有相怨之意。李陵告诉苏武，他的兄弟苏嘉、苏贤因侍奉天子有失而相继自杀，苏武妻改嫁、儿女生死不明。听到这些不幸的消息后，苏武回答说："武父子亡功德，皆为陛下所成就，位列将，爵通侯，兄弟亲近，常愿肝脑涂地。今得杀身自效，虽蒙斧钺汤镬，诚甘乐之。臣事君，犹子事父也，子为父死，亡所恨。"苏武的这番话表明他对封建伦理道德的恪守，但从中也折射出他在家破人亡之际所保持的平静心态。班固正是通过多方面描写苏武在艰难困苦绝境中所表现出的镇定自持，塑造出一个光彩照人的英雄形象。

和《史记》疏荡往复的笔法不同，《汉书》重视规矩绳墨，行文谨严有法[3]。

首先，《汉书》笔法精密，在平铺直叙过程中寓含褒贬、预示吉凶，分寸掌握得非常准确。霍光和金日磾是西汉中期的两位重臣，他们对西汉王朝的稳定和发展起过举足轻重的作用。《汉书·霍光金日磾传》以精细的笔法刻画出二人的庄重谨慎。“光为人沈静详审……每出入下殿门，止进有常处。郎仆射窃识视之，不失尺寸，其资性端正如此。”连脚步的尺寸都掌握得很准确，霍光为人处事的小心谨慎由此可见一斑。班固对于金日磾亦有类似叙述：“日磾自在左右，目不忤视者数十年。赐出宫女，不敢近。上欲纳其女后宫，不肯。其笃慎如此，上尤奇异之。”通过目不忤视数十年，不敢近所赐宫女，不肯送女进宫三件事情，把金日磾的笃慎表现得很充分。霍光、金日磾都以谨慎著称，然而，两人的谨慎程度又存在差异。霍光的谨慎止于自身而已，对于其家属则缺少必要的约束。金日磾则不同，他不但自己尽量杜绝细小的过失，而且对于后代严格管教，把任何可能引起麻烦的事端消灭在萌芽状态，书中有如下记载：

> 日磾子二人皆爱，为帝弄儿，常在旁侧。弄儿或自后拥上项，日磾在前，见而目之。弄儿走且啼曰：“翁怒。”上谓日磾：“何怒吾儿为？”其后弄儿壮大，不谨，自殿下与宫人戏。日磾适见之，恶其淫乱，遂杀弄儿。弄儿即日磾长子也。上闻之大怒，日磾顿首谢，具言所以杀弄儿状。上甚哀，为之泣，已而心敬日磾。

汉武帝视金日磾之子如己子，然而，金日磾并不因为弄儿受到天子的宠爱而放任自流，相反，倒是管教得更加严厉，甚至不惜把和宫女相戏的亲生骨肉杀死，以绝后患。霍光死后才三年，霍氏便遭灭族之罪。金日磾本是匈奴休屠王太子，作为俘虏留在汉地，最终成为股肱之臣。其子孙历经武、宣盛世，一直到哀、平之际，七世为内侍，在历史上传为美谈。对于霍、金两个家族的不同结局，班固运用精细的笔法准确地揭示了事情的前因后果。当然，霍氏的覆亡也是强臣震主所致，对此，书中另有明确的交代[4]。

其次，《汉书》不但对于事情的来龙去脉能够清晰地加以叙述，而且对于那些带有起始性质的事件，都要特别加以强调，以引起读者的注意。比如，西汉旧例通常是以列侯为相，先封侯，后拜相。公孙弘却属例外，他是无爵位而拜相，于是，武帝封他为平津侯。《汉书·公孙弘传》在叙述此事后写道：“其后以为故事，至丞相封，自弘始也。”这是明确告诉人们，先拜相后封侯的做法是从公孙弘开始的，在此以前绝无仅有。类似的提示语在《汉书》中还有多处[5]，显得非常醒目。它有助于读者准确把握汉代各种制度的演变，强化了叙事的力度。

再次，《汉书》的谨严有法，还在于它对某些材料的位置安排有自己的特殊规定，并且在全书一以贯之。《汉书》和《史记》一样，也写了许多人物的轶闻逸事，有的甚至是生活琐事。对于这类事情，司马迁或把它放在传记的前面，或者穿插在中间，也有的放在末尾，没有固定的位置。《汉书》则不同，凡属传闻类的生活小故事几乎全部置于篇末，很少有例外者。于定国曾任丞相，封西平侯，其子于永官至御史大夫。《汉书·于定国传》的末尾是这样一段文字：

> 始，定国父于公，其闾门坏，父老方共治之。于公谓曰："少高大闾门，令容驷马高盖车。我治狱多阴德，未尝有所冤，子孙必有兴者。"至定国为丞相，永为御史大夫，封侯传世云。

于定国传记的前面有关于其父治狱的记载，上面所引文字完全可以放在于公治狱一段中，但班固却偏偏置于篇末，显然是精心安排，有意为之。这种篇末讲述传主早年生活故事的写法在《汉书》其他传记中经常可以看到[6]，这与其说是追述往事，不如说是为所写的人物作一生的总结。这种追叙、补叙的手法，使作品避免平铺直叙，增加了波澜起伏。

总之，《汉书》有精细的笔法，有自己固定的叙事规则，以谨严取胜，从而形成和《史记》迥然有别的风格。

## 第二节　《吴越春秋》

曲折多变的故事情节　　荒幻离奇的浪漫色彩　　性格刻画和外貌描写　　《吴越春秋》和《越绝书》的异同及其与吴越文化的关系

《吴越春秋》是成书于东汉的一部历史散文，赵晔撰[7]。其书今存十卷，主要叙述吴越争霸的故事，前五卷以吴为主，后五卷以越为主。

《吴越春秋》在体例上兼有编年体和纪传体史书的特点，是历史演义小说的雏形。全书所叙重要事件都明确标示年代，但实际并不准确，多有讹误。《吴越春秋》叙事完整，全书以吴越争霸为主线，具体到各章又都有自己的重点，保持相对独立性；各章之间前后贯通，一脉相承，讲述的故事具有连续性。

《吴越春秋》的故事情节曲折多变，引人入胜。书中许多故事在正史中有记载，但作者把它们写入本书时不是原封不动地袭用，而是依据传说或发挥想象，增加许多生动的细节。比如，对于伍子胥奔亡过程中的渡江、乞食二事，《史记·伍子胥列传》总共用了一百余字加以叙述，其中乞食一事尤为简略。到了《吴越春秋》中，这两件事所占篇幅甚多，长达六七百字。其中渡江一节增加了躲避侦探、渔父唱歌、芦中待餐的情节，乞食一节出现击绵女形象，并对她的身世节操加以详细交代。在《史记·伍子胥列传》中，渔父和击绵女的结局如何，司马迁没有点明；而在《吴越春秋》中，这两个人相继自杀，为的是保守机密，保护伍子胥，同时击绵女还是为了保全自己的节操。《吴越春秋》中的许多情节，是通过移植联缀而把本来互不相关的故事糅合在一起，但依然给人以真实感，产生震撼人心的力量。

《吴越春秋》的许多故事荒幻离奇，具有浓郁的浪漫色彩。《吴越春秋》是在正史的基础上演绎而成，其中许多人物和事件在历史上确实存在，有其现实基础；另一方面，《吴越春秋》又吸收了许多神话传说和民间故事，它的荒幻离奇主要源于此。在追溯吴越两国祖先时，分别讲述了姜嫄履大人迹生后稷和夏禹娶涂山氏的传说。在吴王占梦事件中，公孙圣因直言不讳被杀，临死前他称自己将在深山散为声响。后来吴王兵败，在秦余杭山呼唤公孙圣的名字，三呼三应。书末又称，伍子胥、文种相继被杀后，“伍子胥从海上穿山，胁而持种去，与之俱浮于海。故前潮水潘侯者，伍子胥也；后重水者，大夫种也”。这是以浪漫的想象寄托对伍子胥、文种的同情，他们生而为英雄，死而为神灵，是用沟连人神的方式为全书作结。卷九的袁公与处女比试剑术场面，袁公飞上树变为白猿，运用恍惚迷离的笔法贯通物我，模糊了人与兽的界限。类似的超越时空、出入生死的情节在《吴越春秋》中大量存在的，开志怪小说的先河。

《吴越春秋》注重人物形象的刻画，书中的几位主要人物如伍子胥、范蠡、勾践等人都写得很成功，个性非常突出，尤以伍子胥的形象最为丰满。他奔亡吴国之后，前期小心谨慎，后期成了托孤老臣之后，则直言强谏，出语激切，写出了人物性格的发展。《吴越春秋》特别注重对于人物形象的外貌描写，以此突出人物的个性特征。伍子胥“身长一丈，腰十围，眉间一尺”，是位伟岸的男子汉大丈夫。刺杀吴王僚的专诸“碓颡而深目，虎膺而熊背”，是不怕艰险的勇士模样。写伯嚭则是“鹰视虎步”，以此突出他的专功擅杀之性。类似的外貌描写在此之前尚不多见，它对后代小说的人物形象刻画有很大影响。

东汉的另一部历史散文《越绝书》的许多内容和《吴越春秋》相同[8]，二者可以相互印证。区别在于，《越绝书》各篇之间不是连贯的故事，而是独立成篇，显得比较松散。除讲述历史故事外，中间还有地理、占气等方面的专章，给人以驳杂之感。

《吴越春秋》和《越绝书》都以吴越争霸为主要线索，又都是出自吴越文士之手，因此，它们都具有鲜明的吴越文化的特点。吴越之民重剑轻死，信巫淫祀[9]，这两部历史散文中曲折的故事情节、荒幻的神话传说、强烈的复仇意识和崇武尚勇的义侠形象，无不和吴越文化的历史传统密切相关，这两部作品是吴越文化的重要载体。

## 第三节　《新论》《论衡》和《潜夫论》

桓谭对历史现实的考量评论　　《新论》的对比和比喻　　《论衡》的选材　　王充的论辩方式　　《潜夫论》的批判精神和文风特征　　东汉碑文和游记

东汉初期政论文的代表著作是桓谭的《新论》[10]。这部著作由16篇专论组成，其中《本造》《闵友》《琴道》各一篇，其馀均分为上、下篇，总计29篇，是一部体系完整的著作。

《新论》内容广博，涉及当时许多热点问题。桓谭在西汉成帝朝即为郎，至光武帝时期历经七朝，饱览世道沧桑，书中往往用对比的方式论述国家的兴亡、政治上的得失。《求辅》《言体》篇反复把王莽和刘邦进行对比，用以说明西汉所以兴盛，新莽迅速灭亡的道理。他赞扬刘邦的雄才大略，批判王莽的独断专行和不识大体，对他以“王翁”称之，表达的是藐视、厌恶之情。《识通》篇对西汉几位天子在治国理政方面的得失加以评论，指出他们的通和蔽。

《新论》还用实证和比喻的方式，揭露方士巫术的虚幻，指出长寿成仙之想的荒诞，主要见于《辨惑》和《祛蔽》篇。他把人的生命比作燃烧的蜡烛，形体如同蜡烛，精神如同烛光。蜡烛有燃尽熄灭之时，人有死亡之期，二者皆无法避免。他还以树喻人。榆在树木中是生命力顽强者，它尚且无法抗拒枯槁，人的血肉之躯不可能长盛不衰。这些比喻鲜活生动，有很强的说服力。

桓谭与扬雄、刘歆皆有交往，并进行学术探讨。他熟练地运用政论文这种样式，使得汉代学者型政论文继刘向、扬雄之后又有新的发展。

在东汉的政论散文中，王充（27—96?）的《论衡》从内容到表述方式都别具一格[11]。

王充出自细族孤门，加之仕途坎坷，因此形成了自觉的批判意识，一生志在纠正世俗的虚谬。《论衡》是他的发愤之作，正如该书《对作》篇所说：“是故《论衡》之造也，起众书并失实，虚妄之言胜真美也。故虚妄之言不黜，则华文不见息；华文放流，则实事不见用。故《论衡》者，所以诠轻重之言，立真伪之平，非苟调文饰辞，为奇伟之观也。”王充撰写《论衡》的目的是要使语言的表达轻重得体，合乎实际，提出辨别真伪的标准，该书在一定程度上确实起到了这种作用。

《论衡》全书85篇，现存84篇，缺《招致》篇。从开始的《逢遇》篇到《物势》篇共14篇，选材角度较新。汉代的政论散文多从治国修身笃学等方面切入，这个传统在西汉初年贾谊那里就已经奠定。后来扬雄的《法言》、桓谭的《新论》基本都是这方面的内容。王充对扬雄、桓谭都很推崇，但《论衡》上述14篇专论在内容的设计上却颇具匠心，不与前人雷同。王充不是泛论修身齐家治国平天下的道理，而是选取当时理论界的热点问题分别加以阐述，其中包括人的遭遇、命运、天性、才气、骨相等颇有深度的议题，都是围绕着人类自身的困扰而展开，流露出他对于人的终极关怀。

最能代表王充疾虚妄宗旨的是“九虚”、“三增”、《论死》、《订鬼》诸篇[12]，该书《对作》篇称：“若夫九虚、三增、论死、订鬼，世俗所久惑，人所不能觉也。”这些篇章所论述的都是世俗迷妄已久、沉溺最深的问题，涉及的范围非常广泛，其中包括史书虚妄夸大的记载、天人感应之说、灵魂不死观念等。王充不但把批判的矛头指向世俗的虚妄之说，而且对圣贤之言、经典之文也多有辩驳，指出其夸大失实、不尽可信之处。

《论衡》一书是论辩性著作，是一部“实论”型散文。作者用事实说话，援引历史和现实生活中的事例批驳各种虚妄之论。在此过程中，或同类相证，或巧用比喻，或从生活经验出发，或进行逻辑推理，从必然性、偶然性、可然性等多方面展开论述，具有很强的说服力。为了论证得透彻充分，每篇都反复诘难，多方发挥，文风雄辩，然而儒者病其芜杂。

《论衡》一书的文字比较接近汉代口语，既准确精练，又通俗易懂，和当时那种“深覆典雅，指意难睹”的赋颂迥然不同。《论衡》的用词朴实无华，不重雕琢，在当时独树一帜。王充的行文不摹拟前人，根据内容的需要组织文辞，富有创新精神。

《论衡》一书的词语通俗易懂，所用的句式却颇为整齐，有时还出现骈俪化倾向。如《讲瑞》篇如下一段：

> 种类无常。故曾晳生参，气性不世；颜路出回，古今卓绝。马有千里，不必麒麟之驹；鸟有仁圣，不必凤皇之雏。山顶之溪，不通江湖，然而有鱼，水精自为之也；废庭坏殿，基上草生，地气自出之也。

这段话已经是比较标准的早期骈俪文形态，如果不是精心调遣，不可能有如此整齐相对应的句式。《宣汉》篇赞扬东汉王朝经略四方所取得的成就，把对照和排比手法结合在一起，或用四言句，或用六言句，排列得错落有致。《论衡》在句式的安排上颇讲规则，是对当时骈俪化潮流的顺应。

《论衡》一书以疾虚妄为宗旨，但是，由于历史条件和认识上的原因，其中也有许多局限。王充对神学目的论持否定态度，不承认有意志上帝的存在，但仍然认为人的贵贱寿夭、国家的治乱安危都受时数的支配；他不认为人可以长生不死，却相信观察骨相气色的相面术；他不承认有雷公龙神存在，但对民间的求雨术却表示认同。王充的理论建立在朴素直观的基础上，一旦论述的对象超出他的生活经验，就难免在求实上出现不彻底性。

王符的《潜夫论》和王充的《论衡》都成书于东汉中期[13]，也是一部愤世嫉俗之作，对当时社会上各种丑恶现象及不合理的制度多有指斥，切中时弊。在议论政治上的得失时，往往采用正反对照和排比的笔法，有很强的说服力和感染力。《考绩》篇写道：

> 群僚举士者，或以顽鲁应茂才，以桀逆应至孝，以贪饕应廉吏，以狡猾应方正，以谀谄应直言，以轻薄应敦厚，以空虚应有道，以嚚闇应明经，以残酷应宽博，以怯弱应武猛，以愚顽应治剧。名实不相副，求贡不相称。

汉代用人制度有诏举贤良、方正、孝廉、秀才、有道、贤能、直言、敦朴、质直、清白等科目，王符认为群僚举士名不副实，于是把应举科目和所举之人的品格才能用对比鲜明的反义词逐一加以标示，句法整齐，揭露得非常深刻。桓、灵时童谣云："举秀才，不知书。举孝廉，父别居。寒素清白浊如泥，高第良将怯如鸡。"（《抱朴子·审举》）这首童谣和王符的上述话语有异曲同工之妙，只是王符是用相反的概念构成强烈对比，童谣则是使鲜明的形象和徒有的虚名造成巨大反差。《务本》篇写道："今赋颂之徒，苟为饶辩屈蹇之辞，竞陈诬罔无然之事，以索见怪于世。"王符批判靡丽浮华的文风，《潜夫论》一书的文字皆朴实无华，准确简练。书中虽不时显露批判的锋芒，但以温雅弘博见长，不为卓绝诡激之论，和王充的《论衡》稍有不同。王充、王符以及后来的仲长统，并称东汉政论散文三大家，而又各有自己的特点[14]。

东汉政论散文继承了西汉的传统，但文章气势不如西汉。而叙事散文和西汉相比，在样式上则有所突破，出现了成熟的碑文和游记。

东汉碑文和秦代刻石铭文有渊源关系，但东汉碑文不像秦刻石铭文那样凝重呆板，而是不时有清丽之作。崔瑗的《河间相张平子碑》用简洁的文字展示张衡的学问品格[15]，文采斐然。蔡邕的碑文在东汉最为著名，成就尤高[16]。三胡碑虽然都是为胡广而撰，但能变化体势，不相重复。他的碑文能写出人的各自特征。杨秉是危世抗节之臣，为他写的碑文直录其事，富有生气。杨赐有清操懿德，深通《尚书》，碑文也就本于经术，气象渊静。蔡邕所作碑文用典甚多，所用典故往往能与碑主的社会角色、所治经典相契，达到水乳交融的程度。《郭有道碑》和《陈太丘碑》是蔡邕碑文的代表作，历来受人称道。碑主郭泰、陈寔都是汉末名士，郭泰终身不仕，陈寔先仕后隐。这两篇碑文没有败笔，时见道气，读其文如见碑主其人。东汉后期盛行品鉴人物的风气，蔡邕身为士林领袖，也参与了对名士的评议，他有时是从人物鉴赏的角度撰写碑文的。

马第伯的《封禅仪记》是现今所能见到的最早的游记[17]。该文记叙建武三十二年（56）的封禅活动，虽然是按时间顺序依次写来，但其中时有精彩的景物描写，攀登泰山的艰险场面也写得很传神。这篇游记对泰山的人文景观、封禅仪式也多有交待，具有较高的文献价值，后来的《洛阳伽蓝记》《水经注》在笔法上和这篇作品有很多相似之处。

## 注 释

〔1〕《汉书》对前代著述多有借鉴，对此，聂石樵指出："一部《汉书》在历史史实方面多取自《史记》，而在思想体系方面则源于刘歆。有名之《汉书》十志，即多本自刘歆。""如其武帝以前之史事，多采自《史记》，然绝非抄袭原文，而是经过整理和加工，做了许多补充。""《汉书》于武帝以后之史事，则是以班彪之《后传》为根据，综合各家对《史记》之补续，缀集所闻而成。"（见其《先秦两汉文学史稿·两汉卷》，北京师范大学出版社 1994 年版，第 328、333 页）书中考证颇为详实，可参阅。

〔2〕文中有如下概述："汉之得人，于兹为盛。儒雅则公孙弘、董仲舒、兒宽，笃行则石建、石庆，质直则汲黯、卜式，推贤则韩安国、郑当时，定令则赵禹、张汤，文章则司马迁、相如，滑稽则东方朔、枚皋，应对则严助、朱买臣，历数则唐都、洛下闳，协律则李延年，运筹则桑弘羊，奉使则张骞、苏武，将率则卫青、霍去病，受遗则霍光、金日磾，其余不可胜纪。……孝宣承统，纂修洪业，亦讲论六艺，招选茂异。而萧望之、梁丘贺、夏侯胜、韦玄成、严彭祖、尹更始以儒术进，刘向、王褒以文章显，将相则张安世、赵充国、魏相、丙吉、于定国、杜延年，治民则黄霸、王成、龚遂、郑弘、召信臣、韩延寿、尹翁归、赵广汉、严延年、张敞之属，皆有功迹见述于世。"（《汉书》卷五十八，中华书局 1975 年版，第 2634 页）

〔3〕《汉书》的谨严细密，古人多有论述，择其要者如下：刘知幾《史通》卷一："如

《汉书》者，究西都之首末，穷刘氏之废兴，包举一代，撰成一书。言皆精练，事甚该密。故学者寻讨，易为其功。”（浦起龙《史通通释》，上海古籍出版社 1978 年版，第 22 页）刘熙载《艺概》卷一：“班孟坚文，宗仰董生、匡、刘诸家，虽气味已是东京，然尔雅深厚，其所长也。苏子由称太史公‘疏荡有奇气’，刘彦和称班孟坚‘裁密而思靡’，疏密二字，其用不可胜穷。”（见《艺概》，上海古籍出版社 1978 年版，第 15 页）

〔4〕《汉书·霍光传》：“宣帝始立，谒见高庙，大将军光从骖乘，上内严惮之，若有芒刺在背。后车骑将军张安世代光骖乘，天子从容肆体，甚安近焉。及光身死而宗族竟诛，故俗传之曰：‘威震主者不畜，霍氏之祸萌于骖乘。’”（《汉书》，中华书局 1975 年版，第 2958 页）

〔5〕分别见于《汉书》下列传记中：卷五十六《董仲舒传》：“立学校之官，州郡举茂材孝廉，皆自仲舒发之。”卷六十五《东方朔传》：“是后，公主贵人多逾礼制，自董偃始。”卷七十《郑吉传》：“汉之号令班西域矣，始自张骞而成于郑吉。”卷七十四《丙吉传》：“公府不案吏，自（丙）吉始。”卷七十九《冯野王传》：“郡国二千石病赐告不得归家，自此始。”（见《汉书》，中华书局 1975 年版，第 2525、2857、3006、3145、3304 页）

〔6〕分别见于《汉书》下列传记：卷六十四下《终军传》、卷七十二《王吉传》、卷七十五《夏侯胜传》。（见《汉书》，中华书局 1975 年版，第 2819、2820、3066、3159 页）

〔7〕赵晔生平事迹载于《后汉书·儒林传》：“赵晔字长君，会稽山阴人也。少尝为县吏，奉檄迎督邮，晔耻于厮役，遂弃车马去。到犍为资中，诣杜抚受韩诗，究竟其术。积二十年，绝问不还，家为发丧制服。晔卒业乃归。州召补从事，不就。举有道，卒于家。晔著《吴越春秋》《诗细历神渊》。蔡邕至会稽，读《诗细》而叹息，以为长于《论衡》。邕还京师，传之，学者咸诵习焉。”（《后汉书》，中华书局 1973 年版，第 2575 页）

〔8〕关于《越绝书》的作者，明代有些学者根据该书《越绝篇叙外传记》中的一段隐语推测，这部书出自袁康、吴平二人之手，学术界多取此说，然亦有持异议者。陈桥驿的《点校本越绝书序》对于书的作者有详细考论，可参阅。（见《越绝书》，上海古籍出版社 1985 年乐祖谋点校本）

〔9〕吴越民风习俗，汉代有如下记载：《史记·封禅书》：“是时既灭两越，越人勇之乃言：‘越人俗鬼，而其祠皆见鬼，数有效。’……乃令越巫，越祝祠，安台，无坛。”（《史记》，中华书局 1975 年版，第 1399~1400 页）《汉书·地理志》：“吴粤之君皆好勇，故其民至今好用剑，轻死易发。”（《汉书》，中华书局 1975 年版，第 1667 页）应劭《风俗通义》卷九：“会稽俗多淫祀，好卜筮，民一以牛祭。巫祝赋敛受谢，民畏其口，惧被祟，不敢拒逆。是以财尽于鬼神，产匮于祭祀，或贫家不能以时祀，至竟言不敢食牛肉；或发病且死，先为牛鸣。其畏惧如此。”（见吴树平《风俗通义校释》，天津人民出版社 1980 年版，第 338 页）

〔10〕《后汉书·桓谭列传》：“初，桓谭著书言当世行事二十九篇，号曰《新论》。上书献

之，世祖善焉。《琴道》一篇未成，肃宗使班固续成之。”（《后汉书》，中华书局1973年版，第961页）《新论》一书久佚，今有《四部备要》本行世。另严可均辑《全上古三代秦汉三国六朝文·全后汉文》卷十三至十五有辑本，最为完备。

〔11〕王充事迹见于《后汉书·王充王符仲长统列传》：“王充字仲任，会稽上虞人也，其先自魏郡元城徙焉。充少孤，乡里称孝。后到京师，受业太学，师事扶风班彪。……著《论衡》八十五篇，二十余万言，释物类同异，正时俗嫌疑。”李贤注引袁山松书：“充所作《论衡》，中土未有传者，蔡邕入吴始得之，恒秘玩以为谈助。其后王朗为会稽太守，又得其书。及还许下，时人称其才进。或曰：‘不见异人，当得异书。’问之，果以《论衡》之益，由是遂见传焉。”（《后汉书》，中华书局1973年版，第1629页）

〔12〕“九虚”“三增”指《论衡》下列篇目：《书虚》篇、《变虚》篇、《异虚》篇、《感虚》篇、《福虚》篇、《祸虚》篇、《龙虚》篇、《雷虚》篇、《道虚》篇，《语增》篇、《儒增》篇、《艺增》篇。

〔13〕《后汉书·王符列传》：“王符字节信，安定临泾人也。少好学，有志操，与马融、窦章、张衡、崔瑗等友善。……自和、安之后，世务游宦，当途者更相荐引，而符独耿介不同于俗，以此遂不得升进。志意蕴愤，乃隐居著书三十馀篇，以讥当时失得。不欲彰显其名，故号曰《潜夫论》。”（《后汉书》，中华书局1973年版，第1630页）王符生卒年不可确考，约生于安、和之际，卒于桓、灵之间。

〔14〕刘熙载《艺概》卷一《文概》：“王充、王符、仲长统三家文，皆东京之矫矫者。分按之：大抵《论衡》奇创，略近《淮南子》；《潜夫论》醇厚，略近董广川；《昌言》俊发，略近贾长沙。”（《艺概》，上海古籍出版社1978年版，第16页）

〔15〕载于严可均辑《全上古三代秦汉三国六朝文·全后汉文》卷四十五（中华书局1987年影印本，第719页）

〔16〕蔡邕碑文收录于严可均辑《全上古三代秦汉三国六朝文·全后汉文》卷七十五至卷七十九（中华书局1987年影印本，第879~899页）。清李兆洛所编《骈体文钞》卷二十四选蔡邕碑文十四篇，颇有代表性（见《万有文库》本，商务印书馆1937年版第469~482页）。

〔17〕载于严可均辑《全上古三代秦汉三国六朝文·全后汉文》卷二十九（中华书局1987年影印本，第632~634页）。马第伯爵里未详。

# 第七章　东汉文人诗

进入东汉以后，文人诗歌创作出现新的局面，五言取代传统的四言成为新的诗歌样式，完整的七言诗篇也开始产生。东汉文人诗多数独立成篇，还有一些附在赋的结尾，作为赋的一部分而保存到今天。赵壹的《刺世疾邪赋》以秦客与鲁生的唱和结尾。张衡的《思玄赋》、马融的《长笛赋》、王延寿的《梦赋》，结尾都是附以七言诗，或称为“系”，或称为“乱”。这些七言诗句句押韵，一韵到底，反映的是早期七言诗的特点。赋末附诗，始见于东汉，后代多有仿效。东汉文人五言诗，有的作者明确，也有相当一部分未著录作者姓名，或虽标出作者姓名但存疑颇多，后二者就是文学史上的“古诗”和“苏李诗”[1]。

## 第一节　班固、张衡、秦嘉的诗

班固诗与张衡诗：质朴和典丽　　秦嘉诗：文人五言诗的成熟

现存东汉文人最早的完整五言诗是班固的《咏史》，其内容是西汉缇萦救父一事[2]。这首诗先叙太仓令有罪，被押送到长安城。次写缇萦闻父言而沉痛，遂诣阙陈辞。然后写汉文帝生恻隐之心，下令废除肉刑。结尾是班固的感慨，赞扬缇萦胜过男儿。《咏史》诗按时间先后依次道来，以叙事为主，而不是像后代有些咏史诗那样重在议论抒情。班固以写纪传体史书的手法创作《咏史》诗，用词质朴，渲染修饰成分很少。此诗当是班固晚年下狱时所作，其中寄托着自己的感慨。

班固的五言诗除《咏史》外，还有收录在《太平御览》中的几句佚诗[3]。桓谭《新论·琴道》篇经班固续修而成，其后半部分也有类似五言诗句组成的段落[4]。这几篇作品的风格和《咏史》基本相同，都以叙事为主，写得质实朴素。

班固的《竹扇赋》今存残篇[5]，是一首完整的七言诗，原来当是系于赋尾。这首七言诗叙述竹扇的制作过程，它的形制、功用，遣词造句质朴无华，浅显通俗。

班固是东汉较早创作五、七言诗的文人，他对这两种新兴诗体持认同态度，并进行了有益的尝试。班固很大程度上是以史学家的笔法写五、七言诗，都以叙事为主，即使像《咏史》这样最适合于抒情言理的作品，依然重在陈述史实。他的五、七言诗和系于《东都赋》的五首四言及骚体诗有质、文之别，前者质朴，后者典雅。究其原因，就在于班固对四言和骚体这两种传统的诗歌形式掌握得很娴熟，运用起来得心应手，故能充分体现文人本色；而他对于五、七言诗则比较生疏，还处于模拟阶段，作品风格也相应朴素质实。

张衡是在班固之后继续创作五、七言诗的著名文人，并且取得重要成就。他的《同声歌》是一篇很有特色的作品，在东汉文人五言诗中别具一格。这首诗通篇假托新婚女子口气自述。先叙自己新婚之夜又惊又喜的心情，"情好新交接，恐慄若探汤"。把新婚女子的好奇、胆怯写得非常传神。最精彩的是中间部分，新妇不直说自己如何勤劳能干，而是声称从调理饮食到助祭神灵这些事情她都愿意承担。她不明说自己对丈夫如何爱恋，而是作了如下表白："思为莞蒻席，在下蔽匡床。愿为罗衾帱，在上卫风霜。"新妇对丈夫体贴入微，关怀备至，通过形象的比喻，把自己美好的心愿婉转地传达给对方。结尾部分展示自己的美好体态和新婚之乐，较之前面更加大胆、坦率。《同声歌》明显借鉴了民歌的表现手法，措辞奇妙，兴寄高远。

张衡的《四愁诗》是经过改造的骚体，是骚体整齐化之后而形成的七言诗。全诗皆为七言句，除每章首句中间有"兮"字外，其余都是标准的七言诗句。全诗四章，按东南西北顺序依次展开。美人赠给他金错刀、金琅玕、貂襜褕、锦绣段，诗人想以英琼瑶、双玉盘、明月珠、青玉案作为回报。然而，不是山高水深，就是路险天寒，使他无法前往美人所在之处，难以如愿以偿，内心烦乱忧伤。这首诗有政治上的寄托，得《离骚》之神韵，是后代七言歌行的先声。

附于张衡《思玄赋》结尾的也是一首七言诗。这篇作品抒发人生有限而河清之世难待的苦闷，诗人想"超逾腾跃绝世俗"，但是"天不可阶仙夫稀"，不得不返回现实世界继续求索。

张衡的五、七言诗在技巧上较之班固有明显提高，他运用这两种新的诗歌样式已经得心应手。班固、张衡对乐府诗都有所继承，但继承的方面不同。乐府诗或朴素质实，或缛丽华美。班固五、七言诗继承的是前一种风格，张衡的五、七言诗则沿着缛丽华美的方向发展。班固的五、七言诗以叙事为主，张衡的五、七言诗则长于抒情。自张衡始，东汉文人五、七言诗形成了以抒情为主的基本走势。

秦嘉（？—164）的《赠妇诗》三首[6]，是东汉文人五言抒情诗成熟的标志。秦嘉、徐淑夫妇经历过缠绵悱恻的生离死别，他们的诗文赠答也成为文学史上流传的佳话[7]。

秦嘉《赠妇诗》在时间上具有连续性。第一首写秦嘉即将赴京之际遣车迎妇，徐淑因病不能返回面别，使秦嘉伏枕辗转，彻夜难眠。第二首写秦嘉想要前往徐淑处面叙款曲，终因交通不便等原因未能成行。第三首写启程赴京时以礼物赠遗徐淑，遥寄款诚。秦嘉在抒发难以排遣的离愁别绪时，把夫妇情爱放到彼此的人生经历中加以审视，点出少与多、早与晚这两对矛盾："人生譬朝露，居世多屯蹇。忧艰常早至，欢会常苦晚。""伤我与尔身，少小罹茕独。既得结大义，欢乐苦不足。"秦嘉抛别病妻远赴京城，使他们迟到和本来就深感不足的欢乐被生生剥夺，变得欢乐愈少，忧愁更多；艰难再次提前降临，欢会的日子不知推迟到何时。三首诗都有对车驾的描写，用来衬托诗人百感交集的复杂心情。"遣车迎子还，空往复空返"，传达的是失望之情；"良马不回鞍，轻车不转毂"，表现的是临路怅惘、徘徊不定；"肃肃仆夫征，锵锵扬和铃"，暗示车铃催促启程，流露出无可奈何之情。

秦嘉的《赠妇诗》是一组艺术成就较高的抒情诗，是汉代文人五言抒情诗的成熟之作。从班固到秦嘉，经过一个世纪左右的发展，东汉文人五言诗的创作进入繁荣期。

## 第二节　郦炎、赵壹、蔡邕的五言诗

诗坛新风的出现　　怀才不遇的感慨　　对比鲜明的批判
全身远害的忧患意识　　衰世文学

桓帝以前，东汉文人诗歌经历了由叙事向抒情、由模仿民歌到作家独创的转折，但诗歌的基调一直未见太大的变化，保持前后的连续性。班固、张衡、秦嘉的五、七言诗均无过分激烈的言词，更没有惊世骇俗之语，表现的是温柔敦厚的中和之美。东汉末年则不然，主要活动在灵帝时期的几位著名诗人都有不幸的遭遇，他们的诗歌也呈现出和班固、张衡、秦嘉等人迥然有别的风貌。他们通过自己的控诉、呐喊，开创了诗坛的新风气。东汉文人诗的最后阶段，是以对现实的猛烈批判而告终。

郦炎（150—177）的作品今存五言体《见志诗》二首[8]，抒发怀才不遇的感慨，传达出遭受压抑的不平之气。第一首诗通篇袒露自己高远的志向，他要“舒吾陵霄羽，奋此千里足”，做出一番惊天动地的事业。诗人不相信命运，认为通塞由己，无须占问。他以陈平、韩信这些起于微贱而终成大业的历史人物自励，有一种纵横物表、不受任何羁绊的气势。第二首诗的格调不如前篇高昂，显得有些低沉。诗人的志向是高远的，而在现实生活中的处境却是坎坷的，非但得不到重用，反而连续遭受摧残，这使他想起年轻有为而被朝廷宿臣压制排斥的贾谊。他以美玉和千里马自况，慨叹遇不到卞和、伯乐。这两首诗前后形成鲜明对照，由此出现巨大的感情落差，前面是气冲霄汉，后面则情绪低沉。两首《见志诗》成功地运用比喻和象征手法，具有深刻的意蕴。前首诗以修翼、远趾、陵霄羽、千里足等词语构成连绵意象，把自己比作一飞冲天的巨鸟和驰骋千里的骏马。第二首则以灵芝困于洪波、兰荣摧于严霜象征志士遭受压抑，词多托寓，感慨颇深。

赵壹的《疾邪诗》二首均是五言，附在《刺世疾邪赋》之后，以秦客、鲁生对唱的形式出现，二人各申己志。第一首诗以“河清不可俟，人命不可延”开头，表示他对东汉王朝的彻底绝望。在这种情绪支配下，两首诗通过鲜明的对比，暴露黑暗，指斥时弊。“文籍虽满腹，不如一囊钱。”这是批判贿赂公行，取士用人看重钱财而轻视学问。“伊优北堂上，抗脏倚门边。”这是揭露取士用人不注重品德，致使谄媚之徒受重用，耿直的人士被摈弃，前者升堂而坐，后者倚门而立。“势家多所宜，咳唾自成珠。被褐怀金玉，兰蕙化为刍。”这是控诉权势成为价值判断的唯一尺度，从而出现善恶颠倒，正义和真理被扭曲的反常现象。赵壹的《疾邪诗》所表达的感情在东汉文人诗中最为激烈，他不是普通的哀怨，而是充满愤怒；他不是一般的愤世嫉俗，而是刺世疾邪，具有东汉党人的婞直之风。

蔡邕的《翠鸟诗》是乱世文人全身远害心态的写照。在这首寓言诗中，蔡邕为翠鸟构想出一个有限、然而可以托身的空间。庭前的若榴树生着绿叶红花，翠鸟在这里能够振翅修容。它是从猎人追捕下逃脱出来的幸存者，愿意把自己的生命托付给若榴树的主人。翠鸟暂时找到了栖身之地，但仍然是寄人篱下，并且对以往被人追捕的遭遇心有余悸。这首诗是蔡邕自身经历的形象反映，从中可以看出汉末文人身处衰世的惶恐之情。

郦炎、赵壹、蔡邕的上述五言诗都作于灵帝时期，具有典型的衰世文学的特征。蔡邕的《翠鸟诗》流露出深重的忧患意识，诗人缺乏起码的安全感，提心吊胆地生活。郦炎、赵壹的四首诗都以揭露、批判社会的黑暗和腐朽为宗旨，表现出沉重的压抑感和强烈的抗争意识，汉代作家独立的人格再次放射出光芒。诗人的境遇是不幸的，因此，他们对社会的批判也更能切中时弊，触及要害。郦炎、赵壹的作品不再像前期文人诗那样蕴藉含蓄，缓缓道来，而是大声疾呼，锋芒毕露。后来建安文学梗概多气、志深笔长的特点，在灵帝时期的文人五言诗中已显露端倪。

## 第三节　《古诗十九首》

游子思妇的万般情怀　人生哲理的揭示　痛苦的体验和独特的感受　起兴发端艺术　审美境界和语言技巧

《古诗十九首》出自汉代文人之手，但没有留下作者的姓名[9]。《古诗十九首》作为一个整体收录在《文选》卷二十九，它代表了汉代文人五言诗的最高成就。《古诗十九首》不是作于一时一地，它的作者也不是一人，而是多人。《古诗十九首》的好几篇作品在意境和用语上与秦嘉的《赠妇诗》多有相似之处，二者产生的年代不会相去太远，最迟不晚于桓帝时期[10]。

《古诗十九首》除了游子之歌，便是思妇之词，抒发游子的羁旅情怀和思妇闺愁是它的基本内容。二者相互补充，围绕着同一个主题，是一个问题的两个方面。《古诗十九首》所表现的游子思妇各种复杂的思想情感，在中国古代具有普遍性和典型意义，千百年来引起读者的广泛共鸣。

《古诗十九首》的作者绝大多数是漂泊在外的游子，他们身在他乡，胸怀故土，心系家园，每个人都有无法消释的思乡情结。《涉江采芙蓉》的主人公采撷芳草想要赠给远方的妻子，并且苦苦吟叹："还顾望旧乡，长路漫浩浩。同心而离居，忧伤以终老。"《明月何皎皎》的作者在明月高照的夜晚忧愁难眠，揽衣徘徊，深切地感到："客行虽云乐，不如早旋归。"天涯芳草，他乡明月，都没有给游子带来心灵的慰藉，相反，倒是激发起难以遏制的思乡之情。游子思乡，这是人类普遍的情感，在农业文明时代体现得更为明显。不过，在以往的史传文学作品中，人们经常见到的是富贵以后流露出的乡情，衣锦还乡的热烈场面。《古诗十九首》的作者多是失意士子，他们在穷困潦倒之际所弹奏的思乡曲，语悴情悲，充满天涯沦落人的凄楚，引来的是同情和怜悯。游子思乡作品在《诗经》中有多篇，《诗经》中游子的思念对象有他们的妻子，但更多的是想到父母双亲，桑梓情中渗透亲子之爱；《古诗十九首》的思乡焦点则集中在妻子身上，思乡和怀内密不可分，乡情和男女恋情是融会在一起的。

《古诗十九首》的作者多数是宦游子弟，他们之所以离家在外，为的是能够建功立业，步入仕途。对此，诗人反复予以申诉。《今日良宴会》写道：

“何不策高足，先据要路津。无为守贫贱，轗轲常苦辛。”这是要在仕途的激烈竞争中捷足先登，占领显要的职位，摆脱无官无职的贫贱境地。《回车驾言迈》亦称：“盛衰各有时，立身苦不早。”“奄忽随物化，荣名以为宝。”这位作者已经不仅仅满足于仕途上的飞黄腾达，而且还追求自身的不朽价值，通过扬名后世使生命具有永恒的意义。两汉乐府诗除了叙事诗外，也有一定数量的抒情诗，并且在格调上和《古诗十九首》相近。但是，像上述两首诗这样表现积极用世精神的作品很难找到。把士人建功立业、扬名后世的理想用如此坦率的语言表达出来，在《古诗十九首》之前的诗歌作品中尚不多见。

游宦的成功率很低，多数人无法实现自己的愿望。作为仕途上的失败者，各种想法也就随之产生，他们要在其他方面寻找慰藉，用以保持心态的平衡。《古诗十九首》作者的人生意识是清醒的，他们不相信成仙术，头脑里没有长生不死的彼岸世界，只想在现实中过得更快活、更自在。于是，他们“荡涤放情志”（《东城高且长》），去追求燕赵佳人。《驱车上东门》也写道：“服食求神仙，多为药所误。不如饮美酒，被服纨与素。”这是说要以美酒华服来消磨人生，同样表露得非常坦率。由于仕途的挫折，这些士子人生追求的层次由高向低跌落，从努力实现人生不朽到满足于耳目口腹之欲，他们是在寻求某种补偿，话语虽达观，深层的悲哀仍然可以感受到。

《古诗十九首》所展示的思妇心态也是复杂多样的。盼望游子早归，这在《古诗十九首》众多的思妇诗中没有一首例外。然而，盼归而不归，思妇的反应却大不相同。有的非常珍视自己的婚姻，对游子的爱恋极深，远方捎回书信，她会置之怀中，“三岁字不灭”（《孟冬寒气至》）；远方寄回一端绮，她会裁制成象征夫妻恩爱的合欢被（《客从远方来》）。有的觉察到“游子不顾返”的苗头，思妇日感衰老、消瘦，只好宽慰自己“努力加餐饭”（《行行重行行》）。也有的思妇在春光明媚的季节经受不住寂寞，发出“空床难独守”（《青青河畔草》）的感叹。这些思妇诗的作者未必都是女性，大部分可能是游子揣摹思妇心理而作，但都写得情态逼真，如同出自思妇之手。这些作品的共同特点是重在表现思妇独处的精神苦闷，她们担心游子喜新厌旧，担心自己的真情不被对方省察，担心外力离间。《古诗十九首》中思妇和游子的形象都是孤独的，不过，和游子相比，思妇显得更加孤独。游子有良宴聚会、有赏歌听曲的机会，还可以驱车出游，而思妇却只能徘徊院庭，空室长叹，她们难言的寂寞经常是靠泪水冲洗。

《古诗十九首》所出现的游子思妇，徘徊于礼教与世俗之间，他们既有合乎传统礼教的价值取向，又有世俗的人生选择；时而有违礼之言，但见不到违礼之行，不及于乱。游子即使决心“荡涤放情志”（《东城高且长》），一旦真的面对燕赵佳人，又“沉吟聊踯躅”（《燕赵多佳人》）。妙龄女子先是埋怨对方的迎娶过迟，但随即又表白：“君亮执高节，贱妾亦何为。”（《冉冉孤生竹》）如果说游子从立功扬名转向佳女美酒体现了古代失路士人的普遍趋势，那么，徘徊于礼教与世俗之间的做法，则是东汉士林风气的折射[11]。

《古诗十九首》展示了游子思妇的复杂心态，它所传达的思想感情在古代具有代表性和典型意义。同时，这些作品还透彻地揭示出许多人生哲理，诗的作者对人生真谛的领悟使这些诗篇具有深邃的意蕴，诗意盎然而又不乏思辨色彩。《古诗十九首》涉及以下关系：

永恒与有限的关系。人生有限的感慨，自古便已有之。《古诗十九首》和以往文学作品的不同之处，是把人生的短暂写得特别充分，特别突出，给人以转瞬即逝之感。在表现这一主题时，诗人采用两种手法，一是写物长人促，人和物的异质，以外物的永恒反衬人生的有限。所谓“人生非金石，岂能长寿考”（《回车驾言迈》）就是把人和金石视为异质，以金石的坚固反衬人的寿命短暂。《青青陵上柏》《驱车上东门》都是把永恒之物和有限的人生相对照。《古诗十九首》有时也写物我同构，外物和人的寿命都是有限的。多首诗篇出现的节序之感，都是推物及人，点出人生的短暂。

人的心态与生命周期的关系。《行行重行行》和《冉冉孤生竹》皆为女词，其中都有“思君令人老”之语，前者是思妇的叹息，后者是待嫁女子的怨艾。这两位主人公都因婚姻变故而有迟暮之感，流露出青春易逝的惋惜。她们不是随着岁月的流逝自然衰老，而是思念使得芳华早逝，这就更令人悲哀。“思君令人老”是痛苦的人生体验，在它背后隐藏着许多潜台词。《古诗十九首》中男主人公的羁旅情怀，也不时有早衰、速老的感慨。抑郁、思念使他们的生命周期缩短，衰老的速度加快，诗人已经清醒地意识到这一点。

忧郁与欢乐的关系。人的忧和乐相反相成，经常纠缠在一起。《古诗十九首》的作者揭示了忧与乐的这种关系，并提出一种消极的解脱方式。“生年不满百，常怀千岁忧”，这是嘲笑有些人活得太累，人生有限而忧愁无限，难免如负重物，压得喘不过气来。诗人提出的解脱办法是及时行乐：“为乐当及时，何能待来兹。”（《生年不满百》）今朝有酒今朝醉，甚至要秉烛夜游。诗人是从精神解脱的高度看待及时行乐，对物质条件并不十分注重。良宴聚会，新声逸响固然“欢乐难具陈”（《今日良宴会》），就是斗酒相娱乐，也不觉得菲薄。即使是“驱车策驽马”，也不妨到洛阳、南阳这样繁华的都市游戏一番（《青青陵上柏》）。他们是得乐且乐，化忧为乐，甚至是以忧为乐。

来去亲疏的关系。“去者日以疏，来者日以亲”（《去者日以疏》），这是诗人见到古墓犁为田、松柏摧为薪所产生的感触，也是对人际关系富有哲理的概括[12]。诗人是从去来相继、新陈代谢所形成的历史长河中看待亲疏的推移变化，揭示出时间之流给人带来的角色转换。其实，不仅生者与生者相亲，生者与死者疏远，就是在生者之间亦有来去亲疏之异，相亲而来，相弃而去，友则相亲，弃则相疏，此亦人情世态之常理。《西北有高楼》《明月皎夜光》等诗篇对此作了形象的表现。

《古诗十九首》的作者多为羁旅他乡的游子，漂泊不定的生活使他们在诸多方面有自己独特的感受：

敏锐的节序感。《古诗十九首》的作者对季节的变化特别敏感，这些作品中明确标示出季节的有6篇，其他以物候暗示节序的诗篇亦为数不少。上述两项加在一起，占据19首诗的绝大部分。那些或明或暗标示节序的物象不是孤立地置于作品中，而是作为激发诗人情感的对象出现，同时也是表达情感的载体。诗人以感伤的情调回应季节的变化，不同季节的多种物候都被轻烟薄雾般的愁思所笼罩。萧瑟的秋风固然引起游子的苍凉之感，就是“东风摇百草”的春天，在他们心中产生的也不是欢快喜悦，而是“所遇无故物”（《回车驾言迈》）的失落和孤独。至于闺房思妇，更因春天的到来而牵动愁肠。

微妙的空间感。《古诗十九首》所展开的空间方位是多维的，诗人把自己置于不同的空间方位，产生许多微妙的感受。“相去万余里，故人心尚尔”（《客从远方来》），这是远距离的心灵沟通，是天涯咫尺。“盈盈一水间，脉脉不得语”（《迢迢牵牛星》），这是近距离的感情交流受阻，是咫尺天涯。诗的作者多是行旅之人，饱尝长途跋涉的艰辛，所谓“回车驾言迈，悠悠涉长道”（《回车驾言迈》），就是通过展现空间距离的遥远，抒发未能及时建功立业的惆怅，道路的漫长暗示宦游的渺茫前程。诗人旅居他乡，四处漂泊，他们本身是离家而去的远行客，对于人生也按照自己的生存方式加以描述：“人生天地间，忽如远行客。”（《青青陵上柏》）这是以远距离的行走比喻人生的历程，人生短暂感和距离遥远感交织在一起，时空贯通而又相互背反。

深切的世态炎凉感。《古诗十九首》的多数作者寓居他乡，饱经忧患，他们需要同情和帮助，对人间冷暖的感受特别深切。《西北有高楼》的作者被楼上飘下来的歌声所吸引，心有所感：“不惜歌者苦，但伤知音稀。”他把歌者设想成一个失意之人，自命为歌者的知音，和对方同病相怜，实际是慨叹知音难遇。《明月皎夜光》是有感于朋友间的友谊不牢固而发：“昔我同门友，高举振六翮。不念携手好，弃我如遗迹。”富贵易交，严重伤害了那些仕宦无门的游子，他们本已脆弱的神经实在难以承受这样的打击，抚今追昔带来的只有悲伤和怨愤。

《古诗十九首》是古代抒情诗的典范，它长于抒情，却不径直言之，而是委曲婉转，反复低徊。许多诗篇都能巧妙地起兴发端，很少一开始就抒情明理。用以起兴发端的有典型事件，也有具体物象。《涉江采芙蓉》《庭中有奇树》选择的都是采择芳条鲜花以赠情侣的情节，只不过一者是远在他乡的游子，一者是独守闺房的思妇。以物象起兴发端多选择和时序相关的景观，抒情主人公或遇春草，或临秋风，有的眼望明月，有的耳听虫鸣，由这些具体物象引发出种种思绪。以事件起兴发端的诗篇，往往顺势推衍成一个故事。《孟冬寒气至》和《客从远方来》都以女主人公收到远方寄来的物品发端，然后写她们对游子的信件和礼物如何珍视，或精心收藏，或巧加裁制。以具体物象起兴发端的诗篇，则由这些物象构成优美的艺术境界[13]。《古诗十九首》以写景叙事发端，极其自然地转入抒情，水到渠成，而且又抑扬有致。

《古诗十九首》中许多诗篇以其情景交融、物我互化的笔法，构成浑然圆融的艺术境界。《凛凛岁云暮》和《明月何皎皎》展示的都是典型的意境，抒情主人公一为思妇，一为游子。思妇在岁暮给远方游子寄去衣被，自己也思绪如潮。她在梦中见到了朝思暮想的“良人”，并且携手同车而归。然而，未及同床共枕，游子便倏忽离去。思妇醒后回忆梦境，徙倚感伤，一洒相思之泪。《明月何皎皎》则是以夜晚独宿为背景，抒发游子的思乡之情。这两首诗基本是写实之作，构成的意境却是如幻如梦，朦胧而又深沉。《西北有高楼》的抒情主人公先是听见高楼飘来的乐曲，接着品味曲中的慷慨和悲哀，最后幻想“愿为双鸿鹄，奋翅起高飞”。从空中逸响写起，又以奋翅高飞结束，诗中多想象之词，构成的是恍惚空灵的境界。《明月皎夜光》以月光星象发端，又以南箕北斗和牵牛星徒有其名为喻而结束，中间穿插富贵易交一事，整首诗都给人一种寒凉凄清之感，作者的造境技巧是非常高明的。《古诗十九首》的抒情主人公绝大多数都在诗中直接出现，《迢迢牵牛星》是个例外，全诗通篇描写牵牛织女隔河相望而无法相聚的痛苦，把本来无情的两个星宿写得如同人间被活活拆散的恩爱夫妻。诗中无一句言及自身苦衷，但又无一语不渗透作者的离情别绪。

《古诗十九首》的语言达到炉火纯青的程度，锺嵘《诗品》卷上称它“惊心动魄，可谓几乎一字千金”。《古诗十九首》不作艰深之语，无冷僻之词，而是用最明白晓畅的语言道出真情至理。浅浅寄言，深深道款，用意曲尽而造语新警，从而形成深衷浅貌的语言风格。《古诗十九首》的语言又是浓缩的、积淀已久的，具有高度的概括性和丰富的表现力。诗中有许多名言警句，简洁生动，哲理深而诗意浓。《古诗十九首》的语言如山间甘泉，如千年陈酿，既清新而又醇厚，这得益于诗的作者对于各种语言融会消化能力。诗中有许多日常用语，虽造语平淡却有韵味。诗中化用了许多古代典故，却不给人以晦涩生硬之感。至于《青青河畔草》《迢迢牵牛星》两诗叠字的巧妙连用，《客从远方来》诗中双关语的自然融入，又颇得乐府民歌的神韵。

《古诗十九首》在各方面均取得突出成就，古人对它给予很高的评价。刘勰《文心雕龙·明诗》谈到包括《古诗十九首》在内的“古诗”时称：“观其结体散文，直而不野，婉转附物，怊怅切情，实五言之冠冕也。”古代作家喜爱《古诗十九首》，并自觉地学习、借鉴它的艺术风格和创作手法，甚至加以模拟，曹植、陆机、陶渊明、鲍照等人都有这方面的作品传世。

## 注　释

〔1〕钟嵘《诗品》卷上“古诗”条称：“其体源出于《国风》。陆机所拟十四首，文温以丽，意悲而远，惊心动魄，可谓几乎一字千金。其外‘去者日以疏’四十五首，虽多哀怨，颇为总杂，旧疑是建安中曹、王所制。”（见陈延杰《诗品注》，人民文学出版社 1980 年版，第 17 页）钟嵘所见古诗计 59 首，其中包括《古诗十九首》。今所存古诗除《古诗十九首》外，其余完整者不足 20 首，其中有的还是乐府诗。托名西汉苏武、李陵赠答的五言古诗，《文选》卷二十九“杂诗”类收录 7 首，《古文苑》卷四收 10 首，此外，《北堂书钞》及《文选》注引李诗残篇 2 首。逯钦立《先秦汉魏晋南北朝诗》对古诗和苏李诗搜罗颇为完备，见该书“汉诗”卷十二（中华书局 1984 年版，第 329~344 页）。有关古诗和苏李诗的作者，学术界争论已久。目前流行的看法是，它们都是汉末佚名五言诗，产生的年代和《古诗十九首》大体相当，艺术水平、风格亦相近。

〔2〕缇萦救父事发生在西汉文帝十三年（前 167），《汉书·刑法志》记载甚详（见《汉书》，中华书局 1975 年版，第 1097~1098 页）。关于《咏史》诗的讨论，可参见赵敏俐《论班固的〈咏史诗〉和文人五言诗发展成熟问题》（《北方论丛》1994 年第 1 期）。

〔3〕班固佚诗，《太平御览》卷三四四收录两句：“宝剑直千金”“延陵轻宝剑”。卷八一五收录四句：“长安何纷纷，诏葬霍将军。刺绣被百领，县官给衣衾。”（见《太平御览》，中华书局 1985 年影印本，第 1583、3626 页）班固五言诗多述古事，他的《咏史》原来可能是由多篇组成，并不止于一首。

〔4〕《琴道》篇类似五言诗的段落：“高台既已倾，曲池又已平。坟墓生荆棘，狐兔穴其中。”见严可均辑《全上古三代秦汉三国六朝文·全后汉文》卷十二至十五（中华书局 1987 年版，第 553 页）。

〔5〕班固《竹扇赋》残存部分是一首完整的七言诗，共 12 句，见严可均辑《全上古三代秦汉三国六朝文·全后汉文》卷三十四（中华书局 1987 年版，第 607 页）。

〔6〕陈延杰《诗品注》卷中叙秦嘉生平事迹：“秦嘉，字士会，陇西人。桓帝时，仕郡上计。入洛，除黄门郎，病卒于津乡亭。”（人民文学出版社 1980 年版，第 31 页注

〔1〕）秦嘉入洛具体时间，史无明言，然大体可以推断出来。《后汉书·杨震列传》叙杨秉事迹："时郡国计吏多留拜为郎，秉上言三署见郎七百余人，帑臧空虚，浮食者众。而不良守相，欲因国为池，浇濯衅秽。宜绝横拜，以塞觊觎之端。自此终桓帝世，计吏无复留拜者。"（《后汉书》，中华书局1973年版，第1772页）杨秉上言是在延熹五年（162）冬他代刘矩为太尉之后，书中所言甚明。由此可知，秦嘉入洛除黄门郎当在延熹五年（162）冬季之前，因此，他的《赠妇诗》的写作时间最晚不迟于162年。秦嘉卒年，陆侃如推断约在延熹八年（165）（见其所著《中古文学系年》，人民文学出版社1985年版，第223页），陆说和事实接近。秦嘉卒于津乡亭，津乡在荆州南郡，即今湖北江陵，《水经注》卷三十四所记甚详（见中华书局据《四部备要》本印《王氏合校水经注》第459页）《后汉书·孝桓帝纪》载延熹七年（164）事："冬十月壬寅，南巡狩。……戊辰，幸云梦，临汉水。"（《后汉书》，中华书局1973年版，第313页）《资治通鉴》卷五十五对桓帝南巡亦有记载："十月壬寅，帝南巡。……戊辰，幸云梦，临汉水。还幸新野。时公卿贵戚，车骑万计。征求费役，不可胜极。"（见《资治通鉴》，上海古籍出版社1987年重印世界书局缩印本，第371页）桓帝南巡车骑万计，秦嘉当以黄门郎随从。津乡乃云梦泽所在之处，东汉为军事重地，岑彭曾驻军津乡。（见《后汉书》，中华书局1973年版，第659~660页）桓帝南巡，亦当停驻津乡。秦嘉随行，因病卒于津乡亭，时当延熹七年（164）。

〔7〕秦嘉、徐淑夫妇赠答诗，逯钦立《先秦汉魏晋南北朝诗》"汉诗"卷六收录最为齐全（中华书局1984年版，第185~188页）。徐淑的《答夫秦嘉书》《又报嘉书》《为誓书与兄弟》，收录于严可均辑《全上古三代秦汉三国六朝文·全后汉文》卷九十六（中华书局1987年版，第990~991页）。

〔8〕《后汉书·文苑列传》："郦炎，字文胜，范阳人，郦食其之后也。炎有文才，解音律，言论给捷，多服其能理。灵帝时，州郡辟命，皆不就。……炎后风病慌忽。性至孝，遭母忧，病甚发动。妻始产而惊死，妻家讼之，收系狱，炎病不能理对。熹平六年，遂死狱中，时年二十八。"（《后汉书》，中华书局1973年版，第2647~2649页）

〔9〕《文选》卷二十九"杂诗"类首列《古诗十九首》，《玉台新咏》卷一录《枚乘杂诗九首》，其中8首出自《古诗十九首》。锺嵘《诗品》卷上则将包括《古诗十九首》在内的59首汉代五言诗统称为古诗。《古诗十九首》中是否有枚乘之作，历来学者多持怀疑态度。

〔10〕关于《古诗十九首》和秦嘉《赠妇诗》关系及写作时间，可参见李炳海《〈古诗十九首〉写作年代考》，（《东北师大学报》1987年第1期）。

〔11〕《后汉书·桓谭冯衍列传》："桓谭，字君山，沛国相人也。父成帝时为太乐令，谭以父任为郎，因好音律，善鼓琴。博学多通，遍习五经，皆诂训大义，不为章句。……性嗜倡乐，简易不修威仪，而喜非毁俗儒，由是多见排抵。"《后汉书·马融列传》："融才高博洽，为世通儒，教养诸生，常有千数。……善鼓琴，好吹笛，达生任性，不拘儒者之节。居宇器服，多存侈饰。常坐高堂，施绛纱帐，前授生徒，后列女乐。弟子以次相传，鲜有入其室者。"（《后汉书》，中华书局1973年版，第

955、1972页）

〔12〕朱筠论《去者日已疏》云："起二句是'子在川上'道理。茫茫宇宙，去、来二字概之；穰穰人群，亲、疏二字括之。去者自去，来者自来。今之来者，得与未去者相亲；后之来者，又与今之来者相亲。昔之去者，已与去者相疏；今之去者，又与将去者相疏。日复一日，真如逝波。"（见朱筠口授、徐昆笔述《古诗十九首说》，收录于隋树森《古诗十九首集释》，中华书局1957年版，第102页）

〔13〕法国学者桀溺在《论〈古诗十九首〉》中写道："《古诗十九首》的魅力之一，就是那些突然出现在诗中的新鲜小故事：孤独佳人的美梦，故人送来的书札绮绢，折枝采花，等等。不过当我们将这类小故事与乐府中的加以比较，我们就会看到，有的似乎受到乐府的启发，如第十八首"客从远方来"，有的甚至模仿乐府而成，如第九首"庭中有奇树"，而它们都以朴实无华的风格给我们留有强烈的印象。无论景物被描写得何等生动逼真，它只不过是感情的一种标志，而这种描写本身只是一种图解的表现方法。"（钱林森编《牧女与蚕娘——法国汉学家论中国古诗》，上海古籍出版社1990年版，第210页）

# 文学史年表

**约公元前 5000—前 3000**

仰韶文化。母系氏族公社时期。

西安半坡遗址和临潼姜寨等遗址出土的陶器上刻有简单的刻划符号。

**约公元前 4500—前 2600**

大汶口文化。向父系氏族过渡，氏族开始解体。

在山东莒县陵阳河、诸城前寨等遗址出土了若干陶器，上面刻有接近图像文字的符号。

**传说时代**

伏羲氏作八卦。

神农时，有蜡辞："土反其宅，水归其壑，昆虫毋作，草木归其泽。"

黄帝时，有葛天氏之乐。

尧时，有《击壤歌》《康衢歌》《尧戒》。

舜时，有《卿云歌》《赓歌》《南风歌》《舜祠田歌》。

禹时，涂山氏之女歌"候人兮猗"，实为南音之始。

**公元前 21 世纪—前 17 世纪**

禹死，启杀原定的继承人伯益而嗣位，夏朝建立。

启伐有扈氏，作《甘誓》。

启时，传说有乐舞《九韶》《九辩》《九歌》等。

启子五观放纵失度，史述其事而作《五观》。

帝孔甲时，传说有《破斧歌》，为东音之始。

帝孔甲时，传说有《盘盂》铭 26 篇。

**公元前 16 世纪**

汤败夏帝桀，夏朝灭亡，商朝建立。

传说汤祷于桑林，舞《大濩》，歌《晨露》（已佚），修《九招》《六列》。

**公元前 14 世纪**

帝盘庚迁殷（今河南安阳小屯村），商复盛。

盘庚迁殷时作《尚书·盘庚》。

自1899年始在殷墟发现甲骨刻辞。1928年以后经多次发掘，又有大量的甲骨刻辞出土。

《诗经·商颂》5篇为商时作品（依古文经学家之说）。

《周易》卦爻辞传说为殷商后期所作。

**公元前12世纪**

祖己作《高宗肜日》《高宗之训》以戒王。

**公元前11世纪**

传说周文王被商王纣囚于羑里（今河南汤阴北），演《易》八卦为六十四卦。

周武王率众部族伐纣，商朝灭亡，周朝建立。

箕子向武王陈《尚书·洪范》。

传说武王伐纣后，周公作《大武》舞，有6章歌词与之相应，据说为《诗经·周颂》之《昊天有成命》《武》《赉》《般》《酌》《桓》。

武王时期，著名的青铜器铭文有利簋铭文、天亡簋铭文等。

《尚书》之《君奭》《康诰》《召诰》《洛诰》《多士》《无逸》《立政》《大诰》诸篇记周公之言论。

周康王即位时，作《康王之诰》。

康王时，大盂鼎、小盂鼎刻有记事铭文。

**周穆王十三年（前964）**

穆王西征，至于青鸟之所憩。

**周共和元年庚申（前841）**

国人起义，厉王出奔。周、召二公共同行政，为共和元年。中国历史开始有确切纪年。

**宣王五年戊寅（前823）**

尹吉甫反攻猃狁至太原。有兮甲盘铭文记其事。

**宣王四十六年己未（前782）**

宣王死。

宣王时铸有毛公鼎，其铭文达497字。

《诗经》之《周颂》为西周初期作品。大雅、小雅及《豳风》均为西周作品。

**平王元年辛未（前770）**

平王东迁至雒邑（今洛阳市）。始为东周。周大夫作《正月》《雨无正》闵宗周之亡。

**平王五年乙亥（前766）**

秦襄公攻戎，死于岐。

秦襄公时有石鼓文。10块鼓形石上各刻有四言诗一首，歌咏秦国君游猎、战争状况。

**平王十八年戊子（前753）**

秦文公十三年，秦初有史记其事。

**平王四十九年己未（前722）**

《春秋》《左传》记事皆从本年始。

**惠王十七年辛酉（前660）**

狄人灭卫，许穆夫人赋《鄘风·载驰》。

**惠王十九年癸亥（前658）**

卫文公徙居楚丘城，国人作《鄘风·定之方中》。

**襄王二十年己丑（前632）**

四月，晋、楚大战于城濮。

**襄王二十五年甲午（前627）**

秦晋战于崤。鲁僖公卒。

传说秦穆公于崤之战后作《尚书·秦誓》，此为《尚书》年代最末之文章。

《诗经》之鲁颂4篇皆产生于鲁僖公之时。

**襄王三十一年庚子（前621）**

秦穆公卒，以贤者子车氏三子殉葬。时人歌《秦风·黄鸟》悼之。

**定王八年壬戌（前599）**

夏徵舒杀陈灵公。《陈风·株林》作于此前不久。

**定王十六年庚午（前591）**

楚庄王卒。

楚庄王时，楚国有优孟，曾扮演过已故令尹孙叔敖，此为史载我国最早的演剧活动。

庄王时，大夫庄辛言及鄂君子皙请人将《越人歌》译为楚语。

**简王八年癸未（前578）**

晋国与秦国绝交。吕相作《绝秦文》，此为后世檄文之滥觞。

**灵王二十一年庚戌（前551）**

孔子生（—前479）。

**景王元年丁巳（前544）**

吴公子季札在鲁观周乐。乐工为歌《周南》《召南》、诸国风及小雅、大雅等乐曲。季札皆有评论。

**景王五年辛酉（前540）**

晋国韩起使于鲁，观书于太史氏，见《易》《象》《鲁春秋》。

**敬王四年乙酉（前516）**

王子朝以周之典籍奔楚。

**敬王八年己丑（前512）**

孙武以《孙子兵法》十三章见吴王阖闾，被任为将。

**敬王二十年辛丑（前500）**

晏婴死。《晏子春秋》是战国时人依其言论假托创作而成。

**敬王三十六年丁巳（前484）**

孔子回鲁。编订、整理《诗》《书》《礼》《乐》《春秋》以授弟子。孔子也曾研究和传授过《易》。

**敬王三十九年庚申（前481）**

传说孔子修订《春秋》，绝笔于本年春“西狩获麟”句。以下至孔子去世时的《春秋》经文，皆孔子弟子所编。

**敬王四十一年壬戌（前479）**

孔子卒（前551—），年七十三。他的言行被弟子编为《论语》。

鲁哀公作诔文悼念孔子。此为后世诔文之始。

**敬王四十四年乙丑（前476）**

周敬王卒，春秋时代结束。

老子为春秋末期人，约与孔子同时，而年稍长于孔子，作有《老子》。

长沙马王堆1973年出土的帛书《春秋事语》，为春秋时史书。

**元王元年丙寅（前475）**

战国始于此年。

**定王元年癸酉（前468）**

《左传》记事止于此年。《左传》约成书于战国初年。

墨子约生于此年，或之后不久（据孙诒让《墨子閒诂》）。

**定王十六年戊子（前453）**

《国语》记事止于此年。《国语》约成书于战国初年。

**安王二十四年癸卯（前378）**

墨子约卒于此年或稍前（据孙诒让《墨子閒诂》）。

**烈王元年丙午（前375）**

庄子生于此年或之后。庄子约生活在公元前375—公元前275年之间。

**烈王四年己酉（前372）**

孟子生（—前289）。

**显王三十年壬午（前 339）**

屈原生（—约前 285）。

**赧王元年丁未（前 314）**

屈原约于此年受谗被疏。

**赧王四年庚戌（前 311）**

秦惠文王卒。

《诅楚文》为秦惠文王时刻石。

**赧王十一年丁巳（前 304）**

屈原离开郢都赴汉北，作《离骚》。

**赧王十六年壬戌（前 299）**

屈原自汉北返郢。《天问》《抽思》作于汉北。

楚怀王被骗入秦受到拘禁，行前，屈原曾谏怀王勿行。

**赧王十七年癸亥（前 298）**

荀子约生于此年（—约前 238）。

**赧王十八年甲子（前 297）**

屈原遭楚顷襄王迁逐。

**赧王十九年乙丑（前 296）**

楚怀王卒于秦。屈原作《招魂》悼怀王。

**赧王二十五年辛未（前 290）**

宋玉、唐勒、景差约生于此年前后。

**赧王二十六年壬申（前 289）**

孟子卒（前 372—），年八十四。《孟子》一书为孟子及其弟子共同著成，成于此年前后。

**赧王二十七年癸酉（前 288）**

屈原约于此年作《哀郢》。

**赧王二十八年甲戌（前 287）**

屈原流徙至辰阳、溆浦（今湖南沅陵一带），作《涉江》。

**赧王二十九年乙亥（前 286）**

屈原至江、湘汇流之地，作《怀沙》《惜往日》。

**赧王三十年丙子（前 285）**

屈原约于此年投汨罗江而死（前 339—），年五十四。

**秦庄襄王三年甲寅（前 247）**

秦相吕不韦专权，令宾客编集《吕氏春秋》。

**秦王政八年壬戌（前239）**

《吕氏春秋·序意》作于此年，或云《吕氏春秋》成书于此年。

**秦王政九年癸亥（前238）**

荀子约卒于此年（约前298—），年六十。楚春申君黄歇被杀，其命运与吕不韦如出一辙。

**秦王政十年甲子（前237）**

吕不韦因事免相。宗室大臣议逐客。李斯作《谏逐客书》，秦王为除逐客令。

**秦王政十四年戊辰（前233）**

韩非入秦，既而遭害。著有《韩非子》。

**秦王政十五年己巳（前232）**

项羽生（—前202）。

**秦王政二十四年戊寅（前223）**

宋玉、唐勒、景差约卒于此年前后。

**秦始皇帝二十六年庚辰（前221）**

秦灭齐，六国至此皆亡，秦统一全国。自为始皇帝之号。

《山海经》约成于战国时期至汉代初年。

《尚书·禹贡》成于战国后期。

长沙马王堆1973年出土的《经法》《十六经》《称》《道原》四种古佚书为战国后期作品。

**秦始皇帝二十八年壬午（前219）**

始皇东巡，相继立峄山刻石、泰山刻石、琅邪刻石。

**秦始皇帝二十九年癸未（前218）**

始皇复巡之罘及东观，分别立之罘刻石和东观刻石。

**秦始皇帝三十二年丙戌（前215）**

始皇东巡至碣石，立碣石刻石。

**秦始皇帝三十四年戊子（前213）**

始皇依丞相李斯建议，焚烧秦记以外列国史籍，《诗》《书》百家语仅限博士官保有，唯医药、卜筮、种树之书不烧。下令：有敢偶语《诗》《书》者弃市，以古非今者族。

**秦始皇帝三十五年己丑（前212）**

始皇发囚徒70万人造阿房宫和骊山陵。方士侯生、卢生讥议秦始皇，始皇怒，派御史案问。诸生相互举发，牵连四百六十余人，皆坑杀于咸阳，即后世所称“坑儒”事件。

**秦始皇帝三十七年辛卯（前210）**

始皇南巡至会稽（今浙江绍兴），立会稽刻石。北上至琅邪、之罘，巡游途中病死于沙丘（今河北广宗西北）。

**秦二世二年癸巳（前208）**

李斯被腰斩于咸阳。有《谏逐客书》一文传世，秦刻石文均出其手，今存7篇。

**秦二世三年甲午（前207）**

赵高杀秦二世，立子婴为秦王。项羽在钜鹿大破秦军，刘邦入武关。

**汉高祖元年乙未（前206）**

刘邦军至霸上，秦王子婴降，秦朝灭亡。项羽、刘邦会于鸿门。项羽自立为西楚霸王，封刘邦为汉王。

**高祖五年己亥（前202）**

刘邦围项羽于垓下，项羽与虞姬慷慨悲歌，后世称为《垓下歌》。项羽突围至乌江，自刎而死（前232—）。

**高祖七年辛丑（前200）**

贾谊生（—前168）。晁错生（—前154）。

**高祖十二年丙午（前195）**

高祖灭黥布。过沛，歌《大风》。刘邦卒，子刘盈立，是为惠帝。

**惠帝二年戊申（前193）**

高祖唐山夫人所作《房中祠乐》更名《安世乐》，备其箫管，奏于高祖庙。

**惠帝四年庚戌（前191）**

废除秦时“挟书者族”之律，广开献书之路。

**高后五年戊午（前183）**

贾谊以能诵诗属书闻于郡中。河南守吴公招谊，置门下。

**文帝前元元年壬戌（前179）**

征河南守吴公为廷尉，吴公荐贾谊。文帝以谊为博士。谊作《过秦论》。

刘安生。董仲舒生（—前104）。司马相如生（—前118）。

**文帝前元二年癸亥（前178）**

梁怀王揖立。代王武立。

贾谊超迁任太中大夫，作《论积贮疏》。

**文帝前元三年甲子（前177）**

代王武徙封淮阳王。

**文帝前元四年乙丑（前176）**

贾谊出为长沙王太傅。渡湘水，作《吊屈原赋》。

**文帝前元五年丙寅（前 175）**

贾谊作《鹏鸟赋》。

**文帝前元七年戊辰（前 173）**

阜陵侯安立，时年八岁。

贾谊奉诏入朝，拜为梁怀王太傅。

**文帝前元十一年壬申（前 169）**

梁怀王坠马死（注：此从《汉书·诸侯王表》王先谦补注）。

**文帝前元十二年癸酉（前 168）**

晁错任太子家令，作《论贵粟疏》。

贾谊卒（前 200—）。其作品有明人所辑《贾长沙集》流传。

淮阳王武徙梁，是为孝王。

**文帝后元四年辛巳（前 160）**

枚乘仕吴。

庄助生。

**文帝后元七年甲申（前 157）**

文帝卒，刘启立，是为景帝。

邹阳作《上吴王书》，王不用。

枚乘作《谏吴王书》。庄忌亦谏吴王，不听。枚、庄、邹去吴，往依梁孝王。

**景帝前元元年乙酉（前 156）**

枚乘作《七发》。枚皋生。

**景帝前元三年丁亥（前 154）**

吴楚七国反。太尉周亚夫将兵击之。梁孝王据城以阻七国之师。

淮南王安欲应吴楚之使，同反朝廷，其相张释之将兵为汉。

晁错被诛（前 200—）。

东方朔生。

**景帝前元四年戊子（前 153）**

梁孝王大治宫室苑囿，招延四方豪杰及文学之士。齐人羊胜、公孙诡等自山东至。

诏拜枚乘弘农都尉，旋以病去官，复游梁。

**景帝前元五年己丑（前 152）**

枚乘作《菟园赋》。

**景帝前元七年辛卯（前 150）**

司马相如以赀为郎，任武骑常侍。

梁孝王入朝，枚乘等从游，司马相如见而悦之。

司马相如以病免官，客游梁，与梁园宾客居。

**景帝中元三年甲午（前147）**

司马相如作《子虚赋》。

**景帝中元五年丙申（前145）**

司马迁生。一说生于武帝建元六年（前135）。

**景帝中元六年丁酉（前144）**

梁孝王武卒。孝王子买立，是为恭王。

司马相如归蜀。枚乘归淮阴。

**武帝建元元年辛丑（前140）**

武帝以安车蒲轮征枚乘，枚乘卒于途。

东方朔至长安，待诏公车。

**武帝建元二年壬寅（前139）**

司马相如饮于临邛卓氏，与卓文君结好。

枚皋年十七，上书梁恭王，得召为郎。

刘安入朝，为《离骚传》。

**武帝建元三年癸卯（前138）**

东方朔仕为郎。

**武帝建元五年乙巳（前136）**

置五经博士。

枚皋拜为郎。

**武帝建元六年丙午（前135）**

武帝读《子虚赋》而善之，召见司马相如。相如作《上林赋》。相如拜为郎。

**武帝元光元年丁未（前134）**

董仲舒作贤良对策。

**武帝元光五年辛亥（前130）**

发巴蜀卒筑路通夜郎，司马相如奉命入蜀，作《喻巴蜀檄》。

陈皇后禁于长门宫。

**武帝元光六年壬子（前129）**

司马相如再次入蜀，作《难蜀父老》。

**武帝元狩三年辛酉（前120）**

以李延年为协律都尉。广采民歌以入乐府。

司马相如任孝文园令。

**武帝元狩五年癸亥（前 118）**

司马相如作《封禅文》，交卓文君，旋以消渴疾卒（前 179—）。其作品有后人所辑《司马长卿集》传世。

**武帝元封元年辛未（前 110）**

武帝封泰山。

司马谈卒，临终嘱托其子司马迁实现著史遗愿。

**武帝元封四年甲戌（前 107）**

司马迁继任太史令。

**武帝太初元年丁丑（前 104）**

公孙卿、壶遂、司马迁等奉命创汉历，颁行天下。司马迁开始撰写《史记》。

董仲舒卒（前 179—）。

**武帝天汉元年辛巳（前 100）**

武帝索《史记》之《孝景本纪》与《今上本纪》，读而削之。

**武帝天汉三年癸未（前 98）**

李陵战败降匈奴。司马迁为李陵辩护，武帝怒，以迁下狱，施腐刑。

**武帝天汉四年甲申（前 97）**

司马迁任中书令，继续撰写《史记》。

**武帝征和二年庚寅（前 91）**

司马迁作《报任安书》。

**武帝后元元年癸巳（前 88）**

王褒约生于此年（—约前 55）。

**昭帝始元六年庚子（前 81）**

朝廷召开盐铁会议，会议记录后经桓宽整理而成《盐铁论》。

**昭帝元凤二年壬寅（前 79）**

刘向生（—前 8）。一说生于元凤四年（前 77）。

**宣帝神爵元年庚申（前 61）**

戴圣编辑《礼记》成，戴德也编成《大戴礼记》。

**宣帝神爵四年癸亥（前 58）**

王褒作《圣主得贤臣颂》，王褒与张子侨等并待诏金马门。

**宣帝五凤元年甲子（前 57）**

王褒为谏大夫，娱侍太子，作《洞箫赋》。

**宣帝五凤二年乙丑（前 56）**

杨恽以大逆不道罪名，被腰斩。

**宣帝甘露元年戊辰（前53）**

扬雄生（—18）。

**宣帝甘露三年庚午（前51）**

宣帝诏群儒于石渠阁讲论五经异同，并亲临会议，称制裁断。

**宣帝甘露四年辛未（前50）**

刘歆（—23）约生于此年前后。

**元帝建昭三年乙酉（前36）**

桓谭（—约35）约生于此年前后。

**成帝河平三年乙未（前26）**

刘向领校中秘书。

**成帝元延元年己酉（前12）**

扬雄离蜀赴京，待诏。

**成帝元延二年庚戌（前11）**

扬雄作《甘泉赋》《河东赋》《羽猎赋》。除为郎，给事黄门。

**成帝元延三年辛亥（前10）**

扬雄作《长杨赋》。

**成帝绥和元年癸丑（前8）**

刘向卒（前79—）。其文所存多奏疏和叙录，明人辑为《刘中垒集》。另有《说苑》《新序》《列女传》流传。

**成帝绥和二年甲寅（前7）**

成帝卒，刘欣立，是为哀帝。有诏撤销乐府。一说事在建平元年（前6）。

**哀帝建平三年丁巳（前4）**

扬雄撰《太玄》。刘歆《遂初赋》约作于此年。

**哀帝元寿元年己未（前2）**

博士弟子景卢受大月氏国王使伊存口授《浮屠经》。

**平帝元始三年癸亥（3）**

班彪生（—54）。

**汉初始元年戊辰（8）**

王莽自称皇帝，国号新。

**王莽天凤五年戊寅（18）**

扬雄卒（前53—）。原有集五卷，已佚。今存明人辑《扬子云集》。又有《太玄》《法言》传世。

**王莽地皇四年癸未（23）**

王莽被杀，刘玄恢复汉朝，号更始。

刘歆卒（约前50—）。其著述今存《遂初赋》等，有后人辑《刘子骏集》传世。

**光武帝建武元年乙酉（25）**

刘秀称帝，建都洛阳。

班彪作《北征赋》。

**光武帝建武三年丁亥（27）**

王充生（—97?）。

**光武帝建武八年壬辰（32）**

班固生（—92）。

**光武帝建武二十年甲辰（44）**

班彪续写《史记》。杜笃为已故大司马吴汉作诔，作《论都赋》。

**光武帝建武二十八年壬子（52）**

班固与崔骃、傅毅游太学。

**光武帝建武三十年甲寅（54）**

班彪卒（3—）。

**光武帝建武三十一年乙卯（55）**

冯衍上疏自陈，作《显志赋》。

**明帝永平元年戊午（58）**

班固始撰《汉书》。

**明帝永平四年辛酉（61）**

班固以私修国史罪下狱。

**明帝永平五年壬戌（62）**

班固除兰台令史。

贾逵上所作《左氏解诂》《国语解诂》。

**明帝永平八年乙丑（65）**

明帝给楚王刘英的诏书称："楚王诵黄老之微言，尚浮屠之仁慈。"

**明帝永平九年丙寅（66）**

班固修《汉书》，作《两都赋》。

**明帝永平十一年戊辰（68）**

天竺僧人摄摩腾、竺法兰至洛阳，居白马寺，编译《四十二章经》。

**章帝建初三年戊寅（78）**

杜笃入车骑将军马防幕府，从征西羌，战殁于射姑山。

张衡生（—139）。

**章帝建初四年己卯（79）**

章帝于白虎观临决五经异义。

班固撰《白虎通》，又名《白虎通义》《白虎通德论》。

马融生（—166）

**章帝建初七年壬午（82）**

班固上《汉书》，迁玄武司马。

**章帝元和元年甲申（84）**

崔骃作《南巡颂》。

**章帝元和二年乙酉（85）**

班固、崔骃并作《东巡颂》。

**章帝元和三年丙戌（86）**

崔骃作《北巡颂》《西巡颂》。

**章帝章和二年戊子（88）**

章帝卒，刘肇立，是为和帝。

班固为中护军，崔骃为主簿，随大将军窦宪征匈奴。

**和帝永元元年己丑（89）**

傅毅为将军窦宪记室掾。傅毅、崔骃、班固并作《北征颂》。

**和帝永元二年庚寅（90）**

傅毅卒。其作品今存《舞赋》《七激》等。

**和帝永元四年壬辰（92）**

窦宪获罪自杀。班固连坐入狱，后卒于狱中（32—），其作品明人辑为《班兰台集》，又有《汉书》《白虎通义》传世。

**和帝永元七年乙未（95）**

张衡至京，入太学。

**和帝永元十二年庚子（100）**

张衡任南阳主簿。许慎为《说文解字》作《后叙》。

**和帝元兴元年乙巳（105）**

和帝卒，刘隆立，是为殇帝。

张衡精思十年，作《二京赋》。

**安帝永初五年辛亥（111）**

许慎作《五经异义》。

**安帝永初七年癸丑（113）**

班昭作《东征赋》。

**安帝元初元年甲寅（114）**

王逸撰《楚辞章句》。

**安帝元初五年戊午（118）**

马融作《广成颂》。

**安帝永宁元年庚申（120）**

班昭卒。有《东征赋》《七戒》等作品传世。

**安帝延光三年甲子（124）**

马融作《东巡颂》。

**顺帝永建元年丙寅（126）**

马融作《长笛赋》。

崔琦游京师，以文章称，拜为郎。

**顺帝阳嘉元年壬申（132）**

蔡邕生（—192）。

**顺帝阳嘉四年乙亥（135）**

张衡作《思玄赋》。王逸为侍中，作《九思》。

**顺帝永和元年丙子（136）**

张衡任河间相，作《四愁诗》。

**顺帝永和三年戊寅（138）**

马融为武都太守，著《易》《书》《诗》《礼》诸传。

**顺帝永和四年己卯（139）**

张衡卒（78—）。其作品今存明人辑本《张河间集》。

**桓帝和平元年庚寅（150）**

郦炎生（—177）。

**桓帝永兴元年癸巳（153）**

孔融生（—208）。

**桓帝永寿元年乙未（155）**

曹操生（—220）。

**桓帝延熹二年己亥（159）**

蔡邕被征召赴京，称病而归，作《述行赋》。

**桓帝延熹五年壬寅（162）**

王延寿作《梦赋》《鲁灵光殿赋》。

**桓帝延熹七年甲辰（164）**

秦嘉卒，有《赠妇诗》三首传世。

**桓帝延熹九年丙午（166）**

马融卒（79—）。其作品明人辑为《马季长集》。

**灵帝熹平元年壬子（172）**

蔡琰生（—249）。

**灵帝熹平二年癸丑（173）**

祢衡生（—198）。

**灵帝熹平四年乙卯（175）**

蔡邕等正五经文字，刻石立于太学门外。

**灵帝熹平六年丁巳（177）**

郦炎卒（150—），有《见志诗》二首传世。

**灵帝光和元年戊午（178）**

赵壹举郡上计吏，至京师。

**灵帝光和四年辛酉（181）**

边让作《章华台赋》。

**灵帝中平四年丁卯（187）**

曹丕生（—226）。

**灵帝中平六年己巳（189）**

灵帝卒，刘辩立，是为少帝。

刘辩废，刘协立，是为献帝。

曹操东归，起兵讨董卓。

# 研修书目


**《山海经笺疏》十八卷**

[清]郝懿行笺疏　巴蜀书社 1985 年影印清光绪十二年（1886）上海还椟楼刻本

**《山海经校注》**

袁珂校注　上海古籍出版社 1980 年版

**《淮南鸿烈集解》（新编诸子集成）**

[汉]刘安编　刘文典集解　冯逸、乔华点校　中华书局 1989 年版

**《淮南子校释》**

[汉]刘安编　张双棣校释　北京大学出版社 1997 年版

**《卜辞通纂》**

郭沫若撰　科学出版社 1983 年版

**《双剑誃吉金文选》**

于省吾撰　中华书局 1998 年影印北平大业印刷局 1932 年版

**《尚书古文疏证》八卷**

[清]阎若璩疏证　上海古籍出版社 1987 年影印清乾隆十年（1745）眷西堂刻本

**《尚书今古文注疏》（清人十三经注疏）**

[清] 孙星衍注疏　陈抗、盛冬铃点校　中华书局 1986 年版

**《宋本周易注疏》**

[三国魏]王弼　[晋]韩康伯注　[唐]孔颖达正义　中华书局 1988 年影印宋两浙东路茶盐司刻宋元递修本

**《周易古经今注》**

高亨注　中华书局 1984 年版

**《周易大传今注》**

高亨注　齐鲁书社 1979 年版

**《毛诗正义》二十卷**

[汉]毛公传　郑玄笺　[唐]孔颖达正义　上海古籍出版社 1990 年影印清同治六年（1867）江西书局重校《十三经注疏》本

**《诗集传》**

[宋]朱熹撰　中华书局上海编辑所 1962 年版

**《毛诗传笺通释》**

[清]马瑞辰撰　陈金生点校　中华书局 1989 年版

**《春秋经传集解》**

[春秋]左丘明撰　[晋]杜预集解　上海古籍出版社 1988 年版

**《春秋左氏传旧注疏证》**

[清]刘文淇疏证　科学出版社 1959 年版

**《春秋左传注》（修订本）**

杨伯峻注　中华书局 1990 年版

**《十三经注疏》**

[清]阮元校刻　中华书局 1980 年影印世界书局缩印本

**《十三经注疏》（整理本）**

李学勤主编　北京大学出版社 1999 年版

**《国语》**

[春秋]左丘明撰　[三国吴]韦昭注　上海书店 1987 年影印商务印书馆 1934 年版

**《国语集解》**

[春秋]左丘明撰　徐元诰集解　中华书局 1930 年版

**《战国策》**

[汉]高诱注　上海古籍出版社 1978 年版

**《战国策》十卷**

[宋]鲍彪校注　[元]吴师道重校　《四部丛刊》影印元至正刻本

**《墨子閒诂》（新编诸子集成）**

[清]孙诒让撰　孙以楷点校　中华书局 1986 年版

**《墨子校注》（新编诸子集成）**

吴毓江校注　中华书局 1993 年版

**《老子道德经》（诸子集成）**

[三国魏]王弼注　上海书店 1986 年版

**《老子校诂》**

马叙伦撰　中华书局 1974 年版

**《老子校释》(新编诸子集成)**

朱谦之撰　中华书局1984年版

**《论语正义》**

[清]刘宝楠撰　中华书局1990年版

**《论语集解》(新编诸子集成)**

程树德撰　程俊英、蒋见元点校　中华书局1990年版

**《庄子集解》(新编诸子集成)**

[清]王先谦、刘武撰　沈啸寰点校　中华书局1987年版

**《庄子集释》**

[清]郭庆藩撰　王孝鱼点校　中华书局1961年版

**《四书章句集注》(新编诸子集成)**

[宋]朱熹撰　中华书局1983年版

**《孟子正义》(新编诸子集成)**

[清]焦循撰　沈文倬点校　中华书局1987年版

**《荀子集解》(新编诸子集成)**

[战国]荀卿撰　[清]王先谦集解　沈啸寰、王星贤点校　中华书局1988年版

**《荀子简释》**

[战国]荀卿撰　梁启雄注释　中华书局1983年版

**《韩非子集解》(诸子集成)**

[战国]韩非撰　[清]王先慎集解　上海书店1986年版

**《韩非子集释》**

[战国]韩非撰　陈奇猷集释　上海人民出版社1974年版

**《楚辞补注》**

[战国]屈原等撰　[汉]王逸章句　[宋]洪兴祖补注　白化文等点校　中华书局1983年版

**《楚辞集注》**

[战国]屈原等撰　[宋]朱熹集注　上海古籍出版社1979年版

**《山带阁注楚辞》**

[战国]屈原等撰　[清]蒋骥注　上海古籍出版社1984年版

**《吕氏春秋校释》**

[秦]吕不韦撰　陈奇猷校释　学林出版社1984年版

**《贾谊集校注》**

[汉]贾谊撰　王洲明、徐超校注　人民文学出版社1996年版

《淮南子》

[汉] 刘安撰 [汉] 高诱注 上海古籍出版社 1989 年影印本

《淮南子集释》

[汉] 刘安撰 何宁集释 中华书局 1998 年版

《司马相如集校注》

[汉]司马相如撰 朱一清、孙以昭校注 人民文学出版社 1996 年版

《司马相如赋校注》

[汉]司马相如撰 金永国校注 上海古籍出版社 1993 年版

《扬雄集校注》

[汉]扬雄撰 张震泽校注 上海古籍出版社 1993 年版

《扬雄集校注》

[汉]扬雄撰 林爱贞校注 四川大学出版社 2001 年版

《史记》

[汉]司马迁撰 [南朝宋]裴骃集解 [唐]司马贞索隐 [唐]张守节正义 中华书局 1959 年点校本

《史记会注考证附校补》一百三十卷

[汉]司马迁撰 [日]泷川资言会注考证 [日]水泽利忠校补 上海古籍出版社 1986 年影印本

《班兰台集》

[汉]班固撰 [明]张溥辑 白静生注 中州古籍出版社 1991 年版

《张衡诗文集校注》

[汉]张衡撰 张震泽校注 上海古籍出版社 1986 年版

《蔡邕集编年校注》

[汉] 蔡邕撰 邓安生校注 河北教育出版社 2002 年版

《汉书》

[汉]班固撰 [唐]颜师古注 中华书局 1962 年点校本

《后汉书》

[南朝宋] 范晔撰 [唐] 李贤等注 中华书局 1965 年版

《吴越春秋辑校汇考》

[汉]赵晔撰 周生春辑校汇考 上海古籍出版社 1997 年版

《论衡校释》

[汉]王充撰 黄晖校释 中华书局 1980 年版

《古诗十九首集释》

[汉]无名氏撰 隋树森集释 中华书局 1955 年版

**《古诗十九首初探》**

马茂元撰　陕西人民出版社 1981 年版

**《文选》六十卷**

［南朝梁］萧统编　［唐］李善注　中华书局 1974 年影印南宋淳熙八年（1181）尤袤刻本

**《文选》六十卷**

［南朝梁］萧统编　［唐］李善、吕延济、刘良、张铣、吕向、李周翰注　中华书局 1987 年影印《四部丛刊》本

**《乐府诗集》**

［宋］郭茂倩编　中华书局 1979 年版

**《汉魏六朝百三名家集》**

［明］张溥辑　江苏古籍出版社 2002 年影印清光绪五年（1879）彭懋谦信述堂刻本

**《全上古三代秦汉三国六朝文》**

［清］严可均辑　中华书局 1987 年影印清光绪刻本

**《先秦汉魏晋南北朝诗》**

逯钦立辑　中华书局 1983 年版

**《全汉赋》**

费振刚、胡双宝、宗明华辑　北京大学出版社 1993 年版

**《全汉赋评注》**

龚克昌等评注　花山文艺出版社 2003 年版

## 郑重声明